HEIKE
DUKEN

WIE WIR
WAREN

HEIKE
DUKEN

WIE WIR WAREN

Roman

LIMES

Das vorliegende Werk enthält Liedzitate aus Klassikern der Musikwelt als Ausdruck der Wertschätzung für die Originale sowie als Hommage an die Musikwelt der unterschiedlichen Generationen, insbesondere der Generationen X und Y. Die hierfür verwendete zitierende Kulturtechnik ist ein prägendes Element des zeitgemäßen kulturellen Schaffens und nach § 51 a UrhG gestattet. Gleichwohl haben wir uns in allen Fällen, wo dies möglich war, um die Einholung der Zustimmung der Rechteinhaber bemüht, ohne dass hierzu jedoch eine rechtliche Verpflichtung besteht.

MIX
Papier | Fördert gute Waldnutzung
FSC® C014889

Penguin Random House Verlagsgruppe FSC® N001967

1. Auflage 2024

in der Penguin Random House Verlagsgruppe GmbH,
Neumarkter Straße 28, 81673 München
Redaktion: René Stein
Umschlaggestaltung: Sabine Kwauka
Umschlagmotiv: © Glen Scouller.
All rights reserved 2024/Bridgeman Images;
Beata Becla/Shutterstock.com
KW · Herstellung: DiMo
Satz: satz-bau Leingärtner, Nabburg
Druck und Bindung: Friedrich Pustet GmbH & Co. KG, Regensburg
Printed in Germany
ISBN 978-3-8090-2783-6

www.limes-verlag.de

*Für Sissi, Sonja, Uschi, Karin, Susi, Uli, Ute,
Hilde, Linde und Sandra*

TEIL EINS

Du liebst mich nicht
du liebst mich einfach nicht
du liebst mich nicht.

Sabrina Setlur

1986

KAPITEL 1

Paula

Nach dem Flug und dem Chaos am Busbahnhof sitzen wir endlich mit unseren Tickets im Bus. Die großen Rucksäcke liegen im Gepäckfach, die kleinen stehen zwischen unseren Füßen. Es ist eng, jeder Platz im Bus ist besetzt. Unser Proviant: eine Flasche Cola, zwei Dosen Bier, noch kalt, zwei Tüten Chips und ein paar Weintrauben in einer Papiertüte; sie weicht gerade durch, deswegen halte ich sie in der Hand.

Zett sitzt am Fenster. Wir biegen auf die Landstraße ab, und der Busfahrer schaltet Musik ein, sie kommt aus einem scheppernden Lautsprecher direkt über uns. Wir verstehen kein Wort, aber das macht nichts, denn dass es traurig ist und um Sehnsucht geht, das verstehen wir auch so. Zett und ich sehen uns an, irgendwie feierlich. Jetzt sind wir also unterwegs. Unsere Reise beginnt. Sie lehnt sich zurück, sieht aus dem Fenster, schnauft tief durch und sagt: »Yes.« Mehr nicht, ohne mich anzusehen.

»Yes«, antworte ich. Es ist mein erster richtiger Urlaub. Ich bin neunzehn und habe bis jetzt nur den Chiemsee gesehen, und das war mit meiner Oma, als ich sechs war.

Wir haben sieben Stunden Fahrt vor uns. Erst geht es hinauf in die Berge, die Straßen sind schmal und kurvig, der Bus röchelt, der Fahrer gibt Gas, heizt über Schlaglöcher und bremst erst kurz vor den Kurven scharf ab, wir werden ordentlich durchgerüttelt. Alles schwitzt. Sogar der Wind, der durch die offenen Fenster hereinkommt, ist heiß. Die Musik bleibt die ganze Zeit laut, traurig und sehnsüchtig. Manchmal jammert ein Kind, aber nur kurz, die Mütter stecken ihnen Süßigkeiten zu, reichen kleine Tüten mit Fruchtsaft, dann wieder Kekse oder gebackene Stückchen mit Puderzucker, es ist ein ständiges Essen; später wird es herzhafter, mit Weißbrot und Plastiktüten voller Tomaten und gegrilltem Fleisch, die Gerüche vermischen sich. Irgendwann schlafen die satten Kinder alle ein, die Männer schreien noch eine Weile herum, wie kann man sich so laut unterhalten, frage ich mich, dann schlafen sie auch ein, manche schnarchen. Die Musik verstummt. Es wird ganz still im Bus, nur der Motor röchelt weiter, und metallene Teile scheppern bei jedem Schlagloch. Sogar die Frauen schlafen schließlich, ihre Kinder liegen mit roten Backen und verschwitzten Haaren auf ihnen drauf.

Zett öffnet eine der Bierdosen, sie macht das sehr cool mit einer Hand, und trinkt schnell den ersten Schluck, damit nichts herausschäumt. Sie gibt mir die andere Dose. Das Bier ist warm geworden, aber das ist uns egal. Unsere Laune wird besser und besser. Zett zieht ihren Walkman aus der Tasche und gibt mir einen der Ohrhörer, den anderen steckt sie sich ins Ohr. Wir hören Terence Trent D'Arby. Beim Refrain tippen wir mit den Zeigefingern den Takt in die Luft und bewegen nur die Lippen mit: »*Sign your name across my heart, I want you to be my lady.*«

»Auf Griechenland!«, sagt Zett leise und stößt mit mir an.

»Auf Griechenland.«

Der nächste Song ist von Chris Rea, *Fool if you think it's over*, und wir singen lautlos mit. Dann bin ich so müde, dass mir fast die Augen zufallen. Doch meine Angst hindert mich am Einschlafen, es geht inzwischen bergab, und ich frage mich, ob die Bremsen das noch mitmachen. Ob der ganze Bus ins Schleudern gerät und von der Fahrbahn abkommt, ob wir alle in den Abgrund stürzen. Die Leitplanke ist ein Witz.

»Komm her«, sagt Zett und zieht mich zu sich, drückt meinen Kopf sachte auf ihren Oberschenkel, da soll ich liegen bleiben. Sie kennt mich eben. Sie kennt jeden meiner düsteren Gedanken. Ich ziehe die Beine an, die Füße hängen über den Sitz in den Gang hinein, ich mache mich ganz klein. Das ist bequemer, als ich gedacht hätte. Und Zett streichelt mir den Kopf. Sie hat sich den zweiten Ohrhörer genommen und hört weiter Musik, während die Männer um uns herum schnarchen. Mal rutsche ich mit den Kurven näher zu Zett hin, mal weiter weg, das Geruckel und ihr Streicheln beruhigen mich.

Da kommt sie mit ihrer Hand an die Stelle. Sie spürt es und hält inne. Streicht ganz leicht, ganz sanft darüber. Legt ihre hohle Hand darauf und lässt sie dort liegen. Es tut nicht weh, Zett ist ganz vorsichtig. Halb liegt ihre Hand auf meinem Ohr. Wir schwitzen. Ich könnte ein bisschen weinen, lasse mich aber nicht. Ich bin hier, in Griechenland, im Bus, neben Zett, sie ist da. Irgendwann raschelt sie mit einer Tüte und macht Krach mit den Chips. Sie ist ein kleiner Vielfraß, ständig knabbert sie irgendwas. Gleichzeitig summt sie einen Song mit, ich erkenne ihn nicht. Ihre hohle Hand liegt noch immer auf der Stelle. Ich bin so müde.

Ich werde wach, als die Musik aus dem Lautsprecher wieder einsetzt, und richte mich auf. Meine Haare kleben mir an der Stirn. Der ganze Bus ist wieder lebendig, alle sind wieder am Essen. Zett lehnt am Fenster und schläft. Ich habe Durst und muss pinkeln, trinke Cola und muss noch mehr pinkeln. Es gibt keine Toilette, doch etwas später halten wir an einer Raststätte an. Eine Schlange bildet sich vor der Toilette. Es ist ein Stehklo. Ich weiß nicht, wie herum ich mich hinhocken soll, zur Wand oder zur Tür. Stehklos sind ziemlich praktisch, man muss es nur heraushaben, dass es nicht zu sehr spritzt. Doch ich mache den Fehler, in das Loch zu schauen. Das hätte ich bleiben lassen sollen. Nicht in das Loch schauen bei einem Stehklo, Paula, bitte merken.

KAPITEL 2

Paula

Es stürmt, als unsere Fähre den Hafen von Piräus verlässt. Piräus, ich hatte an das Lied gedacht, *ein Schiff wird kommen, und das bringt mir den einen …* Deswegen stellte ich mir blaues Meer und weiße Segelboote vor.

Aber der Hafen von Piräus wimmelt vor allem von Schiffskränen, Containern, Lagerhallen und Müll, der im Wasser an die Kaimauer schwappt. Als wir an der Reling stehen, ziehen außerdem dunkle Wolken auf, Regen und Windböen reißen uns fast von Bord. Wir wollten romantisch an Deck schlafen, unter dem Sternenhimmel, *unsere Heimat ist das Meer* und so, dieses Meer ist aber eher angriffslustig als romantisch gestimmt, es lässt das Schiff nach dem Auslaufen von links nach rechts und hoch und runter schwanken, die Gischt spritzt bis zu uns hoch, eine Welle erwischt unsere Rucksäcke. Wir müssen uns wohl oder übel einen Schlafplatz im Inneren suchen. Zweimal werden wir vertrieben, einmal, weil wir einen Notausgang blockieren, einmal wegen einer Kiste mit Schwimmwesten, die zugänglich bleiben muss. Wir finden schließlich einen Treppenabsatz und breiten die Schlafsäcke aus, sie sind feucht geworden. Auch meine Klamotten sind feucht und klamm. Es ist kalt, eine Klimaanlage läuft.

»Das fängt ja gut an«, sage ich. »Wir werden uns erkälten.«

»Nicht gleich schlechte Laune kriegen! Wir haben Bier, wir haben zwei Snickers und das hier.« Sie kramt ihren Walkman heraus. Er ist trocken geblieben und funktioniert. Wir hören Trio, *Da Da Da*, während die Leute an uns vorbeigehen, sie haben Kabinen und betrachten uns von oben herab, als wären wir Hunde, die im Weg liegen und vertrieben gehören.

Zett und ich sitzen an die Wand gelehnt, essen Snickers, trinken warmes Bier und hören Musik, bis die Batterien leer und die Leute in ihren Kabinen verschwunden sind, wo sie in ihren trockenen Betten schlafen.

Unsere Fähre läuft bei Sonnenschein in den Hafen von Skopelos ein. Draußen schäumen noch ein paar Gischtkronen, doch hier im Hafenbecken ist das Meer glatt und glänzend, man kann Fische sehen. Der Himmel über dem Städtchen ist strahlend blau, als hätte es den Sturm in der Nacht nie gegeben. Wir stehen unterhalb der Brücke und beobachten die Matrosen, die das Anlegemanöver vorbereiten. Sie hantieren mit Seilwinden und dicken Tauen und bekommen Anweisungen von einem Mann in weißer Uniform, der per Funk mit der Brücke verbunden ist, ein Knacken und Rauschen.

Als das Schiff nah genug und im richtigen Winkel die Hafenmole angesteuert hat, wirft einer der Matrosen ein Seil mit einem kleinen Gewicht hinüber ans Ufer. Dort steht ein Typ von der Insel bereit, um die Kugel rasch aufzulesen und dann kräftig am Seil zu ziehen, er hievt ein schweres, nasses Tau aus dem Meer. Es braucht zwei Mann, das Tau um einen Poller an der Mole zu winden, und als es geschafft ist, streckt einer den Daumen hoch in Richtung Brücke. Eine Winde setzt sich in Bewegung, sie zieht das Tau an, strafft es, sodass das Meerwasser heraustrieft. Das Schiff bewegt sich nun noch dichter an die Hafenmauer heran und drückt schließlich gegen die

Autoreifen, die dort aufgereiht festgebunden sind, quetscht die Reifen sanft zusammen, und das ganze Ungetüm kommt schließlich zum Stillstand.

»Skopelos, Skopelos!«, ruft einer der Arbeiter und treibt zur Eile an. Zett macht eine Handbewegung, los, los, wir müssen runter vom Schiff, sonst fährt es noch mit uns weiter. Ich wuchte meinen Rucksack auf den Rücken, er ist schwer von der Feuchtigkeit, aber ich habe den Schwung raus.

Am Anleger kommen Leute auf uns zu. »Rooms, rooms!«, rufen sie, es klingt wie Rums, rums, sie halten aufgeschlagene Mappen mit Fotos in die Höhe. Wir schütteln die Köpfe.

»No, thank you. Camping!«

Eine junge Frau tritt vor uns hin: »Camping, yes, look!«

Ich weiß nicht, was ich sagen soll. Zett nimmt die Sache in die Hand. »No, thank you, wild camping, okay? Do you know, where?«

»Aah, no money?« Die Frau lacht. »Take a taxi to Panormos Beach.«

»No money«, gibt Zett lachend zurück und zuckt mit den Schultern.

Aber es geht ihr eigentlich nicht um die paar Mark für den Campingplatz, sondern ums Abenteuer. Ich war von Anfang dagegen. Wildcampen ist verboten in Griechenland, angeblich wird es in der Nebensaison geduldet, gerade hier auf Skopelos in der Panormos-Bucht.

Aber was, wenn das nicht stimmt? Wenn die Einheimischen etwas dagegen haben? Wenn die Polizei kommt und uns verjagt? Dann ist es vielleicht schon spät und dunkel, und wir haben keine Bleibe. Es arbeitet ständig in meinem Kopf, was, wenn, was dann und immer so weiter.

»Du Angsthase, du musst mal was erleben«, hat Zett schon in Deutschland bestimmt.

»Wollen wir nicht doch …?«, versuche ich es jetzt ein letztes Mal.

»Auf keinen Fall! Wo kann man das noch, wild campen, hm? Hier ist alles sicher, und ich bin bewaffnet.«

»Du bist was?«

»Bewaffnet. Komm, da drüben stehen die Taxis. Wir müssen los, damit die Schlafsäcke noch trocknen.«

In der Bucht stapfen wir über den Kies, vorbei an einer Taverne und an ein paar Zelten, ich höre deutsche Wortfetzen.

»Wo läufst du hin? Stellen wir uns zu den anderen.«

Aber Zett hält nichts davon. »Da können wir ja gleich auf dem Campingplatz schlafen. Nein, wir gehen weiter, über den Felsvorsprung, wir suchen uns eine einsame Bucht, nur für uns, verstehst du?«

Ich laufe einfach hinter ihr her. Zett hat das Kommando, ich habe Hunger und nichts zu melden. Ich kann nur mit knurrendem Magen den schweren Rucksack über den Felsvorsprung schleppen, immer weiter, es sind ihr noch zu viele Menschen am Strand. Endlich bleibt sie stehen.

»Hier«, sagt sie, setzt ihren Rucksack ab und wischt sich mit dem T-Shirt-Ärmel übers Gesicht.

Wir stehen etwas oberhalb einer winzigen Kiesbucht. Das Wasser ist so klar, dass man jeden einzelnen Stein am Grund sehen kann, die Wellen funkeln in der Sonne. Kein Mensch weit und breit. Wo wir stehen, ist die Erde platt getreten, bestimmt hat hier schon ein Zelt gestanden. Vielleicht im letzten Jahr. Um uns herum drei Kiefern, die für Schatten sorgen. Zett meint, das wäre wahnsinnig wichtig, damit wir morgens länger schlafen können, wenn wir das Zelt richtig platzieren. Sie kennt sich eben mit allem aus. Ein kleiner Felsbrocken und ein Baumstamm liegen um eine rußige Feuerstelle herum, unsere Möbel. Alles ist einfach perfekt. Wir legen die Schlafsäcke und die nassen Klamotten auf den Kies in die Sonne, damit ist die Bucht schon fast ausgefüllt, so klein ist sie, nur für uns, wie Zett gesagt hat. Dann bauen wir schweigend das Zelt auf. Klopfen Heringe in den Boden, spannen die Seile, packen unsere Vorräte aus.

Das ist der schönste Moment, wenn die Arbeit getan ist, wenn alles steht und hält und wenn Zett eine Flasche Retsina auspackt und ich das Brot und die Tomaten. Wir sitzen auf unserer privaten Terrasse mit Ausblick aufs Meer, Zett auf dem Baumstamm, ich auf dem Felsbrocken, und wir essen und trinken, und in diesen Momenten ist dieses andere, es ist weg, weit weg, so wie die Beule kaum mehr zu spüren ist, sie wird kleiner und kleiner, heilt einfach so, ist das nicht seltsam? Jetzt, als mir der Retsina in den Kopf steigt und die Tomaten so gut schmecken, ist es irgendwie gar nicht mehr wahr, was passiert ist, es ist nur ein Film, den ich gesehen habe, und langsam vergesse ich ihn. Das Meer plätschert, die Wellen rollen sanft an, ein regelmäßiges Schwappen, dazu Zetts Lachen, das lauter wird mit jedem Schluck Wein, alles ist gut jetzt. Die Zikaden setzen ein.

Nachts liege ich trotz des vielen Weins wach. Zett stiftet mich immer zum Trinken an, ich weiß nicht, warum. Sie schläft schon. Die Zikaden haben aufgehört zu zirpen, alle gleichzeitig, wie verabredet. Von der Taverne weht noch eine Weile Musik zu uns her, dann wird es ganz still. Nur das Meer gibt noch nicht auf, es gibt nie auf, rauscht und schwappt weiter. Ab und zu knackt es in den Bäumen über uns, die Äste und Pinienzapfen arbeiten in der kälter werdenden Nacht.

Zett fängt an, leise zu schnarchen, das kenne ich schon, sie hat Polypen in der Nase. Es stört mich nicht, im Gegenteil, es beruhigt mich. Das Mondlicht wirft Schatten, die sich über mir im Wind bewegen.

Ich bin gerade am Eindösen, als ich aufschrecke. Ich habe etwas gehört. Etwas anderes. Ein anderes Knacken, nicht von oben aus den Bäumen, sondern lauter und viel näher. Ich greife nach Zett, ich klopfe ihr auf den Rücken, und als sie nicht reagiert, schüttele ich sie.

»Was, Paula?«

»Hör doch mal«, flüstere ich.

Es ist still. Kein Mucks. Zett rollt sich wieder zurecht, ihr Schlafsack raschelt. Ich und meine Angst. Das denkt sie bestimmt: Paula und ihre Angst.

»Da ist nichts«, sagt sie schläfrig. »Nur Bäume.«

»Entschuldige.«

»Schlaf jetzt.«

Ich lausche weiter. Ich habe es doch gehört. Ganz nah. Vielleicht ein Tier. Ein streunender Hund. Ich könnte ihn zähmen, ihn zu unserem Wachhund machen. Ihn mitnehmen. Oder streift eine Ziege durch die Gegend? Habe ich Angst vor einer Ziege? Am Ende ist es vielleicht nur eine Maus. Die anderen Zelte sind gar nicht so weit weg. Die Kiefernzapfen knacken bloß manchmal etwas lauter. Morgen früh können wir zur Taverne gehen und bekommen vielleicht einen frischen Mocca. Alles ist gut. Alles ist doch gut. Ich muss nur einschlafen.

Doch ich liege mit offenen Augen wach, starre in die Dunkelheit, lausche, höre Zetts Atemzüge mit ihrer verstopften Nase. Wie kann sie schlafen, wir beide ganz allein hier draußen in der Dunkelheit? Wir sind naiv gewesen, unvorsichtig. Zwei Frauen allein in der Nacht. Man ist ausgeliefert, man ist schwach als Frau. Wie lange dauert es, bis es hell wird? Es ist noch vor Mitternacht, die Sonne geht erst gegen sieben auf.

Und dann höre ich wieder etwas. Ich presse meine Kiefer so fest zusammen, dass es wehtut. Es sind Schritte. Kein Tier, keine Kiefernzapfen. Jemand geht langsam um unser Zelt herum. Ich lange zu Zett, rüttle an ihr, lautlos, und lege ihr gleichzeitig eine Hand über den Mund. Sie schiebt sie harsch weg und setzt sich auf.

Dann hört sie es auch. Jemand geht um unser Zelt herum, schlägt mit dem Fuß gegen einen der Heringe, ein Stolpern, dann kurz Stille und wieder Schritte. Zett und ich fassen uns kurz an den Händen. Dann kramt sie in ihrem Rucksack herum. Ich versuche, sie zu packen, sie davon abzubringen, man hört doch, dass wir wach sind, dass wir da sind, wir müssen leise sein, unauffällig, dann passiert uns nichts. Aber das ist ja Unsinn, natürlich sind wir da, mitten in der Nacht ein Zelt in einer einsamen Bucht, wo sollen wir sonst sein?

Zett hat anscheinend gefunden, was sie gesucht hat, und wühlt sich aus ihrem Schlafsack. Ich greife nach ihr, bekomme ihr Schlaf-Shirt zu fassen und halte mich daran fest.

»Lass mich, ich geh da jetzt raus«, sagt sie laut.

»Nein!« Ich bin panisch, halte panisch das T-Shirt in der einen Hand, packe mit der anderen Hand ihren Arm, mit aller Kraft, sie versucht sich zu befreien, aber ich lasse nicht los, ich werde niemals loslassen.

»Paula!«, sagt sie noch lauter.

»Nein!« Meine Stimme klingt fremd. Ich kenne das. In Filmen schreien sie immer, sie kreischen, aber man schreit nicht wie im Film, so grell und hoch, man kreischt nicht. Es kommt von viel tiefer unten. Es ist mehr ein Grollen, ein Donnern aus den Eingeweiden. Man kontrolliert es nicht, es kommt einfach heraus, man schämt sich für das Geräusch, das man macht, man schämt sich, weil es einen verrät, es verrät die Angst, es verrät, dass man machtlos ist. Zett und ich rangeln miteinander. Sie versucht mich abzuschütteln, aber ich hänge mich mit meinem ganzen Gewicht an sie dran, sie kommt nicht weiter. Sie schafft es allerdings, den Reißverschluss vom Zelt hochzuziehen. Und als ich das höre, das Zippen, das Ratsch, da werde ich ganz starr. Ich lasse Zett los. Der Reißverschluss. Er ist doch die letzte Barriere. Zwischen drinnen und draußen, zwischen mir und den Schritten, zwischen uns und allem, und jetzt steht er offen. Ich sehe einen Ast, er bewegt sich im Wind. Dahinter der Mond. Zett klettert ins Freie und schreit aus Leibeskräften: »Ich bring dich um! I'll kill you! I am armed, you know, an armed woman! Ich bin bewaffnet!«

Sie ist verrückt. Das werden wir zurückbekommen, ich weiß es, dafür werden wir büßen. Wie kann sie nur? Sie rennt draußen herum und schreit.

Und ich sitze im Zelt, meine Beine im Schlafsack, ich habe ein weißes, viel zu großes T-Shirt an. Draußen der Ast, er zappelt hin und her, die Schatten zappeln, schwapp, schwapp, das Meer. Kann es nicht ein Mal ruhig sein? Sie muss doch schlafen, die Frau im Zelt. Sie sitzt nur da, macht nichts, bewegt sich nicht, das Dummerchen, das Schaf, die Haare sind ganz verstrubbelt, sie sitzt da wie festgefroren. Weißt du noch, der Film, Zett, die Schneekönigin? Wir als Kinder? Weihnachten. Weißt du noch, Kai, der Junge? Ich habe ihn immer geliebt. Sein Herz war eingefroren. Er war ganz kalt. Aber dann ist er aufgetaut.

»Er ist weg«, sagt Zett und streckt den Kopf ins Zelt. »Hier ist niemand mehr.«

Ich antworte nicht, sondern schnaufe, als wäre ich um mein Leben gerannt. Mein Hals tut mir weh. Der Nacken, die Beine. Als hätte ich ein Fitnesstraining gemacht. Aber ich habe nur dagesessen, mehr nicht.

»Das war nur ein Spanner«, sagt Zett. »Der hat sich verzogen. Komm raus, wir rauchen eine auf den Schrecken.«

Ich klettere aus dem Zelt. Ich bin ganz brav. Die Nacht ist hell, der Mond fast voll.

Zett nimmt zwei Zigaretten aus der Schachtel und zündet beide an. Eine bekomme ich. Wir setzen uns auf den Baumstamm und den Felsbrocken.

»Die Luft ist rein«, sagt Zett wie zu sich selbst und bläst den Rauch aus. Etwas glänzt in ihrer Hand.

»Was hast du da?« Mein Mund ist trocken, ich räuspere mich.

»Ein Messer.« Das Mondlicht spiegelt sich darin und wirft Lichtfetzen in die Nacht.

Ich schaue auf das Messer in ihrer Hand. Es ist ganz und gar aus Metall, es glänzt, der Griff ist gelöchert, die Klinge lang. Zett klappt das Messer mit einer einzigen Handbewegung zu, es macht dabei ein schleifendes Geräusch.

»Man muss sich doch wehren«, sagt sie.

Wie kann sie so cool sein? Sie zeigt mir noch etwas, ein Reizgasspray. Ich starre auf das Messer und das Spray.

»Mir tut keiner was, Paula«, sagt sie, und jetzt merke ich, dass sie gar nicht so cool ist. Sie zittert. Ich glaube, vor Wut.

»Du hast ihn vertrieben.«

»Ja, er ist weggerannt. Er war nicht gefährlich.«

»Du, du bist gefährlich, Zett-wie-Zorro!«, sage ich und lache komisch.

»Ja, ich schon.«

Wir klettern ins Zelt zurück, und Zett macht den Reißverschluss zu. Dann knipst sie eine Taschenlampe an. Daran hatte ich gar nicht gedacht, wir haben Taschenlampen dabei. Ich leuchte zu Zett hin, damit sie ihre Waffen ablegen kann, die sie direkt neben sich an der Zeltwand platziert. Dann krabbeln wir wieder in unsere Schlafsäcke. Das Meer schwappt weiter und weiter. Alle Muskeln tun mir weh, ich strecke mich.

»Morgen ziehen wir um auf den Campingplatz«, sagt Zett im Dunkeln.

»Okay.«

Ich krieche an sie heran mitsamt meinem Schlafsack und lege mich an ihren Rücken mit dem Arm schwer auf ihrer Seite. Sie schnauft einmal tief ein und wieder aus, es rasselt in ihrer Nase.

KAPITEL 3

Zett

»Wirf es ins Meer!«, bekniete mich Paula am Morgen, nachdem ich den Wichser vertrieben hatte. »Wirf das Messer ins Meer!« Ja, klar. Sie hatte mal wieder keine Ahnung. Ein psychopathischer Taucher hätte es finden können, aber so weit dachte sie nicht, obwohl sie sonst immer wahnsinnig weit dachte, viel zu weit. Das Messer machte ihr Angst.

Aber Paula, mein Schatz, das ist der Sinn von einem Messer: Angst machen. Und ehrlich gesagt, es war bedenklich, du hattest vor allem Angst: Seeigel, Dunkelheit, Meer bei Dunkelheit (»Ich geh nachts nicht ins Wasser, ich bin doch nicht verrückt.«), Bars mit Plastikstühlen (warum?), Nebengassen (?), Strand ohne Leute, Strand mit falschen Leuten, Berge (einsam!), ein Fest in einem kleinen Bergdorf (»Die Einheimischen, wir könnten sie stören!«), Rollerfahren (»Und wenn wir einen Unfall bauen?«), Tavernen, in denen du noch nie warst (»Wir waren noch nie auf dieser Insel, denk nach, Paula!«), und so weiter und so weiter. Es war eine lange Liste, die niemals endete, vielleicht erst dann, wenn wirklich mal was passierte, so wie jetzt. Aber ich glaube, du würdest nur zufrieden nicken, Paula, weil du es ja schon immer gewusst hast.

Ich war entschlossen, das Messer zu behalten und darauf aufzupassen wie auf meinen Augapfel, weil ich es nämlich notfalls mal gebrauchen konnte, das wusste man nie, und natürlich wegen Reyner. Der Junge aus meiner Klasse, ein Filipino. Die Idioten in der Schule beömmelten sich alle über seinen Namen, weil Reyner nicht wie ein Rainer aussah, darüber kamen sie nicht hinweg, sie nannten ihn »Fidschi«, obwohl jeder halbwegs normale Mensch weiß, dass die Fidschi-Inseln von den Philippinen so weit weg sind wie Italien vom Nordpol. Aber den Idioten ging es natürlich um was anderes. Sie hatten ihr Opfer. Ich schaute es mir eine Weile an. Ab und zu sagte ich, sie sollten ihn in Ruhe lassen, aber das wirkte nur kurz, weil sie es nach fünf Minuten wieder vergaßen und dann wieder ihren niederen Instinkten folgten. Beim Sport lachten sie sich tot über ihn, weil er ziemlich klein und sehr dick war. Wir Mädchen hatten Unterricht in der anderen Hallenhälfte, und die meisten waren froh, dass die Jungs es auf Reyner abgesehen hatten und nicht auf sie. Wenn er als Letzter in ihre Mannschaft gewählt wurde, donnerten die Idioten den Ball auf ihn drauf, damit er möglichst bald rausflog. Der Sportlehrer versuchte, sich das Lachen zu verkneifen, aber er lachte trotzdem. Und Reyner konnte irgendwann nicht mehr durch den Schulflur laufen, ohne dass er einen Schlag mit der Faust bekam, so ganz nebenbei.

Irgendwann reichte es mir. Es musste was passieren. Ich musste in der Sache mit Reyner was unternehmen. Deshalb sagte ich in der Klasse, morgens, bevor die Lehrerin kam, ziemlich laut, sodass alle mich hören konnten: »Hey, Reyner, kannst du mir vielleicht mal Mathe erklären? Ich meine nachmittags oder so. Würdest du das machen?«

Er sah mich ganz ruhig an und gab keine Antwort. Er wartete, klar, er wusste nicht, ob das eine Verarsche war. Er war jedenfalls darauf gefasst. Er erwartete den Schlag, den ich ihm verpassen würde, mit einer Art Schlafzimmerblick, die

Augenlider halb geschlossen. Und dieser Blick, so ohne Hoffnung, machte mich einen Moment lang traurig, und weil ich jede Art von Traurigkeit hasse, wurde ich blitzschnell wahnsinnig wütend. Ich sah mich um, ob die Wut vielleicht irgendwohin konnte, ob irgendwer was Falsches sagte oder falsch schaute, aber niemand traute sich. Es war total still in der Klasse. Die Mädchen drückten ihre Köpfe tief in ihre Hefte. Die Jungs standen da und starrten mich an.

»Also nur wenn du Zeit hast«, sagte ich.

»Ich hab Zeit«, antwortete Reyner, noch immer ganz ruhig. Er hatte wahrscheinlich abgewogen, was es zu verlieren gab. Die Jungs fingen an zu lachen, aber hinter vorgehaltener Hand.

»Okay, super. Heute um drei?«

Reyner nickte. Ich nickte zurück. Die Lehrerin kam rein. Als sie vorn am Pult stand, war es immer noch auffällig still im Klassenzimmer, sie schaute sich besorgt um, konnte aber nichts Verdächtiges entdecken. Reyner steckte mir nach der Stunde einen Zettel mit seiner Adresse zu.

Er wohnte nicht in unserer Reihenhaussiedlung, sondern in der Wohnung über dem Restaurant seiner Eltern. Es war ein chinesisches Restaurant. Er zeigte mir in seinem Zimmer als Erstes eine Weltkarte und dann die Philippinen, wo er herkam. Eine Reißzwecke steckte an der Stelle. Er erzählte, sie hätten dort ein riesiges Haus gehabt und er hätte jeden Tag im Meer gebadet. Er konnte angeblich einen Fisch mit der Hand fangen.

»Warum bist du hergekommen?«

»Keine Ahnung.« Er zuckte mit den Schultern.

Das wunderte mich nicht. Kindern wurde nichts erklärt, sie mussten einfach immer alles machen, was man ihnen sagte. Das war normal.

Reyner schaute verloren auf die Reißzwecke. Er ging anscheinend davon aus, dass die Philippinen ein wesentlich schöneres

Leben für ihn bereithalten würden, wenn nicht widrige Umstände (chinesisches Restaurant?) oder seine mysteriösen Eltern (Chinesen?) ihn in dieser grauenhaften Stadt in diesem grauenhaften Land festhalten würden.

»Du brauchst mir die binomischen Formeln nicht zu erklären«, sagte ich, um irgendwas zu sagen.

»Ich weiß.« Er wollte etwas sagen, entschied sich aber dagegen. Er nickte. Er schaute mich nur misstrauisch an und hätte bestimmt gerne gewusst, warum ich da war. Er war auf der Hut.

Seine Mutter brachte Salamibrote rein. Ich hatte etwas anderes erwartet. Sie war übertrieben freundlich und anscheinend froh darüber, dass ihr Sohn endlich mal Besuch hatte. Das war natürlich peinlich für Reyner. Er war auf einmal nervös, und das war er sonst nie. Zum Glück ging seine Mutter schnell wieder raus. Er saß auf seinem Schreibtischstuhl, ich auf dem Bett. Ich starrte auf den Autoteppich zwischen uns, die Straßen und Zebrastreifen, es war ein Teppich für ein Kindergartenkind. Er würde sich von diesem Teppich trennen müssen, beschloss ich, und ich war es wohl, die ihm das sagen musste.

Stattdessen sagte ich: »Mütter sind sooo …«, und verdrehte dabei die Augen.

»Ich mag meine Mom.«

Er saß dick und klein auf seinem Schreibtischstuhl, es war ein Drehstuhl.

»Schon klar.«

Eine Pause entstand. Ich schaute mir Reyners Regal an. Es standen wahnsinnig viele Bücher drin.

»Liest du viel?«

»Ja. Was soll ich sonst den ganzen Tag machen?«

»Du solltest mal diesen Autoteppich entsorgen. Also du bist

zwölf oder so. Das ist ein bisschen peinlich mit den ganzen Straßen und Parkplätzen, verstehst du?«

Er schaute sich den Teppich an. Etwas passierte dabei in seinem Gesicht. Manchmal verliert etwas urplötzlich seinen Glanz oder diese Puderzuckerschicht aus irgendwelchen Kindheitserinnerungen. Es liegt nur noch so da, wie es ist, glanz- und bedeutungslos.

Reyner atmete tief ein, noch immer den Teppich im Visier. Ich hatte ihm die Augen geöffnet. Wieso mache ich das immer, Augen öffnen? Als wäre das meine Mission. Dabei ist es jedes Mal ein schrecklicher, grauenhafter Moment.

»Ich könnte dich küssen, wenn du willst«, sagte ich.

»Warum?«

Ich wusste es nicht. Ich wollte ihm irgendwie eine Freude machen. Das setzte sich später so fort, ich machte den Typen eine Freude, die mich im Inneren irgendwie rührten, und dachte dabei: *Was soll's, er freut sich.*

»Lieber nicht«, sagte Reyner.

»Warum nicht?« Es kam mir komisch vor. Vielleicht war er schwul.

»Ich könnte Gefühle für dich entwickeln, und dann würden diese Gefühle enttäuscht werden.«

Das musste ich erst einmal verdauen. Mir fiel nicht sofort eine Antwort ein. Auch das war komisch.

»Keine Sorge, ich weiß, wie ich aussehe«, sagte er.

»Du könntest mal abnehmen, dann hättest du weniger Probleme.«

Er drehte sich auf seinem Stuhl nach links und nach rechts, sah mich kurz an, wenn er in der Mitte war, und gab eine gelangweilte Miene zum Besten. Es konnte jedoch unmöglich der Fall sein, dass er in diesem Moment, hier mit mir, gelangweilt war.

Als er gerade wieder nach links drehte, meinte er: »Ach so, das hat mir bis jetzt noch niemand gesagt.«

Dann drehte er zurück zur Mitte und hielt an, ein ganz zartes Grinsen im Gesicht, das ein kleines bisschen arrogant auf mich wirkte, deshalb musste auch ich lächeln. Ich würde ihm auf jeden Fall eine Freude machen, so viel stand fest.

»Man merkt, dass du viel liest«, sagte ich schließlich. »Du bist nicht so ein wahnsinniger Idiot wie die anderen.«

»Soll ich dir was zeigen?«

»Klar.«

Er ging zu einer Schublade und holte eine verzierte Schatulle heraus. Ich dachte, jetzt würde etwas Kindisches und Langweiliges kommen, darauf hatte ich keine Lust. Aber es war etwas Metallenes, eine Art Stab mit Löchern. Reyner nahm es heraus und klappte das Ding mit einer wahnsinnig schnellen, kunstfertigen Bewegung auf. Zack – es war ein Messer. In nicht mal einer Sekunde. Die Klinge glänzte. Nein, das war nicht kindisch. Reyner spielte mit dem Messer herum, klappte es zusammen und wieder auf, es ging so schnell, dass ich die Bewegungen unmöglich verfolgen konnte.

»Wow«, sagte ich. »Darf ich es mal haben?«

Er schüttelte den Kopf. »Es ist extrem scharf. Man muss es können. Mein Onkel hat es mir zur Kommunion geschenkt und mit mir geübt.«

Er bräuchte sich in der Schule nicht quälen zu lassen, dachte ich. Er müsste nur sein Messer mitnehmen und es ein paarmal ein- und wieder ausklappen. Das würde ihm Respekt verschaffen. Aber vielleicht reichte es ihm, es zu besitzen. Vielleicht ließ ihn das alles so stoisch aushalten, mit dieser Ruhe. Er hatte das Messer und konnte es jederzeit jemandem ins Herz stoßen. Und niemand wusste davon. Im Prinzip waren sie alle todgeweiht und hatten keine Ahnung.

»Es ist ein Balisong«, sagte er. »Die Klinge ist verborgen, aber mit einer einzigen Handbewegung ist das Balisong einsatzbereit. Die Fischer auf den Philippinen verwenden es. Ist es geschlossen, können sie den Fisch damit erschlagen, ist es offen, nehmen sie ihn damit aus. Man kann einen Hai damit töten.«

Er klappte es zusammen, verschloss die Griffe um die Klinge mit einem Haken und gab es mir in die Hand.

»Es gibt stumpfe Messer zum Trainieren, weil es sonst zu schweren Verletzungen kommt.«

»Zeigst du es mir? Wie dein Onkel es gemacht hat? Oder hattet ihr eines zum Trainieren?«

»Nein.«

»Du warst acht oder neun und hast mit dem scharfen Messer geübt? So einen Onkel hätte ich auch gerne, ehrlich gesagt.«

»Na gut, ich zeige es dir.«

Wir trainierten den ganzen Nachmittag. Reyner war ein guter Lehrer, ernst und vorsichtig. Er ging schrittweise vor: Erst sollte ich den Mechanismus verstehen, dann die Bewegungsabfolge.

Als ich ging, sagte ich: »Danke, Reyner.«

Er nickte. Seine Augenlider schlossen sich halb, er hatte wieder diesen Schlafzimmerblick. Ich musste los. Es war zehn vor sechs, und ich musste immer absolut pünktlich um sechs zum Abendessen zu Hause sein. Sonst kriegte ich nichts mehr. Da war mein Vater konsequent.

Es ging in der Klasse allerdings weiter mit Reyner. Manche Lehrer stachelten das Ganze noch an. »Unser Reyner!«, rief der Schindi immer hämisch in die Klasse, wenn Reyner etwas sagte, egal was. Dabei sagte er meistens das Richtige, es war nur immer ein bisschen zu viel des Guten. Er kannte sich einfach mit fast allem unwahrscheinlich gut aus, aber das nutzte ihm nichts.

Er blieb ganz ruhig (das Messer!), während ich von Tag zu Tag wütender wurde, bis ich ständig wahnsinnig wütend war, aber nicht wusste, wohin damit. Ich konnte den Schindi und die ganzen Jungs nicht verprügeln, ich war zu schwach. Also dachte ich an das Balisong. Ich bekam regelrecht Sehnsucht nach dem Messer. Ich dachte immer öfter daran, jeden Tag, jede Sekunde. Ich wiederholte im Stillen das Wort: Balisong, Balisong, Balisong. Es war fast eine Art Gebet.

Eines Tages gab es in der Pause dann die Schlägerei. Jonas hatte irgendwas zu Reyner gesagt, und es musste etwas wirklich Schlimmes gewesen sein, denn Reyner zog diesmal nicht den Kopf ein, sondern rannte mit seinem ganzen Gewicht los, keuchend, quasi eine Dampfmaschine, er rannte volle Kanne auf Jonas drauf, riss ihn um und wollte anscheinend einfach auf ihm liegen bleiben, um ihn zu zerquetschen. Aber Jonas war riesig, ein Wasserballer, ich kannte ihn aus der Schwimmhalle, er befreite sich praktisch mit links, lag nun seinerseits auf Reyner drauf und schlug ihn mit der Faust, auch ins Gesicht. Wasserballer haben unwahrscheinlich viel Kraft. Reyner schrie nicht einmal, er ließ es geschehen wie sonst auch, aber alle anderen schrien, weil es so brutal aussah, und es war immerhin ein Gymnasium, da wurde sich nicht jeden Tag geprügelt. Eine Lehrerin kam angerannt, Jonas ließ sofort von Reyner ab und behauptete: »Der Fettsack hat angefangen!«, und alle nickten und bekräftigten, dass Reyner angefangen hatte. Der sagte wie immer gar nichts. Er stand aufrecht da, mit hochrotem Kopf und abstehenden schwarzen Haaren, und verteidigte sich nicht. Ich wusste, warum. Er hatte das Messer. Er wusste, er konnte Jonas töten, und das reichte ihm. Es zu KÖNNEN.

Die Pause war fast zu Ende. Reyner bekam einen Verweis. Seine Jacke war dreckig und zerrissen. Er stand allein auf dem Schulhof, Jonas ein paar Meter entfernt, er grinste. So ein richtiges Arschgeigengrinsen. Die anderen drängelten sich um Jonas herum und schauten, ob noch was passierte.

Ich ging seelenruhig zu Reyner hin, nahm seinen Kopf in meine Hände und küsste ihn. Mit Zunge. Ich hatte das noch nie gemacht, aber es war nicht schwierig. Es gab eintausend Filme darüber. Alle konnten uns sehen. Niemand lachte. Reyners Zunge fühlte sich komisch an, es war ziemlich nass. Was hatten sie nur alle mit dem Küssen?, fragte ich mich, ich konnte in Zukunft gut darauf verzichten. Als ich von ihm abließ, ging ich à la Bilitis über den Schulhof, ich schwebte mit einem wissenden Lächeln dahin, nahm meine Umgebung gar nicht wahr und war quasi verzaubert.

Großes Kino, das musste nun mal sein.

Reyner wurde von dem Tag an ignoriert. Sie dachten, er hätte ein Geheimnis, irgendetwas, das mich, Zett, dazu brachte, ihn zu küssen. Es machte ihnen Angst. Ich war Leistungsschwimmerin und sah gut aus, das reichte, um ihre Nummer eins zu sein (Idioten, quod erat demonstrandum …), aber Reyner, der dicke Junge aus China oder sonst woher, war mein Auserwählter. Etwas stimmte nicht mit ihm. Man ließ ihn lieber in Ruhe.

Ein paar Tage später standen Reyner und ich gemeinsam am Pausenkiosk an. Wir redeten sonst nicht viel miteinander, ich hatte keine Zeit für ihn. Entweder war ich beim Schwimmen oder bei Paula, die sich beschwerte, wenn ich an den trainingsfreien Nachmittagen nicht zu ihr kam. Sie hatte sich an mir festgesaugt wie ein kleiner Tintenfisch, irgendwie süß, und sie war weit und breit die Einzige, die nie neidisch auf mich war.

Diesmal sprach Reyner mich an.

»Ich weiß, ich kann nichts für dich machen«, sagte er. »Du kapierst Mathe auch ohne mich. Aber wenn ich erwachsen bin, werde ich viel Geld haben, und dann kaufe ich dir ein Haus.«

»Meine Eltern haben ein Haus. Es ist hässlich.«

»Es wird ein schönes, großes Haus sein. Ich meine das ernst.«

»Ich weiß. Aber du solltest jetzt etwas für mich tun. Nicht in hundert Jahren. Jetzt.«

»Was? Es gibt nichts!«

»Doch, es gibt was«, antwortete ich sofort. Ich hatte schließlich lange genug darüber nachgedacht.

»Wirklich?«

»Ja.«

Ich glaube, da wusste er es schon. Er war schlau und sah mich mit diesem Schlafzimmerblick an.

»Das Balisong«, sagte ich.

Er war vorn am Verkaufstresen angekommen, der Hausmeister wollte die Bestellung haben. Man musste sich beeilen. Reyner kaufte eine Vanillemilch, ich eine Brezel. Dann standen wir uns in der Aula gegenüber.

»Das geht nicht«, sagte er. »Tut mir leid.«

»Doch, das geht.«

Ich fixierte ihn. Ich starrte ihm direkt in sein Gewissen, drinnen in seinem Kopf. Reyner dachte nach. Vielleicht ging er alle seine Bücher durch, vielleicht stand etwas drin, was ihm jetzt helfen konnte. Ich wusste, was ich von ihm verlangte, aber ich konnte unmöglich lockerlassen.

Der Pausengong ertönte, ich drehte mich um und ließ ihn stehen. Er sollte mir nachsehen und die ganze Nacht kein Auge zutun.

Es vergingen Wochen, und er saß weiter unbehelligt in der letzten Reihe. Die Idioten hatten das Interesse an ihm verloren. Ich schaute manchmal zu ihm hin, ließ meinen Blick auf ihm ruhen, er schaute zurück und biss sich dabei auf die Lippen. Am letzten Tag vor den Sommerferien überreichte er mir schließlich einen Turnbeutel. Ich sah nicht hinein, ich wusste Bescheid.

»Danke«, sagte ich.

»Ist okay«, antwortete er nur und ging zurück zu seinem Platz.

KAPITEL 4

Paula

Die Tage vergehen, eine Routine hat sich eingestellt, ganz so wie ich es mag. Vor dem Zelt frühstücken, dabei den Reiseführer lesen, um eine Bucht und einen Bus dorthin herauszusuchen, die Sachen für den Strand packen, die Bikinis von der Leine nehmen, mit anderen Touris auf den Bus warten, bei einer der Kiesbuchten aussteigen, jede immer traumhaft, ein Stück laufen, die Badetücher ausbreiten. Den Tag am Strand verbringen. Lesen. Musik hören mit Zetts Walkman. Jeden Tag mindestens einmal Chris Rea, *Take me back to the place that I know – on the beach*. Am schönsten ist es, wenn es in der Nähe eine Taverne gibt und wir mittags eine Pause im Schatten einlegen, unterm Laubendach, bei einem griechischen Salat und einem Zaziki und einem halben Liter Wein. Wenn traurige, sehnsuchtsvolle Musik aus den Lautsprechern kommt und wir lauter reden und lachen, weil uns der Wein zu Kopf steigt. Die Kellner sind freundlich, aber zurückhaltend, fast schüchtern, keine Anmache, keine dummen Sprüche, nicht einmal ein blödes Augenzwinkern. Zett kann ihr Waffenarsenal in den Tiefen ihrer Tasche lassen. Ich habe ihr gesagt, dass ein Spray mit Reizgas in der Sonne nicht so eine gute Idee ist, und sie hat dieses eine Mal auf mich gehört und lässt es seitdem im Zelt zurück, das den ganzen Tag über im Schatten steht. Nach dem Wein kehren wir zum Strand zurück und schlafen ein, die Kiesel drücken sich in unsere Körper, hinterlassen Muster auf unserer Haut. Wenn wir schwitzend und durstig aufwachen, stürzen wir uns ins Meer, das immer warm ist und so harmlos wie die Kellner, kein Getier, keine Algen, nichts, nur Wasser, schimmernde Steine und plätschernde Wellen, ab und zu ein kleiner, neugieriger Fisch. Manchmal schwimmt Zett weit hinaus und führt ihre Künste im Delfinschwimmen vor, entlang der Bucht, ihre Arme heben sich bei jedem Zug gleichzeitig aus dem Wasser wie Flügel, tauchen dann gemeinsam wieder ein, schieben den Körper voran, der Po schaut in einer Wellenbewegung kurz und frech aus dem Wasser und verschwindet wieder, zuletzt tauchen die Füße auf, gestreckt wie bei einer Balletttänzerin.

Warum traut sie sich das? So weit draußen? Hat sie keine Angst, was unter ihr ist?

Was soll da schon sein, Paula.

Ich stehe bis zur Hüfte im Wasser und schaue Zett nach, was für eine Ausdauer sie hat und welche Kraft in den Armen und wie schön sie ist mit ihren Muskeln und den schlanken Beinen. Und ich? Ich sehe an mir herunter. Die Füße unten sehen bleich aus auf den Kieseln. Die Beine durch die Brechung des Wassers gedrungen. Dann meine Arme, Hände, ich betrachte die Haut, sie wird langsam braun, die kleinen Härchen schimmern in der Sonne, die Fingerkuppen schon etwas schrumpelig, so lange stehe ich schon da, im Meer. Es ist so warm, dass ich trotzdem nicht friere. Damals im Freibad, wir beide als Kinder, das Zittern und Zähneklappern, die blauen Lippen, doch wir wollten nicht aus dem Wasser, wir wollten einfach ewig um die Wette schwimmen, kreischen, tauchen, wir spürten den Hunger nicht, nur eine Ausgelassenheit, eine Unbeschwertheit, wie sie es nur in diesem Alter geben kann, acht oder neun, nur in einem Freibad, im Sommer, wenn der Tag langsam zu Ende gehen will.

Mein Körper ist schwach geworden. Ich habe ihm die Freundschaft gekündigt, aber er ist einfach dageblieben, er geht nicht weg, und er braucht dauernd etwas, Wasser, Essen, Wein, eine Zigarette. Verdient hat er es nicht. Er soll still sein und sich nicht irgendwie anfühlen. Er hängt hier im Meer herum, als hätte er keine Knochen, kein Skelett, kein Rückgrat, nur weiches Gewebe. Eine Stoffpuppe. Und oben ein Schädel, groß und hart. Eine Beule unter den Haaren. Mehr nicht? Ist das alles? Der hält alles aus, egal was, der Körper. Der geht schlafen und wacht auf und macht weiter, zieht die Luft ein und stößt sie wieder aus, der Magen, die Gedärme arbeiten, die Blase, das funktioniert alles weiter. Die paar blauen Flecken sieht man gar nicht, sie schimmern mittlerweile gelblich. *Heile, heile Segen, morgen gibt es Regen, übermorgen Schnee, dann tut es nicht mehr weh.*

Hab dich nicht so. Es gibt Schlimmeres.

Später kommt ein junger Typ zu uns her. Ich lege mich hin und stelle mich schlafend. Zett erledigt so was. Er steht vor uns in einer knappen, roten Badehose und macht uns Schatten.

»Hello, I am Marco from Italy.«

»Und?«, sagt Zett auf Deutsch.

»Maybe you want to build a company?«

Ich öffne die Augen. Marco from Italy ist hübsch, dunkle Augen, Locken, braun gebrannt, Wassertropfen auf der Haut, Sonnenbrille im Haar. Sein Englisch klingt lustig. Aber ich habe keine Lust auf *company*. Ich will allein sein mit meinem Buch, mit unseren Mandarinen und Weintrauben, mit dem Meer und mit Zett. Sie gibt Marco keine Antwort, sie hält sich nur die Hand über die Augen gegen die Sonne, während sie ihn mustert.

Er wird verlegen und bewegt sich hin und her. Dann setzt er sich die Sonnenbrille auf und findet anscheinend seinen Mut wieder.

»We are ten people or more. Join us if you want. This evening, Taverna Alexiou.« Seine Zähne strahlen, wenn er lächelt.

»Maybe«, sagt Zett und lächelt kein bisschen zurück.

Marco hebt eine Hand zum Gruß und geht weiter über den Kies die Bucht entlang.

»Bloß nicht«, sage ich.

»Wir gehen hin«, sagt Zett.

Widerrede zwecklos. Manchmal hasse ich sie, weil sie so herrschsüchtig ist.

Wir machen uns schick mit dem wenigen, das wir in den Rucksäcken haben. Ich mein Lieblingstop, schwarz-orange gestreift à la Wespe, ärmellos, man sieht viel Haut, unten Jeans-Minirock, man sieht viel Bein. Sandalen. Ein bisschen Gel in die kurzen Haare für den verstrubbelten Look, Kajal für die Augen, fertig. Ich stelle mich vor Zett hin, bereit für ihr Urteil. Sie sagt erst nichts und dann: »Sie werden dich wegfangen heute Abend.«

Ich winke ab. Alles, nur das nicht. Ohne mich. Nur schauen, nicht anfassen. Ich bin praktisch eine Nonne, eine Heilige oder besser ein Ding, ohne unten, es gibt nur oben bei mir, unten ist tot. Ich schnappe nach keinem Angelhaken, so lecker kann der Köder gar nicht sein.

Trotzdem denke ich an Maik und habe ein mulmiges Gefühl. Ein Schlechtes-Gewissen-Gefühl. Ein Fremdgeh-Gefühl. Ich versuche, es mit einer Handbewegung vor meinem Gesicht zu verscheuchen, verscheuche aber nur eine Fliege.

»Keine Angst, ich pass schon auf dich auf«, sagt Zett.

Alles klar, sie wird mich bewachen wie einen Sträfling, der Freigang hat. Sie trägt ein winziges bauchfreies T-Shirt und winzige Shorts und sieht aus, als hätte sie es nötig. Man darf es niemals nötig haben, Lektion eins im Buch *Frauenschicksale – wie man das Schlimmste verhindert.* Zett packt ihr Butterfly und ihr Reizgas in eine winzige Tasche und hängt sie sich um. Dann zwinkert sie mir zu, und wir machen uns auf den Weg zur Taverne Alexiou.

Großes Hallo von Marco, als wir dort eintreffen. Zwölf Leute sind da, eine schöne *company,* es werden Tische zusammengestellt, zwei Plätze am Tischende sind für uns, sodass Zett jetzt der Runde vorsteht und ich so etwas wie ihre rechte Hand bin. Wir stellen uns alle vor, ich merke mir keinen einzigen Namen, wir stoßen mit Bier an und rufen: »Yamas!« Ein Schweizer und ein deutsches Pärchen sind dabei, zwei holländische Typen, Marco mit zwei Italienerinnen, die aber anscheinend nicht zu ihm gehören, sie ignorieren ihn, und dann noch ein Amerikaner, ein Engländer und zwei Französinnen. Wir einigen uns darauf, uns auf Englisch und mit Händen und Füßen zu verständigen.

Dann wird gegessen. Der ganze Tisch steht voll mit Tellern, Platten und Schälchen. Gegrillte Oktopus-Arme, frittierte Zucchini, in Öl gegarte Auberginen, Huhn in Tomatensoße, Lammkoteletts, Pommes natürlich, überbackener Schafskäse, kleine Reisnudeln, gefüllte Tomaten, wir haben zu viel bestellt, es kostet ja kaum etwas, der Kellner bringt ein Tablett nach dem anderen. Zett und ich essen mal hiervon, mal davon, probieren uns durch, wir alle essen, als stünde eine Hungersnot bevor oder als wäre alles eine einzige letzte Henkersmahlzeit.

Am Ende, als alle Teller, Platten und Schälchen leer sind, ratzeputz aufgegessen, kommt die Wirtin aus der Küche zu uns, wischt sich ihre Hände an der Schürze ab, streicht sich die grauen Haare aus dem verschwitzten Gesicht und fragt: »Good?«

Wir rufen alle gleichzeitig »Very good!«, »Thank you so much!«, »Best food ever!« und so weiter, die Frau strahlt und gibt dann dem Kellner eine Anweisung. Er rennt sofort los und kommt mit einem Tablett zurück, drei kupferfarbene Karaffen darauf und Gläser für alle, er verteilt sie, wir schenken den Ouzo ein. Auch die Wirtin nimmt sich ein Glas. »Yamas!«, ruft sie, und wir heben die Gläser hoch, »Yamas!«, und kippen den Ouzo hinunter. Er brennt im Bauch, und trotzdem schreit er: Mehr davon! So geht es allen, sie wollen mehr und trinken mehr, und die nächste Karaffe kommt. Zett mittendrin, sie säuft wie ein Loch. Kann sie sich nicht einmal zurückhalten? Sie schenkt jetzt auch dem Kellner ein Glas ein und fragt nach seinem Namen. »Yorgos«, antwortet er, und wir alle trinken mit Yorgos auf Yorgos und auf Griechenland, und als immer mehr leere Karaffen auf dem Tisch stehen und immer neue kommen, artet das Ganze aus. Zett kreischt und lacht wie eine Hexe oder wie eine Hyäne. Ich will nach Hause.

»Wir bleiben«, sagt Zett, wendet sich wieder den anderen zu und kreischt weiter. Die anderen Gäste sind längst gegangen, Yorgos dreht die Musik auf, nicht mehr traurig und sehnsuchtsvoll, die hier ist tanzbar, alle stehen also auf und tanzen und feiern, alle außer mir, sie können auf einmal Griechisch und singen die Lieder mit, und dann zieht mich Zett vom Stuhl, und ich lasse mich mitreißen, wir tanzen und wackeln mit unseren Hintern. Ich genieße es. Kann das wahr sein? Ich tanze? Ja, ich tanze. Wie eine Verrückte.

Die nächsten Karaffen kommen, wir lassen uns außer Atem auf die Plastikstühle fallen. Yorgos sitzt jetzt bei uns am Tisch, er zeigt uns, dass man die Gläser nach dem Anstoßen hinter sich wirft, in ein Gebüsch hinein, wo sie sich bald stapeln. Dann bringt er uns bei, Teller auf den Boden zu werfen, natürlich probieren wir es aus, nach jedem Lied ein »Yamas!«, und die Teller zerschlagen, die Scherben auf dem Boden, die Wirtin schließt seelenruhig ihre Küche zu und geht nach Hause.

Zett und ich gehen zusammen zum Klo.

»Geh ruhig schon vor«, sagt sie zu mir. Sie hält sich am Waschbecken fest. Ihr Kajal ist zerlaufen. Ihre Augen sind knallrot.

»Ich geh nicht ohne dich.«

»Wenn du meinst.«

Marco tanzt inzwischen mit der Französin eine Art Sirtaki. Erst hat er es bei den Italienerinnen versucht, aber sie waren sich zu fein und sind gegangen. Yorgos tanzt allein, und er kann das ja wirklich, seine Schritte passen zur Musik, er breitet die Arme aus wie Alexis Sorbas, er geht in die Hocke, springt wieder hoch, er schwenkt ein weißes Tuch in der Hand, wir anderen weichen zurück, bilden einen Kreis um ihn und klatschen, obwohl wir den Rhythmus der Musik nicht finden. Yorgos schnippt mit den Fingern, wieder landen Gläser im Gebüsch, Zett wirft die Arme in die Höhe, und schon steht sie ganz nah bei Yorgos, er hört auf zu tanzen, legt die Hände sacht an ihre Hüften, vorsichtig, sie wiegen sich viel zu langsam, und auf einmal ist es still um die beiden, der Lärm setzt aus, alle sind weg, ich auch, nur er und Zett, er gibt ihr einen vorsichtigen, kleinen Kuss auf die Wange und lächelt. Sie schlingt die Arme um ihn und küsst ihn zurück, auf den Mund, mit Zunge, gierig, als wollte sie ihn verschlingen, er weiß gar nicht, wie ihm geschieht. Sie drückt sich an ihn mit ihrem nackten Bauch, und ihr kleiner Hintern, der sonst aus dem Meer schaut, macht kreisende Bewegungen. Dieses Schlängeln, sie übt es jeden Tag beim Schwimmen, jetzt, mit Yorgos, kommt es mir billig vor.

Zett ist ein Flittchen, denke ich und weiß, dass es gemein ist. Aber warum macht sie das? Es sollte doch *unser* Urlaub werden, ohne Maik, ohne Typen. Und sie knutscht gleich mit dem Erstbesten rum? Schickt mich heim? Was hat sie noch vor, will sie mit ihm nach Hause? Ihr moralischer Kompass ist irgendwie kaputt. Ich sehe, wie sie Yorgos ihre Zunge in den Mund schiebt, bestimmt schmeckt sie nach Knoblauch und Schnaps, und ich sehe, wie Yorgos nicht weiß, wie ihm geschieht.

Da löst sie sich von ihm. Steht einen Moment nur da. Schwankt. Packt seine Schulter, um nicht zu fallen. Dann hält sie sich die Hand vor den Mund und rennt. Rennt hinaus auf den Gehweg und übergibt sich in einen Oleander. Ich gönne es ihr, ja wirklich, sie hat es verdient, und morgen wird es ihr peinlich sein. Ein Würgen und Spucken.

»Kotz dich nur aus«, sage ich, halte ihre Haare, lege eine Hand auf ihren Rücken. Ich werde nie richtig betrunken, ich bleibe komischerweise immer nüchtern. Zett dagegen kotzt sich die Seele aus dem Leib. Ich wische ihr den Mund mit einer Serviette ab. Yorgos winkt zum Abschied.

Er kennt das bestimmt. So sind sie, die Touristinnen, werfen sich ihm jeden Sommer an den Hals. Und immer zuerst der Ouzo, immer schließt die Wirtin die Küche zu, immer die Musik und der Tanz. Immer die Kotzerei? Der arme Oleander!

Wir laufen durch die Nacht. Zett kann sich kaum aufrecht halten, torkelt, ich halte sie fest am Arm, sodass sie nicht stürzt, doch einmal verlieren wir das Gleichgewicht, sie reißt mich mit sich, meine Kraft reicht nicht aus, wir schwanken mit schnellen Schritten nach links, dann nach rechts, und dann fallen wir, mein Knie tut weh, meine Hüfte. »Verdammt!«, sage ich, Zett kreischt und ruft immer wieder: »Schau dir mal diese Sterne an!«

KAPITEL 5

Paula

Zett ist weg.

»Ich bin raus«, hat sie gesagt. Sonst nichts. Und packte zuerst alle Bierdosen und den restlichen Wein in ihren Rucksack. Typisch, dachte ich. »Typisch!«, sagte ich auch, aber sie schnaubte nur und stopfte als Nächstes die Klamotten rein, wahllos, was sie gerade in die Finger bekam, ohne etwas zusammenzulegen, und je länger das alles dauerte, desto kleinlauter wurde ich und wusste nicht mehr, was ich machen sollte, und meine Wut wurde mit jedem Handtuch und mit dem Bikini und mit den Shorts und mit allem von Sekunde zu Sekunde immer weniger, immer weniger Wut, bis es mir leidtat, bis ich wollte, dass sie bleibt.

Sie rollte den Schlafsack zusammen, zurrte ihn mit dem Riemen am Rucksack fest, band noch die Turnschuhe dran und stapfte davon.

»Du kannst mich doch hier nicht allein lassen!«, rief ich ihr hinterher. »Die ganze Reise war doch deine Idee! Und jetzt?«

Sie drehte sich kurz um. »Jetzt hast du ihn angerufen.«

»Na und?«

Sie schüttelte nur den Kopf und ging weiter, stapfte weiter, ihre Wut wurde nicht weniger, im Gegenteil, Zett steigerte sich da hinein, sie beruhigte sich nicht, sie ging in Richtung Bushaltestelle.

Ich dachte noch, sie kommt zurück. Den ganzen Tag dachte ich, sie würde es sich anders überlegen und mich nicht im Stich lassen.

Aber sie ist weg. Ich gehe zum Eingang vom Campingplatz, halte Ausschau, warte einen Bus ab, den nächsten, keine Zett. Ich hab doch bloß angerufen.

Ich gehe zum Minimarkt vom Campingplatz. Es riecht immer komisch hier in den Supermärkten, ich weiß nicht, was es ist, die eingelegten Sachen, Oliven, Schafskäse, oder das Putzmittel oder Schimmel, Schmutz hinter den Kühltruhen, jedenfalls riecht es so, dass ich nichts kaufen will. Ich habe sowieso keinen Hunger. Ich laufe mit meinem Einkaufskorb ziellos in den engen Gängen herum. An der Kasse wird dauernd laut geredet und gelacht.

Bier sollte ich wenigstens kaufen. Nur damit ich schlafen kann, etwas anderes bekomme ich nicht herunter. Zett hat immer das einheimische genommen, Mythos, ich stelle drei kalte Dosen Mythos in den Korb. Sie liegen da, und ich denke an Zett, und sie fehlt mir die ganze Zeit, und dann werde ich wieder wütend, so wütend, dass sie wegbleiben soll, dass ich sie nicht mehr sehen will, nie mehr. Ich komme auch ohne sie klar. Sie denkt immer, ich brauche sie. Aber in Wirklichkeit braucht sie mich, so ist das nämlich. Ohne mich wird sie die ganze Zeit trinken, Chips fressen und mit Typen herummachen und alles. Ohne mich wird sie sich andauernd peinlich benehmen. Sie wird Drogen nehmen und kriminell werden, ziemlich sicher, das ist praktisch vorgezeichnet.

Und ich? Was mache ich ohne sie? Ich gehe morgen zum Fähranleger, da gibt es Flugtickets, ich brauche einen früheren Flug nach Hause. Aber wenn sie zurückkommt? Wenn sie sich wieder einkriegt und an mich denkt und einsieht, dass sie mich hier nicht einfach zurücklassen kann? Wenn es ihr leidtut? Und dann bin ich nicht mehr da, sie kommt hier an, das Zelt ist abgebaut, nur die Wäscheleine ist noch übrig, aber die Bikinis hängen nicht mehr dran, alles ist verlassen, keine Spur mehr von mir. Eigentlich hätte sie es verdient. Diese Leere zu sehen. Dieses Nichts. Es greift dir in die Magengrube, es krallt nach deinem Kopf, Zett, es ist schlimmer als alles, was du kennst, denn es ist das Alleinsein. Das ist das Schlimmste. Das hättest du verdient, Zett, das mal zu fühlen, richtig zu fühlen, dann könntest du mich nämlich verstehen.

Ich starre die Chips im Regal an, die sie tütenweise gekauft und verschlungen hat. Mit Chili.

Sie wird nur denken, dass ich kapituliert habe, sonst nichts, dass ich noch dümmer bin, als sie dachte, und dass ich zu Maik zurückgehe.

Na gut. Dann rufe ich eben wieder an. Maik. Warum nicht? Wenn sie es will? Wenn sie nicht auf mich aufpasst, so wie sie es versprochen hat? Das hat sie nun davon. An der Rezeption gibt es ein Telefon, das ich benutzen darf, jede Minute kostet Unsummen an Drachmen.

Dort hat sie mich erwischt. Ich hatte gesagt, ich würde Brot fürs Abendessen holen, und sie kam nach, weil sie noch Zigaretten brauchte. Bier, Chips und Zigaretten, so ernährt sie sich. Sie lachte und hatte so einen Urlaubsschritt, wippend, in ihren Flipflops. Doch dann sah sie mich in dem Kabäuschen mit dem Telefon stehen, mit dem Hörer in der Hand. Erst war es noch in Ordnung, es klingelte nicht gleich bei ihr, sie guckte mich bloß fragend an, aber unsere Blicke trafen sich, ich hätte nur wegsehen müssen, etwas erfinden, eine Lüge, aber unsere Blicke trafen sich, und sie kennt mich eben. Sie kennt mein schlechtes Gewissen, sie kennt mich in- und auswendig. Und dann war klar, mit wem ich telefonierte. Es war zu spät für Ausflüchte. Sie wusste es. Sie wurde ganz grau. Sie hob fragend ihre Hände in die Luft, und da blieben sie ewig, ihre Hände, in der Luft. Sie gab keinen Laut von sich, aber ihr Gesicht sagte alles, einfach alles: »Ist das dein Ernst? Bist du so dumm? So dumm, wirklich? Hab ich dich verloren? Bist du also verloren? Muss ich dich aufgeben? Wirklich?«

Das alles sagten ihre Hände und ihr Gesicht, bis sie sich umdrehte und zurück zum Zelt ging, ihre Flipflops machten besonders laut das Flipflop-Geräusch, und Steinchen flogen um ihre Füße herum.

»Ich muss Schluss machen«, sagte ich ins Telefon.

»Hör nicht auf Zett. Du weißt, dass sie verrückt ist.«

»Ja, ich weiß«, sagte ich nur, damit er ruhig war. Ich verriet sie, nur damit Maik ruhig war. Dann legte ich auf.

Sie ist also losgeschwommen, Zett, sie hebt die Arme aus dem Wasser, der Po schaut kurz heraus, die gestreckten Füße, sie schwimmt und schwimmt, immer weiter raus, in dieser Wellenbewegung, wie ein Delfin, bis sie ganz klein wird und schließlich verschwindet, weit hinten, wo Meer und Himmel sich im Dunst verbinden.

Sie hat recht, ich bin verloren.

Ich starre auf unser Zelt. Auf die leere Hälfte im Inneren, wo nur noch die Plane zu sehen ist, der blanke Zeltboden, kein Schlafsack, kein Rucksack, keine T-Shirts, keine Taschentücher, keine halb leeren Colaflaschen, kein Reizgas, kein Butterfly, nichts. Ein Ziehen in meinem Bauch, hinunter in ein Loch, in einen Schlund. Auf meinem Kopf ein Astronautenhelm, eng und schwer. Nur ein kleines Fenster, durch das ich in die Welt sehe. Ein Campingplatz. Olivenbäume. Vertrocknetes Gras. Leute gehen vorbei, zum Duschen oder zum

Abspülen, sie kehren zurück und haben Handtücher um die Köpfe und die Körper gewickelt oder tragen Schüsseln mit sauberem Geschirr, sie lachen, glaube ich, sie sehen aus, als wären sie glücklich. Was denken sie über die Frau, die da hockt, gestern noch zu zweit, heute allein, ganz allein, gestern noch mit dieser hübschen Freundin, die mit der tollen Figur, die so gut schwimmen kann, die so laut lacht, dass es der ganze Platz mitbekommt. Die andere, die nicht so hübsch, nicht so laut und nicht so gut gelaunt ist, die ist übrig geblieben. Warum? Sie hat ihre hübsche Freundin vertrieben, klar, so muss es gewesen sein. Diese Freundin hat schon recht, wenn sie abhaut. Mit der, die da allein hockt, hält es nämlich keiner aus. Schon ewig sitzt sie da und starrt vor sich hin. Sie ist unleidlich, sie kann nicht mit Menschen. Und dann heulen! Das haben wir gerne, eine Runde Mitleid! Mit der will echt keiner was zu tun haben. Die verdirbt allen den Spaß. Die mit der Froschfresse. Die Paula eben.

Meine Mutter meinte damals, als ich heulend von der Schule heimkam, mein Gesicht sei völlig in Ordnung. Sie stellte mich vor den Spiegel: *Schau, ganz normale Augen, ein ganz normaler Mund, nichts daran auszusetzen, geschwungene Lippen, das wünschen sich viele, schön voll und geschwungen, siehst du? Dazu eine Stupsnase, die ist doch süß!* Sie gab mir einen Kuss auf die Nase. *Also ich sehe kein Froschgesicht, du? Ich schüttelte den Kopf.* Aber in Wirklichkeit ist das egal, denn wenn sie sagen, du hast eine Froschfresse, dann hast du eine, dann hast du Glupschaugen und ein riesiges, breites Maul, du überprüfst es im Spiegel und siehst es selbst, du BIST die Froschfresse, du siehst, dass sie recht haben. So wie jetzt.

Es dämmert. Die Moskitos sind aufgestiegen, sie surren, bilden Kampfverbände und greifen an. Das Autan ist weg, Zett muss es mitgenommen haben. Sie liefert mich den Mücken aus. Sie denkt, das habe ich verdient.

Die Leute kochen Nudeln auf ihren Gaskochern. Sie essen von Plastiktellern. Die Gruppe Italienerinnen, die zwei Holländer, die Pärchen, die vielen Pärchen. Alle stoßen mit Wein an und stecken die Köpfe zusammen, und sie sprechen eine Sprache, die außer ihnen niemand versteht.

Ich denke an Maik. An sein Gesicht. Die John-Lennon-Brille. Damit sieht er immer irgendwie friedlich aus. Friedlich und ein bisschen verwirrt und auf der Suche nach etwas. Seine Haare, schwarz und ungekämmt, er verstrubbelt sie, er föhnt und pflegt sie, er benutzt Gel und Spray und alles Mögliche in einer ganz bestimmten Reihenfolge. Alle lieben seine Haare. Ich auch. Sie stechen, wenn man hineingreift, aber das darf man nicht, nie in die Haare greifen, Regel Nummer eins. Ich habe es trotzdem gemacht. In sein Haar gegriffen, als ich mich gewehrt habe. Gezogen und gezerrt, mit aller Kraft. Nicht. Nicht daran denken. Er hat aufgeschrien. Aber es hat mir nichts genützt. Es nützt nichts. Maik ist groß und viel stärker, als man annehmen würde. Er ist zu stark, und ich bin zu schwach.

Es geht ihm schlecht, hat er am Telefon gesagt. Zu Recht. Ich hoffe, richtig schlecht. Er soll nachdenken. In den Spiegel schauen. Im Flur, wo er seine Hanteln stemmt. Da soll er sich anschauen und nachdenken.

Hau ab, Maik. Lass mich in Ruhe.

(Das glaube ich mir doch selbst nicht.)

Sie haben recht, mit mir hält es keiner aus. Außer Maik, und Maik ist gestört. Nur wer sehr gestört ist, will etwas mit mir zu tun haben.

Zett zum Beispiel. Gestört. Oder ist das normal, sich von Bier und Zigaretten zu ernähren und von Chips natürlich, die mit Chili? Mit dem Kellner rumzuknutschen? Ja? Ist das normal, eine Freundin nach Griechenland zu zerren und sie dann sitzen zu lassen? Nur weil sie wen angerufen hat?

Anrufen unter Todesstrafe verboten.

Ich bin schon fast zwei Jahre mit Maik zusammen, weißt du das, Zett? Zwanzig Monate. Die schmeißt man nicht so einfach weg.

Und wie man sieht, ist er der Einzige, auf den ich mich verlassen kann, er liebt mich eben und du nicht, Zett, du machst nur große Versprechungen, und wenn den ganzen Tag die Sonne scheint und ich alles mache, was du sagst, alles mitmache, dann bist du die beste Freundin der Welt, dann liebst du mich, dann trinkst du und lachst und schwimmst, aber wenn die erste graue Wolke aufzieht oder irgendwas passt dir nicht oder ich mache einfach mal, was ich will, zack, bist du weg, so ist das nämlich.

Ich schnaufe tief durch. Ich kann nicht die ganze Nacht so dasitzen. Ich muss mich mal wieder bewegen, mal aufstehen. Wasser trinken. Das Froschgebiss putzen. Mich schlafen legen.

Als ich dann im Schlafsack liege, werde ich ganz ruhig. Ich weiß, was ich als Nächstes mache. Meine Mutter anrufen, sie um Geld bitten und ein Flugticket besorgen. Maik anrufen. Ihm sagen, dass er nachdenken soll. Dass ich zu meiner Mutter gehe. Ein paar Tage. Ein Zeichen setzen. Die Lücke nutzen. Jetzt ist mit ihm gut Kirschen essen. Jetzt wird er nicht wütend und regt sich nicht auf und gibt nicht mir die Schuld. Ganz brav ist er jetzt. Ein braver Hund. Mach Sitz! Nicht so schön, das Alleinsein, nicht so prima ohne mich, oder?

Es ist ganz still auf dem Campingplatz, als ich draußen die Flipflops höre. Es muss schon spät in der Nacht sein. Jemand setzt einen schweren Rucksack ab und lässt sich irgendwo nieder. Zett natürlich, wer sonst?

»Und? Irgendwelche Spanner unterwegs?«, fragt sie. Ich höre sie mit dem Butterfly spielen, sie klappt es auf und zu.

»Nö. Hast du vor, mir die Kehle durchzuschneiden?«

»Warum nicht? Ich muss das Ding ja mal ausprobieren.«

»Das Zelt gehört einem Ex von dir, oder? Wegen der Sauerei, meine ich. Du musst es ihm zurückgeben.«

Zett stöhnt. *»Du musst das Zelt ordentlich zurückgeben«*, äfft sie mich nach.

Dann sagen wir beide nichts mehr. Ich höre, wie sie eine Zigarette anzündet. Sie raucht schweigend, ich glotze schweigend in die Dunkelheit. Je länger das dauert, desto schwieriger wird es. Keine von uns will als Erste was sagen. Wir warten einfach, aber nichts passiert. Zett hat das Autan, sie kann draußen lange durchhalten. Aber ich liege auch ganz gut in meinem Schlafsack, ich schaffe es bis morgen früh.

»Ich hab den ganzen Tag Depeche Mode gehört«, sagt Zett irgendwann. Ein Vorwurf.

»I'm taking a ride with my best friend …«, fange ich an zu singen.

»I hope he never lets me down again …«, antwortet sie.

Wir schweigen wieder und wissen nicht weiter. Zett erschlägt Moskitos, ich höre es klatschen.

»Paula?«

»Ja?«

»Du könntest mich bitten, ins Zelt zu kommen. Die Moskitos fressen mich langsam auf. Sie knabbern kleine Stücke von mir herunter und legen sie auf den Grill. Eine spielt Gitarre, die anderen singen.«

»Was singen sie?«

»Alles vorbei Tom Dooley«.

»Du hast das Autan mitgenommen.«

Sie antwortet nicht. Ich zähle bis zehn.

»Komm bitte rein«, sage ich dann.

Sie streckt sofort den Kopf ins Zelt.

»Aber bring das Autan mit. Hier sind ganze Armadas unterwegs.«

Sie zerrt ihren Rucksack ins Zelt und fängt an, im Dunkeln Sachen auszupacken. Auf die Weise wird sie noch mehr Unordnung verbreiten.

»Ich hab es dir dagelassen«, sagt sie. »Es liegt unter deinem Handtuch, ich dachte, da findest du es.«

KAPITEL 6

Zett

Als wir wieder in Deutschland gelandet waren und die Zugfahrt hinter uns gebracht hatten, fuhr ich vom Bahnhof gleich in meine Wohnung. Sie war kalt, roch muffig, und sie war leer. Ich konnte ungestört heulen, Tränen vergießt man ja besser allein. Es waren Tränen der Wut.

Warum, Paula?

Es machte mich rasend. Es machte mich krank. Perlen vor die Säue. Ich bekam Fieber davon.

Timm Thaler, weißt du noch, Paula? *Das verkaufte Lachen*? Du hast es verkauft, dein Lachen, an ihn, an M.

Als Kinder hatten wir vor dem Fernseher gesessen, zwölf Jahre alt, und *Timm Thaler* war die erste ZDF-Weihnachtsserie überhaupt gewesen. Wir warteten wie besessen auf die nächste Folge und wurden aus dem Stand Fans von Tommi Ohrner. Wir kauften zweimal die gleiche BRAVO, damit wir in unseren Zimmern die gleichen Poster aufhängen konnten. Er schaute uns an von der Wand und war noch süßer als in seiner Rolle als Timm Thaler, denn er war real. Es gab ihn. Er lebte irgendwo in einer ganz normalen deutschen Stadt. (Achtung, Jungs sind in Wirklichkeit nicht süß, nur in Filmen.)

Warum, Paula? Warum bist du zurück zu ihm? In die Wohnung? Wo es passiert ist? Erinnerst du dich nicht? Die Beule an deinem Kopf? Die blauen Flecken am Rücken? Die Leute haben sich am Strand nach dir umgedreht. Sie wussten es. Nur du weißt es nicht mehr. Warum?

Ich packte nicht einmal meinen Rucksack aus. Die dreckige Wäsche lag immer noch in der Plastiktüte. Meine Jogginghose reichte mir. Und die Tiefkühlpizzen. Bis keine Wuttränen mehr da waren, sondern nur noch Wut.

Ich hasse dich, Paula.

Ich wartete. Darauf, dass sie mich vermisste. Dass ich ihr fehlte. Dass sie mich anrief. Sie rief nur drei Mal an.

Drei Mal, Paula! Drei Mal für mich, Zett? Sechzehn Jahre Freundschaft? Dein Ernst?

Vielleicht wäre ich beim hundertsten Mal drangegangen. Vielleicht auch nicht.

Du hättest es versuchen müssen.

Die Anrufe hörten auf, aber ich hörte nicht auf zu warten. Sie sollte heulen und sagen: »Es tut mir leid.« Und ich würde antworten: »Das ist mir egal.« Sie würde nicht lockerlassen.

Ich wartete ein Jahr lang. Trank Wein, wartete noch ein Jahr. Ich war mir so sicher. Das mit M. musste doch mal vorbeigehen.

»Du bist das Licht«, hat er zu dir gesagt. Das erzählst du mir, Paula? Auf dem Flug nach Hause? Das soll es erklären? Bist du noch ganz dicht? Der kleine Idiot. Der Pisser. »Du bist ein Juwel unter den Frauen«, hat er gesagt. Wo sind wir denn, bei *Dallas* oder *Denver Clan*?

Ich wartete, trank Jackie Cola und malte mir alles aus. Wir sprachen in meinem Kopf miteinander. Ich ließ sie abblitzen, aber sie gab nicht auf. Und ich las immer wieder die Briefe aus unseren Briefheften. Wir hatten in der dritten Klasse damit angefangen, wir schrieben uns Briefe und tauschten die Hefte jeden Tag aus. Ich durfte abends nicht telefonieren, und so blieben wir immer in Verbindung. Wir schrieben alles hinein, was uns vor dem Schlafen durch den Kopf ging. Meistens war es nur: *Ich hab dich lieb. Ich werde dich immer lieb haben. Mein Mäusezähnchen.* So nannte ich sie.

Ich schaffte es nicht, die Wohnung in Ordnung zu halten. Die Küche war ein Albtraum, das Bad auch, sogar die Plastiktüte mit der dreckigen Wäsche gammelte noch irgendwo vor sich hin. Deswegen ließ ich nie jemanden rein. Auch die Jungs nicht. Ich lag lieber in ihren Jugendzimmern auf neunzig Zentimeter breiten Betten, ihre Eltern schlichen außerhalb des Zimmers in der Wohnung herum, sie waren nicht mit mir einverstanden, konnten aber nichts machen. Wo die Liebe hinfällt, nicht wahr? Ich war nicht besonders nett, ich war zu weit für mein Alter und hatte rote Haare. Eine Hexe. Ich verhexte ihre Söhne. Wenn sie schliefen, ging ich ins Bad und klapperte extra laut herum und spülte extra oft mit der Klospülung, und dann ging ich nach Hause und ließ die Söhne einsam zurück und kam nicht wieder. Sie riefen mich an, doch ich ging nicht dran. Das konnte ich gut, nicht drangehen. Ich aß Tiefkühlpizza (die Kartons bildeten schon ganze Landschaften), ich sah fern und las in den Briefheften.

Ich hab dich lieb.

Scheiß drauf.

Ich hasse dich.

Ich würde ihr sagen, wie egal sie mir war. Dass sie mich nicht verdient hatte. Dass ich sie sowieso nie gemocht hatte. Wie langweilig es gewesen war, *Ehen vor Gericht* mit ihr anzuschauen. Dass ihre Mutter eine blöde Kuh war, ihre Wohnung asozial. Dass ich sie nur aus Mitleid mit nach Griechenland genommen hatte, der größte Fehler meines Lebens. Dass keine Sekunde schön mit ihr gewesen war. Dass ich meine Zeit mit ihr verschwendet hatte und wie ich es bereute. Dass sie ein Mensch war, der anderen das Leben vermieste, ganz besonders mir. Dass sie mir nicht das Wasser reichen konnte und einfach nur nervte, und dass es das Beste war, was mir passieren konnte, dass sie nicht mehr meine Freundin war. Und dass ich nie, nie wieder mit ihr befreundet sein wollte. Das alles würde ich ihr sagen. Und dann rief sie mich an, ein viertes Mal (nach zwei Jahren!), und ich hatte endlich die Gelegenheit dazu.

1988

KAPITEL 7

Paula

»Ich bin's.«

Zett antwortet nicht. Sie sagt einfach überhaupt nichts. Sie lässt mich schmoren, am Telefon, der Hörer in meiner Hand. Ich stehe im Flur und friere. Das Kabel reicht nicht bis zum Wohnzimmer.

Ich habe so lange gewartet. Ich wusste, ich würde sie wieder anrufen, eines Tages, eines fernen Tages. Aber ich habe so lange gewartet, monatelang, und auf einmal ist es ein Jahr geworden. Jetzt sind es fast zwei. Sie legt nicht auf. Immerhin.

»Zett?«

»Am Apparat«, sagt sie.

Jetzt weiß ich auch nicht weiter. Was ich mir alles vorgenommen und zurechtgelegt habe. Welche Gespräche ich in Gedanken mit ihr geführt habe, nachts im Bett, im Bus zur Arbeit, vor dem Fernseher. Und? Jetzt soll sie auch mal zappeln. Schließlich hat sie nicht zurückgerufen. Sie hat sich nie bei mir gemeldet.

Zuletzt haben wir uns vor zwei Jahren am Bahnhof gesehen, als wir aus Griechenland zurückkamen. Sie nahm ein Taxi, ich die U-Bahn. Ich habe sie umarmt, sie ist steif dagestanden und hat es über sich ergehen lassen, ohne die Arme anzuheben. Ich habe ihr gewunken, sie hat nur das Kinn gehoben, eine Art

Nicken. Ich dachte damals, die kriegt sich schon wieder ein. Die wird sich daran gewöhnen. Dass ich zurück in die Wohnung gehe, zurück zu Maik. Dass wir es noch einmal versuchen. Ich dachte, sie wird schon merken, dass es nicht mehr vorkommt. Die Zeit wird vergehen, und sie wird einsehen, dass es sich lohnt, nicht gleich aufzugeben. An eine Beziehung zu glauben. An eine Liebe.

»Warum?«, hat sie mich im Flugzeug gefragt, als ich es ihr gebeichtet habe. Als ich sagte: »Wir versuchen es noch mal.«

Ich wusste keine Antwort. Ich konnte nur schweigen. Das Essen auspacken, bei Condor gab es Rindfleisch mit Zwiebeln, eine Art Stifado, ich kann mich gut erinnern, weil es ziemlich lecker war und weil Zett mich gefragt hat: »Warum?« Wir tranken Bier, stießen aber nicht miteinander an.

»Es wird nicht aufhören, Paula«, sagte sie, mit der Plastikverpackung eines Brötchens beschäftigt.

»Doch.«

»Nein, es hört nie auf. Eine Zeit lang vielleicht. Doch irgendwann fängt es wieder an, schlimmer als vorher.«

»Du weißt das natürlich. Du weißt ja alles so genau, gell, Zett?«

Jetzt sah sie mich an. Mit vollem Mund und hochgezogenen Augenbrauen. Sie kaute nicht mehr.

Ich war frech geworden. Frech zu Zett.

»Ja, das weiß ich«, sagte sie ganz langsam und deutlich, als wäre ich zurückgeblieben. Sie nickte dabei übertrieben. »Jeder weiß es. Nur du leider nicht.«

Von da an redete sie nicht mehr mit mir. Den ganzen Flug und die Zugfahrt lang nicht. Und dann nur dieses Nicken, dieses angehobene Kinn am Schluss.

Sie war die beleidigte Leberwurst, nicht ich.

Die Minuten vergehen. Ich stehe im Flur, Maik ist beim

Fußball, hinterher trinken sie immer noch was. *Dallas* fängt gleich an. Ich verpasse keine Folge. Sue-Ellen, die Schnapsdrossel, hat es wieder krachen lassen, und ich muss wissen, wie es weitergeht. Wer will es ihr verdenken, ehrlich gesagt, ihr Ehemann ist ein Fiesling, und sie kann nicht weg von ihm, denn dann wäre sie ja arm, ohne das ganze schöne Geld, das muss man sich mal vorstellen.

Es ist still im Flur und in der Leitung. Wer von uns beiden ist schwächer, wer bricht das Schweigen? Ich werde ganz matt und will auf mein Sofa. Zett hält sowieso länger durch. Sie treibt es immer auf die Spitze. Sie ist Leistungsschwimmerin und einfach besser im Kämpfen und im Durchhalten. Ich bin besser im Nachgeben.

»Ich heirate im März. Kommst du?«, frage ich also irgendwann.

»Maik oder wen?«

»Ja. Kommst du?«

»Bist du nicht zu jung für so was?«

»Nein, wieso?«

»Pff …«, macht Zett. Dann ein Schluckgeräusch in der Hörmuschel, sehr laut. Sie trinkt etwas. »Klar komme ich«, sagt sie schließlich.

Es klingt so normal, verdächtig normal. So einfach ist das? Zett kommt zu meiner Hochzeit, was auch sonst?

Jetzt würde ich ihr gerne etwas sagen, weiß aber nicht,was. Vielleicht, dass ich mich freue? Dass ich mir eine Hochzeit ohne sie gar nicht vorstellen konnte? Dass ich ihre Absolution brauche? Ist das so?

Ich will doch nur, dass sie dabei ist. Ich will, dass sie wieder in meinem Leben ist. »Du hast mir gefehlt«, sage ich also.

»Du mir auch. Sonst noch was?«

»Ja. Da ist noch was.«

»Paula, meinst du nicht, das reicht erst mal? Nicht dass ich noch einen Herzinfarkt kriege. Ich habe hohen Blutdruck.«

»Ich bin schwanger.«

»Mann! Jetzt ist aber mal gut! Etwa auch von Maik?«

»Natürlich.«

Wieder entsteht eine Pause. Das ist die Nagelprobe. Jetzt geht es um alles, um uns, um Zett und mich. Wir sind befreundet, seit wir vier Jahre alt waren. Im Kindergarten gründeten wir eine Art Gang, aber niemand außer uns durfte beitreten. Wir mussten beide immer lange bleiben und waren den ganzen Tag zusammen. Nur an den Wochenenden nicht, die Wochenenden waren schrecklich. Wir konnten es nicht erwarten, bis wieder Montag war. Und jetzt haben wir uns fast zwei Jahre nicht gesehen. Das ist die Nagelprobe. Ob wir uns verlieren.

»Puh«, sagt Zett. »Was machen wir denn da?«

»Es wird ein Mädchen.«

»Echt?«

»Ja, echt.«

Sie gibt einen längeren, hohen Ton von sich.

»Freust du dich etwa, Zett?«

»Klar! Was denkst du denn?«

Und sie hört sich wirklich so an. Als würde sie sich total freuen. Also freue ich mich auch. Wir freuen uns zusammen eine Zeit lang.

»Dann wirst du Patentante«, platze ich schließlich heraus.

Sie zögert. Wieder eine Pause. Diese Pausen bringen mich um.

Ich habe nicht nachgedacht. Es ist zu viel auf einmal. Ich könnte kein Nein ertragen, wirklich nicht. Auch keine Predigt bezüglich Maik, seit der Schwangerschaft habe ich zu nah am Wasser gebaut. Was mein Kind betrifft, bewege ich mich auf dem dünnsten Eis, das jemals gemessen wurde. Und jetzt frage ich Zett nach all der Zeit, ob sie Patentante wird. Ich habe noch nicht einmal mit Maik darüber gesprochen. Ich reite mich da gerade ordentlich in was hinein.

»Klar«, sagt Zett. »Und wann kommst du mich besuchen?«

Also schmieden wir Pläne. Also erzählen wir uns den ganzen Rest. Also ist alles wieder gut.

Später kommt Maik nach Hause.

»Ich habe Zett angerufen«, sage ich in der Küche. Er macht sich gerade noch ein Bier auf, ich koche Tee.

»War ja mal Zeit, oder?« Er lächelt. Heute ist alles seltsam.

»Ähm, noch was, Schatz, reg dich bitte nicht auf.«

Er seufzt. Kommt her und umarmt mich von hinten.

»Ich reg mich nicht auf.«

»Vorsicht«, sage ich und gieße kochendes Wasser aus dem Teekessel in die Kanne. Der Teebeutel saugt sich voll.

»Sie wird Patentante. Jedes Kind braucht doch eine verrückte Tante, oder nicht?«

Maik streicht mir über den Bauch. »Meine Tochter wird die verrückteste Tante haben, die es gibt«, sagt er und lacht. Er riecht nach Schnaps und Zwiebeln. »Sie soll mir nur nicht reinfunken.«

»In was?«

Er dreht mich um und schaut mir ins Gesicht. Er lacht nicht mehr. Seine Augen sind klein, sein Gesicht ist ernst.

»In gar nichts. Sie soll mir in gar nichts reinfunken.«

»Das wird sie nicht.« Ich lächle.

»Nein, das wird sie nicht.« Er lächelt nicht zurück.

1989

KAPITEL 8

Paula

Wir haben Blumenschmuck am Auto. Ein alter olivgrüner Polo mit zwanzig Rosen und ein bisschen Grünzeug auf der Kühlerhaube, an der Antenne weht ein weißes Band. Ich sitze hinten mit meinem Kleid und sehe aus wie eine Sahnetorte, ich wollte es eben romantisch haben. Maik hat einen Anzug an und fährt. Er ist sauer. Wir sind zu spät zu unserer Hochzeit gekommen, der Standesbeamte hatte deswegen schlechte Laune, Maik hat sich mit ihm angelegt, und ich habe versucht, Maik zu beschwichtigen, die Stimmung sollte schließlich nicht total im Eimer sein bei unserer Trauung. Aber das brachte ihn nur noch mehr auf. Irgendwann habe ich nur »Bitte!« gesagt, kurz vorm Heulen, und das mag Maik überhaupt nicht, wenn ich kurz vorm Heulen bin. Der Beamte fing an, nudelte seine Rede herunter, wir standen vor ihm, ich im nass geweinten Brautkleid, sehr romantisch, sehr Hollywood.

»Du fällst mir in den Rücken«, sagt Maik jetzt vorn am Steuer. »Wie immer. Warum heirate ich eine Frau, die nicht hinter mir steht?«

»Weil du eine Frau willst, die selber denkt. Ich wollte doch nur, dass es nicht eskaliert. Aber es ist eskaliert. Wie immer. Weil du dich gleich immer so aufregst.«

»DU warst zu lange im Bad.«

»DU hast zu lange gebadet, sodass ich erst viel zu spät ins Bad konnte. Soll ich ungeschminkt zu meiner Hochzeit gehen?«

»Soll ich ungewaschen zu meiner Hochzeit gehen? Soll ich nach Schweiß riechen und fettige Haare haben?«

»Hör auf.«

»Ich hör nicht auf.«

»Ich weiß.«

»Komm mir nicht so!«

»Wie denn?«

»Das weißt du genau.«

Wir stehen an einer Ampel. Fremde Leute im Auto neben uns winken uns. Ich lache und winke zurück. Dann schnaufe ich tief durch. Lege meine Hand auf meinen Bauch. Man sieht ihn fast nicht in dem Kleid, die Schneiderin hat es wirklich gut geändert.

Maik ist noch nicht fertig. »Das ist so typisch, du kuschst vor diesem Idioten und lässt mich blöd dastehen. Weil er Beamter ist oder was? Das war irgend so ein Fuzzi, der das Maul aufgerissen hat, sonst nichts.«

Ich antworte nicht. Ich will Frieden. Unsere Gäste sind eh schon genervt. Können sich Maik und Paula nicht ein einziges Mal zusammenreißen? Paula schon, aber Maik nicht.

»So typisch!«, sagt Maik, schlägt aufs Lenkrad und gibt Gas.

Warum heirate ich einen Mann, der so ist? Warum heirate ich Maik? Warum hat mich niemand aufgehalten?

Ich hätte mich nicht aufhalten lassen. Ich bekomme ein Kind. Ich will eine Familie, und basta. Ich liebe, liebe, liebe Maik. Er beruhigt sich schon wieder und ich mich auch. Wir beruhigen uns, und alles ist in Ordnung.

Maik macht Musik an. The Doors. *The End.*

Als wir ankommen, schwatzen und laufen alle durcheinander, suchen ihre Plätze und stellen Geschenke auf den dafür vorgesehenen Tisch. Ich setze mich auf meinen Platz, links Maik, rechts Zett, Sekt wird gebracht, ich nehme Orangensaft. Maik geht mit ein paar von seinen Fußballfreunden zum Rauchen nach draußen. Ohne etwas zu sagen, nimmt Zett unter der Tischdecke meine Hand, drückt sie fest und lässt sie nicht mehr los. So sitzen wir eine Weile, Hand in Hand, die Leute suchen ihre Tischkarten, sie lachen. Ich passe auf, dass ich nicht weine, es tut im Hals weh. Zett und ich schauen uns nicht an. Das brauchen wir nicht, wir wissen Bescheid.

»Ihr könnt ruhig schon trinken, wir stoßen später an«, rufe ich in den Saal. Es ist ein Nebenzimmer in einem Landgasthof. Wir haben das Billigste genommen, Stoffservietten und irgendwelches Chichi sind Maik und mir egal. In manchen Sachen sind wir uns wunderbar einig.

Endlich sitzen alle. Auch Maik kommt zurück und setzt sich neben mich, er hat ein Grinsen im Gesicht und wieder gute Laune. Er hat gekifft. Er küsst mich auf die Wange und streicht mir über den Bauch. Zett lässt meine Hand los.

»Auf das Brautpaar!«, ruft sie und hebt ihr Glas. Alle trinken auf uns. Dann wird schon die Suppe gebracht, es ist eine Hochzeitssuppe mit Markklößchen, Grießnocken und etwas Gemüse. Die Löffel klappern in den Suppentassen.

Nach dem Sauerbraten werden Reden gehalten. Seine Eltern, meine Mutter. Sein Trauzeuge. Alles ganz normal. Irgendwas mit Kindheit und wie süß man mal war, irgendwas mit Zukunft und füreinander da sein, und natürlich das Baby, der kleine, neue Mensch, ein Mädchen, hach, die Familie, die wir sein werden. Manche schnäuzen sich und tupfen sich mit Taschentüchern die Tränen ab. Ich finde das schön, aber ich bin abgelenkt, weil ich immer noch sauer auf Maik bin. Ich lasse sie also alle reden und lächle.

Ich bin einfach zu nachtragend. Ich sammle alles in einem kleinen Körbchen und trage es mit mir herum. Im Bedarfsfall finde ich alles wieder, nichts geht verloren, schon gar nicht die verdorbene Trauung im Standesamt, die wird für immer im Körbchen bleiben, die wird nicht vergessen und nicht verziehen. Ich bin ein Elefant, ich merke mir alles, aber es nützt mir nichts, es hindert mich nicht daran, immer weiterzumachen mit einer seltsamen Hoffnung auf eine ferne Zukunft, als könnte das ewige Sammeln irgendwann etwas ändern, wenn der Korb endlich voll ist vielleicht. Aber es ist ein Zauberkorb, er wird nie voll, er hat immer noch Platz.

Also liebe ich Maik weiter, was soll ich auch sonst machen, ich liebe, liebe, liebe ihn. Er wird der Vater meiner Tochter. Er wird ein guter Vater sein. Maik, Maik, Maik. Er hat gerade eine Art Lachkrampf, was nicht recht zu den Reden passt, und legt den Kopf an meine Schulter. Ist ja gut. Passt schon, Maik.

Jetzt ist meine Trauzeugin dran, Zett, sie steht auf und geht nach vorn. Sie hält ein Glas Rotwein in der Hand, und ich merke, dass sie schon leicht einen sitzen hat. Hoffentlich geht das Ganze gut aus. Hoffentlich reißt sie sich zusammen. Schließlich ist das Kind schon in den Brunnen gefallen, besser gesagt in meine Gebärmutter gewandert, und da ist es erst einmal gut aufgehoben, es gedeiht prächtig, wie man auf dem Ultraschall sehen kann. Und ich habe Ja gesagt, es ist zu spät, als dass Zett mich zur Vernunft bringen könnte.

Bitte, Zett, kein Drama, kein Auftritt, kein Öl ins Feuer. Das soll ihr mein Blick sagen, der auf sie gerichtet ist und den sie auffängt, als sie beginnt.

»Liebe Paula, lieber Maik.«

Sie lächelt und trinkt einen Schluck Wein.

»Ihr beiden Hübschen, ihr wisst, dass ich mich wahnsinnig für euch freue.« Sie zwinkert mir demonstrativ zu. Ich starre sie an und schüttle lautlos den Kopf. Doch Zett ist nicht aufzuhalten. Es wird passieren, sie wird mir meine Hochzeit vollends ruinieren.

»Hochzeiten halte ich zwar für Blödsinn, das weißt du, Paula, weil ein sehr umfangreicher Vertrag geschlossen wird, ohne dass jemand weiß, was genau da eigentlich drinsteht. Und damit die beiden Auserwählten trotzdem unterschreiben, blind und unwissend, gibt es ein Kleid, ein Fest, einen ganzen schönsten Tag im Leben.«

Sie macht eine ausladende Handbewegung.

»Das ist Sand, meine Lieben, den euch der Staat in die Augen streut, aber bitte, ihr habt es so gewollt.« Sie zuckt mit den Schultern.

Die Gäste lachen, zum Glück.

Noch, denke ich.

»Dennoch gibt es Grund zu großer Freude.«

Sie macht eine Pause.

»Und das ist mein Patenkind, das im Anmarsch ist, ich bin übrigens für Lou als Vorname, hab ich dir das schon gesagt, Paula? Wie Lou Salomé, eine sehr kluge Frau. Gestört, aber sehr klug.«

Sie trinkt einen Schluck.

»Das kleine Menschenkind wird wahrscheinlich das Beste sein, was ihr zwei in eurer Ehe zusammenbringt, aber immerhin, alle Achtung!«

Die Gäste lachen wieder, es ist ein etwas trockenes, erzwungenes Lachen. Zett hingegen strahlt. Ihre Zähne sind weiß, ihre Lippen grellrot angemalt. Sie läuft gerade zu Hochform auf. Jetzt erst fällt mir auf, dass sie ein enges, langes schwarzes Kleid trägt. Darf man das auf einer Hochzeit? Schwarz tragen? So was macht Zett extra. Um ihre Schultern ist ein grellgrüner Schal geschlungen, mit irgendwelchen kleinen Figuren bedruckt, sind das Mickymäuse? Nein, ich glaube, es sind lauter Paulchen Panther. Zett trägt ein schwarzes Kleid und einen grünen Schal mit rosa Zeichentrick-Panthern darauf. Dazu eine kleine grüne Ledertasche mit einer goldenen Schnalle. Mir wird heiß, eine Welle steigt in mir hoch. Zett ist mir peinlich. Sie soll bitte still sein. Ich schaue auf mein Kleid herunter, und es kommt mir auf einmal auch ziemlich albern vor. Der Reifrock und das glänzende Polyester über dem ganzen Tüll, am Oberteil billige Perlen, die schon eine nach der anderen abfallen. Der Ausschnitt tief, keine Ärmel, die Schultern frei, ich bin praktisch nackt.

Zett drapiert gerade ihren Paulchen-Panther-Schal neu, als wäre es edelste Seide. Bitte, lass es gut sein, lass es nicht wieder darauf ankommen, Zett.

Sie holt tief Luft. Ihr Busen hebt sich dabei, er ist groß. Eigentlich sieht sie toll aus. Und wenigstens hat sie sich schick gemacht und nicht aus Protest ihre Latzhose angezogen oder das Sweatshirt von dem Typen, ich weiß seinen Namen nicht mehr, das mit den ausgefransten Ärmeln und dem angeknabberten Kragen. Ich muss ein bisschen schmunzeln. Unser Kind wird bestimmt nicht Lou heißen wie Lou Salomé, die wahrscheinlich ungefähr so gestört war wie Zett, aber es wird wirklich die verrückteste Tante der Welt haben, wie Maik gesagt hat. Und warum bin ich eigentlich so eine spießige, angepasste Tussi, die sich dauernd damit beschäftigt, was andere denken? Maik hat manchmal schon recht, immer bin ich darauf erpicht, alle zu beschwichtigen und einen Eklat zu verhindern. Warum eigentlich? Soll sie doch ihren Eklat haben, Zett, schließlich bin ich nicht sie, und die Leute werden sich schon ihren Teil denken. (Wer war denn die durchgeknallte Alte, die drei

Stunden lang geredet hat, etwa Paulas Trauzeugin? Du meine Güte, die gehört ja in die Klapse!)

Aber so funktioniert das bei mir nun einmal nicht. Ich mache mir Sorgen darüber, was als Nächstes passiert, und das lasse ich mir nicht austreiben. Maik neben mir hört Zett zum Glück überhaupt nicht zu. Er quatscht mit Günther, seinem Trauzeugen, der zeigt ihm gerade seinen Walkman, erklärt die Funktionen und lässt ihn die Kopfhörer ausprobieren. Bestimmt will Maik auch bald so was haben, ich sehe es schon kommen, aber das können wir uns nicht leisten. Wir brauchen einen Kinderwagen, eine Wickelkommode und ein Babybett.

»Also herzlichen Glückwunsch, Paula und Maik!«, ruft Zett und hebt ihr Glas. »Zu eurem Vertrag, von dem ihr nicht die leiseste Ahnung habt, ihr Süßen, und ganz besonders zu der kleinen Maus in deinem Bauch, Paula! Möge sie gedeihen und keinen Schaden an euch nehmen! Auf euch drei!«

Die Gäste lachen und stoßen an, die Gläser klirren, und alle rufen: »Auf euch drei!«

Zett stakst auf ihren schwarzen Pumps zur Seite.

Das ist ja noch einmal gut gegangen. Alles halb so schlimm.

Doch da bleibt sie noch einmal stehen.

»Warte!«, sagt sie. »Ich wollte dir, Maik, noch etwas sagen, dir ganz persönlich.«

Jetzt sieht er auf. Er lächelt etwas dümmlich, das kommt vom Kiffen.

»Solltest du so verrückt sein und auf dumme Gedanken kommen und dein unfassbares, absolut unverdientes Glück irgendwie gefährden, solltest du also meiner Paula Kummer oder Schmerzen bereiten, solltest du sie zum Weinen bringen und für irgendein Unglück verantwortlich sein …«

Maik stöhnt übertrieben und verdreht die Augen, aber er lacht.

»Solltest du also als Ehemann oder, Gott bewahre, als Vater kläglich versagen …«

»Zoe, der Nachtisch kommt, lass uns was essen!«

Meine Mutter. Sie riecht Streit genauso wie ich.

»Es gibt Bananensplit«, rufe ich der Menge zu. »Lasst uns den Nachtisch verdrücken.«

Doch die Leute denken gar nicht dran, sondern bleiben, wo sie gerade sind. Sie warten gespannt, wie es weitergeht, das ist einfach zu gut. Sie wollen Zetts Rede bis zum bitteren Ende hören.

»Solltest du Paula am Leben zweifeln lassen, wie sie das schon einmal getan hat, ja, das ist die Wahrheit …«

Sie dreht sich langsam um die eigene Achse und nimmt jeden einzelnen der Umstehenden ins Visier, ein filmreifer Auftritt, das muss man ihr lassen. Dann öffnet sie ihr grünes Täschchen und holt ihr Butterflymesser heraus. Ich kann es nicht fassen. Sie klappt es mit dieser einen lässigen Handbewegung auf, es macht sein schleifendes Geräusch. Dann fixiert sie Maik.

»Ich schwöre, sollte das der Fall sein, ich schneide dir höchstpersönlich und eigenhändig deine Eier ab.«

Sie lacht. Sie strahlt. Ihre roten Lippen leuchten. Mich wundert, dass es keinen Tusch gibt. Alle klatschen und lachen.

»Uuuh, jetzt hab ich aber Angst, Zett!«, ruft Maik und lacht einfach mit, die Augen rot wie von einem Kaninchen.

Sie haben alle keine Ahnung, wie ernst es Zett damit ist. Sie klappt das Messer zusammen, steckt es zurück in ihr Täschchen, wirft sich den Schal divenhaft um die Schultern, und schreitet zu ihrem Platz rechts neben mir. Dort zwinkert sie mir wieder zu. Die Kellnerin stellt riesige ovale Glasschälchen mit Bananensplit vor unsere Nasen. Vanilleeis, Sahne, Bananenscheiben und Schokosoße. Maik stürzt sich darauf wie ausgehungert.

Als er fertig ist, das Ganze hat vielleicht dreißig Sekunden gedauert, steht er auf und macht sich vorn am Gettoblaster zu schaffen. Günther hat ihn mitgebracht. Maik hat Musik auf Kassetten aufgenommen, er war wochenlang damit zugange, spielte Platten ab, nahm Songs auf, reparierte Kassettenbänder mit Tesafilm, verwarf alles wieder und fing von vorn an. Die Musik auf seiner Hochzeit ist ihm wahnsinnig wichtig. Ich glaube, er will zeigen, dass er sich mit was auskennt. Dass er anders ist. Irgendwie anders und besonders.

Ich habe nur auf einem Walzer bestanden. Warum habe ich ein Sahnetortenkleid, wenn ich bitte keinen Walzer tanze?

Maik steht nun da, breitet die Arme aus und fordert mich auf, zu ihm zu kommen. Die Walzermusik setzt ein. Es ist ein Horn, glaube ich. Der Donauwalzer. Ich hebe mein Kleid mit beiden Händen etwas an und gehe nach vorn zu meinem Mann. Er heißt jetzt so wie ich. Alle finden es komisch, aber er wollte es so, er hasst seinen Familiennamen, weil er seine Familie hasst. Die Musik schwillt an. Die Tische stehen in einer U-Form, und in der Mitte der freien Fläche nehmen Maik und ich Tanzhaltung an. Wir haben geübt. Wiegen zuerst gemeinsam nach links und rechts. Warten darauf, dass es richtig losgeht. Es dauert ewig. Ich werde ein bisschen rührselig in der Zwischenzeit. Und dann, erst ganz langsam, eins, zwei, drei, wir finden nicht gleich den Einstieg, aber schließlich geht es los. Es funktioniert. Mein Polyester und mein Tüll schwingen um mich herum, eins, zwei, drei, Maik hält mich im Arm, alles dreht sich. Etwas erfasst mich, ein Glück, eine Euphorie, wir halten kurz inne, wiegen uns erneut hin und her, sehen uns an, alles ist vergessen, alles ist gut, ich bin zweiundzwanzig, ich bin schwanger, ich werde eine Familie haben, eine richtige Familie. Der Gettoblaster gibt noch einmal richtig Gas, das Orchester, die Bläser. Ich sehe nur, wie sich alles dreht, wie

Maik sich bemüht, es richtig zu machen, er strengt sich wahnsinnig an, damit alles gut geht. Und es geht gut. Wir tanzen unseren Hochzeitswalzer. Als die Musik etwas leiser, langsamer wird, winke ich den Gästen. Sie sollen sich anschließen, auf die Tanzfläche kommen, aber niemand traut sich. Aus dem Augenwinkel sehe ich sie im Halbkreis stehen und uns anstarren. Sie sehen es auch, das Glück. Der Walzer hört gar nicht mehr auf. Mir wird schon schwindlig. Ich denke, jetzt kommt das Ende, aber es wird noch einmal verzögert, Maik und ich im Wiegeschritt, und dann plötzlich, aus dem Nichts mit tschingderassassa der Schluss. Maik hält mich im Arm, ich werfe den Oberkörper nach hinten. Das sieht bestimmt nicht sehr elegant aus mit dem Bauch. Wir verbeugen uns voreinander. Maik hält meine Hand. Er beugt sich zu meinem Ohr und sagt: »Ich liebe dich doch.« Es klingt, als müsste ich es endlich kapieren. Ich umarme ihn.

Die Leute sind völlig aus dem Häuschen, sie jubeln und klatschen. Maik gibt Günther am Gettoblaster ein Zeichen, er wechselt die Kassette und drückt auf Play. Jetzt kommt sie also, Maiks Hochzeitsmusik. Bis jetzt war das alles mein Programm. Und der erste Song, der erste Satz, noch ohne Begleitung, nur eine fiese, punkige Stimme: *»This is not a love song.«* Public Image Ltd, das Schlagzeug setzt ein. *This is not a love song, this is not a love song, happy to have, not to have not …* Maik tanzt wild los, ich tanze mit, im Sahnetortenkleid auf einen Punksong, erst einmal vorsichtig, dem Baby soll es gut gehen. Aber es ist ganz ruhig, der Walzer hat es wohl in den Schlaf gewiegt, also traue ich mich mehr. Zett stürmt zu uns und tanzt auch, meine Cousinen, ihre beiden Kinder tanzen und schließlich tanzt der ganze Roter-Ochs-Nebenraum. Maik hat alles richtig gemacht. *This is not a love song.*

Ich schwitze unglaublich in meinem Kleid. Alle schwitzen.

»Das ist eine richtige Party!«, schreie ich Maik ins Ohr und gebe ihm einen Kuss, aber er nimmt mich kaum wahr, er wartet, ob der Übergang zum nächsten Song klappt und ob die Stimmung hält.

»Yeah!«, kommt aus dem Gettoblaster. »Huuu!«, schreit Zett. Sie erkennt den Song sofort. Andere zögern noch. Aber beim Refrain haben wir sie: *»You gotta fight for your right to paaarty!«*

Maik pogt mit Zett, und ich mache mit, so gut es geht in dem Scheißkleid. Sogar meine Mutter tanzt.

Your mom busted in and said: What's that noise?

Ich sehe eins der Cousinenkinder, es beugt sich komisch vornüber. Die Leute grölen »Paaarteeeey!«, ich schaue gebannt auf das Kind, ich weiß, was passieren wird, und dann passiert es, das Kind kotzt das ganze schöne Bananensplitt mitten auf die Tanzfläche. Meine Mutter rennt raus, sie holt bestimmt einen Lappen. Manche tanzen einfach weiter, bis das zweite Cousinenkind schreit wie am Spieß, es ist auf der Kotze ausgerutscht und liegt mittendrin. Jetzt merken es wirklich alle, rufen »Iiiih!« und verziehen sich von der Tanzfläche. Maik flucht, meine Cousine ruft ihren Kindern zu: »Musste das sein, ja? Musste das sein?«

Meine Mutter kommt Gott sei Dank mit den Lappen und einer Schüssel Wasser, ich helfe ihr beim Aufwischen. Es stinkt. Die Bananen sind völlig unzerkaut. Mir wird schlecht. Mir wird entsetzlich schlecht. Spucke sammelt sich in meinem Mund, und ich stürme los in Richtung Klo.

Ich schaffe es gerade noch rechtzeitig. Während ich mich in die Schüssel übergebe, sehe ich, dass mein Kleid unten am Saum voll Kotze ist. Alles Essen will jetzt aus mir raus, Suppe, Braten, Eis, alles, aber es geht mir schlagartig besser. Ich reiße mir das dumme Kleid regelrecht vom Leib. Endlich bin ich den Reifrock und den Tüll los, nur stehe ich jetzt in Unterwäsche da. Ich wasche mir Mund und Hände. Zett kommt rein.

»Na?«, sagt sie und grinst.

»Na?«, antworte ich. »Kannst du mir vielleicht meine Tasche holen? Da sind Klamotten zum Umziehen drin.«

»Geh doch selber.«

Wir sehen uns im Spiegel an. Ich in weißer Spitzenunterwäsche, mit Strumpfband, sie mit ihrem Schal mit den ganzen Paulchen Panthern drauf, wir beide verschwitzt, der Kajalstift verschmiert. Wir sehen uns an und lachen los, kreischen los, wir können gar nicht mehr aufhören. Wir beugen uns vornüber und müssen uns am Waschbecken festhalten, um nicht vor Lachen umzufallen. Deswegen haben sie uns in der Schule immer auseinandergesetzt, nicht ein einziges Schuljahr durften wir durchweg zusammensitzen.

Als Zett wieder hochkommt, schubse ich sie. »Du bist so eine Hexe!«

Wir stöhnen und holen Luft.

Plötzlich umarmt sie mich. »Alles Gute, Paula.«

Es klingt, als würde ich heute noch zu einer Expedition aufbrechen, auf einen Achttausender oder ins All, und es ist ganz und gar ungewiss, ob ich je zurückkehren werde.

»Wird schon.« Ich klopfe ihr beruhigend auf den Rücken.

»Komm zu mir«, sagt sie und drückt mich ganz fest. »Bitte, wenn es Probleme gibt, schäm dich nicht und komm einfach.«

»Das mache ich.«

»Versprich es mir.«

Wir stehen vor den Klokabinen am Waschbecken, es stinkt nach Kotze und nach Putzmittel. Mein ruiniertes Sahnetortenkleid hängt über einer der Türen. Zett lässt mich nicht los.

»Ich verspreche es.«

»Wirklich?«

»Großes Ehrenwort, Zett.«

»Dann ist ja gut.«

Jetzt lässt sie ab von mir und verschwindet in der Kabine. Es plätschert. Ich wische mir mit einem Blatt Klopapier den Schweiß und den Kajal aus dem Gesicht, im Spiegel mein Gesicht, runder und froher als sonst. Zett kommt wieder neben mich und malt sich die Lippen neu an. Dann geht sie und kommt mit meinen Sachen zurück. Schwarzer Minirock, schwarzes Shirt mit der Aufschrift *Open your Mind*, schwarze Strumpfhose. Der Kajal wird erneuert. Vom Saal hören wir die ersten Takte eines Songs. *Get up outta your rocking chair grandma!* Es ist unser Song. *Dance Little Sister.*

Manchmal ist Maik eben ein Schatz.

Zett zieht mich raus aus den Toiletten und rein in den Saal auf die Tanzfläche, und wir tanzen und singen wahnsinnig laut mit: *»Dance little sister, don't give up today ...«*

Die kleine Lou in meinem Bauch beschwert sich nicht, sie ist glücklich, glaube ich.

KAPITEL 9

Paula

Am Abend feiern wir bei uns weiter mit Pommes, Würstchen, Cocktails und Bier. Maik mixt die Drinks und kümmert sich um die Musik, die älteren Leute und die mit Kindern sind nach Hause gegangen. Es sind noch etwa zwanzig Gäste da, sie stapeln sich im Wohnzimmer auf dem Sofa, im Flur auf dem Boden und vor allem in der Küche rund um den kleinen Küchentisch. Alle außer mir sind betrunken, alle außer mir rauchen. Je später es wird, desto mehr merke ich, wie schwanger ich schon bin, mein Bauch wird schwerer und schwerer vom vielen Stehen und Herumlaufen, die Beine tun mir weh, die Füße sind geschwollen. Ich muss ins Bett. Aber Partys sind immer ganz spät am schönsten, wenn nur noch wenige Leute da sind. Wenn ein einziges Mixtape immer wieder läuft, weil keiner mehr Lust hat, ein neues herauszusuchen. Oder irgendwer hat sich beim Plattenspieler eingerichtet, hockt da und spielt nur noch seine Lieblingsplatten ab, die sonst niemanden interessieren. Erst wenn die Vögel draußen zu zwitschern anfangen, eine einzelne Amsel vielleicht, und die Nacht sich langsam blass bläulich färbt, und wenn der Morgen sich nähert mit dem Kater im Kopf, den schmutzigen Gläsern und den überall verteilten Bröseln, Chips und Tabakkrümeln, erst an diesem Ende einer Party redet man wirklich miteinander bei einer vorletzten

Zigarette und einem vorletzten Bier, und man beichtet und beteuert alles und fasst sich an und versteht und verzeiht alles.

Zett kommt mir im Flur entgegen. Ich schnappe ihre Hand und ziehe sie ins dritte Zimmer rein. Es wird das Kinderzimmer und soll nicht vollgequalmt werden. Maik und ich haben es hellgelb gestrichen, für unsere Tochter soll die Sonne scheinen. Jetzt ist es dunkel und leer, die Möbel fehlen noch.

Zett ist furchtbar betrunken. Man merkt es nicht gleich, aber ich kenne sie. Ich kenne die glasigen Augen, das leichte Nuscheln und diese Lautstärke beim Sprechen. Zett zieht sowieso alle Blicke auf sich, aber betrunken wird sie zum Mittelpunkt des Universums, alle scharen sich um sie, lachen mit ihr, wollen von ihr beachtet werden und ihr nah sein, um etwas abzubekommen von dieser wahnsinnigen Energie, dieser Elektrizität, dem Vibrieren und dem unbändigen, unendlichen Willen, Spaß zu haben.

»Hör auf, Günther anzumachen«, sage ich ernst. Vom Fenster dringt etwas Licht herein, sodass ich die Umrisse von Zetts Gesicht sehen kann. Ihre Locken. Sie zieht ihre Hand weg, will schon wieder raus zu den anderen.

»Hörst du mir zu? Eine Sekunde? Lass es sein mit Günther.«

»*Lass es sein mit Günther*«, äfft sie mich nach.

»Er ist verheiratet. Seine Frau ist mit den beiden Kindern schon nach Hause gegangen.«

Endlich schaut sie mich an. »Meine Güte«, sagt sie. »Wir flirten nur ein bisschen.« Sie hat einen Longdrink in der Hand und saugt am Strohhalm.

»Lass es einfach, Zett. Lass es sein.«

»Jetzt hörst du mir mal zu, du frischgebackene Ehefrau. Flirten heißt nicht abschleppen, heißt nicht Sex haben, nicht Ehe kaputt, Kinder kaputt, nichts davon. Mit Günther etwa? Ernsthaft jetzt?«

»Ich kenne dich.«

»Hoffentlich kenne ich dich bald auch noch, wenn du endgültig unter die Gouvernanten und Tugendwächterinnen gegangen bist.«

Die Tür geht auf, und Maik steckt den Kopf zu uns rein. »Was macht ihr denn hier?«

Wir drehen uns gleichzeitig zu ihm um und sagen gleichzeitig: »Nichts.«

Dann löst Zett unsere Versammlung auf und geht mit einem spöttischen Blick an Maik vorbei aus dem Zimmer.

»Hör auf, mit Zett über mich zu reden. Das kann ich nicht ab.«

Sein Zeigefinger ist auf mich gerichtet. Seine Sprache ist verwaschen, seine Zunge schwer.

Alle um mich herum sind offenbar unzurechnungsfähig. Alle haben Spaß, und alle hassen mich, einfach so. Ich bin ein Alien auf meiner eigenen Party.

»Ich hab ihr nur gesagt, sie soll Günther nicht anmachen.«

»Sie ist eine Schlampe, das weiß doch jeder.«

»Ach ja? Ich weiß das nicht.«

»Du lügst. Du weißt es genau. Zett ist die größte Schlampe, die auf der Welt herumläuft.«

»Nein.«

Maik hält sich am Türrahmen fest. Er füllt ihn fast ganz aus, ein Riese. »Pass auf, du könntest sterben, wenn du mir mal recht gibst«, sagt er, lacht blöd und zwinkert mich übertrieben an. Die Karikatur eines Zwinkerns.

»Zum Glück wird das niemals passieren«, sage ich todernst.

Er versucht, den Arm um mich zu legen und mich an sich heranzuziehen.

Ich winde mich heraus, winke ab und lasse ihn stehen.

Draußen hält mich einer der Fußballfreunde auf. »Ist noch Wodka da, Paula?«

Ein anderer ruft, er hätte Hunger.

Ich lächle und lasse sie sitzen.

Im Bad ziehe ich meinen rosa Flanellschlafanzug mit den Hasen drauf an. Ich steige in meine Hasenhausschuhe, schminke mich ab und putze mir die Zähne. Ihr könnt mich alle mal. Ihr habt keine Ahnung. Irgendwann gehe ich Zigaretten holen und komme nie wieder. Ich verschwinde einfach und fange auf den Bahamas ein neues Leben an. Oder irgendwo halt, wo das Wetter immer schön und das Meer immer türkis ist. Ihr werdet mich nie wiedersehen. Das habt ihr dann davon. Und ihr sitzt hier in der Kälte und vermisst mich und macht euch Vorwürfe. Wären wir doch nur ein bisschen netter gewesen. Ein bisschen feinfühliger! Sie war schließlich schwanger.

Und da fällt es mir wieder ein. Ja, ich bin schwanger. Also muss ich wohl hierbleiben, für immer hierbleiben, mindestens achtzehn Jahre lang. Auch wenn das zu lange ist, viel zu lange. Mit einem Kind geht man aber nicht mal eben Zigaretten holen in der Nacht. Es muss schlafen. Es braucht eine Wohnung, einen Kindergarten, einen Papa. Ich kann nicht verschwinden, ich kann nicht weg.

Ich gehe in meinem neuen Outfit durch die Wohnung und sage allen Gute Nacht. Mit einem Lächeln und mit einer gewissen Bitterkeit. Zett sitzt neben Günther auf dem Sofa, die Beine übereinandergeschlagen. Der Schlitz in ihrem Kleid offenbart uns allen ihr Knie. Sie wirft mir einen Kussmund zu. Ich zeige ihr grinsend meine Zähne.

Es dauert nicht lange, da kommt sie zu mir ins Schlafzimmer und schließt leise die Tür. Ich liege auf der Seite mit dem Rücken zu ihr und stelle mich schlafend. Sie setzt sich zu mir aufs Bett und legt eine Hand auf meinen Rücken. Ich schnarche demonstrativ los, und Zett muss kichern.

»Wo hast du denn diesen Schlafanzug her?«, fragt sie.

»Meine Mutter hat ihn mir geschenkt.«

»Sie weiß eben, was dir steht.«

»Sie weiß, dass ich immer friere. Sie weiß, dass ich so was liebe«, sage ich, immer noch ein bisschen beleidigt.

Zett streichelt meinen Rücken.

»Keine Angst, ich bringe Günther doch nur ein bisschen durcheinander. Ich liebe das halt, wenn sie ihren süßen Hundeblick kriegen. Mehr will ich doch gar nicht.«

Sie streichelt mich weiter. Ich werde ganz ruhig davon.

»War es eine schöne Hochzeit für dich?«, fragt sie irgendwann.

»Ja. Wegen dir.«

»*Dance little sister, don't give up today …*«, singt sie leise.

»Auch wenn deine Rede unmöglich war.«

»Nein, sie war gut, sie hat allen gefallen.«

Sie streicht mir die Haare aus dem Gesicht und gibt mir einen Kuss auf die Wange. Ich rieche ihr Parfum, es heißt Opium und ist wahnsinnig teuer. Mir wäre es zu süß, zu schwer, aber zu ihr passt es. Ich werde den Geruch lange nicht aus der Nase bekommen. Ich werde mit ihm einschlafen.

»Der Walzer war schön«, sage ich leise.

»Ja, der war wirklich schön. Gute Nacht«, sagt Zett.

»Gute Nacht.«

Als sie die Tür öffnet, schnarche ich wieder, und sie lacht. Ich drehe mich zu ihr um. Das Licht aus dem Flur umrahmt ihre Gestalt. Das lange Kleid, die Locken.

»Nimm dir doch einen von den Fußballern!«

»Pff … Ich trinke noch einen Mai Tai, das kann er wenigstens, dein Maik. Und dann gehe ich nach Hause. Ich bin nicht so schlimm, wie du denkst.«

»Doch, du bist viel schlimmer.«

Sie wirft den Kopf zurück. »Kann schon sein. Schlaf jetzt.«

»Na gut.«

Es wird wieder dunkel im Zimmer. Ich bin so müde. Es wird nicht lange dauern, und ich schlafe ein. Die lauten Stimmen draußen stören mich nicht.

KAPITEL 10

Paula

Lou ist gekommen. Sie ist da. Sie liegt zart und winzig unter einer rosa Decke. An der Fußseite ihres Wägelchens hängt ein Schild mit ihrem Namen: Lou Berg.

Lou Berg.

Lou Berg.

Sie schläft.

»Hallo, kleine Lou«, sage ich leise. Ich bin noch ein wenig schüchtern mit ihr. Wir kennen uns noch nicht. Ich sehe sie verstohlen an, als gehöre sie noch nicht ganz zu mir. Als müsste sie erst noch Ja sagen zu mir, Ja, bei dir will ich sein.

Sie hat dichtes schwarzes Haar. Von Maik. Er ist heimgefahren, um ein bisschen zu schlafen und um alles zu erledigen. Am ersten Tag dürfen nur die Väter kommen. So habe ich diese Zeit für mich allein, ganz ungestört, mit ihr, mit Lou. Ich darf sie tagsüber bei mir im Zimmer haben, weil ich ein Krankenhaus mit Rooming-in ausgesucht habe. Das ist ziemlich neu, die Schwestern mögen es nicht besonders, man merkt es ihnen an. Sie hätten die Neugeborenen lieber bei sich im großen Babysaal und die Wöchnerinnen getrennt davon in ihren Betten. Krankenschwestern wissen ganz genau, wie alles sein muss, aber die Mütter funken immer dazwischen, fragen dazwischen, langen dazwischen, obwohl sie von nichts eine Ahnung haben.

Ich soll das Kind nicht zu mir ins Bett legen, ich könnte einschlafen und es erdrücken. Nur zum Anlegen soll ich es herausnehmen. Also ziehe ich das Wägelchen so nah zu mir, dass ich wenigstens Lous Hand halten kann. Eine kleine Faust. Sie passt ganz leicht in meine.

»Lou-la, Lou-la«, singe ich nach irgendeiner Melodie.

Sie hat schon versucht, an meinem Busen zu saugen, aber ich habe noch keine Milch, obwohl meine Brüste riesig und prall sind. Erst bin ich erschrocken, so fest saugte sich dieser Babymund an mir fest. Man glaubt es nicht, was für ein starker, winziger Mund. Mein Kind ein kleiner hungriger Löwe. Ein gieriger Tintenfisch.

Gertrud, die Schwester, kommt herein und stellt mir ein Fläschchen mit Milch hin. Für Lou.

»Bitte nein, nicht zufüttern«, sage ich ihr und lächle. »Ich will stillen.«

»Sie ist groß, Ihre Tochter, sie wird Hunger bekommen und schreien.«

Ich habe zum Glück darüber gelesen. Sie füttern im Krankenhaus mit der Flasche zu, und dann klappt es nicht richtig mit dem Stillen. Man muss Geduld haben, die Milch schießt schon früh genug ein. Ich habe mich über alles informiert.

»Sie schläft doch«, sage ich. »Nicht zufüttern, bitte. Ich kümmere mich schon.«

Keine Antwort. Gertrud atmet nur extra tief ein und stellt die Flasche auf meinen Nachttischwagen. Ich sehe, was sie denkt. Wieder eine dieser Wöchnerinnen, die alles besser wissen. Früher machten sie noch, was man ihnen sagte. Aber jetzt lesen sie Bücher und sehen sich vorher den Kreißsaal und die Station an. Sie fragen nach dem Konzept. Ein Konzept fürs Kinderkriegen!

»Sie sind geschwächt, Frau Berg, Sie müssen schlafen. Nachts ist die Kleine sowieso bei uns.«

Es klingt wie ein Triumph. Sehen Sie, das Kind gehört uns. Nachts gehört es uns.

»Holen Sie mich, wenn sie schreit. Bitte.«

»Sie haben noch keine Milch, und die Nachtschwester hat wirklich genug zu tun, glauben Sie mir. Waren Sie auf Toilette?«

»Nein.«

»Kein Stuhlgang?«

»Kein gar nichts.«

»Wie bitte? Sie haben noch nicht gepinkelt?«

»Nein, es kommt nichts.«

»Das geht doch nicht, Frau Berg! Sie können Blutungen bekommen!« Damit stürmt Gertrud aus dem Zimmer.

»Oh-oh«, sage ich zu Lou. »Das sieht nicht gut aus.«

Und tatsächlich, sie kommen zu zweit zurück.

»Wir müssen einen Katheter legen«, sagt Gudrun, und die andere Schwester, eine junge, reißt schon die Verpackung auf und nimmt den Schlauch heraus. Auf ihrem Schildchen steht Michaela. Sie schiebt mein Nachthemd hoch und Gertrud die Einmalunterhose herunter. Sie zieht die blutige Binde ab. Ich sehe zu meiner Bettnachbarin, sie ist in ein Buch vertieft. Es ist ihr drittes Kind, und sie hat gesagt, sie genießt die Ruhe.

Beide Schwestern machen zusammen an mir herum. Es brennt. Es tut weh. Als würden sie in einer Wunde herumstochern. Ich kann nicht sehen, was sie da unten mit mir anstellen. Ich beiße einfach die Zähne zusammen und denke an Lou.

Lou-la, Lou-la.

»Verdammt, der muss rein«, sagt Gertrud.

Sie drückt den Alarmknopf an der Schnur, und eine weitere Schwester kommt dazu, Dagmar.

»Wir kriegen ihn nicht rein.«

Jetzt versuchen sie es zu dritt, über mich gebeugt, ich sehe nur Köpfe. Es brennt. Es tut weh.

Lou, Lou, kleine Loula.

»Das wird nichts. Alles geschwollen.«

Ich bin es, die geschwollen ist. Die nicht pinkelt. Die Umstände macht. Bloß nicht weinen.

Lou, Lou, kleine Loula.

Wenn Maik doch nur da wäre …

»Wir könnten es mit einem Kinderkatheter probieren«, sagt Michaela. »Soll ich einen holen?«

»Los, her damit.«

Gertrud und Dagmar richten sich auf und wischen sich den Schweiß von den Gesichtern.

»Es tut mir leid«, sage ich.

»Sie können Blutungen bekommen, wenn sich der Urin staut«, sagt Dagmar. »Aber keine Angst, wir kriegen das hin.«

»Schon okay.« Ich versuche zu lächeln. Meine Stimme ist schwach. Ich merke, wie schwach ich bin. Wie erschöpft. Ich habe Lou angeschaut, anstatt zu schlafen. Wie kann man so müde sein, dass einem alles egal ist? Sollen sie stochern. Sollen sie alles mit mir machen. Ich kann nichts mehr wollen und nichts mehr sagen. Nur den einen Satz denken, immer den gleichen: Lou geht es gut. Lou geht es gut.

Michaela kommt mit dem Kinderkatheter. Wieder beugen sie sich über mich.

»Schieben!«

»Ein Stück zurück!«

»Schieben!«

»Das geht.«

»Es läuft.«

Ich sehe, wie sich der Beutel füllt. Aus meinen Augen sind Tränen gekommen, einfach so. Wenn Maik doch nur da wäre …

Es läuft und läuft in den Beutel.

»Sehen Sie? Sie müssen doch pinkeln, Frau Berg!«

»Sie ist sehr geschwollen«, sagt Michaela.

Michaela ist ein Mensch. Sie muss ich fragen. Aber was war es, was ich fragen wollte? Ich weiß es nicht mehr. Lou geht es gut. Sie schläft. Jetzt weiß ich es wieder.

»Schwester Michaela, würden Sie mich nachts wecken, wenn meine Tochter schreit? Bitte?« Ich flehe sie fast an.

Sie schaut Gertrud an. Sie will sich nicht auflehnen.

»Sie brauchen doch Ihren Schlaf«, antwortet sie. »Sie müssen doch zu Kräften kommen für Ihr Baby.«

»Ich schlafe, ich verspreche es. Aber wenn sie schreit, holt mich jemand, ja?«

Keine Antwort. Sie packen den Müll weg und kleben eine neue Binde in meine Unterhose. Als sie fertig sind, müssen sie schnell weiter. Sie haben viel Arbeit. Michaela wartet kurz an der Tür und dreht sich noch einmal zu mir um.

»Sagen Sie heute Abend dem Zivi Bescheid«, sagt sie leise. »Der bringt Ihnen das Kind, wenn es schreit.«

Ganz kurz lächeln wir uns an. Schon ist sie weg.

Ja, ich muss schlafen. Ich muss zu Kräften kommen. Denn ich muss so schnell wie möglich hier raus.

Irgendwann kommt endlich Maik. Er bringt Wäsche, Zeitschriften und Schokolade. Ich bin so froh, dass er da ist. Ich nehme seine Hand und will sie gar nicht mehr loslassen.

»Wie geht es ihr?«, fragt er als Erstes.

»Gut. Alles ist gut mit ihr.«

Ich lächle. Er küsst mich auf die Stirn. Er klagt, wie voll es am Standesamt war, er musste lange anstehen. Dann nimmt er Lou aus ihrem Bettchen und geht mit ihr auf und ab und schaut sie an. Nur einmal öffnet sie kurz ein Auge, macht es aber gleich wieder zu. Sie ist bestimmt noch erschöpfter als ich.

»Ist es normal, dass sie so viel schläft?«, fragt Maik.

»Ich glaube schon.«

»War ja auch anstrengend, gell?« Er küsst seine Tochter. Er liebt sie. Ich sehe es.

Ich bin nur zu erschöpft, um glücklich zu sein.

»Bleibst du da, wenn ich eine Weile schlafe? Ginge das?«

»Ja, ich bleibe da«, sagt er zu Lou und wiegt sie unablässig in seinem Arm.

Alles ist gut. Lou ist gesund. Sie schläft. Sie schreit nicht vor Hunger, wie Gertrud gesagt hat. Maik ist da. Der Katheter läuft. Keine Blutungen. Wenn alles so bleibt, darf ich in ein paar Tagen nach Hause.

Als ich aufwache, ist es schon Abend. Gertrud wirft gerade Maik raus. Er protestiert nicht und legt Lou in ihr Bettchen. Er sieht bleich aus. Hoffentlich kann er schlafen, allein daheim.

»Kommst du morgen früh?«, frage ich ihn.

»Natürlich.«

Sein Blick zu Lou im Wägelchen. Er lächelt. Ein schönes Maik-Lächeln. Er sieht ganz sanft aus dabei mit seiner John-Lennon-Brille.

»Sie ist so wunderbar«, sagt er.

Ich kann nur nicken. Meine Stimme ist weg.

Er wischt sich über die Augen. Ich nehme noch einmal seine Hand. Könnte er doch dableiben … Aber Gertrud winkt ihm von der Tür aus zu. »Die Väter gehen jetzt.«

Als er weg ist, schieben sie auch Lou hinaus.

»Jetzt schon?«

»Schichtende«, sagt Gertrud nur.

Dann sind alle weg, und es wird still. Die Wände sind weiß, meine Bettwäsche auch, der Boden grau. Vor dem Fenster Dunkelheit. Nicht einmal eine Straßenlaterne. Die Welt draußen ist weit weg. Die Menschen, die Autos, die Läden und Cafés. Zwischen mir und der Welt ein ganzes All. Maik ist auf dem Weg durch die Stadt in unsere Wohnung. Unser Bett. Lous Kinderzimmer, in Sonnengelb. Alles Lichtjahre entfernt. Man bräuchte schon ein Raumschiff, um hinzukommen. Das Krankenhaus ein eisiger Planet, am weitesten weg von der Sonne und von der Erde aus unerreichbar.

Ab und zu klappert oder piept etwas, die Geräusche klingen maschinenhaft, blechern und fremd. Die Schritte der Schwestern dagegen vollkommen lautlos wegen der Gummisohlen. Es ist, als wäre niemand da. Kein Mensch. Kein Kind weint. Als wäre ich allein auf diesem Planeten übrig geblieben. Ich kenne das Gefühl. Es ist dumpf. Ein dumpfes Loch im Inneren, ein Fallen hinein, das Seil spannt sich nie, man trifft nie auf, es geht hinunter, der Raum dehnt sich, wird riesig, ich allein und kein Halten.

Maik ist weg. Lou ist weg. Ich weiß nicht, ob sie weint.

Ein Fernseher oder ein Telefon im Zimmer wären zu teuer gewesen. Aufstehen, raus auf den Gang, irgendeinen Menschen sehen, zu Lou gehen, das darf ich alles nicht. Ich muss liegen bleiben. Außer ich muss zur Toilette. *Sie ist sehr geschwollen.* Bis morgen früh soll ich Stuhlgang haben. Ich weiß nicht, wie das gehen soll. Neun Stiche. »Der Damm sieht gut aus«, hatte die Hebamme gesagt, »vielleicht geht es ohne.«

»Ich schneide«, hat die Ärztin entschieden. Erst ein Knacken, ein Ratsch, wie mit einer Geflügelschere, dann die Presswehen, dann der Kopf, das ganze große Kind. Sie saugten ihm

Schleim ab, wogen es, untersuchten es. Unten das Stechen, das Nähen. *Ihr Kind ist da, das ist die beste Betäubung.* Sie legten es auf mich drauf. Ich konnte es umarmen. An mir spüren. Sie hatten recht, der Schmerz war weg. Das Baby schaute mich an. »Ja, ich bin's«, flüsterte ich.

Wie stellen die sich das mit dem Stuhlgang vor? Mein Bauch ist sowieso leer. Ich kann nicht sitzen. Die Zeit vergeht nicht. Ich habe nur die Zeitschriften von Maik, wie gut, dass er daran gedacht hat. Aber ich lasse sie links liegen.

Ein junger, schüchterner Mann kommt herein, das Gesicht blass und glatt. Der Zivi. Der Arme, sie haben ihn auf die Frauenstation gesteckt. Er bringt mir einen Ring zum Sitzen, wenn ich stille, eine Art Schwimmreif.

»Sie werden ihn brauchen«, sagt er verlegen. Er misst meinen Blutdruck und notiert die Werte.

»Würden Sie mich wecken, wenn mein Baby nachts schreit? Geht das?«

»Lou Berg, nicht wahr?«

»Ja.«

Er nickt. Und er lächelt. Ich lächle zurück. Der Zivi ist ein Alien wie ich, er atmet und lächelt und versteht mich.

»Machen Sie sich keine Sorgen«, sagt er.

KAPITEL 11

Paula

Am nächsten Morgen rauscht Zett ins Krankenzimmer, wie ein Sturm wirbelt sie herein, mit rosa Rosen im Arm und mit einer riesigen Umhängetasche an der Schulter. Sie legt beides auf mir ab und umarmt mich. Ich heule sofort los. Sie hält mich fest und lässt mich heulen. Manchmal sagt sie: »Ist ja gut«, und streichelt mir über die ungewaschenen Haare. Dann nicke ich und heule weiter.

»Ich kann nicht aufs Klo«, sage ich irgendwann piepsig und schniefe den Rotz hoch.

Zett richtet sich auf. »Das ist ja furchtbar«, sagt sie mit tiefer Stimme, zieht die Mundwinkel herunter und wiegt den Kopf hin und her. »Und die Komantschen sind auch schon auf der anderen Seite des Flusses.«

Ich starre sie an. Jetzt kann ich nicht mehr heulen, jetzt ist es vorbei.

»Wirklich?«

»Tatsache.«

Sie lacht so laut, dass ich Angst bekomme, man könnte sie bis ins Schwesternzimmer hören. Meine Bettnachbarin sieht von ihrem Buch auf und schmunzelt. »Die Komantschen sind auf der anderen Seite des Flurs«, sagt sie.

Und Zett flüstert: »Ach so, dann müssen wir leise sein.«

Sie kichert. »Darf ich jetzt vielleicht endlich mein Patenkind sehen?«

Ich deute auf Lous Wagen. »Sie schläft. Heute Nacht hat sie zum ersten Mal richtig getrunken.«

Damit heule ich auch schon wieder los.

»O nein, das auch noch!«, sagt Zett mit gespieltem Entsetzen. »Darf ich sie rausnehmen? Warum liegt sie nicht bei dir?«

»Das darf sie nicht! Ich könnte sie erdrücken!«

Sie nimmt Lou vorsichtig zu sich auf den Arm. »O mein Gott, ist sie klein.« Sie starrt das Kind an und ist auf einmal ganz ernst. »O mein Gott.« Sie geht ein paar Schritte hin und her, streichelt die winzigen Wangen, küsst die Stirn, nimmt eines der Händchen und besieht sich die Fingerchen. »O mein Gott«, sagt sie wieder, sie, Zett, staunend und ganz und gar unironisch.

»Was ist das für ein Quatsch, du könntest sie erdrücken?«, fragt sie schließlich.

»Wenn ich einschlafe.«

»Pff …«

Sie legt Lou einfach neben mich aufs Bett. Wir schauen sie zusammen an. Es ist viel schöner, Lou bei mir zu haben. Ich nehme sie mit unter meine Bettdecke. Zett sitzt bei mir, wir sind still und sehen Lou an, als wäre sie unser beider Kind, als wären wir die Familie. Ich erkenne Zett gar nicht wieder. Nicht ein einziger Witz. Und wie leise sie ist. Sie sagt nichts.

Ich fange wieder an zu weinen. »Und wenn ihr mal was passiert? Und wenn sie mal krank wird?«

»Wir passen auf sie auf, Paula. Wir beide. Ihr wird nichts passieren.«

»Woher weißt du das?«

»Woher ich das weiß? Du kennst mich, Schatz. Und Stuhlgang wirst du auch wieder haben, du Arme.«

»Achtung, Komantschen«, sagt die Bettnachbarin, und schon geht die Tür auf. Schwester Gertrud.

»Vorsicht!«, schreit sie. »Nicht unter die Decke! Das ist unhygienisch!«

Ich will schon gehorchen, aber Zett hält meinen Arm fest und bewegt sich nicht vom Fleck. »Na, na!«, sagt sie nur laut und lächelt breit, als wäre Schwester Gertrud ein kleines Kind, das gerade ein wenig über die Stränge schlägt. »Wir geben schon acht, keine Sorge.« Die beiden fixieren einander.

»Hat es mit dem Stuhlgang geklappt?«, fragt Gertrud. Es klingt etwas weniger schroff als sonst.

Ich schüttle den Kopf und lächle.

»Dann hole ich Ihnen ein Abführmittel. Verstopfung ist wegen der Naht nicht gut, wissen Sie?« Gertruds Ton ist anders geworden. Etwas freundlicher. Das macht Zett. Ihre Anwesenheit. Ihre Stärke. Sogar Schwester Gertrud steht in ihrem Bann. Zett ist mein Schutzschild. Zwischen uns liegt Lou, nur der Kopf schaut oben aus meiner Bettdecke heraus. Wir werden auf sie aufpassen. Es wird ihr nichts passieren.

Und wenn doch?

Schwester Gertrud verschwindet und kommt mit einem Becher voll mit brauner Flüssigkeit zurück. Ein Abführmittel. Das Zeug schmeckt schrecklich. Ich habe Angst vor dem Klo, weil da unten alles wehtut.

Lou öffnet die Augen. Sie gibt einen Laut von sich. Ein zartes »Äh«. Dann keckert sie wie ein Vogel. Keck-keck. Ich setze mich auf meinen Reifen und lege sie an. Lou schnappt sofort zu und saugt los mit dieser erstaunlichen Kraft. In meinen Brüsten ein Kribbeln, ein Reflex, die Milch schießt nur so heraus. Ich fange sie mit Tüchern auf, Lou würde sich verschlucken. Dann sehe ich mein Kind trinken. Zett und ich schauen uns kurz an. Sie strahlt. Sie ist gerührt. Zett ist gerührt. Alles verändert sich. Alles wird gut. Schon wieder habe ich Tränen in den Augen. Was bin ich nur für ein Weichei. Und kein Witz von Zett. Über nichts macht sie sich lustig. Sie hält Lous Hand und ist still.

Maik kommt auch endlich, sieht, dass ich stille, und sagt nur leise »Hallo«. Er nickt Zett zu und setzt sich zu uns auf die andere Seite des Bettes. Lou trinkt kräftig. Sie hat kein Fläschchen gebraucht. »Ein Naturtalent«, hat Michaela gesagt.

»Sie hat deine Haare«, meint Zett zu Maik, ohne den Blick von Lou zu lassen.

»Und Paulas Mund«, antwortet er.

»Und meine Augen.« Zett lacht. Ihre Augen sind grün, und Lous Augen sind blau wie das griechische Meer.

Sie sitzen neben mir, links Maik, rechts Zett, und Lou schläft beim Trinken langsam ein. Meine Familie. Ich habe eine Familie.

Dann fühle ich es im Bauch grummeln. Ich gebe Lou Maik in den Arm und beeile mich. Auf dem Klo denke ich nur: Ich habe eine Familie. Lou geht es gut. Sie ist satt und schläft.

So kann ich den Schmerz aushalten.

KAPITEL 12

Zett

Es war das erste Mal, dass ich zum Babysitten kam. Heilige Patentanten-Pflicht. Lou musste schließlich mal frei haben von ihren Eltern. Wir verstanden uns prächtig. Ich war die Geduld in Person. Die Liebe in Person. Ich war ein anderer Mensch mit diesem Kind, einer, den ich skeptisch beäugte, ich wusste nicht, ob das echt war oder gespielt. Es war natürlich echt, das machte es umso unheimlicher. Dieser Mensch, der aus mir heraus zum Vorschein kam, lehnte sich etwas sehr weit aus dem Fenster, wenn man mich fragte. (Es ist nicht *dein* Kind, Zett-wie-Zorro, meine Güte …)

Ich lag mit Lou im Ehebett. Sie sollte nicht allein schlafen, ich fand es nazihaft, kleine Kinder zum Schlafen in dunkle, einsame Zimmer zu sperren. Außerdem wollte ich ihren Geruch neben mir haben und ihren Atem, dann wusste ich, dass alles in Ordnung war mit ihr. Das ganze Bett roch frisch wie aus der Weichspülerwerbung, Paula hatte bestimmt die Betten neu bezogen, damit ich dachte, sie wäre eine gute Hausfrau. Als ob mich das interessierte. Paula punktete, wo sie konnte, die Arme. (War das ein Hundertmeterlauf? Gab es irgendwelche Medaillen zu gewinnen? Ich bin sowieso immer schneller, Paula, ich habe längere Beine!)

Dabei war sie wunderbar, sie hatte dieses Kind hervorgebracht, das süßeste Wesen, das ich je gesehen hatte, Hundebabys eingeschlossen, damit war mir Paula für alle Zeiten voraus.

Lou lag auf dem Bauch neben mir, die Knie angezogen, eine Hand im Mund, eine bei mir, und sie schlief. Ich hörte sie leise atmen. Ich horchte genau hin. Das einzige Geräusch der Welt, das so etwas wie Ruhe in mir auslösen konnte. Manchmal stieß sie eine Art Seufzer aus, dann machte ich mich bemerkbar, rückte näher an sie heran, streichelte ihr über die seidigen Haare, flüsterte »Ich bin's«, und sie schlief beruhigt weiter. Wie unfertig, hilflos und verletzlich sie war. Es war schrecklich, man durfte gar nicht daran denken.

Ich würde ihr schon alles beibringen, was sie wissen musste. Damit tröstete ich mich. Auf Paula war kein Verlass, auf M. schon gar nicht, ich musste es machen, Tante Zett.

»Jungen können es besser«, hatte Paula mir schon im Kindergarten erzählt. Sie meinte: Egal was. Wir lagen zusammen auf einer Liege im Erzieherinnenbüro und erholten uns von den Holunderbeeren. Wir hatten sie alle gegessen, ein riesiger Busch hinten im Hof, wo wir uns immer vor der Aufsicht versteckten. Praktisch gleichzeitig war uns schlecht geworden, wir waren heruntergeklettert und hatten im hohen Bogen in den Sandkasten gekotzt. Die Tanten waren stinksauer, weil sie es wegmachen mussten.

»Jungen sind blöd«, antwortete ich nur.

»Sie sind stärker«, sagte Paula.

Ich schüttelte den Kopf. In meinem Mund ein Geschmack, den ich mir sehr gut merkte, nie mehr würde ich etwas mit Holunderbeeren anfassen.

»Doch. Sie können schneller rennen.«

»Sie können dümmer schauen.«

Ich machte Paula vor, wie dumm Jungen schauen konnten, und wir lachten uns halb tot. Das war das Zeichen für die

Erzieherinnen, uns wieder aus dem Büro rauszuholen, wir mussten den restlichen Tag in der Spielecke sitzen und spielen, obwohl wir zu alt für die Bauklötze und die ganzen Puzzles waren, von denen sowieso immer Teile fehlten. Sie dachten, zur Strafe würden wir uns langweilen, aber Paula und ich langweilten uns nie miteinander.

Sie sagten auch ihrer Mutter Bescheid, als sie uns abholte.

»Wie kommt man nur auf solche Ideen?«, fragte sie mich streng. Wie immer war ich an allem schuld. Sie mochte mich nicht, konnte aber nichts gegen mich unternehmen, weil ich Paulas einzige Freundin war. Manchmal brach es allerdings aus ihr heraus.

Wie an dem Nachmittag bei Paula zu Hause, als wir uns gestritten hatten. Das war später, wir waren endlich in die Schule gekommen (Pausen praktisch ohne Aufsicht, Brezeln, Cola-Schlangen und Hanuta …), zweite Klasse vielleicht. Es ging ums Gummihüpfen, Paula sah nicht ein, dass ich gewonnen hatte. »Du bist gemein!«, rief sie. »Wenn du schummelst?«, antwortete ich, zog die Mundwinkel nach unten und musterte sie von oben bis unten, das machte ich immer, wenn ich cool sein wollte. »Eben nicht!«, schrie Paula. So ging es hin und her. Ihre Mutter mischte sich auf einmal ein und nahm mich zur Seite und giftete mich an: »Hör auf, Paula herumzukommandieren. Sonst schicke ich dich nach Hause.«

»Ich kommandiere sie nicht rum.«

»Doch. Die ganze Zeit.«

»Nein.«

»Du kleine Kommandantin.«

Sie hielt meinen Oberarm ziemlich fest. Ich hatte Tränen in den Augen, so wütend war ich. Paula war auf den Gummi gehüpft, und dann war sie raus, so war nun mal die Regel, ganz einfach. Paula konnte bloß nicht verlieren, okay, verständlich, sie verlor dauernd gegen mich, außer beim Malefiz, deswegen hasste ich Malefiz. Ich wurde praktisch zum Werwolf, wenn ich fast am Ziel war und dann wieder von vorn anfangen musste. Deswegen verstand ich Paula ja so gut. Trotzdem durfte ich auf keinen Fall nachgeben.

Ihre Mutter hielt ihr Gesicht dicht vor meine Nase. Ich hatte keine Angst vor ihr, sie durfte mich nicht schlagen, aber sie starrte mich mit ihrer ganzen Abneigung an. Was hatte ich ihr getan? Was hatte sie mir überhaupt zu sagen? Sie war nie da. Und wenn sie mal da war, wollte sie alles an Erziehung für Paula nachholen und für mich gleich mit, aber nein danke, wir brauchten keine Erziehung, wir brauchten, dass Paulas Mutter Spätschicht hatte. Sie kommandierte uns herum, sie war die Kommandantin, nicht ich. Die blöde Kuh.

Aber ich sagte nichts, mein Arm in ihrem ekligen Griff. Ich schaute sie bloß an. Sie konnte bei mir zu Hause anrufen und sich beschweren, deshalb hielt ich besser den Mund.

»Ist nicht so schlimm, Mama«, sagte Paula.

Die Mutter ließ mich los und richtete sich auf. »Du musst dich nicht herumkommandieren lassen«, sagte sie zu Paula, als wäre das eine Lektion fürs Leben, eine besondere Weisheit. »Das ist dein Zuhause, dein Zimmer, es sind deine Sachen.« (Was für Sachen? Den Gummi hatte ich mitgebracht und die Barbiepuppen auch.)

»Wir spielen doch nur«, sagte Paula und war kurz davor zu heulen. Es war alles total übertrieben. Sie tat mir leid. Ich würde sie das nächste Mal gewinnen lassen. Es war doch egal. Wir spielten doch nur. Ich war einfach besser als sie im Gummihüpfen, ich hatte längere Beine, ich konnte nichts dafür. Ich hoffte nur, die blöde Kuh rief nicht bei meinen Eltern an. Wir verdünnisierten uns ins Kinderzimmer und spielten *Thomas und Klaus*, das hatten wir uns schon im Kindergarten ausgedacht.

Paula war Thomas, und ich war Klaus, die Sache war klar, es gab keinerlei Konfliktpotenzial. Thomas und Klaus besaßen zum Beispiel Pferde, die etwas Schlimmes erlebt hatten. Wir dachten uns jedes Mal schlimmere Sachen aus, die armen Tiere hatten hungern müssen, waren geschlagen, von einem Rudel Wölfe überfallen worden, sie waren in einen Abgrund gestürzt. Deswegen waren sie sehr schwer zu zähmen. Zum Glück waren sie bei uns gelandet. Sie hatten wahnsinnige Angst und kein Vertrauen mehr in die Menschen, man brauchte unendlich viel Geduld mit ihnen, man durfte auf keinen Fall aufgeben und musste sehr gut über Pferde Bescheid wissen, was bei uns natürlich der Fall war.

Ich hörte den Schlüssel an der Haustür. Es war erst kurz nach zehn. Warum kamen sie jetzt schon nach Hause? Es war ihr erster Abend zu zweit nach Lous Geburt. Eine Flasche mit abgepumpter Milch stand im Kühlschrank, ich war für alle Fälle gerüstet, was also wollten sie schon hier? Ich blieb erst mal liegen.

Da hörte ich sie streiten. Ich verstand nicht, was sie sagten, aber ich hörte ihr Gemurmel. Sie lachten nicht. So war es doch geplant, sie sollten Spaß und einen schönen Abend zu zweit haben. Dafür ist man als Patentante da, man sagt: »Macht euch einen schönen Abend, das wird euch guttun, mal rauszukommen.«

Es hatte ihnen nicht gutgetan. Und wenn ich es hörte, hörte Lou es doch auch. Sie hatte winzige Ohren, die wunderbar funktionierten. Und jetzt schon, als kleines Baby, musste sie ihre Eltern streiten hören, musste hören, wie sie zischten und sich irgendwelche fiesen Wörter an den Kopf warfen und sauer aufeinander waren. Ich wurde so wütend. M., der Idiot, bestimmt hatte ihm irgendwas an Paula wieder nicht gepasst.

Ich kroch vorsichtig aus dem Bett. Lou schlief weiter. Ich schlich leise aus dem Zimmer.

»Wenn du nicht mit mir tanzt, können wir auch heimgehen, oder?«, sagte M. Sie waren in der Küche. Sie machten noch nicht mal die Tür zu.

»Ich will nicht mit dir tanzen, wenn du mich den ganzen Abend kritisierst.«

»Du musst endlich mal die Wahrheit vertragen.«

»*Deine* Wahrheit.«

Kurze Pause. M. musste wohl seine Waffe nachladen. Ich stand im Flur. Ich wollte da nicht stehen und zuhören, aber ich bewegte mich nicht.

»Du kannst dich nicht einen verkackten Abend lang zusammenreißen«, legte er wieder los. »Du versaust einem alles mit deiner Scheißlaune und mit der Fresse, die du die ganze Zeit ziehst.«

Ich kannte das Thema. Paula konnte es M. nie recht machen. Er beobachtete sie jede Sekunde und fällte pausenlos seine Urteile. Entweder war sie zu still, zu wenig lustig, zu sehr in sich gekehrt, zu mies gelaunt. Oder sie war zu laut, zu überdreht, sie lachte zu viel und über das Falsche und mit den falschen Leuten, mit mir zum Beispiel. Dazwischen verlief ein schmaler Grat, so schmal, dass kein ganzer Fuß darauf passte, es war ein Drahtseil, auf dem Paula dauernd balancierte, und nur wenn sie es schaffte, wenn sie sich richtig anstrengte, dann war das Ganze für ihn akzeptabel, dann herrschte Ruhe. Dann war sie die Paula, die er wollte, die mittlere Paula, mittel-laut und mittel-leise, die M.-Paula. Ich konnte sie nicht ertragen mit ihrem Lächeln und ihrem Säuseln, dieser Ton machte mich krank, ihr ständiges Bemühen, ihm alles recht zu machen. Zum Glück hielt sie es nie lange durch.

Leck mich, das sollte sie ihm sagen, heute, jetzt, sofort. Lou einpacken, M. verlassen, endlich abhauen. Es ist ganz leicht, babyleicht, Paula! Sie sind nicht stärker, die Jungs, sie plustern sich bloß auf, sie können schneller rennen, das war's auch schon, ansonsten sind sie Pfeifen, und wenn es darauf ankommt, wenn man sie liebt, wenn man zum Beispiel ein Kind mit ihnen hat, wenn man sie braucht, dann schaffen sie es nicht, sie halten nichts aus und knicken beim kleinsten Windhauch ein, sie sind nicht stark, sie sind Schwächlinge. Du bist besser ohne ihn dran, Paula. Du kapierst es nur nicht. Du weißt es nicht. Du denkst, ohne ihn bist du niemand, ein Nichts, aber das Nichts in deinem Leben, Paula, das ist er.

»Pssst«, sagte ich und ging in die Küche. »Lou schläft.«

Sie schauten mich an. Paula saß am Tischende, M. stand neben ihr und drehte auf einmal seelenruhig die Colaflasche in seiner Hand um, sodass die Cola herauslief, auf den Boden, der ganze braune Saft spritzte herum und verteilte sich in der Küche.

»Was machst du?«, fragte Paula tonlos und starrte auf die Lache am Boden. Ihre Füße standen mittendrin, ihre Socken waren nass.

»Ich gehe ins Bett«, antwortete er, stellte die leere Flasche laut auf den Tisch, tänzelte um die Lache am Boden herum und drängelte sich grob an mir vorbei. Er roch nach Alkohol. Hätte er besser mal gekifft.

»Hey!«, sagte ich. Es war wirklich schwer, leise zu bleiben.

Er zeigte uns den Mittelfinger und verschwand im Schlafzimmer. Da, wo Lou schlief, auf dem Bauch, die Beine angezogen, Po in die Höhe. Da, wo ihre winzig kleinen Ohren alles mitkriegten.

Ich holte einen Putzlappen, wischte um Paula herum alles auf und zog ihr die Socken aus. Sie sagte kein Wort.

1990

KAPITEL 13

Paula

Es ist mitten in der Nacht. Lou hat sich gemeldet, nachts braucht sie es noch, gestillt zu werden. Ich werde gar nicht richtig wach dabei, ich setze mich auf den Sessel in ihrem Zimmer und nehme sie zu mir. Sie saugt und schmatzt friedlich, ist ganz nah bei mir, und wir lieben beide diese stillen Minuten, sie gehören nur uns ganz allein. Draußen schläft die Welt. Lou döst gleich wieder ein, wenn sie satt ist. Ich lege sie zurück in ihr Gitterbett und will gerade aus dem Zimmer schlüpfen, da klingelt das Telefon. Jetzt bin ich hellwach. Mein Herz klopft. Es muss etwas passiert sein. Ich beeile mich nicht, ich gehe langsam, obwohl Lou und Maik wach werden könnten. Vielleicht wünsche ich mir das. Sie sollen wach und bei mir sein. Aber sie schlafen weiter, noch schlafen sie weiter. Sie sind da, das ist das Wichtigste. Denn es muss etwas passiert sein. Es klingelt und klingelt. Meine Mutter? Bitte nicht.

Ich nehme den Hörer von der Gabel und hebe ihn langsam, ganz langsam an mein Ohr.

»Ja?«, sage ich leise in die Sprechmuschel.

»Paula? Ich glaube, du musst mal kommen.« Es ist Zett.

»Jetzt?«

»Ich glaube schon.« Sie weint.

»Was ist denn los?«

»Kommst du?«
»Ja.«

Ich fahre durch die Stadt. Eine Montagnacht, alles ist still und leer. Nur ich bin unterwegs, mit dem Schlafanzug unter dem Mantel und barfuß in den Winterstiefeln. Zett hat mich gebeten, zu ihr zu kommen. Weinend. Das kann gar nicht sein. Das ist nicht Zett. Ihr passiert nie etwas. Sie hat doch ihr Messer. Vielleicht ist sie krank, schwer krank. Vielleicht muss sie sterben. Das darf sie nicht. Jede Ampel ist rot. Warum schalten sie sie nachts nicht einfach ab? Das ist doch bescheuert. Ich stehe und stehe, weit und breit kein Auto. Aber natürlich fahre ich nicht über eine rote Ampel. Das würde ich niemals tun. Auch nicht, wenn es um Leben und Tod ginge. Ich könnte angehalten werden, und der Polizist würde mir eine Strafe aufbrummen, ich müsste meinen Führerschein abgeben. Und alle würden es sehen.

Aber wer sind diese *alle*? In der leeren Stadt? Niemand würde mich sehen. Ich schaffe es trotzdem nicht, ich warte, am Friedrich-Ebert-Platz, am Hallertor und am Plärrer. Zett, was hast du angestellt? Ich schäme mich fast, das zu denken. Aber es ist so naheliegend. Dass sie irgendwie Mist gebaut hat. Es liegt immer ein wenig in der Luft.

Ich klingle an ihrer Wohnungstür. Es dauert, wieder warte ich, währenddessen rumpelt es in der Wohnung. Aber Zett macht nicht auf. Ich bin ratlos. Ich klopfe an die Tür. Nichts. Die Nachbarn werden mich hören und wach werden. Zett könnte hilflos daliegen, es nicht bis zur Tür schaffen. Es gibt Schlaganfälle, Herzinfarkte. Aneurysmen. Der Sohn einer Kollegin ist daran gestorben. Man konnte nichts machen, man hat ihn zu spät gefunden. Muss ich jetzt die Polizei rufen? Was, wenn sie umsonst kommt? Muss ich dann alles bezahlen? Was, wenn Zett nur irgendeinen Blödsinn macht?

Die Tür öffnet sich einen kleinen Spalt. Kein Licht scheint hindurch, es muss dunkel sein im Wohnungsflur. Zett lugt jetzt mit einem Auge durch den Türspalt. Doch schon ist das Auge wieder weg. Wieder rumpelt es, sie muss sich irgendwo gestoßen haben. Ich öffne die Tür.

»Zett?«

Kein Mucks. Ich taste mich durch den Flur. In der Küche brennt Licht. Ich habe Angst. Angst vor dem, was in der Küche auf mich wartet. Meine Sinne sind auf scharf gestellt, ich rieche Verbranntes, Zigaretten und Alkohol, ich höre ein leises Fiepsen, ein Tier vielleicht, ein verletztes Tier, aber es ist kein Tier, es ist Zett. Sie sitzt am Küchentisch, die Stirn in die Hände gestützt, die Haare wild um sich herum, das Gesicht unsichtbar. Um sie herum ein Schlachtfeld. Der Backofen steht offen, eine rabenschwarze, völlig verkohlte Pizza liegt auf dem Blech. Auf dem Boden zwei Weinflaschen, eine leer, eine halb voll, eine zerbrochene Auflaufform, Scherben, eine Packung mit Lasagneplatten, die zum Teil herausgefallen sind, und eine rote Flüssigkeit, in Spritzern überall verteilt, auf den weißen Küchenschränken, an der Wand, bis zum Tisch und zur Tür. Ich weiß nicht, ob das rote Zeug Blut ist, ich schaue genauer hin, es ist tomatig und stückig, wohl eine Nudelsoße.

»Hast du dich verletzt?«, frage ich. »Bist du verletzt, Zett?«

Sie schüttelt den Kopf und sieht endlich auf. Ihre Haare sind zerzaust, ihr Gesicht verschmiert, verheult.

»Nein, alles halb so schlimm«, sagt sie und lacht. Dieses Lachen könnte aus einem Horrorfilm sein. »Es tut mir leid, ich hätte dich nicht anrufen sollen. Du brauchst deinen Schlaf. Ich bin nur ein bisschen ausgeflippt.«

Sie klingt verdächtig vernünftig. Das passt überhaupt nicht zum Zustand der Küche, zum Zustand von Zett. Sie hebt langsam eine Hand und streckt sie mir hin. Und ich weiß gleich, das ist ein anderes Rot an der Hand, das ist Blut. Es tropft dunkel auf die Tischkante und weiter auf den Boden. Da hat sich schon eine Lache gebildet. Auch in Zetts Haaren klebt Blut. Ich packe blitzschnell ihr Handgelenk, drehe die Hand um und begutachte die Stelle, wo die Pulsadern sind. Alles heil dort, alles ganz.

»Also Paula«, sagt Zett und schüttelt den Kopf. »Übertreib's mal nicht. Denkst du, dass ich mich aufschlitze? Dann würde ich dich doch nicht anrufen. Tss, tss …«

Sie tut, als wäre ich bescheuert. Vielleicht bin ich das auch. Ich schlage mir die Nacht um die Ohren und male mir das Schlimmste aus.

Die Wunde ist am Handballen. Ich schaue sie mir genau an.

»Du musst in die Notaufnahme. Das muss genäht werden.«

Ich weiß, dass Zett nicht mit mir in die Notaufnahme fahren wird. Ich bin mir absolut sicher. Trotzdem muss ich doch sagen, was das Beste wäre. Das kann sich entzünden, sie kann eine Sepsis kriegen. Noch immer sickert Blut aus der Wunde. Ich schaue noch genauer hin. Sie will die Hand wegziehen, aber ich halte sie eisern fest.

»Da steckt eine Scherbe drin«, sage ich fachmännisch.

»Mach sie raus.«

»Bin ich Arzt, oder was?«

»Zieh die Scherbe raus! Die tut sauweh!«

Zett steht auf und kramt mit der gesunden Hand in einer Schublade.

»Tataaa!« Sie zeigt mir eine Pinzette. Holt eine Flasche Wodka aus dem Kühlschrank und gießt den Schnaps großzügig über die Pinzette. Der Rest landet auf dem Fußboden bei den Scherben, den Lasagneplatten und der Nudelsoße.

»Schau nicht so«, sagt Zett, »ich räume das morgen auf.« Sie reicht mir die Pinzette. »Bitte schön.«

Also mache ich mich an der Wunde zu schaffen, die Scherbe steckt tief im Fleisch, doch es gelingt mir, sie herauszuziehen.

»Aua!«, schreit Zett. »Kannst du nicht vorsichtiger sein?«

»Hast du was zum Desinfizieren?«

Sie will mir den Wodka geben.

»Was Richtiges.«

Wenn wirklich etwas passiert ist, bin ich meistens ganz ruhig. Ich werde zu einer Maschine, einer Rettungsmaschine. Ich funktioniere eins a, rege mich nicht auf und mache klare Ansagen. So panisch ich oft bin, BEVOR etwas passiert oder nur passieren KÖNNTE, so cool bleibe ich, wenn es so weit ist. Mitten in der Katastrophe fühle ich mich am wohlsten.

»Ja, Chefin, jawoll«, sagt Zett, verschwindet im Bad und kommt mit einer Flasche Jod, einer Packung Pflaster, einer weißen Plastikdose und etwas Klopapier wieder.

»Das brennt aber«, kläre ich sie auf.

»Gib dir gefälligst Mühe.«

Ich tupfe die Wunde ab. Vorsichtig, aber so, dass genug Jod hineinkommt. Zett verzieht das Gesicht und schreit wieder »Aua!«. Es klingt irgendwie vorwurfsvoll.

»Bin gleich fertig.«

Ich glaube, dass Jod erfunden wurde, um Leute zu bestrafen. Sie sollen nicht so einfach davonkommen. Sie sollen es sich merken und in Zukunft vorsichtiger sein.

»Verdammt, Paula! Du bringst mich ja um!«

Ich schaue mir jetzt die weiße Dose an und öffne sie. Ein Pulver. Ich bin skeptisch und rieche daran. Nichts Auffälliges.

»Das ist noch von Tommy«, meint Zett. »Ich hab es draufgestreut, wenn er eine Wunde hatte. Er hat doch so oft gerauft, weißt du noch? Man kann es direkt in die Wunde streuen.« Sie hält sich die Dose ans Ohr, schüttelt sie und nickt zufrieden.

»Bist du verrückt? Hast du noch alle Tassen im Schrank?«

»Wieso? Es desinfiziert.«

»Es ist für Katzen! Und Tommy ist seit acht Jahren tot!«

»Seit neun Jahren. Dann lass das Pulver weg. Es geht schon.«

»Und wenn noch mehr Scherben drin sind? Kleine Splitter?«

»Die arbeiten sich raus. Glaub's mir, alles arbeitet sich irgendwann raus, das war bei Tommy auch so.«

»Na, dann ist ja alles gut.« Ich nehme Zett mit meinem schlimmsten Gouvernantenblick ins Visier und schaue mich dann genauso in der Küche um.

»Ich räum das morgen auf«, sagt Zett und folgt meinem Blick.

»Was ist denn passiert? Was ist bloß los mit dir?«

»*Was ist bloß los mit dir*?«, äfft sie mich nach. Das macht sie ja so gern. Es geht ihr also wieder besser, und sie denkt, sie bekommt wieder Oberwasser. »Ich wollte mir eine Pizza machen, Frau Berg, und dann bin ich eingeschlafen, das ist alles.« Sie zuckt mit den Schultern und schaut mich herausfordernd an, mit einem Grinsen im Gesicht. Ich schaue total ernst zurück und hebe fragend die Augenbrauen. Manchmal liebe ich meine Gouvernantenrolle. Sie verschafft mir Befriedigung.

»Dann bin ich wieder aufgewacht«, sagt Zett, »und alles war verraucht, die Pizza war komplett im Eimer, und Hunger hatte ich immer noch. Ich hab ein bisschen gekifft, meine Güte!« Sie kichert. Mein Blick durchbohrt sie praktisch. Es ist mitten in der Nacht. Lou wird manchmal ein zweites Mal wach und hält es nur ungefähr dreißig Sekunden lang aus, bis sie schreit wie am Spieß. Ich habe Maik einen Zettel geschrieben. Ich kann ihm unmöglich sagen, dass Zett einfach nur ein bisschen gekifft hat.

»Ich wollte mir Lasagne machen«, sagt sie. »Ich hatte einen wahnsinnigen Lasagnehunger, kennst du das?«

»Nein.«

»Die Schüssel ist mir runtergefallen. Aber das wäre sowieso nichts geworden.«

»Du musst die Nudelplatten vorher kochen.«

»Wirklich? Das wusste ich nicht.«

Zett starrt auf die Schweinerei auf dem Boden. Ich klebe ein Pflaster auf ihre Wunde. Endlich blutet sie nicht mehr.

»Schläft Lou?«, fragt sie.

»Ich hoffe es. Ich muss nach Hause. Und du gehst brav ins Bett.«

»Bringst du mich?«

»Okay.« Ich verdrehe ein bisschen die Augen. Ziehe Zett schließlich hoch und schiebe sie ins Bad. »Pinkeln«, sage ich nur und wische ihr das Gesicht sauber, als sie auf dem Klo sitzt. Dann führe ich sie ins Schlafzimmer, ziehe ihr die völlig verdreckten Leggins aus.

»Schön hinlegen.«

Sie nickt und legt sich unter die Bettdecke. Ich ziehe sie ihr hoch bis ans Kinn. Dann singe ich ihr das Schlaflied, das sonst Lou bekommt. *Guter Mond, du gehst so stille dort am Abendhimmel hin …*

»Es tut mir leid, ich hätte dich nicht anrufen sollen.«

»Doch.«

Ach wie hart ist mein Geschicke, dass ich dir nicht folgen kann …

»Das ist ein ziemlich trauriges Lied.«

»Ich gehe jetzt, okay?«

»Ja, geh zu Lou. Sie soll nicht allein sein, wenn sie aufwacht.«

»Maik ist da. Tschüss, Zett.«

»Tschüss, Paula. Wenn ich dich nicht hätte …«

»Und ich dich. Schlaf jetzt.«

»Gute Nacht. Gib ihr einen Kuss von mir.«

Ich lasse die Wohnungstür leise zuschnappen.

Als ich zu Hause bin, kommt mir Maik mit Lou auf dem Arm entgegen. Beide sind stinksauer.

KAPITEL 14

Paula

Es ist seltsam, wir sprechen nicht darüber, Zett und ich. Ein paar Tage haben wir nichts voneinander gehört, bis das Sich-nicht-Melden unnormal und laut wurde, dann rief sie mich an und fragte, wie es Lou so gehe und wann wir endlich gefälligst mal wieder vorbeikommen würden. Als wäre nichts passiert.

Ich vergesse es aber nicht. Dass Zett geweint hat. Wie ihre Küche aussah. Wie fertig sie war. Den Splitter in ihrer Hand und alles. Ich vergesse nicht, was dann zu Hause los war. Aber ich spreche es nicht an. Warum auch? Der Tag ist wunderbar. Wir sitzen im Garten von Zetts Wohnung. Sie liegt im Erdgeschoss einer alten Villa, eine Treppe führt direkt in den Garten, der riesig und selbstverständlich verwildert ist. Was weiß Zett schon vom Gärtnern. Um den Freisitz wurde irgendwann einmal ein Kranz Rosen gepflanzt, sie werden nicht mehr gepflegt, aber sie überleben tapfer und blühen umso kräftiger, umso rot leuchtender, so kommt es mir vor. Ich gehe jedes Mal eine Runde im Kreis und rieche an den neuen Blüten, manchmal schneide ich eine ab, nehme sie mit nach Hause und lege sie in eine Schüssel Wasser. Sie bleiben tagelang frisch und treiben wie Seerosen auf einem Teich.

Ich liebe Zetts Garten. Die ungeschnittenen Obstbäume, an denen gelbe Pflaumen und Sauerkirschen hängen, die alten

Gartensessel mit den verblichenen Polstern und quietschenden Federn, den runden Tisch mit seinen rostigen Stellen, er steht schief auf dem bemoosten Pflaster, der weiße Lack blättert ab.

Zett kommt mit einem Tablett aus dem Haus. Sie stellt Tassen, einen Tetrapack Milch und eine Thermoskanne mit Kaffee auf den Tisch.

»Schau mal«, sagt sie und zeigt mir einen Teller mit süßen Teilchen. Sie holt sie beim Konditor um die Ecke, er ist weit über das Viertel hinaus berühmt für seine Torten und Petits Fours. Auch für Lou hat sie wieder etwas besorgt, Reiswaffeln und Butterkekse speziell für Babys, sie enthalten weniger Zucker.

Zett spielt also die perfekte Gastgeberin. Verdächtig. Normalerweise sagt sie: »Du weißt ja, wo alles ist«, bevor sie sich ein Glas Sekt genehmigt.

Na gut. Man darf den Mantel des Schweigens über gewisse Dinge breiten. Sonst reißt man nur etwas auf. Sonst verdirbt man nur einen friedlichen Nachmittag in einem herrlichen Garten. Zett schleppt noch einen nagelneuen Gettoblaster an und schiebt eine Kassette rein, die Pet Shop Boys mit *It's a Sin.*

Meldet sich Lou im Kinderwagen, ist Zett sofort bei ihr und redet mit ihr in diesem hohen Ton, diesem Singsang, der ganz allein Lou vorbehalten ist. »Na, aufgewacht? Guten Morgen, Loula, gut geschlafen? Blendet dich die Sonne? Komm her zu mir.« Sie nimmt sie zu sich auf den Arm. »Es gibt eine Reiswaffel für dich. Oder ist es Zeit für ein Gläschen? Karotte oder Apfel-Banane, was denkst du? Ah, nicht so schnell, du hast recht, erst einmal richtig wach werden, erst einmal ein bisschen bei Tante Zett auf dem Schoß sitzen, was?«

Lou muss ihre Tante Zett für den sanftesten, nettesten, fürsorglichsten Menschen der Welt halten. Viel sanfter, netter und geduldiger als ich, ihre eigene Mutter. Hier im Garten brauche ich mich um mein Kind nicht zu kümmern. Zum Glück. Ich denke: *Zum Glück brauche ich mich um mein Kind nicht zu kümmern,* und glaube, dass das nicht in Ordnung und nicht normal ist. Dass ich keine besonders gute Mutter bin.

Wir trinken Kaffee, essen die Teilchen, wir lassen es uns so richtig gut gehen. Lou knabbert ihre Babykekse und ist auf Zetts Schoß mit sich und der Welt zufrieden. Sie sieht aus wie aus einer Windelwerbung, natürlich mit der richtigen Windel dran, und als könnte sie das gar nicht: quengeln und kreischen.

»Sie reibt sich die Augen, denkst du, sie ist wieder müde?«, fragt Zett irgendwann.

»Ja, ich glaube schon.«

Sie wechselt die Kassette im Gettoblaster und spult zu einem bestimmten Song. *Lullaby* von The Cure. Sie geht mit Lou im Arm hin und her und wiegt sie im Takt in den Schlaf.

»Ist das nicht ein bisschen zu düster?«, frage ich spöttisch. »*The spiderman is having me for dinner tonight*?«

»Meinst du?«

Dieses Kind ist der einzige Mensch, über den sich Zett nie lustig macht. Den sie für voll nimmt. Der sie nie nervt. Und Lou spürt das. Sie schläft ein, noch bevor der Song zu Ende ist. Zett legt sie vorsichtig in den Kinderwagen und setzt sich zu mir.

Wir sprechen nicht darüber, was los war in der Nacht, als ich zu ihr gefahren bin. Als ich nach Hause kam. Ich kann nicht.

Maik hatte Lou auf dem Arm, sie schaute mich mit großen, müden Augen an, den Schnuller im Mund.

»Schön, dass du auch mal wiederkommst«, sagte er.

»Sie hat sich verletzt, sie wusste nicht weiter, ich musste hinfahren.«

»Ach ja?« Maik hatte nur sein Schlaf-T-Shirt an, ansonsten war er nackt. Auf dem T-Shirt stand *Tengelmann.*

Lou streckte die Hände nach mir aus und fing an zu quengeln.

»Gib sie mir, ich übernehme. Geh schlafen.«

Maik drehte sich weg von mir.

»Zett hat mich noch nie um Hilfe gebeten, das weißt du«, sagte ich zu Maiks Rücken. »Im Gegenteil, sie ist mir eine Hilfe, eine große Hilfe.«

Das war das Falsche. Ich hatte das Falsche gesagt. Etwas Gutes über Zett. Ich war so müde. Ich wollte schlafen. Dass sie besoffen und bekifft war, das hätte ich sagen sollen, dass ihre Wohnung ein Saustall war, das wäre das Richtige gewesen. Aber ich darf sie nicht verteidigen. Ich weiß doch, dass ich sie nicht verteidigen darf, schon gar nicht, wenn es fast vier Uhr nachts ist und wenn Lou Maik geweckt hat. Also machte er weiter und weiter, er will ja nichts auf sich sitzen lassen, überhaupt nichts, das ist sein Lebensprinzip, nur nichts auf sich sitzen lassen, der Rest ist egal. Und deshalb hört er nie auf.

»Wer ist eigentlich deine Familie? Zett?«

Lou weinte bereits, doch noch immer gab er sie mir nicht. Ich konnte ja nicht an ihr zerren. Sie würde nicht einschlafen in seinem Arm. Ich sah, dass es nicht ging. Er war zu aufgebracht. Er lief wie ein Tiger hin und her.

»Maik, gib sie mir, ich stille sie, dann wird sie einschlafen. Es tut mir leid.«

Der Schnuller fiel herunter.

»Willst du sie stillen?«, fragte ich in einem anderen Ton, mit einer anderen Stimme. Denn manchmal reicht es mir. Manchmal passe ich nicht auf. Manchmal, sehr selten, vielleicht nur einmal im Jahr, lass ich die Zügel los. Das ist so erleichternd. Wenn ich alle Kontrolle langsam sausen lasse und bin, wie ich bin. So wütend. Nicht lieb, nicht ruhig, keine Rechtfertigungen mehr, keine Begründungen, kein Flehen, kein Einsehen, kein Zusammenreißen, keine Entschuldigungen, kein »Es tut mir leid«. Ich bin dann so stark. Unangreifbar. Als hätte ich irgendeinen Trumpf im Ärmel. Oder Zetts Messer. Als wäre ich eine *armed woman* wie sie: *I am armed, you know, an armed woman!* Ich habe dann vor nichts Angst. Auf einmal bin ich frei. Es ist gefährlich.

Maik ging mit Lou ins Kinderzimmer, ich folgte ihm.

»Unsere Tochter weint«, sagte ich nur. Inzwischen liefen ihr dicke Tränen über die Wangen. Sie tat mir leid. Was hatte sie nur für Eltern. Ich musste mich fangen, mich beruhigen. Für Lou. Nichts mehr sagen. Nicht in diesem Ton. *Nicht in diesem Ton, Madame*, sagte meine Mutter, wenn ich frech war. Ich wusste nicht, ob ich es schaffen würde. Wenigstens bis Lou schlief.

»Bitte, Maik«, sagte ich also leise und lieb. Es ekelte mich vor mir. Aber es ging nicht um mich, es ging um Lou.

»Ich mag diesen Ton nicht«, sagte Maik.

Dabei gab ich mir solche Mühe. Lou schrie wie am Spieß auf Maiks Arm.

»Es tut mir leid.«

»Dir tut ständig etwas leid. Und dann machst du es wieder genauso. Vorher nachdenken, ja? Oder bist du zu blöd dafür?«

Ich antwortete nicht. Lou schrie und ruderte mit den Armen. Ich riss mich zusammen. Ich brauchte meine ganze Willenskraft dafür, um ihm nicht zu sagen: *Leck mich, Maik.*

Ich streckte meine Hände aus: »Bitte.«

Endlich gab er sie mir und ging aus dem Zimmer. Ich hob mein Oberteil hoch, Lou schnappte sich wie verzweifelt meine Brust, obwohl sie kaum Hunger hatte. Sie saugte nur schwach und schlief praktisch sofort ein. Ich saß mit dem schlafenden

Kind an meiner Brust da und wäre am liebsten so sitzen geblieben. Die ganze Nacht. Einfach nie mehr aus dem Zimmer gehen. Ich hörte Maik in der Küche rumoren. Noch konnte ich klein beigeben. Noch hatte ich es in der Hand. Oder doch nicht? Was war jetzt los da draußen, in unserer Küche? Beruhigte sich Maik? Was, wenn ich mich nicht beruhigte? Ich war so wütend. Es pochte in mir. Also zögerte ich es hinaus. Saß da und wusste nicht, was dieses Pochen war, Wut oder Angst. Schließlich legte ich Lou in ihr Bettchen und schloss leise die Tür hinter mir. Maik saß in der Küche und trommelte mit den Fingern auf den Tisch.

Er schubste mich. Mit beiden Händen. Ich fiel nicht hin, es tat nicht weh. Kein Blut, keine blauen Flecken. Es war eigentlich nichts. Oder? Ich hatte nicht aufgepasst. Ich sagte etwas, ich weiß nicht mehr, was, etwas Böses, Gemeines. Es musste raus. Als würde ich sonst sterben, so sehr musste es raus. Manchmal kann ich eben nicht mehr. Vorsichtig sein, die Worte abwägen, den Regler runterdrehen, nicht nach rechts, bloß nicht nach rechts aufdrehen, sonst passiert was! Warum hat Maik keinen verdammten Regler, sondern immer nur ich?

Doch irgendwann fängt es wieder an, schlimmer als vorher. Die Prophezeiung, damals im Flugzeug. Wie lange ist das her?

»Paula?«, fragt Zett auf einmal.

»Ja?«

»Du starrst vor dich hin und bewegst die Lippen.«

»Quatsch.«

Ich sehe mich nach Lou um, sie liegt auf der Decke und klopft mit dem Deckel auf eine Tupperdose, Zett hat ihr Küchensachen zum Spielen aus der Wohnung geholt.

»Du bist eine viel bessere Mutter als ich«, sage ich.

Sie nimmt ein Zewa vom Tisch, reißt es in zwei Teile und

knüllt beide zusammen. Dann schiebt sie sich die Kugeln links und rechts in die Backen. Ich beobachte das und finde es seltsam.

»Das Leben ist zu hart für nur eine Mutter«, nuschelt sie schließlich und schaut mich mit den dicken Backen und so einem Schlafzimmerblick an. Ohne zu lachen.

Der Pate. Wir haben ihn x-mal zusammen angeschaut, alle drei Teile, und uns dabei betrunken. Wie alt waren wir damals?

Zett hebt mein Baby mit beiden Händen hoch in den Himmel. »Stimmt›s?«, ruft sie, und Lou quietscht, streckt ihre Händchen aus und zeigt lachend ihre zwei Zähnchen. Wie schön dieses Kind ist, mein Kind, Lou, im Himmel mit dem Strahlen im Gesicht! Ich bin richtig glücklich.

Es ist weg in diesem Moment. Doch es kommt immer zurück. Mein Körper erinnert sich, ganz von selbst, ein eigenes Wesen, mein Körper, und er merkt sich alles wie ein Elefant.

»Du hast mich geschubst«, habe ich am nächsten Tag zu Maik gesagt, als er mich umarmen wollte.

Er sah mich an, verwirrt irgendwie, mit einem fragenden, nachdenklichen Ausdruck im Gesicht, er wollte es in dem Moment wirklich hinkriegen und den Streit beilegen und diesen Tag nicht vermasseln. Er durchforstete sein Gehirn und kam schließlich zu einem Ergebnis. »Nein. Ich hab dich nicht geschubst.«

»Doch. In der Küche, als Lou eingeschlafen war. Wir haben uns gestritten.«

Maik stand mit dem Rücken zu mir und schnitt Brot. Legte Gurkenscheiben für Lou zurecht, sie knabberte gern darauf herum und war während des Frühstücks beschäftigt.

»Ich hasse es nur, wenn du wie Zett redest«, sagte er traurig. »Das weißt du genau. Aber ich hab dich nicht geschubst.«

Und da verstand ich es. Er hatte mich noch nie geschubst. So war er nicht. So war Maik nicht.

»Doch.«

»Nein«, sagte er nachdrücklicher. Das Traurige war wieder weg, und der Ärger kam zurück. Dieser Ton in seiner Stimme kam zurück. Dieser laute, enttäuschte, anklagende Ton.

»Da vorn am Türrahmen.« Ich deutete auf die Tür zur Küche, und er starrte hin. »Es war ein Schubser.«

Ich sprach leise. Leise und eindringlich. Er musste es doch verstehen. Ich musste es ihm doch irgendwie beibringen. Sonst fing es wieder an, schlimmer als vorher.

»So«, sagte ich und zeigte ihm die Bewegung, wie er mich mit beiden Händen geschubst hatte, jedoch langsamer, wie in Zeitlupe.

Er sah auf meine Hände.

»Wirklich?«, fragte er.

»Ja, wirklich.«

Er ließ den Kopf hängen. Glaubte er mir? Verstand er es?

»Ich war wohl sehr wütend«, sagte er ratlos und nahm meine Hände.

»Ja, das bist du oft.«

So blieben wir eine Weile, meine Hände in seinen. Es war ein inniger Moment. Ein Moment der Nähe, wie ich ihn lange nicht mehr zugelassen hatte. Vielleicht ein neuer Anfang.

»Ich passe auf. Ich passe besser auf, okay?«, sagte er.

»Ja.« Ich umarmte ihn und drückte ihn fest.

»Aber rede nicht so wie Zett, bitte.« Er wand sich aus meiner Umarmung. »Dieses *Meine Güte*, ich kann es nicht hören, verstehst du? Sie erhebt sich damit über mich. Und über dich auch.«

»Das ist doch Blödsinn.«

»Nein, sie erhebt sich ständig über alle. Nur siehst du das

nicht, weil du ihr verfallen bist. Das hörst du bestimmt nicht gerne, aber du spurst, wenn sie nur mit dem Finger schnippt. Du fährst nachts durch die ganze Stadt, du bist ihr Fan. Du schaltest dein Hirn nicht ein, wenn ihr zusammen seid. Und ich muss es ausbaden. Ich bin der Buhmann. Denkst du, ich weiß nicht, wie sie über mich redet? Und du? Verteidigst du mich? Wohl kaum!«

Er redete weiter. Er hörte nicht auf. Sein Bein bebte, zitterte. Der Moment war vorbei. Ich spürte, wie meine Austernklappe sich wieder schloss. Nur noch ein Spalt Licht. Da hindurch beobachtete ich Maik.

»Ach, Zett«, sagte ich durch den Spalt. »Sie ist eben so.«

Ich bin ihr nicht verfallen. Ich nehme sie nur so, wie sie ist. Das kann Maik nicht, das bringt er nicht über sich. Menschen einfach zu akzeptieren, wie sie nun einmal sind. Alle enttäuschen und ärgern ihn pausenlos.

»Du bist eben so«, konterte er. »Du!«

Es ist aussichtslos.

Wir sprechen nicht über diese Nacht, Zett und ich. Als sie geweint und Maik mich geschubst hat. Wir schaffen es nicht. Es war nichts. Oder? Ich sehe sie blutverschmiert in ihrer Küche sitzen, aber ich will nichts davon wissen. Ich will nicht fragen. Ich will nicht, dass Zett Probleme hat. Ich habe doch allein schon genügend.

Wie Maik immer sagt, ich denke nur an mich. Ich bin durchtrieben und berechnend, sagt er. Immer auf meinen Vorteil bedacht. Stimmt das?

»Bin ich durchtrieben und berechnend?«, frage ich Zett.

»Das sind wir doch alle, Schatz.«

Sie spielt »Hoppe, hoppe, Reiter« mit Lou, die so laut lacht, dass sie nach Luft schnappen muss.

Er kommt zum Gartentor herein. Jetzt schon? Wir haben ausgemacht, dass er mich nach der Arbeit abholt. Lou entdeckt ihn, ruft »Ba-ba-ba-ba!« und krabbelt sofort los, zu ihm hin. Er nimmt sie hoch und küsst sie ab. Sie lacht laut und kreischt auf, als er ihr in den Bauch pustet, sie greift in seine Haare und schreit: »Ba-ba-ba!«

Maik küsst mich auf den Mund und sagt: »Hi.«

»Hi!«

Er geht zu Zett und umarmt sie kurz. »Na, was machen die Verkäufe?«, fragt er. Es liegt etwas Verächtliches darin. Zett arbeitet im Außendienst für eine Pharmafirma, die Krebsmedikamente herstellt, sie besucht Ärzte, informiert und überzeugt sie. Für Maik heißt das, sie schwatzt Ärzten Pharmaprodukte auf, bezahlt ihnen teure Hotels und teures Essen, damit sie den Umsatz in die Höhe treiben. Maik weiß eben alles ganz genau, er kennt sich mit allem aus, da ähnelt er Zett, auch sie weiß ja alles immer ganz genau.

»Es reicht für eine Wohnung mit Garten«, antwortet sie ihm und grinst ihn an.

»Na dann«, sagt er. »Bist du fertig, Paula?«

Ich packe zusammen. Zett steht auf und verabschiedet sich von Lou. »Bis bald«, sagt sie und winkt. Lou winkt zurück. Das hat Zett ihr beigebracht. Wir freuen uns alle drei darüber.

»Bis bald«, sage ich und schiebe den Kinderwagen, Maik trägt Lou und die Tasche. Zett winkt immer noch, als wir am Gartentor sind. Ich werde immer traurig, wenn ich von hier weggehe, es fühlt sich seltsam an, dass ich nicht nach Hause will.

Wer ist eigentlich deine Familie? Zett?

Nein, du, Maik, du und Lou, ihr seid meine Familie. Ich kann mich glücklich schätzen. Warum fällt mir das nur so schwer? Einfach zufrieden zu sein. Immer legt sich so etwas Schweres auf mich. »Ich könnte die ganze Stadt abreißen und neu für dich aufbauen«, sagt Maik manchmal, »ganz so, wie du es willst, Villen, Parks, Spielplätze, alles, und du wärst immer noch nicht zufrieden.«

Wir steigen ein, und er macht Musik an. Es ist ein unbekannterer Song von Janis Joplin. Ich kann ihre Stimme nicht ausstehen. Aber das darf ich nicht sagen.

1993

KAPITEL 15

Paula

Wir sitzen draußen im Garten in der Oktobersonne, vielleicht zum letzten Mal in diesem Jahr. Für das Wochenende wurde ein Wetterumschwung vorhergesagt, es soll dieses Jahr schon sehr früh sehr kalt werden. Die Rosenblüten sehen schon etwas lädiert aus, Regen und Wind der vergangenen Wochen haben ihnen zugesetzt. Der große Ahorn hat im Sturm die meisten seiner Blätter verloren, sie liegen auf dem Rasen verteilt, gelb und rot leuchtend. Lou macht sich einen Spaß daraus, mit ihren Gummistiefeln durchs raschelnde Laub zu rennen. Wie groß sie geworden ist. Sie geht schon ein Jahr lang in den Kinderladen.

»Ich bin jetzt in der Gruppe, die den 8. März organisiert«, sagt Zett. »Machst du mit? Wir treffen uns einmal in der Woche.« Sie sitzt unter einer Decke auf ihrem rostigen Gartensessel und hat schon den ganzen Nachmittag lang ziemlich schlechte Laune.

»Was soll am 8. März sein?«

»Guten Morgen, Frau Berg!«

»Ähm, Frauentag?«

»Frauenstreiktag! Wir legen die Arbeit nieder. Du musst auf jeden Fall dabei sein. Kriegst du überhaupt noch mit, was da draußen los ist?«

»Zett, ich arbeite wieder, Lou macht nichts von dem, was sie soll. Ich hab keine Zeit, was anderes mitzukriegen als mein anstrengendes, unbedeutendes Leben.«

Zett weicht etwas gekünstelt zurück, als wäre ich die Schlechtgelaunte, vor der man sich in Acht nehmen muss. Was vielleicht auch stimmt. Meine Stimmung ist insgesamt nicht die beste.

Lou kommt mit einem Stoß Blätter in den Händen angelaufen und wirft sie vor uns in die Luft. »Schau, Mama!«, ruft sie und lacht. »Die Blätter fliegen in den Himmel!«

»Eins ist auf deinem Kopf gelandet«, sagt Zett. »Sehr hübsch sieht das aus.«

»Oooh!« Lou stolziert mit dem Blatt auf dem Kopf vor uns herum. »Schau, Mama!«

Ich muss lachen. »Wirklich sehr hübsch, Loula. Schau mal dahinten, ob noch Nüsse an dem Strauch dran sind. Oder hat das Eichhörnchen schon alle geholt?«

Sie rennt los zum Haselnussstrauch und ist erst einmal wieder beschäftigt.

»Wie war euer Termin?«, fragt Zett.

»Ganz gut.«

»Aha.«

»Es war ja erst ein Termin.«

»Und?« Sie lässt nicht locker. Sie sagt seit Monaten, Maik und ich sollen zu einer Paarberatung gehen. Sie macht sich Sorgen um Lou. Ich habe ihr gesagt, dass wir abends streiten, aber erst dann, wenn Lou im Bett ist. Aber ich weiß selbst, dass Lou zu viel mitbekommt. Die Stimmung, den Ärger, die Wut. Meine und Maiks Wut, die alles vergiftet. Nicht nur an den schlimmen Tagen, auch an den schönen. Es kippt so leicht, so wahnsinnig leicht, und man weiß nie, wann es so weit ist. Man liegt auf der Lauer. Man vertraut den guten Momenten nicht mehr. Wir vertrauen uns nicht mehr, das ist lange vorbei. Ich bin nicht so zuversichtlich wie Zett, dass uns die Therapie helfen kann. Ich kenne Maik. Alle glauben ihm alles.

»Die Therapeutin meint, ich soll mich mehr auf Maik verlassen.«

»Ha!«, sagt Zett.

»*Streiten ist gesund und wichtig*«, mache ich die Therapeutin nach.

Zett schnaubt.

»Wir haben eine Übung gemacht. Ich sollte mich mit dem Rücken an ihn dranlehnen und spüren, dass er mein Gewicht halten kann. Dass er hinter mir steht.«

Zett kaut an einem Fingernagel herum und sagt nichts mehr. Dabei interessiert mich ihre Meinung. Ich hoffe insgeheim, dass sie es so sieht wie ich. Dass sie mich erlöst und sagt, ich bräuchte nicht mehr zu dieser dämlichen Beratung zu gehen.

»Maik hat gemeint, dass ich ihn nicht genug wertschätze.«

Zett nickt. Es rumort in ihr, das sehe ich.

»Dass er oft wütend wird deswegen und dass er dann Sachen sagt, die ihm hinterher leidtun. Die Therapeutin meint, er muss in Zukunft mehr auf seine Bedürfnisse achten.«

»Soll das ein Witz sein?«, platzt es aus Zett heraus. »Es geht doch dauernd um nichts anderes als immer nur um Maik, Maik, Maik und seine gottverdammten Bedürfnisse.«

Jetzt passt es mir doch wieder nicht. Jetzt tut es mir leid, überhaupt etwas erzählt zu haben. Ich fühle mich wie eine Verräterin. Ich verrate Maik, und die Therapeutin gleich mit.

»Das stimmt nicht«, sage ich. »Hör auf.«

Zett lehnt sich zurück. Wir haben diese stillschweigende Übereinkunft, dass sie nicht über Maik herzieht. Dass sie ihre Abneigung für sich behält. Meistens hält sie sich daran. Ich beschließe, ihr nichts mehr über die Paartherapie zu erzählen und es noch einmal zu versuchen. Wir müssen es doch irgendwie schaffen, Maik, Lou und ich. Lou soll eine ganze, vollständige Familie haben und nicht nur eine halbe so wie ich. Denn es war schwer für meine Mutter und schwer für mich. Sie fuhr Straßenbahn damals, sie war die erste Straßenbahnfahrerin der Stadt, eine Sensation. Und weil sie eine Frau war und noch dazu ein Kind hatte, aber keinen Mann, musste sie beweisen, dass sie trotzdem einhundert Prozent geben konnte. Mehr als das, einhundertfünfzig. Sie nahm jede Schicht an, ohne sich zu beschweren. Entweder hatte sie Frühschicht und war weg, wenn ich aufwachte. Dann aß ich das Frühstück allein, das sie mir hingestellt hatte, und zog an, was sie mir abends zurechtgelegt hatte. Ich hätte nie Theater gemacht. Das ging bei uns nicht. Oder sie hatte Spätschicht, und ich kam mittags heim, und sie war nicht da. Ich war ein Schlüsselkind, wärmte mir das Essen auf, setzte mich an die Hausaufgaben und sah heimlich fern. Manchmal ging ich zu Zett rüber, sie wohnte nur eine Straße weiter, wo die Reihenhäuser anfingen. Zett hatte meiner Meinung nach alles: eine Mutter, die Kuchen backte, mit uns »Mensch ärgere dich nicht« spielte und mit uns zum Spielplatz ging; und dazu auch noch einen Vater, der immer um sechs nach Hause kam. Die Familie saß dann beim Abendbrot zusammen um den Tisch herum und schmiedete Pläne, zum Beispiel fürs Wochenende. Als ganze, vollständige Familie ging das. Aber Zett wollte meistens nicht, dass wir zu ihr gingen. Ich wusste nicht, warum. Sie wich mir aus, wenn ich sie danach fragte. Ich fand es bei ihr viel gemütlicher und toller, aber sie wollte immer nur zu mir kommen, obwohl ich weniger Spielsachen hatte und alles viel ärmlicher und der Kühlschrank leerer war. Meistens setzte sie ihren Willen durch, schließlich war ich froh, dass sie überhaupt mit mir befreundet sein wollte. Zett brachte ihre Barbies also einfach mit, ein ganzer Kinderkoffer voller Barbies, blond, braunhaarig, dazu alle möglichen Kleider, Schuhe, die nie an den Füßen halten wollten, ein Kamm für die langen Haare und sogar ein Ken, ein Mann für die Barbies. Er bekam immer nur eine Nebenrolle. Wir setzten ihn irgendwo hin, außerhalb des Geschehens, und kommandierten ihn herum, wenn uns wieder einfiel, dass er da war. Wir hatten keine wirkliche Verwendung für ihn, weil uns egal war, was er anhatte. Und das Heraussuchen der richtigen Kleider, das Umziehen und Herumstolzieren war nun mal das Wichtigste vom Ganzen. Wenn wir hungrig wurden, machten wir uns Zuckerbrote mit dick Butter drauf, hauten uns vor den Fernseher und schauten *Die Leute von der Shiloh Ranch* oder *Ehen vor Gericht* an. Wir besprachen jeden Fall ausgiebig, wir waren bald absolute Expertinnen für *Ehen vor Gericht*. Als wir älter waren, kam der *Rosarote Panther* dazu, ein neuer Favorit, wir sangen die Titelmelodie laut mit: »*Wer hat an der Uhr gedreht, ist es wirklich …*« Zu der Zeit durften wir schon den Herd benutzen, brieten uns Brote, bis sie schwarz waren, und legten Scheiblettenkäse drüber. Zett beneidete mich oft, weil ich so frei war, weil ich essen und fernsehen konnte, wann ich wollte. Dabei war ich nicht frei, sondern nur allein. Das ist ein Unterschied. Und Zett war drei Nachmittage in der Woche beim Schwimmen, sie trainierte im Verein und nahm an Wettkämpfen teil. Am Wochenende fuhr sie oft zu Schwimmfesten. Ich hasste sie, wenn sie nicht da war. Die Wohnung war leer, die Nachmittage zogen sich endlos hin, die Zuckerbrote schmeckten nicht, und die *Ehen vor Gericht* waren ohne sie nicht das Gleiche. Wenn ich es an diesen Tagen nicht mehr aushielt, ging ich zur Straßenbahnhaltestelle und wartete, dass meine Mutter mit der Linie 8 vorbeikam. Ich wartete manchmal fast eine Stunde, weil die 8 so eine lange Strecke hatte, nur um hinter ihr zu sitzen, auf dem Schwerbehindertensitz, und um ihr zuzusehen, wie sie mit den Schalthebeln hantierte und ins Mikrofon sprach, um die Haltestellen durchzusagen. Ich fand ihre Stimme im Lautsprecher fremd und schön. Ich saß und saß, draußen die Stadt, die vielen Haltestellen, drinnen die Leute, und sie war da, meine Mutter, sie war einfach bei mir. Manchmal kam eine alte Frau herein oder ein Blinder oder jemand, der hinkte, dann machte ich meinen Platz frei und ging ein Stück nach hinten. Das hatte meine Mutter mir eingeschärft, unbedingt darauf zu achten. Ich durfte auf keinen Fall sitzen bleiben, wenn Schwerbehinderte den Platz brauchten. Sie würde sonst Schwierigkeiten bekommen und, wenn es ganz schlimm kam, ihre Arbeit verlieren. Ich hatte keine genaue Vorstellung davon, was das bedeutete. Aber keine Arbeit zu haben, war ungefähr das Schlimmste, was uns passieren konnte, so viel verstand ich. Meine Mutter machte sich ständig Sorgen deswegen. »Dann müssen wir zum Amt!«, sagte sie manchmal. Ich wusste nichts über dieses Amt, aber es musste ein schrecklicher Ort sein. Niemand ging freiwillig hin. Man wurde gezwungen. Was dort passierte, konnte ich mir nicht ausmalen. Vielleicht wurde man bei Wasser und Brot eingesperrt. Und deshalb achtete ich immer sehr genau darauf, wer in die Straßenbahn einstieg und ob jemand den Platz für Schwerbehinderte hinter meiner Mutter brauchte. Oft stand ich vorsichtshalber auf, wenn eine Frau nur ein wenig schwächlich wirkte oder ein Mann beim Anfahren der Bahn leicht schwankte. Manchmal musste ich stehen, bis wir an der Schleife ankamen, der Endhaltestelle, wo meine Mutter Pause hatte. Wir stiegen aus, und sie rauchte eine Zigarette, und ich erzählte ihr irgendwas, von der Schule, von der Lehrerin, von Zett, nur ihren Vater ließ ich weg, der abends heimkam, von dem sprach ich nie. Das war ein Gesetz. Nicht von Vätern sprechen. Meine Mutter bekam sofort schlechte Laune oder wurde traurig, und wenn sie traurig wurde, war es am allerschlimmsten. Jetzt, seit ich Lou habe, weiß ich erst, wie anstrengend es gewesen sein muss, mich da hinter sich sitzen zu haben und dann auch noch die Zigarettenpause mit diesem plappernden Kind zu verbringen. Sie zeigte mir nie, dass ich sie störte oder ihr lästig war. Sie setzte sich einfach wieder an ihre Schalthebel und sagte die nächste Haltestelle an. Manchmal fuhr ich zwei Runden mit, das dauerte fast den ganzen Nachmittag, aber irgendwann musste ich aussteigen. Mein Schlüssel hing versteckt unter meinem T-Shirt an einem Gummiband um meinen Bauch. Meine Mutter hatte gesagt, Entführer würden sonst den Schlüssel sehen und wissen, dass ich allein bin. Das wäre gefährlich. Ich wusste nicht recht, was Entführer im Allgemeinen so vorhatten, aber nichts Gutes, das war ja wohl klar, und es machte mir Angst. Ich dachte oft an Entführer, wenn ich allein war. Ich machte mir ein Zuckerbrot und zog den Schlafanzug an und kroch ins Bett und fragte mich, wie sie es anstellten und was dann mit den Kindern passierte. Vielleicht mussten sie schwer arbeiten und bekamen nichts zu essen wie die Kinder in Afrika. Die leere Wohnung und die Stille und die Entführer, die irgendwo lauerten, das alles war so schwer und dunkel um mich herum damals, dass es mich noch immer einholt, wenn die Wohnung leer und still ist, weil Maik und Lou beim Einkaufen sind oder bei seinen Eltern. Oft fahre ich einfach mit, nur um nicht in der leeren Wohnung zu sein. Maik sagt dann, ich soll doch mal was für mich machen und mich entspannen. Aber dieses Gefühl ist eben nicht auszuhalten, dieser Zustand, wenn sich im Bauch ein Loch auftut, ein riesiges Loch, und alles fällt hinein, alles von mir fällt in diesen Schlund, und nichts bleibt übrig. Es ist jedes Mal, als würden sie nie zurückkommen, Lou und Maik. Die Schuhe stehen da, und die Kleider liegen da, und das Spielzeug liegt da herum, und die Kaffeetasse da auf dem Tisch, eine Katastrophe war passiert, ich wusste nicht mal, welche, und all die Sachen waren einfach zurückgeblieben, und die beiden würden für immer verschwunden bleiben.

Lou hat ein Recht auf ihre Familie. Darauf, uns beide zu haben, Maik und mich. Wir müssen es schaffen. Für sie. Und für mich.

»Hallo!« Zett stupst mich an. »Kommst du also mit zur Streikgruppe? Du würdest mal was anderes sehen.«

»Ich muss arbeiten und Lou vom Kinderladen abholen. Abends bin ich zu fertig.«

»Genau deswegen streiken wir ja, Paula! Das Patriarchat muss mal zu spüren kriegen, was passiert, wenn Frauen nicht mehr mitmachen.«

»Ach, Zett, das Patriarchat«, sage ich müde.

»Nichts ›Ach, Zett‹. Die Männer, die Schweine, müssen das einen einzigen Tag mal ohne uns hinkriegen. Verstehst du das?«

Ich muss lachen. Das soll ich Maik also mal verklickern. Komm früher von der Arbeit heim, hol Lou ab, mach ihr Abendessen, mach sie fertig, bring sie ins Bett, denn die Männer, die Schweine, die müssen das einen einzigen Tag mal ohne uns Frauen hinkriegen. Ich freue mich jetzt schon auf den Streit.

»Maik ist anders. Er kümmert sich um uns.«

»Pff …« Zett winkt ab. »Maik ist ein Kind. Dein zweites Kind, das wissen wir beide. Er hilft nur ein bisschen mit. Und er wird dich streiken lassen, glaub mir, er wird die Gelegenheit nutzen, sich als Kämpfer für die Frauen aufzuspielen, und sich was darauf einbilden.«

»Hör auf.«

»Na gut, ich hör ja schon auf. Aber wenn er wirklich so

anders ist, dein Maik, dann wird er verstehen, dass wir kämpfen müssen.«

Sie hebt eine Faust hoch. Allen Ernstes. Sie denkt, sie wäre Jeanne d'Arc oder eine weibliche Che Guevara oder so was.

»Und wie machst du es?«, frage ich sie. »Wie willst du streiken und von der Arbeit wegbleiben?«

»Ich werde krank sein.«

»Und wenn du auf einem Foto in der Zeitung erscheinst? Wenn dich jemand sieht?«

»Wenn, wenn, wenn!«

Lou ist zurückgekommen und klettert zu Zett auf den Schoß. Sie nimmt sie mit unter ihre Decke und gibt ihr eine Apfelscheibe. Lou knabbert darauf herum und legt dabei den Kopf auf Zetts Brust. Sie ist müde, bald werden wir aufbrechen. Es beginnt schon zu dämmern, ganz hinten färbt der Himmel sich rötlich. Im langen Schatten der Bäume ist es kühl geworden.

»Ich hätte noch eine Bitte, Zett.«

»Klar.«

»Mein Auto muss nächste Woche zum TÜV, aber vorher müssten die Stoßdämpfer neu gemacht werden, und ich habe einen Termin beim Kinderarzt. Könntest du uns fahren und mitkommen?«

»Nein, leider nicht.«

Ich schaue sie an. Sie schlägt mir sonst nie etwas ab. Nicht, wenn es um Lou geht. Zett ist immer für mich da. Ich kann mich auf sie verlassen. Und jetzt? Da stimmt etwas nicht, da ist etwas im Busch. Ist sie sauer auf mich? Ist es ihr zu viel mit mir und Lou? Ich weiß nicht, was los ist.

»Am Donnerstag um fünf. Du müsstest nur ein bisschen früher von der Arbeit weg.«

»Ja, wenn wir den Bus nehmen.«

»Warum? Ist dein Auto kaputt?«

»Nein.«

Ich packe Lous Sachen zusammen. Richte den Kinderwagen her und lege meine Tasche unten in den Korb. Zett hat anscheinend nicht vor, mir eine Antwort zu geben, sondern drückt Lou noch eine Apfelschnitte in die Hand. Ich warte. Es kommt aber nichts.

»Hast du dein Auto zu Schrott gefahren? Hattest du einen Unfall?« Ich fixiere sie. Sie hat etwas angestellt, ich weiß es.

»Nö.«

»Was dann?«

Sie überreicht mir Lou, damit ich sie in den Wagen setzen kann.

»Zett? Hallo? Raus mit der Sprache!«

»*Raus mit der Sprache!* Ich hab meinen Lappen verloren, na und?«

»Wie, verloren?«

»Ich bin ihn los. Ich hatte eins Komma sechs Promille.«

»Du bist betrunken Auto gefahren? Aber das machst du doch nie, du brauchst den Führerschein für deinen Job!«

»Meinen Job bin ich auch los.«

»Was?«

Sie zuckt mit den Schultern. »Tja«, sagt sie. »Sie wollten mich als Assistentin im Innendienst parken, aber ich habe abgelehnt.«

»Und jetzt?«

»Jetzt habe ich schon bald was Neues. Hörgeräte. Am Telefon.«

»Du willst Hörgeräte am Telefon verkaufen?«

Lou fängt im Wagen an zu quengeln. Sie will, dass es losgeht.

»Klingt verrückt, gell?«

»Allerdings.«

»Mach dir keine Sorgen, Schatz«, sagt Zett und umarmt mich zum Abschied. »Das ist nur vorübergehend. Wenn ich den Schein wiederhabe, gehe ich zur Konkurrenz und verdiene mehr als vorher.« Sie gibt Lou einen Kuss. »Tschüss, Loula-Maus.«

»Ich mache mir aber Sorgen.«

»Ich weiß.« Sie lacht.

»Warum bist du betrunken gefahren?«

Sie zuckt wieder mit den Schultern. »Wir haben einen Abschluss gefeiert, und ich habe den Überblick verloren. So was passiert.«

»Mir nicht.«

»Nein, Paula, dir nicht, das wissen wir. Wir fahren mit dem Bus zum Kinderarzt, okay?«

»Okay. Du wirst noch eine Alkoholikerin, wenn du nicht aufpasst.«

»Ich passe aber auf.« Sie guckt mich frech an. »Versprochen.«

Lou wackelt im Wagen hin und her. Sie will nicht länger warten. Also schiebe ich sie zum Gartentor raus. Zett und Lou winken sich wie immer heftig zum Abschied zu.

KAPITEL 16

Paula

Vor Weihnachten wird die Sache mit dem Streik konkreter, im Kinderladen gibt es eine Besprechung. Sie wurde auf der Tafel an der Garderobe angekündigt: *Wichtig für alle!* Und tatsächlich sind die meisten gekommen, die Eltern, die Erzieherinnen, die Praktikantin, der komplette Vorstand, der aus einer Mutter und zwei Vätern besteht. Es geht um die Organisation des Streiktages. Wohin mit den Kindern, wenn die Mütter und die Erzieherinnen gemeinschaftlich streiken, also wenn Frauen mal ihre Arbeit nicht machen? Um zu zeigen, was sie leisten und wo die Gesellschaft eigentlich stünde ohne diese Frauen. Um zu beweisen, dass Männer die Frauenarbeit auch können und bloß nicht machen wollen.

Ich komme mir komisch vor, als hätte ich mich hier eingeschlichen. Denn ich gehöre nicht dazu, meine Ehe ist anders, ich bin anders, mein Mann ist anders. Maik kommt fast immer pünktlich heim, weil er bei der Stadt arbeitet. Er putzt und wäscht, und manchmal kocht er, das ist normal bei uns. Wir teilen uns die Aufgaben. Ganz kurz fühle ich mich als etwas Besseres. Emanzipierter, weiter. Bis mir alles wieder einfällt, wie es mit Maik wirklich ist und dass ich es gar nicht hinkriegen würde ohne ihn und ohne Zett, weil ich nicht zu den tollen Frauen hier gehöre, die alles schaffen, einfach so.

Dabei habe ich nur ein Kind. Die mit zweien sind die Heldinnen. Die noch dazu mit allem allein sind, weil ihre Männer spät heimkommen und dann ein schönes Haus und brave Kinder haben wollen. Ich darf mich nicht beklagen. So schauen sie mich immer an, die Frauen im Kinderladen, als dürfte ich mich nicht beklagen. Als hätte ich es irgendwie besser als sie. Aber es ist umgekehrt. Sollen sie doch mal mit mir tauschen und es mit Maik aushalten. Mit ihm klarkommen. Mit Maik komme nämlich nur ich klar.

Sie marschieren siegessicher in den Kinderladen ein, diese Mütter, und ich laufe mit, am Rand, ich imitiere sie, halte mich aufrecht, habe einen kämpferischen Schritt. Es sieht aus, als gehörte ich dazu, aber ich kann das gar nicht, dazugehören. Ich kann nur so tun, als ob, eine Schauspielerin, immer perfekter in ihrer Rolle mit den Jahren. Als Kind waren es noch peinliche Versuche, in der Schule etwa, als Zett aufs Gymnasium ging und ich in die Realschule, es war schrecklich, sie fehlte mir, ich war verloren. In den Pausen rannte ich, ich rannte vom Klassenzimmer zu den Toiletten, durch die Aula und wieder zurück, ich tat, als hätte ich ein Ziel, als müsste ich dringend etwas erledigen, dabei wollte ich nur nicht allein herumstehen, ohne Freundinnen, abseits von den anderen, die Pause sollte nur vorbei sein, damit ich wieder an meinen Platz im Klassenzimmer konnte. Ich saß allein an einer Bank ganz hinten, dort war ich sicher. Dort sah mich niemand. Dort hatte ich meine Ruhe und war nur irgendein Kind, das kaum etwas sagte und sich nie meldete. Es war nur immer so umständlich, das Kind, es hatte die Turnsachen nicht dabei oder dieses und jenes Buch, es hatte nicht das Richtige besorgt, die richtige Farbe und Größe von einem Heft oder den richtigen Kleber, die richtigen Stricknadeln und die Wolle. Die Mutter von diesem Kind half nicht bei den Handarbeiten, entsprechend sahen sie aus. Diesen

Rock konnte niemand anziehen, die Nähte waren schief und krumm, selbst die Lehrerin lachte. Diese Mutter konnte eine Lampe aufhängen und ein Bild an die Wand dübeln, aber nähen oder stricken oder häkeln konnte sie nicht. Sie hatte ja auch gar keine Zeit. Sie war morgens nicht da, sie schaute nicht in den Schulranzen, sie machte das Pausenbrot nicht. Deswegen konnte das Kind nicht dazugehören, immer fehlte etwas oder war das Falsche. Und wenn es aufgerufen wurde, sprach es so leise, dass es dauernd ermahnt werden musste. »Lauter, Paula!«, sagte die Lehrerin, erst freundlich, ermutigend, dann ungeduldiger, bald stöhnte die ganze Klasse: »Lauter!« Und irgendwann wurde aus dem Kind die Frosch*fresse*, eines Tages, aus heiterem Himmel, irgendjemandem war aufgefallen, dass ich immer die Oberlippe ein wenig nach oben zog, wenn ich verlegen war. Es gibt ein Foto, auf dem ich das mache. Es sieht wirklich seltsam aus.

Im Kinderladen sitzen jetzt alle im Kreis auf ihren Kinderstühlchen. Ich ziehe nicht die Oberlippe hoch, ich habe es mir abtrainiert. Ich renne auch nicht mehr herum. Ich verhalte mich normal, glaube ich, es fällt praktisch nicht mehr auf, dass ich außerhalb stehe. Dass ich mich anders fühle. Ganz kurz als etwas Besseres, aber das hält nicht lange an. Schade. Ich kann das nicht, dazugehören. Ich kann nur nach Maiks Hand greifen und sie halten, damit ich weiß, wohin mit mir. Da ist mein Platz, an seiner Seite. Seht her, dieser Mann, der so gut aussieht, der sich so gut um sein Kind kümmert, der ist mein Zuhause. Meine Verbindung zur Welt und zu allen Menschen.

Es gab vorab eine Art Flugblatt zum Streik. Margit, die Cheferzieherin, hebt es hoch und wedelt damit herum. Das allgemeine Gemurmel beruhigt sich. Über uns dreht sich ganz langsam ein Mobile aus verschiedenen Dinosauriern, die Kinder haben sie aus Papier gebastelt und angemalt. Die Kinder bekommen hier so wenig Hilfe wie möglich, um selbstständig zu werden und stolz auf ihre Erfolge zu sein, deswegen sind die Dinos nur schlampig bemalt und hängen schlapp an ihren Fäden. Ich versuche herauszufinden, welcher von Lou sein könnte, aber es stehen keine Namen drauf. Die Kinder sollen hier nicht auf Konkurrenz getrimmt werden, sondern auf Gemeinschaft.

»Wie ihr wisst, findet am 8. März der Frauenstreiktag statt«, beginnt Margit. »Alle Mitarbeiterinnen hier im Kinderladen sind Frauen, und deswegen streiken wir natürlich mit.« Es geht so ein Nicken durch die Runde, so eine Bekräftigung. »Trotzdem muss der Kinderladen geöffnet bleiben, weil die Mütter auch Frauen sind und auch mitstreiken, logisch. Wir müssen heute also die Dienste hier am 8. März organisieren. Besser gesagt die Väter, danke, dass ihr gekommen seid.«

Sie deutet auf Fred, einen der Väter im Vorstand; sie zählt offenbar auf ihn, und er zuckt ein bisschen zurück.

Ich finde Margit gut, alle finden sie gut. Auch die Kinder lieben Margit, alle, ohne Ausnahme. Sie ist der totale Kindermensch. Sie machen immer, was Margit sagt. Es ist eine Art Zauberei. Sie ruft zum Beispiel: »Hände waschen!«, und alle Kinder marschieren zu den Kinderwaschräumen und waschen sich vor dem Essen an ihren Kinderwaschbecken die Hände. Sie hat es ihnen erklärt und ein Bild mit Bakterien gemalt. Dann hat sie Raum für Fragen gelassen und alle geduldig beantwortet. So macht sie es immer, und die Kinder folgen ihr wie dem Rattenfänger von Hameln.

Ich glaube, wir alle verlassen uns in der Besprechung auf Margit. Sie wird das den Männern erklären, notfalls ein Bild malen, Raum für Fragen lassen, und am Ende werden die

Männer die Kinderbetreuung am Streiktag organisieren und der Welt zeigen. was Frauenarbeit wert ist.

Fred vom Vorstand ergreift als Erster das Wort und steht dabei auf. Wieso eigentlich? Ich habe Fred gefressen. Ein totaler Wichtigtuer mit Haus und Mercedes und einer seltsamen Überlegenheit, ich frage mich dauernd, worauf er sich eigentlich etwas einbildet. Der Kinderladen wimmelt von solchen Vätern.

»In meinem Fall geht das leider nicht«, sagt Fred. »Ich weiß nicht, wie es für euch andere ist«, er blickt in die Runde, »aber ich habe eine Praxis zu führen, und die Patienten können wohl schlecht vor verschlossenen Türen stehen, nicht wahr?«

»War ja klar. Die Praxis!«, sagt Linda, Freds Frau, wie aus der Pistole geschossen, und spricht dabei Praxis so gedehnt und theatralisch aus, als wäre sie Freds Heiligtum und Teil seines lächerlichen Privatkultes.

Fred lacht laut auf. Seine Frau hat mal wieder keine Ahnung, das will er uns damit sagen, aber er steht über den Dingen, er lässt sich von ihrer Ahnungslosigkeit und ihren fatalen Fehleinschätzungen nicht beeinflussen. Es geht um Wichtigeres, um seine Praxis. Ich habe Fred jetzt noch mehr gefressen.

»Meine Patienten brauchen mich, das ist mit ein bisschen gesundem Menschenverstand leicht einzusehen. In meinem Fall geht es also nicht, leider, dass ich die Kinderbetreuung übernehme oder dass meine Kinder unbetreut sind. Tja!«

Er setzt sich wieder hin. Linda schaut Margit an und verdreht die Augen. Margit lächelt, als hätte sie nichts anderes erwartet. Sie will weiteren Raum für Fragen geben, so scheint es, bevor sie es noch etwas besser erklärt.

»Bei mir das Gleiche«, sagt Thomas. »Sorry.« Er hebt hilflos die Hände. »Ich unterstütze euer Anliegen. Voll und ganz. Ihr habt absolut recht! Deshalb, also könnte vielleicht jemand anders, ein anderer Vater hier vielleicht Dienst machen? Am 8. März? Für die Frauen? Hm?«

Die anderen Väter schweigen. Margit lächelt. Thomas' Frau, Irene, starrt ihn an. Wenn Blicke töten könnten …

»Ich kann ja die Termine mit meinen Mandanten nicht absagen«, setzt er nach und lächelt wahnsinnig freundlich.

»Du bräuchtest ja gar keine Termine auszumachen«, erwidert Irene.

»Und die vor Gericht?«

»Du hast Termine vor Gericht?«, fragt Irene künstlich und zieht ihre Augenbrauen hoch. »Am 8. März? Das ist super! Dann ist es ja gerade gut, wenn du nicht hingehst. Das bringt uns maximale Aufmerksamkeit.« Sie lächelt Thomas bösartig an.

»Na klar!«, ruft Fred. »Jetzt schließen wir also schon die Strafgerichte!«

»Also ich bin überhaupt nicht verfügbar«, mischt sich Heinz ein. »Das ist ein Wochentag, und ich bin ja Beamter, ich bin nicht freiberuflich tätig so wie ihr, ich hätte dienstrechtliche Konsequenzen zu erwarten.«

»Ooooh«, sagt Irene.

»Ich riskiere nicht meine Pension für euch«, sagt Heinz und verschränkt die Arme.

»So kommen wir nicht weiter«, sagt Irene.

Margit lächelt. Dann ergreift sie das Wort.

»Schaut mal her. Fred, du in deiner Praxis, du könntest doch Heinz, unseren Lehrer, der eine wichtige Arbeit macht, das ist keine Frage, du könntest ihn für einen Tag krankschreiben. Und wenn es Probleme geben sollte, nur im Fall des Falles, könntest du, Thomas, Heinz als sein Anwalt wieder herausboxen. Vor deinem Gericht, meine ich. So sieht Solidarität aus.« Sie lächelt, und ein paar von den Frauen klatschen und rufen: »Solidarität!« Die Männer finden Margits

Vorschlag gar nicht lustig, aber er war ja auch nicht lustig gemeint.

»Und Fred, Patienten kommen am 8. März sowieso nicht in deine Praxis«, fährt sie ungerührt fort, »weil sie entweder beim Streik sind oder ihre Frauen vertreten müssen. Du könntest vorab ein Plakat aufhängen, dass an dem Tag die Frauen ihre Arbeit niederlegen, auch die Arzthelferinnen und die Mutter deiner Kinder, und dass die Männer sich an dem Tag solidarisch zeigen sollen und ihre Frauen unterstützen.«

Es entsteht ein Schweigen. Alle Blicke sind auf Margit gerichtet. Dann steht Fred wieder auf. »Ähm, nur mal ganz kurz, Leute, wisst ihr eigentlich, dass ich in dieser Praxis Geld verdiene? Dass meine ganze Familie von dieser Praxis lebt? Von meiner Arbeit? Seid ihr eigentlich bescheuert?« Er wendet sich an Linda, seine Frau. »Oder denkst du, die Heinzelmännchen sorgen für das Plus auf deinem Konto, damit deine Karte gedeckt ist und du zu diesem Vogel gehen kannst, wie heißt er noch?«

Linda lacht nur höhnisch.

»Damit du zu deinem Heilpraktiker gehen und irgendwelche Schwingungen ausmessen lassen kannst, weil zu mir kommst du ja nicht, ich bin ja bloß *Arzt*!«

Fred ist rot im Gesicht geworden. Keine guten Schwingungen. Linda deutet mit beiden Händen auf Fred, als würde sie uns sagen wollen: *Seht ihr, mit so was muss ich es den ganzen Tag aushalten.*

Irene, die Frau vom Rechtsanwalt, schließt die Augen und fasst sich an die Schläfen. Sie kann diese ganzen Schwingungen nicht mehr ertragen.

»Wir müssen zu einer Lösung kommen«, sagt Margit und lächelt.

»Wie wäre es mit einer Notbetreuung?«, fragt der Vater von

Tomte, sein Name fällt mir nicht ein, ich kann ihn mir einfach nicht merken. Tomte ist das schlimmste Kind im Kinderladen, deswegen haben seine Eltern nicht viel zu melden und halten sich bei Besprechungen normalerweise zurück.

»Nur die Kinder werden gebracht, für die es keine Lösung gibt«, sagt Tomtes Vater. »Wo auch die Großeltern nicht einspringen können. Wo es partout nicht anders geht. Dann können zwei Erzieherinnen streiken, und eine macht die Notbetreuung. Was haltet ihr davon?«

Die Väter nicken zustimmend, Fred klatscht in die Hände und sagt: »Guter Vorschlag!«

Die Frauen schauen zu Margit. Sie wissen nicht, was sie von der Notbetreuung halten sollen. Ob das eine gute Lösung oder eine miese, fadenscheinige Lösung ist, die doch nur wieder zulasten der Frauen geht.

»Stimmen wir ab?«, fragt Fred in die Runde.

»Ja, stimmen wir ab«, sagt Heinz, »das wird das Beste sein.«

Fred geht zum Flipchart, um die Abstimmung vorzunehmen.

Die Frauen schauen auf Margit. Ob sie verärgert ist. Niemand will Margit verärgern. Es ist ein Gesetz: MARGIT NICHT VERÄRGERN. Keiner weiß, was dann passiert.

»Also«, sagt Margit. Fred hält mit seinem Edding in der Hand inne und hebt fragend die Augenbrauen. Alle halten inne und warten. »Ihr habt es noch nicht ganz verstanden, aber das macht ja nichts. Ich erkläre es noch mal. Am 8. März ist Frauenstreiktag. Wir, die Erzieherinnen und auch Moni, unsere tolle Praktikantin, sind Frauen, oder? Also werden wir streiken. Wir alle.«

»Das ist illegal«, platzt Thomas heraus. Irene sagt: »Ha!«. Margit lächelt. Zum Glück, sie scheint kein bisschen verärgert zu sein.

Ich bin still, wie immer, und denke mir meinen Teil. Ich

verstehe den ganzen Streik nicht, und ich verstehe nicht, dass sie sich dauernd beschweren, diese Frauen. Sie haben doch alles. Sie machen doch alles mit. Sie nörgeln, aber sie bleiben bei ihren unmöglichen Männern und machen mit. Weil sie schwach sind. Genauso schwach wie ich. Und weil es bequem ist. Dieser Streik ist lächerlich. Wir haben uns unser Leben eingerichtet, wie wir es wollten, das ist die traurige Wahrheit. Und dann möchten wir den Preis nicht zahlen. Alles andere sind doch nur Ausreden. Wir brauchen uns nicht zu beschweren. Wir sitzen in einer Arrestzelle und warten, dass jemand die Tür aufsperrt, aber es kommt niemand, denn die Tür ist die ganze Zeit offen. Sie ist nicht mal angelehnt, sie steht weit auf, und wir können herausspazieren, wenn wir nur wollen, und da draußen etwas Neues anfangen. Aber dann wären wir ganz auf uns allein gestellt. Nur wir wären übrig mit unseren Kindern, die weiterhin dauernd etwas brauchen, und wir sind nun einmal verantwortlich dafür, dass sie das auch kriegen. Wir haben sie nämlich nicht gefragt, ob sie auf diese Welt kommen wollen. Wir haben kein Kondom benutzt, nicht die Pille genommen, manche haben sogar darauf geachtet, wann die fruchtbaren Tage sind, und wir haben diese Kinder einfach geboren, und sie haben leider ein Recht auf uns, tja, so ist das eben, sie haben Rechte, und eins davon sind wir.

Ich sitze auf meinem Kinderstühlchen, warte und bin still. Ich mache mir hier niemanden zur Feindin. Sie würden sich zusammenrotten und mich fertigmachen. Das kenne ich. *Kommt, wir machen Paula fertig, die Froschfresse.* Ich halte also nur ganz fest Maiks Hand. Er ist mein Anker hier, ich werde ihn nicht loslassen, um vom Ufer aufs offene Meer zu treiben, ich werde ihn festhalten, Maik, meinen Mann, ich zerquetsche fast seine Hand, aber das stört ihn nicht.

Auch er hat die ganze Zeit nichts gesagt. Ich weiß, dass er

solche Diskussionen schwachsinnig findet. Er lässt sich immer erst auf der Rückfahrt im Auto darüber aus. Er hasst alle anderen Eltern für ihre Berufe, ihr Geld und ihre Überheblichkeit. Alle verachten, damit ist man fein raus. Verachtung ist ein guter Schutzwall und funktioniert immer. Im Verachten ist Maik noch viel besser als ich, er ist ein Profi. Man kann froh sein, wenn es die anderen trifft. Ich bin froh, dass er neben mir sitzt und meine Hand hält. Das beruhigt mich. Ich warte ab, wie die Entscheidung rund um diesen Frauenstreiktag ausfallen wird.

Doch dann passiert etwas Seltsames. Maik zieht seine Hand aus meinem Griff und steht von seinem Stuhl auf. Er ist eins neunundachtzig groß, trägt zerschlissene Jeans, ausgetretene Turnschuhe und ein verwaschenes T-Shirt. Seine Arme sind muskulös, sein Haar fällt ihm lockig und ungekämmt ins Gesicht. Auf der Nase die John-Lennon-Brille. Er sieht unglaublich gut und männlich aus in dem Moment. Wie damals, als ich ihn zum ersten Mal gesehen habe, in der Jugenddisco der Kirchengemeinde, er lehnte immer an der Wand, tanzte nie, sprach nie und war traurig und schön. Es ist lange her.

»Was ist das hier für eine Scheiße«, sagt er jetzt. Ich erschrecke darüber. Keine Feindschaft, Maik, kein Tischtuch zerschneiden, bitte, der Kinderladen ist Lous Zuhause und die einzige Möglichkeit, dass ich arbeiten gehen kann.

»Die Frauen streiken am 8. März,«, fährt er fort. »Das ist so weit klar, ja?«

Der ganze Stuhlkreis hält gespannt den Atem an. Alle schauen auf Maik. Sie scheinen sich zu wundern, dass er überhaupt reden kann. Dass er sich traut, aufzustehen und etwas zu sagen.

»Also übernehme ich die Kinderbetreuung. Ich nehme mir einen Tag frei, komme rein und mache den Kinderladen auf. Das ist das Mindeste, Leute, also wirklich.«

Eine Stehlampe scheint ihn von hinten an, sodass es aussieht, als hätte er einen Heiligenschein. Alle starren ihn an. Der Erlöser ist da.

»Maik, das werden wir dir nie vergessen«, sagt Linda.

»Nie«, setzt Irene nach.

Margit lächelt.

»Maik, du bist der Hammer!«, sagt Anne, die Mutter von Marie, und guckt ihn von unten an und strahlt dabei. Ich hasse Anne.

»Kein Ding«, sagt Maik.

Als wir rausgehen, werde ich beglückwünscht. Man klopft mir auf die Schulter. Alle denken, ich müsste wahnsinnig stolz auf meinen Mann sein. Das bin ich aber nicht. *Er wird dich streiken lassen, glaub mir, und er wird die Gelegenheit nutzen, sich als Kämpfer für die Frauen aufzuspielen, und sich was darauf einbilden.*

Zett lag wieder mal richtig.

Auch mit der Therapeutin. Wir haben aufgehört, zu ihr zu gehen. Maik hat sie angeschaut mit seinen braunen Augen und seiner runden Brille und sie hypnotisiert. Paartherapeutinnen sollten unparteiisch sein, das ist meine Meinung. Aber das geht wahrscheinlich nicht. Tief im Inneren entscheiden sie sich und versuchen dann den Rest der Zeit, es zu vertuschen. Sogar Maik hat mir gegenüber zugegeben, dass er sie *übernommen* hat. So nennt er das, wenn er Frauen um den Finger wickelt. Gelingt es ihm, nimmt er diese Frauen nicht länger ernst. Sie haben verloren. Auch Frau Niederegger, die Therapeutin, hatte verloren. Und wir, Maik und ich. Allerdings verstehen wir uns seitdem wieder besser, die Situation hat sich beruhigt. Vielleicht war das der niedereggersche Plan, ihre verborgene Strategie: Ich sorge dafür, dass sie sich darüber einig sind, was für eine schlechte Paarberaterin ich bin und wie nutzlos und oberflächlich die Gespräche sind, und in der neu gefundenen Einigkeit kommen sie besser miteinander zurecht. Sie spüren wieder die Gemeinschaft. Das Verschworene, das, was einem Paar ganz allein gehört und es von allen anderen unterscheidet.

Vielleicht hat sie aber auch nur meine Hoffnungen enttäuscht und mich allein gelassen und nicht richtig hingehört und hingeschaut und sich von Maik einlullen lassen, die Frau Niederegger.

1994

KAPITEL 17

Paula

Ich bin zu spät, die Reden haben schon angefangen. Der ganze Platz ist voller Frauen. Ich muss mich zum Schlecker durchdrängeln, da wartet Zett auf mich.

»Na endlich!«, ruft sie von Weitem und winkt mit einer Sektflasche. Sie lacht, alle Frauen um uns herum lachen, die Stimmung ist wahnsinnig gut. Jetzt wird geklatscht, eine Rednerin ist aufs Podest geklettert. Sie hat eine wilde rote Mähne und einen lila Anorak an, das beißt sich zwar, sieht aber trotzdem toll aus. Sie ruft uns zu, dass heute, zum Frauentag, bundesweit, in jeder Stadt, im Westen und im Osten, Frauen ihre Arbeit niedergelegt haben.

»Wir kochen heute nicht, wir kaufen nicht ein, und wir verkaufen auch nichts, wir machen heute keinen Umsatz. Wir kümmern uns nicht um unsere Kinder, und wir kümmern uns auch nicht um eure Kinder! Wir tippen in keine Schreibmaschine, wir kochen keinen Kaffee. Kocht euren Kaffee selbst!«

Die Frauen applaudieren. Die Rednerin nickt heftig. Sie hält mit zwei Fäusten den Ständer vom Mikrofon fest, als würde sie gleich damit zuschlagen. Sie sieht so stark aus. Wieder habe ich das Gefühl: Ich bin hier falsch. Ich habe mich eingeschlichen. Ich gehöre nicht dazu.

»Wir putzen euren Dreck heute nicht weg! Wir pflegen euch

nicht, auch wenn ihr krank seid. Wir versorgen eure Eltern nicht. Wir sind hier! Wir streiken!«

Der ganze Platz klatscht und johlt. Zett trinkt aus ihrer Flasche und gibt sie an mich weiter. Es ist zehn Uhr morgens, aber das ist mir egal. Heute darf ich.

Aus den Lautsprechern kommen die ersten Takte eines Songs, alle erkennen ihn sofort und schreien los und heben beide Arme in den wolkenlosen Himmel.

Now, there was a time, where they used to say, that behind ev'ry great man, there had to be a great woman …

Einige Frauen vor der Bühne fangen an zu tanzen, andere folgen, auch Zett neben mir. Die Flasche ist leer, sie hat sie abgestellt. Alle tanzen irgendwann, ich auch. Und beim Refrain singen die ganzen Frauen, der ganze Platz, alle singen: *»Sisters are doin' it for themselves!«*

Wir beben. Wir spüren es. Und ich bin dabei, ich bin ein Teil davon. Auf einmal gibt es das, ein *Wir*, und es ist berauschend. Wir sind stark, wir sind so stark, wenn wir uns nur trauen, wenn wir nur wollen. Wir tanzen in unseren Stiefeln und Winterjacken, es ist laut, die Leute schauen vom Rand zu uns her, von den Kaufhauseingängen, aus den Cafés, sie sehen uns, wir sind hier. Einen Moment lang bin ich glücklich. Alles wird gut. Ich kann es schaffen. Ich bin nicht allein. Wir können es alle schaffen.

»Wir sehen wie zwei Lesben aus!«, ruft Zett, klopft sich auf die Lederjacke und tanzt mich mit ihrem Hintern in ihrer schwarzen Lederhose an. Wir stoßen unsere Hüften aneinander.

So we're comin' out of the kitchen …

Ich habe eine Kapitänsmütze aus dem Secondhandladen auf und unter der Jeansjacke eine weiße Bluse mit Krawatte an. Wie schön wir sind.

»Vielleicht sind wir ja welche!«

»Leider nein.« Zett macht eine Schnute. Ich lege meinen Arm um ihre Schultern, und wir bewegen uns mit der Menge. Neben uns halten sich zwei Frauen an der Hand. Ich lache sie an, sie lachen zurück und küssen sich.

Der Song ist aus, die Musik wird abgeschaltet. Die nächste Rednerin kommt auf die Bühne und geht zum Mikrofon. Die Frauen auf dem Platz sind mittlerweile total aufgekratzt und begrüßen stürmisch die Neue. Sie hat ganz kurze blonde Haare wie Annie Lenox. Sie sieht so cool aus. Ich habe meine langen Haare auf einmal satt. Ich werde sie mir auch so kurz schneiden lassen und genauso blond färben. Ein neues Leben fängt an, ich spüre es, denn es reicht, es ist genug, oder etwa nicht?

»Es lebt ein Geist in uns Frauen, der uns schwächt«, sagt Annie Lenox ins Mikrofon. Es wird ruhiger auf dem Platz. »Er ernährt sich von unserer Geschichte. Vom Vorrecht des Mannes. Des Männerwortes, des Männerkultes. Und er ernährt sich vom harten Zwang des Lebens. Unseres Lebens.«

Es ist jetzt ganz still. Sogar Zett hält inne und hört zu.

»Und wir ernähren ihn selbst, diesen Geist, der uns schwächt. Wir füttern ihn, wie wir alles füttern, was um uns ist. Wir ernähren den Geist, der uns schwächt, von unserer Wertlosigkeit, die wir verinnerlicht haben. Von unseren Fähigkeiten, die wir zurücknehmen und verkümmern lassen. Von den Opfern, die wir erbringen. Davon lebt dieser Geist!«

Alle sehen zu der Frau auf der Bühne. Sie verkündet uns etwas irgendwie Biblisches, Heiliges. Wir saugen jedes Wort von ihr auf. Und wir werden traurig davon. Alle sind auf einmal so traurig. Oder bin nur ich das? Traurig? Es ist, als würde sie zu mir sprechen, diese Frau mit den kurzen, blond gefärbten Haaren. Endlich versteht mich jemand. Ja wirklich, es lebt ein

Geist in mir, der mich schwächt. Sie sieht mich an und meint genau mich.

Als sie fertig ist und von der Bühne geht, setzt die Musik wieder ein. Ina Deter singt *Ich sprüh's an jede Wand, neue Männer braucht das Land!* Wir singen mit, hüpfen alle gemeinsam im Takt und strecken unsere Fäuste hoch. Zett grölt neben mir: »*Setz es fett in die BILD-Zeitung, E-man-ze sucht 'ne Begleitung …*«

Als Nächstes setzt sich die Menge in Bewegung. Der Protestmarsch beginnt, wir wollen die Hauptstraßen lahmlegen. Die Männer in ihren Dienstwägen sollen stehen bleiben und sehen, dass wir da sind, sie sollen dieses eine Mal aufgehalten werden mit ihren wichtigen Verrichtungen, ihren Geschäften und Terminen und mit allem, was sie vorhaben.

Wir laufen am Kino vorbei, und ich stupse Zett an. »Schau mal. *Herr der Gezeiten* läuft wieder, es gibt sogar schon eine Vorstellung um zwölf. Ich habe ihn immer noch nicht gesehen.«

»Wirklich nicht? Dann gehen wir rein.«

»Jetzt? Und die Demo? Wir kämpfen für unsere Rechte, bitte schön.«

Zett lacht. Sie lacht mich aus.

»Meine Güte, wir werden heute nicht das Patriarchat abschaffen. Aber du wirst heute ins Kino gehen. Dafür ist der Streik doch da.«

»Ich glaube nicht.«

»Ich schon.«

Zett steht auf einmal schon an der Kinokasse. Sie kauft die Eintrittskarten, eine Riesenportion Popcorn und zwei Bier.

»Der Geist, der uns schwächt«, sagt sie im Dunkeln, als wir fast allein im Saal sitzen. »Der sitzt meistens bei uns zu Hause auf dem Sofa.«

Ich stoße sie in die Seite, etwas von dem Popcorn fällt aus dem Becher. Wir prosten uns zu. Es gibt fast keine Werbung, es lohnt sich wohl nicht um diese Zeit. Der Film fängt an. Eine Landschaft, Wasser, Weite. Ein Sonnenuntergang. Musik. Und dann die Stimme aus dem Off. *Er hätte ein guter Vater sein können.*

Dieser Satz. Die Männerstimme.

Wäre er nicht ein so gewalttätiger Mann gewesen.

Ich weiß es schon länger, aber jetzt, in diesem Moment im dunklen Kino, Zett neben mir, erst jetzt weiß ich es wirklich. Der ganze Nebel löst sich gerade auf, ob ich will oder nicht, und alles wird klarer. Was zu tun ist. Was ich tun werde. Es ist ganz einfach. Es gibt keine Ausreden mehr, Paula Berg. Nach allem, was passiert ist. Nach gestern. Es ist erst ein paar Stunden her.

»Du Ratte«, hat er gesagt. »Du Lügnerin.«

Erst fand ich es seltsam. Ich verstand es nicht, weil ich Maik praktisch nie anlüge, weil ich ein ehrlicher Mensch bin. Auch wenn er mir das nie glaubt, niemals.

»Warum?«, fragte ich also. Ganz ernst, ganz normal. Ich dachte, dieses eine Missverständnis kann ich aufklären. Aber Maik drehte mir den Rücken zu und sagte: »Weil du behauptest, dass du mich liebst.«

Ich holte Luft, sagte aber nichts. All die brodelnde Wut stieg in mir hoch, all der Groll, die Empörung. Ja, ich empörte mich. Er warf meine Liebe gerade in den Müll. In den Abguss. Ins Klo. Jetzt war also nichts mehr etwas wert. Jetzt würde ich es nie wieder sagen können: *Ich liebe dich.* Diese Anstrengung jeden Tag, sie lastete plötzlich auf mir, ich spürte sie im ganzen Körper, dieses ständige Bemühen, es ist in jedem Muskel gespeichert, dieses Abmühen zu sein, was er sucht, Maik, mein

Mann, er stand mit dem Rücken zu mir und drehte sich eine Zigarette.

Du Ratte. Du Lügnerin.

Wie konnte er nur? »Leck mich!« Damit ging ich in den Flur. Ich nahm meine Jacke, meinen Schal, die Kapitänsmütze. Ich dachte nicht nach. Lou schlief in ihrem Zimmer. Ich musste raus. Ein Zeichen setzen. Wie viele Zeichen sollten es eigentlich noch werden? Da stand Maik vor mir.

»Wohin?«

Eine hochgezogene Augenbraue. Ich wollte an ihm vorbei, doch er ließ mich nicht. Ging nach links und nach rechts im engen Flur. Ich glaubte es nicht. Es konnte nicht wahr sein, dass er mich nicht aus der Wohnung lassen wollte. Dass ich kein freier Mensch mehr war. Es brachte mich auf. In mir dieses Brennen, dieser Zorn, wie ich ihn zuvor nicht kannte. Er fegte jede Angst weg. Ich blieb ruhig stehen, sah Maik an, direkt in die Augen und sagte nur: »Weg da.«

»Du gehst nicht.«

»Doch.«

Ein Gerangel. Erst war ich stark. Das macht die Wut, man fühlt sich stark. Doch schnell spürte ich, wie ernst er es meinte und wie schwach ich in Wahrheit war. So schwach. Ich würde nicht entkommen. Ich war kein freier Mensch mehr. Er packte meine Handgelenke, ein eiserner Griff, ich versuchte, nach ihm zu treten, doch er hielt mich von sich weg und lachte. Ich schrie. Dachte an Lou. Nicht schreien, Lou nicht wecken. Ich zappelte und trat, und Maik hielt mich einfach weiter fest und sagte: »Beruhige dich.«

»Lass mich.« Eine Stimme, die ich nicht kannte, war in meinem Hals, in meinem Mund.

»Nein, erst beruhigst du dich.«

Ich hörte auf zu zappeln. Ich stand da, meine Handgelenke

in seinem Griff. Er lächelte nicht mehr, er tat, als wäre er ganz ruhig, ganz der Vernünftige von uns beiden. Aber das war er nicht. Ich kenne ihn. Es war noch nicht vorbei. Und in dem Moment, in diesem Auge des Sturms, wusste ich, dass er tatsächlich recht hatte. Ich verstand ihn. Ja, ich bin eine Lügnerin. Eine Ratte. Ich sage, *ich liebe dich*, ich sage es ihm, und ich sage es mir selbst tausendmal am Tag. Ich liebe Maik, liebe, liebe, liebe ihn. Ich will es so sehr. Aber es stimmt nicht. Es ist gelogen. Er weiß es, und jetzt weiß ich es auch. Ich liebe ihn längst nicht mehr.

»Hau ab«, sagte ich und starrte ihm ins Gesicht. Dieses Gesicht, ich kannte es in- und auswendig. Ich hatte es geliebt. Diesen Blick, immer auf mir, wo ich auch war, immer sein Blick, mir folgend, mich suchend. Das Brauchen, mich brauchen. Ich verlasse dich nie, sagte es, das Gesicht. Das Glück darin, die Lust, als wir Lou zeugten. Als alles wieder gut war, wieder einmal wieder gut war. »Du bist das Licht«, sagte er, als wir erschöpft zusammenlagen, »ohne dich ist alles dunkel«, er deutete auf sein Herz, »hier drin«, er atmete tief ein, seufzte, »aber du leuchtest, du machst es hell.«

Eine Droge ist das, dieses Licht zu sein, eine einzigartige Substanz, und wenn es nur ein Moment ist, ein einziger Augenblick, es gibt nichts Besseres, du tust alles dafür, du brauchst mehr davon, du nimmst alles in Kauf, du gibst alles her, du wartest und wartest auf die nächste Dosis, und wenn es Jahre dauert, du kannst es nicht lassen, es ist eine Sucht, die schlimmste, die stärkste, die es gibt.

Er hielt noch immer meine Hände gepackt, und ich drehte den Kopf weg. Ich hielt es nicht aus, weiter sein Gesicht zu sehen. Ich mochte es nicht einmal mehr. Ich hasste es. Ja, das war kein Zorn mehr in mir, das war schlimmer, viel schlimmer, das war Hass.

»Hau ab, Maik. Wir brauchen dich nicht. Wir brauchen dich hier nicht mehr.«

Er ließ meine Handgelenke los und schlug mir mit der flachen Hand ins Gesicht, mit so viel Wucht, dass ich gegen die Wand prallte. Es war noch nicht vorbei. Es ist nie vorbei. *Irgendwann fängt es wieder an, schlimmer als vorher.*

Doch jetzt, hier im Kino, neben Zett, das Bier in der Hand, wir essen Popcorn, da kommt wieder so ein Zweifel, so ein Gedanke: Es ist nicht wahr. Es kann nicht wahr sein. Es ist nicht passiert. Ein Albtraum, ich wache auf, und alles ist wie immer. Es geht weiter. Maik versorgt Lou, damit ich zur Streikdemo gehen kann. Sie winken mir am Fenster. Er will mit ihr einen Ausflug machen. Es gibt einen Wildpark. Er ist ganz ruhig, ganz freundlich. *Er hätte ein guter Vater sein können. Wäre er nicht ein so gewalttätiger Mann gewesen.*

Man sieht es nicht einmal. Ich habe noch in der Nacht die Tiefkühlerbsen in ein Handtuch gewickelt und auf die Wange gelegt.

»Übertreib mal nicht«, hat Maik gesagt.

Der Geist, der uns schwächt, das ist die Lüge. Der Selbstbetrug. Es ist Zeit, ich weiß es doch.

Ich sage es ihm, wenn Lou nicht da ist. Ich weiß nicht, was dann passiert. Vielleicht bringt er mich um.

KAPITEL 18

Paula

»Ich weiß, ich hab's versaut«, sagt Maik nur und packt ein paar Sachen ein, langsam und bedächtig, ein Teil nach dem anderen. Als zögere er es hinaus. Als warte er auf ein Zeichen von mir und würde auf dieses Zeichen hin einfach wieder auspacken und bleiben. Kurz schaut er hoch und auf das Bild an der Wand. Es ist ein Foto, wir haben es vergrößern lassen. Lou sitzt auf meinem Schoß, ein Strahlen im Gesicht, oben und unten zwei Zähne, dazu das Funkeln in den Augen, der Kerzenschein vom Baum spiegelte sich darin. Ihr erstes Weihnachten. Maik sieht das Bild an, er verharrt, dieser leicht verwirrte Ausdruck in seinem Gesicht, dieses Suchende, ich weiß noch immer nicht, was ihm fehlt und was er anscheinend nirgendwo finden kann. Einen Moment lang ist er wieder da, dieser hübsche Junge, der mich ansprach, damals in der Jugenddisco der Kirchengemeinde.

Sechs Abende lang hatte er mich nur beobachtet, verstohlen, über die Tanzfläche hinweg, sechs Monate lang, denn die Disco fand nur einmal alle vier Wochen statt. Immer stand er da und schaute, gedankenverloren, irgendwie suchend und irgendwie traurig.

Ihn glücklich sehen. Ihn ankommen sehen. Wenn er gefunden

hat, was er sucht, und zwar bei mir. Ich wünschte es mir so sehr. Ich lag nachts wach mit zwei Daumen in zwei festgedrückten Fäusten und mit so fest zugekniffenen Augen, dass ich feuerrote Wolken sah, und ich dachte nur *Bitte! Bitte!*, und irgendwann wurde ich erhört. Er sprach mich an, als ich von der Tanzfläche in Richtung Getränkeausschank ging. Ich war gerade sechzehn geworden und durfte jetzt mein Bier selbst kaufen. Wir berührten uns im Gedränge, der Junge, der mich so anzog, und ich.

»Hallo«, sagte er.

»Hallo.«

Verlegenes Lachen. Wie weiter? Von hinten drängten Leute zum Ausschank.

»Lust, dass wir uns mal treffen?«, fragte er.

»Ja!«

»Wo bleibst du denn? Wo bleibt mein Bier?«, rief Zett von irgendwoher.

»Dann musst du mir deine Nummer geben.«

Wir gingen zur Seite, und der Junge schrieb meine Nummer auf, nickte, steckte den Zettel ein, lächelte ganz leicht, ganz zart, sagte »Ciao« und verschwand.

Das ist so lange her. Wir dachten beide, ich hätte, was er sucht. Das denkt Maik immer noch, doch er ist überzeugt, ich gebe es nicht heraus, ich verstecke es und enthalte es ihm vor, was immer es auch ist.

Er wendet den Blick von dem Foto mit Lou und sieht mich an, dunkel, bohrend, ein einziger Vorwurf, eine Anklage. *Was tust du uns an?* Er geht mit einer Tasche und einem kleinen Rucksack aus der Wohnung.

»Sag es Lou erst, wenn du sicher bist«, sagt er an der Tür und schließt sie hinter sich.

Mein Mann ist weg. Jeder normale Mensch würde jetzt die beste Freundin anrufen, in meinem Fall: Zett. Sie würde herkommen. Hier schlafen. Sie würde *Endlich!* sagen. Morgen könnten wir zusammen frühstücken. Lou würde aufwachen und nicht diese halb leere Wohnung vorfinden, dieses halbe Nichts. Ihre Tante wäre da und würde sie ablenken. *Der Papa musste zu Oma und Opa fahren. Er kommt bald wieder.*

Ich sitze vor dem Telefon, nehme aber nicht den Hörer ab und rufe Zett nicht an. Keine Ahnung, warum. Doch, ich weiß es (ich will doch nicht mehr lügen): Ich rufe Zett nicht an, weil es dann kein Zurück mehr gibt. Ich brauche noch eine Hintertür. Ein Schlupfloch.

Also rufe ich meine Mutter an. Ich weine. »Es ist aus, Mama.«

»Was macht ihr denn, was macht ihr nur, um Himmels willen!«

»Es ging nicht mehr, Mama.«

»Ihr dummen Kinder, denkt ihr nicht an Lou?«

»Doch, Mama, aber es ging nicht mehr!«

Jetzt weint sie auch. »Wie willst du das schaffen, Paula? Was wird nur aus Lou? Die arme Kleine!«

»Mama, er hat mich geschlagen. Hörst du? *Geschlagen!* Und nicht zum ersten Mal.«

»Was macht ihr nur?« Sie schluchzt.

»Ich mache gar nichts!« Ich weine nicht mehr. Ich schreie. Ich schreie meine Mutter an. »Maik hat mich geschlagen!«

»Ihr dummen Kinder! Was soll jetzt nur werden?« Sie weint und weint.

»Warum traust du mir nichts zu, Mama? Warum sollte ich es nicht schaffen, Mama?«

»Du hast ja keine Ahnung! Mit allem allein. Immer allein, Paula, weißt du, wie das ist?« Sie hört sich an wie ein Kind, das immer allein sein muss. Ein Kind, dem niemand hilft. Sie tut mir leid. Sie weint und hat Angst.

»Es wird schon, Mama. Wir werden es regeln mit Lou. Wir werden vernünftig sein.« Ich schreie nicht mehr, ich bin leer. Ein Roboter. »Beruhige dich, Mama. Mach dir keine Sorgen. Ich bin stark. Ich weiß, dass Lou ihren Vater liebt. Wir werden eine Regelung finden. Hörst du?«

»Du weißt gar nicht, was das bedeutet, so ein Leben.«

»Mama, Lou wacht auf. Ich muss zu ihr. Wir reden morgen, okay?«

»Ich werde kein Auge zutun.«

»Doch, geh schlafen. Morgen sieht die Welt wieder anders aus. Okay?«

»Die arme Kleine, sie weiß noch gar nichts.« Sie schluchzt wieder. Und dann sagt sie tonlos: »Ich bin für dich da, Kind, wenn du mich brauchst. Das weißt du ja.«

»Ja, das weiß ich. Gute Nacht.«

»Gute Nacht.«

Ich lege auf. Es pocht in meinem Kopf. Ich stehe im Flur. Ich horche, aber in Lous Zimmer ist alles still. Was wollte ich in der Küche? Ich weiß es nicht mehr. Lous Müsli steht auf dem Kühlschrank, daneben das extragroße Nutellaglas. Maik isst Nutella in rauen Mengen. Er ist weg. Was machen wir nur? Wir dummen Kinder. Es ist so still. Ich werde auf dem Sofa schlafen, dort kann ich beim Fernsehen einschlafen. Ich brauche meine Kraft. Ich muss stark sein. Für Lou.

Draußen ist es hell, als ich aufwache. Gerade kommt die Sonne heraus, scheint ins Zimmer, ich sehe Staubteilchen schweben. Lou plappert in ihrem Zimmer. Ich gebe mir noch einen Moment. Gleich fängt mein Tag an. Maik ist weg. Ich bin allein. Ein Gefühl stellt sich ein. Seltsam und fremd. Es steigt von unten hoch. Ich weiß nicht, wie es heißt. Erst ist es in meinem Bauch. Ein Kribbeln. Mein Herz, es schlägt ganz ruhig, ganz regelmäßig. Ich bin ausgeschlafen, ich bin hellwach. Ich höre Lou, sie erzählt sich etwas. Eine Leichtigkeit um meine Schultern, fast eine Schwerelosigkeit. Wo ist diese Last hin, diese ständige Anspannung in jedem Muskel meines Körpers, um sie zu tragen? Ich muss nichts tun. Ich lasse Lou noch ein paar Minuten plappern. Es geht ihr gut. Ich muss nichts tun, nichts sagen. Ich muss nicht aufpassen, ich muss nichts erklären, nicht warum und wieso. Ich muss gar nichts mehr. Ich bin frei. Ich weiß jetzt, wie dieses Gefühl heißt, das an meiner Schädeldecke angekommen ist. Es heißt Glück. Ich bin glücklich. In meinem Schlafanzug auf dem Sofa. Auch wenn sich jetzt Wolken vor die Sonne schieben und das Zimmer ganz grau wird, in mir bleibt es hell. Ich hab's getan. Maik ist weg. Ich bin frei. Der Tag liegt vor mir.

Lou und ich haben unseren Rhythmus. Fertig machen, waschen, Zähne putzen, anziehen. Dann Frühstück. Ihr bestimmtes Müsli, es darf niemals ein anderes sein. Maik hat immer wieder das falsche gekauft. Das ist vorbei. Lou ist fertig für den Kinderladen, ihre Tasche gepackt, die Brotdose gefüllt. Milchschnitte, Fruchtzwerge oder Bifi dürfen nicht hinein, das hat Margit uns erklärt. Maik regt sich immer darüber auf, *diese Ökos*. Wenn er die Tasche packt, ist immer das Falsche drin, und mittags, wenn ich Lou abhole, muss ich mir Margits Hinweise anhören, freundlich, aber bestimmt. Lou sitzt im Auto in ihrem Kindersitz und will die Rolf-Zuckowski-Kassette hören. Immer die gleichen Lieder. Im Mai *In der Weihnachtsbäckerei*. Warum nicht, wenn es sie glücklich macht? Sie wippt im Takt. Sie rennt zum Eingang, wir begrüßen die Praktikantin, sie nimmt Lou in Empfang. Wieder zu Hause trinke ich eine Tasse Kaffee, ganz in Ruhe. Ich mache dabei den Fernseher an.

Eine alte Folge von *Dallas*. Ich kann tun, was ich will. Ich muss erst um zehn im Büro sein und bin um zwei fertig.

Meine Kollegen fragen spöttisch nach dem Frauenstreiktag, ich hatte mir freigenommen. »Ich war da«, sage ich stolz. Sie sagen etwas über Emanzen und lila Latzhosen, doch ich winke ab. »Ihr seid noch nicht so weit. Aber das kommt schon noch.« Wir lachen zusammen. Ich arbeite gerne mit den Männern. Sie fahren raus, während ich alles koordiniere und Anrufe von Kunden entgegennehme. »Natürlich, Herr Meier, ich kümmere mich darum. Ja, umgehend. Ich rufe den Fahrer an und melde mich wieder. Ja, heute noch.«

Als ich fertig bin, fahre ich Lou abholen. Zum Glück hat der Kinderladen so lange offen. Sie ist fast die Letzte, die abgeholt wird. Das mag sie, weil Margit dann exklusiv für sie da ist. Als ich komme, lesen sie gerade ein Buch. *Wer hat dem Maulwurf auf den Kopf geschissen?* Lou lacht sich immer wieder kaputt darüber. »Nur noch das Buch!«, ruft sie, und ich warte. Alles geht so leicht heute. Ich kann es tun, wie ich will. Ich habe Zeit. Ich warte nicht auf Maik. Dass er endlich kommt. Dass er dieses und jenes macht. Ich mache es jetzt selbst. Wenn ich etwas nicht kann, werde ich es einfach selbst probieren. Oder einen Handwerker anrufen. Oder meine Mutter. Wenn sie sich beruhigt hat. Einen Vater habe ich nicht, wie andere, die ihren Vater holen, der ihnen alles repariert. Ich muss es jetzt selbst machen. Manchmal wird mir bange. Aber meine Furcht kann dieses Gefühl nicht verscheuchen, dieses Glück. Ich bin frei.

Daheim spielt Lou in ihrem Zimmer. Nach dem Kinderladen will sie immer ihre Ruhe haben und eine Kassette hören, meistens *Bibi Blocksberg*, und schimpft dann mit mir, weil ich den Staubsauger anmache. »Ich kann nichts hören!«

»Bin gleich fertig.«

Ich bereite das Abendessen vor. Ich kann kochen, was ich will. Ich weiß gar nicht mehr, was mir schmeckt. Maik und Lou, sie sollten zufrieden sein, ich war mir egal. Ich kochte zwei Essen, ein kleines für Lou, sie hatte ja schon im Kinderladen ein Mittagessen bekommen, und ein großes für Maik mit Fleisch, immer Fleisch, sonst beschwerte er sich. Einmal sagte ich: »Dann koch doch selber.«

»Du bist genauso faul wie deine asoziale Mutter.«

»Sie ist nicht asozial und auch nicht faul.«

»Doch. Stinkfaul.«

Wie kam er darauf? Er dachte sich irgendwas aus, um dann später zu sagen: »Ich wollte dich doch nur verletzen.«

Er donnerte die Gemüselasagne in die Spüle. Ich starrte auf die Pampe. Es war wahnsinnig viel Arbeit gewesen. Irgendwann bin ich immer so fassungslos oder so verletzt, dass ich still bin. Dann hat er, was er will: Ich halte die Klappe. Die Lasagne in der Spüle. Was strengte sie sich immer an, diese Paula, diese Ehefrau, diese sogenannte Emanze!

Es ist vorbei. Das Glück festhalten. Dieses Freiheitsgefühl. Nicht melancholisch werden. Nicht selbstmitleidig. Ich bin stark.

Lou fragt nicht nach Maik. Wir essen, und sie kommt mit der Hand an das Kartoffelpüree, verteilt es auf dem Tisch und an ihrem Pullover. Es war keine Absicht. Ich bin ganz ruhig und wische es auf, hole einen Waschlappen und säubere Lous Hände und ihr Gesicht.

»Wo ist Papa?«, fragt sie später im Bad mit der Zahnbürste in der Hand.

»Er musste doch zu Oma und Opa fahren und ihnen bei etwas helfen.«

»Bei was?«

»Im Garten. Sie können nicht mehr so schwer arbeiten, weißt du? Die Erde ist so schwer.«

»Ach so.«

Lou braucht länger zum Einschlafen, sie fragt wieder nach Maik. Es kommt ihr komisch vor, dass sie ins Bett muss, und ihr Vater ist nicht da. Sie misstraut mir. *Was hast du mit ihm gemacht?*, fragen mich ihre Augen.

Trotzdem, das Gefühl hält noch an. Ich habe mir einen Piccolo aufgemacht. Meine Mutter hat ihn mir mal geschenkt, er steht schon ewig im Kühlschrank. Heute ist ein guter Tag, ihn aufzumachen und mich durch die Sender zu zappen. Ich bleibe bei VIVA hängen. Das Video zu *Everybody hurts* von REM läuft, es ist mir zu traurig. Das gute Gefühl, ich muss es doch festhalten. *Everybody hurts.* Ich will schon wegschalten, aber dann ist das Lied aus, und es kommt Culture Beat mit *Mr. Vain.* Eine Party, eine schwarze Sängerin, *Call him Mr. Raider, call him Mr. Wrong …* Ich stehe auf und tanze ein bisschen herum. *I know what I want and I want it now!* Zum letzten Mal habe ich auf meiner Hochzeit getanzt. Es ist so lange her. Ich tanze wilder, auf dem Teppich im Wohnzimmer, es ist jetzt meins, mein Zimmer, *Mr. Wrong!*, schreit die Sängerin, *Mr. Wrong!* Und ich tanze und singe mit, denke an Zett, sie wird stolz auf mich sein, so stolz, morgen rufe ich sie an, heute noch nicht, aber morgen.

»Mama!«, ruft Lou in ihrem Zimmer. Ich mache leiser und gehe rüber. »Ich bin wach geworden«, sagt sie erstaunt über sich selbst, sie sitzt im Bett, ihr kleines Nachtlicht brennt.

»Schlaf nur wieder ein.«

»Ist Papa schon da? Er soll kommen.«

»Nein, er schläft doch dort.«

»Aber er soll kommen!«

Ich weiß nicht, was ich sagen soll. Dachte ich etwa, sie vergisst ihn einfach? Ihren Vater? Ich muss mit ihr sprechen. *Sag es Lou erst, wenn du sicher bist.* Ich bin sicher. Morgen spreche ich mit ihr. Nicht jetzt, für sie ist es mitten in der Nacht.

»Leg dich hin. Ich streichle dir den Rücken.«

Langsam entspannt sie sich. Sie ist müde.

»Wann kommt Papa denn heim?«, fragt sie verschlafen.

»Bald.«

Wieder im Wohnzimmer, schalte ich um. Nachrichten. Ein Mann hat in einem Gerichtssaal ein Blutbad angerichtet, er hat den Richter erschossen und eine Bombe gezündet. Soll ich heute im Bett schlafen? Im leeren Ehebett? Ich richte mir lieber wieder das Sofa her. Ich darf jetzt schlafen, wo ich will. Niemand fragt, niemand nervt. Ich sage es mir immer wieder, ich bin frei, aber es fühlt sich schon nicht mehr so rein und klar an.

Mr. Wrong!, denke ich und spreche es leise aus, damit Lou nicht wieder aufwacht. »Mr. Wrong!«, flüstere ich und gehe ins Bad. Noch ganz unbekümmert. Doch ich sehe sie sofort. Ich habe einen besonderen Blick dafür. Ich betrete einen Raum, ist eine da, sehe ich sie. Ist keine da, ist alles gut. Schwarz, ein fetter Körper, acht schwarze Beine. Ich kriege aus dem Stand Herzrasen. Kurz hält sie still, wahrscheinlich wegen des Lichts, dann bewegt sie sich. Ich gebe ein kurzes »Ha!« von mir und mache eine Handbewegung von mir weg, fahrig, voller Angst und Abscheu. Sie versucht, den Wannenrand hochzuklettern, rutscht aber immer wieder ab. Ich weiß, ich kann, ich darf sie nicht einfach hinunterspülen, mit dem Duschkopf, heißes Wasser, fertig, nein, das geht nicht. Der Abfluss ist zu klein, sie würde nicht verschwinden, sie würde zappeln und es bis oben an den Wannenrand schaffen, bis zu mir, sie würde es schaffen, mich zu berühren. Ich kann, ich darf auch nicht hinausgehen, einfach Tür zu, sie allein lassen mit ihren hässlichen Beinen. Auf keinen Fall. Sie würde verschwinden und in einem Versteck auf mich warten, in meinem Handtuch, in der Wäsche oder oben an der Tür, um auf mich zu fallen, wenn ich das Bad wieder betrete. Muss ich das? Diesen Raum wieder betreten? Nein. Doch, Lou muss sich morgen früh hier fertig machen. Wir müssen irgendwann aufs Klo. Ich starre das Tier an und weiß nicht weiter. Meine Hände zittern, sie wollen nichts machen, nichts nehmen, nichts berühren, sie wollen sich hinter meinem Rücken gegenseitig festhalten. Ich denke kurz an den Staubsauger, weiß aber, dass ich ihn nicht holen werde. Es geht nicht. Ich müsste sie allein lassen, und dann finde ich sie nicht mehr. Das Rohr ist zu kurz. Es ist zu wenig Abstand. Ich warte, starr und verzweifelt. So werde ich also besiegt. Von einem kleinen Tier mit hässlichen Beinen, das nur gefährlich aussieht. Es versucht wieder und wieder, Halt zu finden und nach oben zu kommen, aber es fällt jedes Mal wieder herunter, die Beine verhutzelt, es muss schon selbst ganz verzweifelt sein. Wer von uns gibt wohl eher auf?

Es dauert Stunden. Ich kann mich kaum bewegen, stehe steif da und passe auf, obwohl ich nichts tun könnte, wenn die Spinne es doch bis zum Wannenrand schaffen würde. Aber ich kann, ich darf das Aufpassen nicht sein lassen. Solange ich aufpasse, schafft sie es nicht, wenn ich aber weggehe, auf mein Sofa, dann wird sie Anlauf nehmen und oben ankommen, und dann ist sie frei. So frei wie ich, wenn ich im Wohnzimmer tanze. Eine Einbildung von Freiheit. Erbärmlich. Ich stehe hier und starre es an, das Tier, es hat die Macht, ich nicht. Es ist so stark. So ausdauernd. Es verliert nicht die Kraft. Ich warte. Das ganze erhabene Gefühl ist in sich zusammengekracht. Was habe ich mir alles ausgemalt. Und jetzt? Ich bin ein Nichts. Ich kann es nicht einmal mit einer kleinen Spinne aufnehmen, wie dann mit dem Leben? *Du hast ja keine Ahnung. Mit allem allein.*

Schließlich fällt mir Zett ein. Es ist fast drei. Sie schläft. Morgen kann ich sic anrufen, gleich morgen früh. Sie wird mich auslachen, aber sie wird kommen und nach dem Tier suchen, bis sie es gefunden hat. Ich muss jetzt nur die Tür schließen. Lous und meine Zahnbürste mitnehmen. Und den Schlüssel. Ganz schnell bin ich draußen und schließe ab. Lou wird sich in der Küche fertig machen müssen, und ich auch. Ich pinkle in einen Eimer, es ist mir egal. Und Lou auch. Sie wird fragen, warum. Sie wird nach ihrem Vater fragen. Sie wird fragen und fragen. Ich liege auf meinem Sofa, zitternd, ich kann mich nicht beruhigen. Es ist fast halb vier. Dort im Badezimmer sitzt sie und nimmt Anlauf. Ich weiß es. Zett wird lange suchen müssen und irgendwann anfangen zu fluchen. Aber sie wird nicht aufgeben. Zett gibt nie auf. Ich bin so froh, dass es sie gibt. Ich bin nicht allein.

KAPITEL 19

Paula

»Zett?«

»Paula? Ist was mit Lou?«

»Nein, sie schläft noch.«

»Es ist sechs Uhr dreißig. An einem Samstag, Schatz.«

Ich dachte, ich würde sie wecken, aber sie klingt hellwach. Ich höre eine Klospülung. Irgendein Hantieren. Badezimmergeräusche.

»Kannst du vielleicht kommen, Zett?«

»Sag mir sofort, was passiert ist.«

»Nichts.«

»Aha. Ist was mit Maik?«

Ich hätte Zett nicht anrufen sollen, sie verhört mich. Sie richtet wie im Film eine helle Lampe auf mich, um mich zu blenden, und sie fragt und fragt und hört nie auf zu fragen.

»Nein, nicht mit Maik. Er ist bei seinen Eltern.«

»Paula, ich muss zu einer Tagung. Mein Taxi kommt gleich. Sag jetzt, was los ist. Sag, ob ich alles absagen und kommen muss.«

»Nein.«

»Warum hast du dann angerufen? Warum, verdammte Axt?«

»Es ist nur eine Spinne. Im Bad. Du brauchst nicht abzusagen.«

Ich komme mir dumm vor. Furchtbar dumm. Ich sollte erwachsen sein. Den Staubsauger holen und einschalten und das Vieh einfach einsaugen, Zett könnte dann irgendwann den Beutel wechseln. Aber ich bin nicht erwachsen. Ich bin ganz klein. Und ich lüge schon wieder.

»Wann kommt Maik zurück?«, fragt Zett.

»Ich weiß nicht.«

»Heute?«

»Ja.«

»Der soll die Spinne wegmachen und bis dahin gehst du nicht ins Bad. Okay?«

»Okay.«

»Das wird er ja wohl schaffen.«

»Ja, klar.«

Kurz sind wir beide still. Ich könnte es jetzt sagen. Maik ist ausgezogen. Aber mein Mund will nicht. Meine Zunge will nicht. Ich presse die Lippen zusammen. Ich schließe die Augen. Es aussprechen. Nicht lügen. Und dann? Dann sagt Zett ihre Tagung ab und kommt zu mir, und alles wird so, wie ich es mir vorgestellt habe. Die Spinne im Bad wird tot gemacht, beseitigt von Zett. Wir frühstücken. Wir sitzen zusammen und lachen. Lou wird sich freuen. Sie wird nicht nach ihrem Vater fragen.

»Paula?«

»Ja?«

»Sagst du mir, was los ist? Bitte?«

»Nichts. Es ist nur die Spinne. Du weißt ja, meine Phobie.«

»Ich muss los, weißt du?« Sie hat jetzt nicht mehr diesen Verhörton. Sie ahnt etwas. Sie macht sich Sorgen. Ich könnte es sagen. Sie wäre sofort da.

»Die Tagung, ja klar. Ich warte auf Maik.«

»Da kann er sich mal nützlich machen und für seine Frau ein wildes Tier erlegen.« Sie lacht spöttisch. »Das wird ihm gefallen!«

»Ja.« Ich lache mit, aber es klingt komisch. »Viel Erfolg auf der Tagung!«

»Tschüss, mein Schatz.«

Wir legen auf. Ich stehe im Flur vor dem Telefon. Es ist der gleiche Flur, in dem Maik mir den Weg versperrt hat. Es wird jetzt immer dieser Flur sein. Draußen ist es noch dunkel, die Dämmerung beginnt gerade erst. Ich mache kein Licht. Ich gehe ins Wohnzimmer. Von dort in die Küche. Stehe vor der Badezimmertür. Es kommt mir vor, als könnte ich sie hören, die Spinne, wie sie noch immer versucht, die Badewannenwand hochzuklettern. Wie sie wieder hinunterrutscht. Wie sie Flüche flüstert und Rache schwört.

Ich wähle die Nummer von Maiks Eltern. Seine Mutter holt ihn ans Telefon.

»Wir haben ein Problem im Bad«, sage ich zu Maik.

»Hallo, Paula.«

»Hallo.«

»Ein Wasserschaden?«

»Eins mit acht Beinen.«

»Ach so. Soll ich kommen?«

Er weiß, was los ist. Er wittert Morgenluft. Er kennt mich. Er kennt jede Angst von mir. Und er rettet mich gerne. Denn schwach mag er mich, stark nicht. Er weiß, dass ich Ja sagen werde, jetzt gleich, und ich sage: »Ja.«

»Okay«, sagt er. »Wir könnten in unser Café gehen. Danach. Mit Lou.«

Ich antworte nicht gleich. Wie stark dieser Sog ist, er reißt mich fast mit sich. Die Hoffnung. Es könnte alles anders, alles wieder wunderschön werden, so wie am Anfang. Wir könnten zusammen sein. Wir könnten uns wieder vertrauen. Wir könnten uns lieben, aber diesmal richtig. Ich versuche zu schwimmen, aber ich komme gegen die Strömung nicht an. Ich halte mich irgendwo fest. Ich hole Luft. Wäre es nicht normal, in ein Café zu gehen? In unser Café? Eine Tasse Kaffee! Einfach so! Wäre es nicht gut für Lou? Wir könnten es ihr zusammen sagen. Damit sie merkt, dass es keinen Rosenkrieg gibt. Dass sie ihren Vater weiter sehen kann. Dass es nicht so schlimm wird.

»Wir können es auch lassen«, sagt Maik.

Schon hat sich sein Ton eine Spur geändert. Seltsam oder nicht, so schnell geht das. Man darf nicht nachdenken, keine Sekunde, nicht zögern, sonst ist da wieder dieses andere in seiner Stimme, das ich nicht mehr ertrage. Das ich hasse. Ich glaube, es ist ein Vorwurf. Eine Anklage. Eine ewige Anklage. Sofort möchte man sich verteidigen. Argumentieren. Eine Anwältin nehmen. Man möchte sagen: Nein, das habe ich nicht getan. Dabei weiß man nicht einmal, was. Es bleibt im Dunkeln. Man soll selbst darauf kommen. Aber ich komme nicht darauf. Ich möchte sagen: Ich bin unschuldig, ich kann es beweisen. Aber wie? Ich überlege, was ich anführen könnte. Doch ich weiß, es wird alles nichts nützen. Ich bin längst überführt.

Wir können es auch lassen.

Und dann? Wie soll ich es Lou erklären, wenn ihr Vater kommt und gleich wieder geht? Wie soll ich sie trösten?

»Nein, nein. Ist schon in Ordnung. Lou wird sich freuen.«

»Bin unterwegs.«

Wir sitzen in unserem Café. Es gibt eine Spielecke mit einem Schaukelpferd, das Lou magisch anzieht, obwohl sie schon zu groß dafür ist. Doch diesmal weicht sie uns nicht von der Seite.

Sie sitzt vor ihrem Kakao mit Sahne und wartet, dass sie ihn trinken kann, er ist noch zu heiß. Sie fängt an zu quengeln, es dauert ihr zu lange, und es gibt keine Brezeln mehr, ausgerechnet heute. Maik überredet sie zu einem Croissant, sie wird es nicht schaffen und nur ein oder zwei Bissen davon essen, Maik den Rest.

Als wir gezahlt haben und aufstehen, nimmt Lou Maiks Hand. Sie denkt, er wird wieder mit uns nach Hause kommen. Ihr Blick trifft mich, eine Drohung darin: *Wage es nicht!*, scheinen ihre Augen zu sagen.

»Nein, Loula, ich geh zurück zu Oma und Opa«, sagt Maik.

»Warum?«, fragt sie und schaut mich an. *Ich* bin schuld, sie weiß es, *ich* lasse ihn nicht nach Hause, ihren Vater, der doch dorthin gehört. »Warum?«, kreischt sie jetzt und will ihre Jacke nicht anziehen und die Mütze nicht aufsetzen.

»Da ist es auch schön«, sagt Maik ratlos.

»Nein!«, schreit Lou und klammert sich mit beiden Händen an seinen Arm, sodass auch er die Jacke nicht anziehen kann. Er starrt seine Tochter an, die kleinen Hände in seinen Pulloverärmel gekrallt, und er tut nichts, sagt nichts, die Augen weit aufgerissen, er verharrt nur, bis ich sage: »Es wird spät.«

Da bewegt er sich wieder, hebt den Arm ein wenig an, Lou mit dem Pulloverärmel in der Hand, sie greift noch fester zu, zerrt daran, der Ärmel zieht sich länger und länger über Maiks Hand. »Nicht, Lou«, sagt Maik schließlich streng, und da lässt sie los. Sie steht da, ihre Arme hängen herunter, der Kopf hängt, der ganze kleine Körper hängt irgendwie da, als hätte Lou schlagartig allen Willen verloren. Als würde sie erschöpft aufgeben. Rotz läuft aus ihrer Nase. Sie weint leise los. Ich nehme ein Taschentuch und putze ihr die Nase. Sie lässt es reglos geschehen, die Augen auf ihrem Vater, der seine Jacke anzieht und seinen Rucksack nimmt. Als er fertig ist und schon in Richtung Ausgang gehen will, langsam, zögerlich, fast wie in Zeitlupe, in diesem Moment schreit Lou noch einmal auf, gellend, sie reißt die Arme hoch, fährt sich mit den Händen ins Gesicht und kratzt sich über beide Wangen. Zwei rote Streifen bleiben zurück, Blut tritt in kleinen Tropfen aus, sie mischen sich mit den Tränen. Ich will meine Tochter reflexhaft umarmen, doch erst stößt sie mich weg, dann lässt sie sich fallen und bleibt auf dem schmutzigen Boden mit bebenden Schultern liegen. Ein Häufchen Elend. Ich setze mich auf einen Stuhl. Ich kann nicht mehr.

»Wir sehen uns doch bald wieder«, sagt Maik zu Lou am Boden, tonlos wie eine Maschine. Und er sieht mich an, mein Mann, die Hände zu dem Kind hingestreckt. *Sieh her!*, scheint er zu sagen. *Sieh genau hin!* Und ich schaue hin, ganz genau. Lou am Boden, Maik vor mir.

Der Sog. Die Strömung. Ich komme nicht dagegen an. Wir hatten doch etwas, Maik und ich. Es war doch schön. Sind wir nicht geflogen? Wir haben im Flug dieses Kind gemacht, Lou, ich weiß noch genau, wann. Denn es kam sonst nicht vor, dass wir das Kondom unangetastet liegen ließen. Wir dachten daran, aber wir ließen es unangetastet liegen. Sahen uns an dabei. Wussten es.

Da ist klar, dass es nicht geht. Ich ziehe Lou hoch und hinter mir her, Maik und ich verabschieden uns draußen, aber ich werde Lou nichts sagen und nichts erklären, denn ich werde mir nie sicher sein, im Gegenteil, ich werde Maik zurückholen, ich werde ihm etwas von einer letzten Chance sagen, noch heute Abend. Es geht nicht. Ich kann es Lou nicht antun. Ich muss darauf bauen, was war. Sie soll nicht so aufwachsen wie ich. Sie soll es besser haben. Meine Tochter soll eine Familie haben. Und ich auch. Der Geist, der uns schwächt, er ernährt sich von unserer Geschichte, so ist das nun einmal, oder nicht?

»Ich werde eine Therapie machen, okay?«, sagt Maik am Telefon.

»Wirklich?«

»Wirklich.«

1997

KAPITEL 20

Paula

Es ist Juli, der Abend ist heiß, es ist kurz vor zehn und noch hell. Die Party steigt in Zetts Garten, wir haben doppelt zu feiern. Sie hat ihren Führerschein wieder und einen neuen Job in einer anderen Pharmafirma, die ihr sogar das Coaching für den Idiotentest gezahlt hat, und ich bin dreißig geworden.

»Du machst nichts, ich mache alles«, hat sie gesagt und natürlich Wort gehalten. Alle haben etwas fürs Buffet mitgebracht, KEIN NUDELSALAT lautete die Devise, und Zett hat für die Getränke gesorgt. Sehr viele Getränke, sie stehen in einem Kühlschrank, den sie extra draußen im Schatten aufgestellt hat. Und jetzt schaltet sie die Lichterketten ein, sie hängen überall, in den Bäumen, rund um den Freisitz bei den Rosen, aber auch am Haus und am Zaun, hinten beim Frosch, wo einmal der Brunnen stand. Der DJ ist ein Bekannter von Zett, sie hat die Rosenterrasse zur Tanzfläche erklärt. Es läuft *The Final Countdown* von Europe, und das ist wahrscheinlich der Grund, warum niemand auf der Tanzfläche ist, außer Lou mit ihrer Freundin Moni und die Jungs von Günther. Aber die Kinder stehen mehr herum, als dass sie tanzen, bis Lou schließlich mit Moni zum DJ geht und anfängt, mit ihm zu diskutieren.

»Der Arme«, sage ich zu Zett und deute zum DJ-Pult hin, wo Lou sich aufgebaut hat und auf den Mann einredet.

»Das hält der nicht lange durch«, sagt Zett und nippt von ihrem Rosé.

Da kreischen die Mädchen auch schon auf, rennen auf die Tanzfläche und bringen sich nebeneinander in Position. Die Günther-Jungs räumen etwas eingeschüchtert das Feld.

Heeey, yeaaaah!, geht das Lied los, ich kenne es aus Lous Kinderzimmer, es sind die Spice Girls. Lou und Moni haben offenbar einen Tanz einstudiert, sie legen los, Schritt links, Schritt rechts, ganz konzentriert ihre Gesichter, Drehung, Lou korrigiert Moni, die sich falsch herum gedreht hat, jetzt heben sie gleichzeitig die Arme hoch, drehen sich noch einmal, es klappt immer besser, *Come on and do it, heeey, yeaaah,* sie klatschen synchron in die Hände und wackeln mit ihren kleinen Hintern. Die Gäste stehen inzwischen um die Tanzfläche herum und klatschen mit der Musik mit, *don't just do the right thing, to be pleasing …,* der DJ dreht die Lautstärke noch einmal auf, und die Mädchen wirbeln herum und bewegen ihre Münder nach dem Text, *whooo cares what they say?*

»Deine Tochter!«, ruft Zett mir ins Ohr.

»Ja!«

»Ein bisschen wie wir beide, die zwei, oder? Weißt du noch, dieser eine Fasching in der Schule?«

»Erinnere mich nicht dran!«

Sie nimmt mein Gesicht in die Hände und gibt mir einen schnellen Kuss auf den Mund.

Dann klatschen und wippen wir weiter zu den Spice Girls und schauen den Mädchen zu, sie sind jetzt ganz in ihrem Element, tanzen ausgelassen, es gelingt wie von selbst, sie haben beide ein Strahlen im Gesicht und werfen sich immer wieder Blicke zu. Woher haben sie nur diese Tanzschritte? Sie müssen MTV oder VIVA geschaut und geübt haben. Deshalb immer wieder das Lied und die geschlossene Zimmertür. Ich sehe meine Tochter tanzen. Ich sehe ihren Stolz. Ich sehe ihre langen, staksigen Beine in den Shorts, sie wachsen anscheinend zuerst, der Rest wartet noch ein bisschen. Ihre dunklen Locken fliegen, ihr winziger Hintern bewegt sich hin und her, und fast wird mir bange. Wie immer, wenn etwas sehr schön ist, schleicht sich von hinten die Angst an. Denn es dauert nicht mehr lange, und Lou kommt in dieses Alter. Ich sehe es doch. Ein paar Jahre noch. Wie soll ich nur auf sie aufpassen? Sie hat praktisch vor nichts Angst. Manchmal bin ich ihr peinlich, und das wird noch schlimmer werden. Wie soll ich ihr also beibringen, dass diese Gefühle irgendwann kommen, dass sie so wunderbar, so unfassbar schön sind, gerade am Anfang, wenn alles noch neu ist, wenn alles zum ersten Mal passiert, wenn man hübsch ist und tanzen kann, und es brodelt die ganze Zeit in einem, ein Hunger stellt sich ein, und man wird nicht satt, man muss raus, man will leben, man will alles gleichzeitig, und dann schaut man nicht genau hin, wie soll ich ihr nur beibringen, genau hinzuschauen? Für mich ist das vorbei, so schrecklich vorbei, aber für Lou wird das irgendwann erst richtig losgehen. Sie wird nicht auf mich hören. Sie hört nie auf mich.

Die Mädchen sind fertig, verbeugen sich, die Gäste applaudieren, manche rufen ihnen ein Lob zu, und Lou hakt sich bei Moni ein, sie drehen sich zusammen im Kreis, bis ihnen schwindlig ist, sie taumeln, schwanken, halten sich aneinander fest und fallen schließlich kichernd gemeinsam ins Gras. Die Günther-Jungs stehen steif beieinander und rollen mit den Augen.

Ein neuer Song setzt ein, *Sing Hallelujah* von Dr. Alban. Die Tanzfläche inmitten der Rosen füllt sich sofort. Zett schnappt meine Hand und zieht mich mit. Es ist dunkel geworden, die Lichterketten leuchten, Maik verzieht sich mit Günther nach hinten unter die Bäume zum Kiffen. Zett und ich tanzen wild. *Oh Lord, sing Halleluja!*

Später gibt Zett dem DJ ein Zeichen, und die Musik setzt aus. Die Leute sehen sich mit verschwitzten Gesichtern um und suchen ihre Gläser. Zett bezieht Position auf der Rosenterrasse, auch ein Glas in der Hand, sie klopft mit ihrem Feuerzeug dagegen. Ich bekomme eine Vorahnung. Sie wird doch nicht wie auf meiner Hochzeit … heute, an meinem Geburtstag? Ein Kreis wird gebildet, in der Mitte sie, Zett, sie nimmt einen Schluck, es ist eine Piña colada, glaube ich. Ich schaue mir meine Festgesellschaft an. Die Frauen tragen Sommerkleider oder kurze Hosen und ärmellose Tops. Die Männer haben Jeans und T-Shirts an und an den Füßen Turnschuhe oder Sandalen. Maik gehört zur Turnschuhfraktion.

»Hältst du eine Rede?«, fragt er laut und fängt mit Günther an zu lachen, sie finden das wahnsinnig lustig.

»Bitte nicht!«, rufe ich.

»Keine Angst.« Zett zwinkert mir zu.

»Ich muss aufs Klo, glaube ich!«

»Du bleibst schön hier, Geburtstagskind.« Sie grinst mich an und schwankt ein bisschen. Sie hat einen sitzen. Sie hebt ihr Glas und klopft noch einmal dagegen, das Gemurmel der Leute ebbt ab.

»Sehr geehrte Damen und Herren, liebe Paula!«

Zett lässt sich nicht aufhalten. Ich kenne sie lange genug.

»Du bist dreißig geworden, dreißig!«, sagt sie. »Und alle Achtung, du hast ja in deinem Leben ganz schön was erreicht.«

Leises Klatschen. Man weiß nie, ob Zett etwas ironisch meint. Ob man ihr gerade auf den Leim geht. Ich suche Maiks Blick. Er hat ein Dauergrinsen im Gesicht vom Kiffen und bemerkt mich nicht. Ich habe ihm gesagt, er soll es lassen, wenn Lou dabei ist, aber er meinte, ob es denn besser wäre, sich zu besaufen wie ich, Zett und die anderen. Ganz besonders Zett, die ja irgendwann wieder unter dem Tisch lande.

»Schönes Vorbild«, sagte ich.

»Heuchlerin«, sagte Maik.

Gerade prustet er mit Günther ohne jeden Anlass los und versucht dann halbherzig, sich wieder einzukriegen.

»Das meine ich ernst, Paula«, macht Zett weiter. »Du hast die beste Tochter der Welt, ihr habt sie tanzen gesehen. Ich bin stolz auf dich, Lou!«

Alle klatschen laut. Zett würde niemals einen Witz auf Lous Kosten machen, das weiß jeder. Lou winkt ihrer Tante zu.

»Und schau dich an, Paula, du bist immer noch wunderschön. Wirklich. Schade, dass das demnächst vorbei sein wird. Ich weiß, wovon ich rede, ich bin die Ältere, die vierzig rufen schon.«

Die Runde lacht. Ich muss auch lachen. Zett trägt ein sehr kurzes, knallenges schwarzes Kleid aus Samt mit einem Tüllkragen, sie sieht granatenmäßig aus. Sie geht ein Stück zur Seite und hält sich am Gartentisch fest, so betrunken ist sie. Die Rede könnte lange dauern.

»Du bist jetzt Teamleiterin, Paula, fährst einen Golf und hast eine Lebensversicherung. Was willst du mehr? Damals, als wir in Griechenland waren, weißt du noch? Niemand hätte gedacht, dass du mal in dermaßen ruhigem Fahrwasser landest. Man musste ja jede Sekunde auf dich aufpassen.«

Sie schaut mich an und grinst. Ich grinse zurück. War es in Wahrheit nicht umgekehrt, damals? Aber es ist egal, was sie redet, wenn sie betrunken ist. Es ist auch egal, was die anderen über sie denken. Zett ist eben Zett. Meine beste Freundin. Die Nacht ist lau, die Getränke sind kalt, es gibt immer Nachschub an Eiswürfeln. Sie hat alles organisiert. Für mich. Sie hilft mir mit meinem störrischen Kind mehr als alle anderen hier. Ich sehe Lou zu Moni gehen, sie halten Händchen. Beide schauen zu Zett und warten darauf, dass sie weiterredet. Sie finden Zett toll.

»Und sogar dein Maik hat die Kurve gekratzt und ist ein anständiger Ehemann geworden.« Sie lächelt süßlich und hebt das Glas in Maiks Richtung. Er steht hinter Lou, eine Hand auf ihrer Schulter, und lächelt süßlich zurück.

»Deswegen hast du ja auch deine Eier noch.«

Peinlich berührtes Lachen.

»Hör auf, Zett«, sage ich laut.

»Bin schon fertig. Schließlich bist du heute die Hauptperson, mein Schatz. Und hier ist dein Geschenk.«

Sie hält etwas hoch, zwei Karten, Konzertkarten vielleicht. Zett schenkt mir immer tolle, teure Sachen. Sie sieht so glücklich aus mit den Karten in der Hand, so voller Vorfreude, und dann platzt sie heraus: »Wir fliegen nach Griechenland!«

»Was?«

Ich sehe mich um. Suche Maiks Blick. Was hat sie sich dabei gedacht? Ich kann nicht einfach nach Griechenland fliegen. Ich habe eine Familie. Was mache ich mit Lou? Was mache ich mit Maik? Mir jetzt nur nichts anmerken lassen. Ich darf auf keinen Fall enttäuscht sein, das würde Zett mir nie verzeihen. Sie freut sich so. Aber es ist viel zu kompliziert, ich kann nicht mir nichts, dir nichts abhauen.

»Keine Angst, alles ist abgesprochen, gell, Maik?«

Er kommt zu mir her und umarmt mich. »Das hast du dir verdient«, sagt er laut, mehr zur Runde als zu mir. »Du fliegst im September und machst dir überhaupt keine Sorgen, verstanden? Lou bleibt bei mir, und wir machen uns hier eine super Vater-Tochter-Zeit.«

Sie klatschen, die Frauen in ihren Shorts und Sommerkleidern, die Männer in ihren Jeans und T-Shirts, sie jubeln, ich weiß, wen sie bejubeln. Sie heben die Gläser auf Maik.

»Auf Paula!«, ruft Zett dazwischen und stellt sich neben mich. »Auf die beste Freundin, die es gibt«, sagt sie mir ins Ohr.

Ich bin gerührt. Ich kann nichts sagen. So gern habe ich sie. Wir stehen nebeneinander, Maik, ich und Zett. Er hat den Arm um mich gelegt, sie hält meine Hand. Lou und Moni haben sich vor uns in die Gartenstühle geflätzt, sie quatschen aufgeregt miteinander. Sie lachen.

»Wir fliegen wirklich nach Griechenland?«, frage ich Zett.

»Ja«, antwortet Maik. Sie zeigt mir die Tickets. München – Skiathos, am 12. September. Zehn Tage.

»Ich wusste, dass du dich freust«, sagt Maik. »Es war meine Idee.« Er küsst mich auf den Mund. Zett verdreht neben mir die Augen. »Los, tanzen wir!«, ruft sie und winkt dem DJ. Er legt eine neue CD ein. Zett und ich kreischen schon nach den ersten beiden Tönen los. *Get up outta your rocking chair grandma!* Schon sind wir auf der Tanzfläche. Maik und Günther kommen dazu, sie tanzen Zett zusammen an. Sie hebt die Arme und zeigt ihnen ihren super Hüftschwung. Wie sie sich schlängelt in ihrem Samtkleid, wie sie die Blicke der Männer genießt. Wie schön sie ist. *Dance little sister, don't give up today …* Wir singen mit, sie und ich, sehen uns dabei an. Alle tanzen, auch Lou und Moni hüpfen herum. Sogar die Günther-Jungs sind gekommen und bewegen sich. Sie haben heimlich Bier getrunken. Alle sind gut drauf. Kein Stress, nirgendwo Stress. Meine Party. Mein Mann, alle unsere Freunde, Zett. Der Garten, die Musik, die Lichterketten, über uns der Nachthimmel mit ein paar Sternen. Es ist Sommer, wir brauchen keine Pullover, wir frieren nicht. Ich bin dreißig, und Zett hat recht, was habe ich alles hinbekommen. Dieses Kind, diese Ehe, die Familie, die wir sind. Ist nicht alles gut geworden?

Es kommt mir seltsam vor, dass Maik mich mit Zett in den Urlaub lässt. Ich kann es noch nicht ganz glauben. Aber er kommt da jetzt nicht mehr raus, er muss es jetzt durchziehen. Wir werden fliegen, Zett und ich, wir gehen noch einmal auf die Fähre, kommen noch einmal am Hafen an, der wunderbare Blick, der Wind wird uns um die Nase wehen, und das Meer wird noch genau so klar sein, Zett wird schwimmen, und ich werde glücklich sein, diesmal ja, ich werde nicht heulen. Was habe ich geheult damals. Ich war gerade mal neunzehn.

Der Song ist aus, Zett drängelt sich eilig von der Tanzfläche und rennt Richtung Haus, ich weiß nicht, warum, wahrscheinlich muss sie zur Toilette. Aber so schnell? Sie hat ein bisschen Schlagseite, ich habe Angst, dass sie hinfällt. Jetzt merkt sie es selbst, wird etwas langsamer, geht eine Linkskurve, eine Rechtskurve und ist an der Treppe zur Wohnung, drei Stufen, nur drei Stufen, aber an der obersten bleibt sie mit einem Fuß hängen und stürzt ins Wohnzimmer, sie ist weg, ich sehe nur noch ihre Füße mit den hohen roten Schuhen. Ich laufe los. Offenbar hat es sonst niemand bemerkt. Zett will bestimmt kein Aufsehen. Ihre Füße verschwinden jetzt im Haus. Als ich ankomme, steht sie schon wieder und lacht mich an.

»Hopsa«, sagt sie.

»Hast du dir wehgetan?«

»Hat mich jemand gesehen?«

»Ich.«

Sie hält sich an mir fest, humpelt mit mir ins Bad und setzt sich auf den Wannenrand. Ihr Knie ist aufgeschürft und blutet. Sie sitzt da, schaut sich das Knie an und schüttelt den Kopf. Ich suche ein Desinfektionsmittel.

»Pass bloß auf, das Zeug ist knallrot«, sagt Zett. Sie lallt.

»Du solltest ins Bett gehen.«

»Quatsch.«

Ich klebe ihr ein Pflaster über das Knie, das jetzt knallrot leuchtet. »Musst du es immer übertreiben?«

Sie nickt heftig. »Wir fliegen wirklich, ja?«, fragt sie mich.

»Ja, wir fliegen.«

Sie sitzt da, ich stehe vor ihr, und sie umarmt meinen Bauch. Sie schnieft. Weint sie etwa?

»Ich freue mich so«, sagt sie.

Sie weint wirklich. Ich streiche ihr über den Kopf. Sie fängt an zu schluchzen. Ich halte sie von mir weg und schaue sie an. Ihr Gesicht ist verheult. Ihre Haare sind zerzaust. Sie sieht ein bisschen verrückt aus.

»Was ist denn los, Zett?«

»Nichts. Ich liebe dich.«

Sie ist nur betrunken, sie hat nur ihren Moralischen. Normalerweise macht sie in dem Zustand irgendwelche Typen an und lacht so laut, dass es die ganze Stadt mitbekommt.

»Ich dich auch«, sage ich. »Und danke für das tolle Geschenk.«

»Es war wirklich Maiks Idee.«

»Komisch, oder?«

Sie fängt wieder zu weinen an.

»Zett, was ist denn?«

»Ich muss dir was sagen!«

Nein, nicht. Ich will es nicht wissen. Ich will mir die Stimmung nicht kaputt machen lassen. Meine Party. Mein Dreißigster. Ich nehme ein paar Blätter Klopapier und fange an, Zetts Gesicht abzuwischen. Sie lässt es geschehen. Die Wimperntusche ist ihr schwarz übers Gesicht gelaufen.

»Es geht um Günther.«

Ich höre auf zu wischen und starre sie an. Sie guckt zu mir

hoch wie ein Kind. Sie hat etwas angestellt, und ich weiß sofort, was. Ich weiß es einfach.

»Du hast was mit Günther?«

Sie nickt nur.

»Bist du bescheuert? Er hat Kinder! Er ist verheiratet! Hab ich dir nicht gesagt, du sollst die Finger von ihm lassen?«

»Das war vor einhundert Jahren!«

»Na und?«

Wenn Maik das herauskriegt, ist Griechenland passé. Er darf es nicht wissen. Niemand darf es wissen. Zett, die Schlampe, da ist sie also. Sie haben alle recht.

»Ich hasse dich«, sage ich nur.

»Ich weiß.«

Ich will schon rausgehen und sie hier besoffen sitzen lassen. Ich bin stinksauer. Aber sie hält mich fest.

»Seine Frau hat auch jemanden.«

»*Wie bitte?*«

Sie nickt wieder heftig mit dem Kopf.

»Weiß sie von euch? Wie lange geht das schon? Warum machst du das?«

»Sie weiß es, aber nicht, wer. Ein paar Monate ungefähr.«

Sie heult wieder los.

»Wie bitte? Und du hast es mir nicht gesagt? Warum nicht? Warum hast du es die ganze Zeit verheimlicht? Warum, Zett?«

Sie nimmt sich Klopapier, um sich die Nase zu putzen, und antwortet mir nicht. Sie muss noch mehr Klopapier nehmen, weil sie nicht aufhört zu heulen, es läuft immer weiter.

»Warum weinst du?«, frage ich irgendwann, meine Stimme kalt und grausam.

»Darum! Weil du mich hasst!«

»Allerdings!«

»Ich dachte, ich könnte vielleicht auch mal eine Beziehung

haben. Ich dachte, ich muss vielleicht auch nicht immer hier allein herumsitzen, wenn du mit Lou gegangen bist. Wieso soll ich nicht auch einen Freund haben? Bin ich etwa ein Stachelschwein?«

Jemand klopft an die Tür.

»Was?!«, schreien wir gleichzeitig, sodass der Störenfried gleich wieder verschwindet. Es gibt schließlich noch eine Gästetoilette.

»Ein Stachelschwein? Wieso ausgerechnet ein Stachelschwein?«

»Weil die immer allein sind«, sagt sie traurig und schiebt die Unterlippe vor. »Stachelschweine sind Einzelgänger, sie treffen sich nur zur Paarung.«

»Aha.«

»Ich dachte, mit Günther wird es anders.«

»Wie dumm kann man eigentlich sein, Zett?«

»Sehr dumm, wie man sieht.« Sie deutet auf sich.

»Ausgerechnet mit Günther!«

»Meine Güte, es gibt Schlimmere.«

»Er hat Familie! Dachtest du, er verlässt sie? Er entscheidet sich für dich, und ihr reitet in den Sonnenuntergang, oder was?«

»Warum denn nicht? Kann er etwa nicht froh sein, wenn er diese blöde Kuh los ist und stattdessen mich bekommt?«

Jetzt kullern ihr wieder Tränen aus den Augen. Sie wischt sie mit Klopapier weg, aber sie laufen und laufen. Der ganze Boden liegt schon voll mit zerknülltem und vollgeheultem Klopapier.

»O mein Gott, du hast es wirklich geglaubt. Du hast geglaubt, mit Günther kann es was werden.«

»Ja klar!«

»Und deswegen weinst du?«

Sie denkt nach. Sie weiß selbst nicht, warum sie die ganze Zeit heult. »Quatsch!«, sagt sie schließlich, steht auf und verzieht das Gesicht. Sie hat sich doch wehgetan.

»Hast du dir was gebrochen?«

Sie schüttelt energisch den Kopf. »Der Typ kann mich mal. Dieses kleine Licht. Dieser Fuzzi. Dieser Mistfink.«

»Du bist eine Ehebrecherin.«

»Danke, Schatz! Und, fesselst du mich jetzt persönlich auf den Scheiterhaufen?«

»Vielleicht.«

Ich nehme sie bei den Oberarmen und drehe sie zum Spiegel.

»Oh«, sagt sie, als sie sich sieht.

»Nicht doch lieber ins Bett?«

»Nie im Leben!« Sie wäscht sich mit kaltem Wasser das Gesicht. Bürstet sich die Haare. Trägt neue Wimperntusche und Lippenstift auf.

»Machst du Schluss mit ihm?«, frage ich sie.

»Warum?« Sie schaut mich entgeistert an. Sie sieht immer noch verrückt aus.

»Weil er ein Mistfink ist? Weil du geweint hast?«

»Pff … Das ist bloß der Wodka.« Sie umarmt mich. Schwankt dabei, ich muss aufpassen, dass es uns nicht beide auf den Fliesenbogen legt. »Lass den Wodka lieber sein, Schatz«, sagt sie, »also wenn du mich fragst …«

»Ich frage dich, warum du es mir nicht erzählt hast, sonst nichts.«

Sie zuckt mit den Schultern. »Weil du immer so bist, so … so …«

»So was?«

»So streng! Du bist wie Fräulein Rottenmeier, ehrlich gesagt.«

Mir bleibt die Spucke weg. Ich muss mich geschlagen geben. Fräulein Rottenmeier aus *Heidi*. Das ist das Schlimmste, was Zett hätte sagen können. Sie merkt es selbst. »Nur manchmal!«, sagt sie schnell. »Ganz selten!«

»Na dann.«

Wir stehen uns gegenüber und funkeln uns an.

»Fliegst du trotzdem mit mir nach Griechenland?«, fragt Zett.

»Das muss ich mir schwer überlegen.«

»Spinnst du?« Sie tippt sich mit dem Zeigefinger an die Stirn.

Ich tue, als würde ich nachdenken. »Na gut«, sage ich dann. »Ich hab's mir überlegt. Es ist ja schon alles bezahlt.«

»Danke. Ich bin froh, dass ich dir die Reise bezahlen darf.«

»Bitte. Du erzählst mir alles. Das ist das Mindeste.«

»Auf jeden Fall!«

Wir räumen das Klopapier in einen kleinen Mülleimer. Zett hält sich immer wieder am Waschbecken fest und verzieht dabei das Gesicht. Sie gibt mir einen Klaps auf den Po zum Zeichen des Aufbruchs.

»Ich hasse dich trotzdem«, sage ich, als wir über die Wiese zu den anderen laufen.

»Ich weiß.«

»Und was hat Günther überhaupt für eine Frau? Sie hat auch jemanden?«

»Sag ich doch!«

Wir schütteln beide entrüstet die Köpfe. Stolpern durch den Garten bis zur Tanzfläche. Ein Song von Sabrina Setlur. Zett singt den Text beim Tanzen komplett mit, sie kann ihn auswendig. *Es könnt mich nicht weniger interessiern, ob du tot bist oder lebst, ob du gesund bist oder krank, mir geht's am Arsch vorbei …*

Wahrscheinlich hört sie das Tag und Nacht. Ich muss mich mehr um sie kümmern. Ich hatte kein offenes Ohr für sie, das ist die Wahrheit. Deswegen hat sie mir nichts gesagt. Ich habe immer nur Lou im Kopf. Und Maik. Damit alles ruhig bleibt, damit alles funktioniert. Und ich vergesse Zett dabei. Ich höre nicht zu. Ich frage nicht mal. Zett ist eben Zett, oder? *Alter, macht dir das Spaß, ich scheiß auf dich, das war's, du liebst mich nicht!*

KAPITEL 21

Paula

Die Landebahn kommt mir extrem kurz vor. Was, wenn wir über den windigen Zaun hinausschießen und ins Meer stürzen? Ich greife links und rechts nach den Armlehnen und halte mich fest, als würde das im Ernstfall etwas nützen. Das Flugzeug setzt auf, macht zwei magenumdrehende Hüpfer auf dem Asphalt, und eine Griechin in der Reihe vor mir bekreuzigt sich. Die Schubumkehr drückt mich mit Macht in den Sitz, immer noch halte ich die Armlehnen gepackt, doch dann sind wir auch schon heil angekommen und klatschen wie Kinder.

Das Flughafengebäude ist winzig, es gibt nur zwei Gepäckbänder. Wir fahren mit dem Taxi zum Hafen und hieven unsere Rollkoffer auf die Fähre. Alles kommt mir noch unwirklich vor. Die Seele bleibt beim Fliegen zurück, habe ich mal gelesen, sie ist nicht schnell genug.

Das Schiff ist moderner geworden, jetzt gibt es ein Restaurant, einen Fernseher und neue Sitze. Zett und ich steigen hoch zum Sonnendeck und besetzen mit unserem Kram eine Bank. Sie ist sehr unbequem, aber es ist nur ein Katzensprung auf die Insel. Der Himmel ist blau, das Meer ruhig, ein Typ in Uniform dirigiert noch immer über Funk die Matrosen, die das Schiff routiniert fürs Ablegen vorbereiten, die Taue einholen, an

Seilwinden drehen. Manchmal rufen sie einander etwas zu, ihre Stimmen sind laut und rau.

Zett hat zwei Bierdosen von der Bar geholt. Sie öffnet sie mit einer Hand. »Auf uns«, sagt sie.

»Es ist zehn Uhr morgens.«

»Stell dich nicht so an. Auf uns!«

Sie strahlt mich an mit ihrer Dose Mythos in der Hand. Musik kommt scheppernd aus den Lautsprechern, ein Marsch, er verkündet das Ablegen. Wir laufen aus.

»Auf uns!«

Als wir in den Hafen einfahren, stehen wir an der Reling und sind ganz still. So schön liegt die Insel vor uns, so blau ist der Himmel, so grün sind noch immer die Hügel, die ockerfarbenen Häuschen schmiegen sich an die Hänge, als würden sie sich im Wind zusammendrängen. Unter uns Fische, die sich im Hafenbecken tummeln.

»Rooms, rooms!«, rufen die Einheimischen noch immer auf dem Pier, sie halten Mappen mit Fotos hoch. Diesmal kein Camping, hat Zett beschlossen. Ich wollte im Voraus buchen, aber das fand sie unromantisch. »Angsthase!«, hat sie gesagt.

»Was, wenn wir zur Unterkunft mitgehen, und dann gefällt sie uns nicht? Was dann?«

»Was wenn, was dann?«, äfft sie mich nach. »Dann sagen wir, es gefällt uns nicht, und suchen weiter. Wo ist das Problem?«

»Das ist peinlich.«

»Meine Güte, Paula, *es ist unser Urlaub*, verstehst du?«

Sie schaut sich jetzt die Fotos in verschiedenen Mappen an. Lässt sich Standorte auf Karten zeigen. Fragt auf Englisch nach. »Best view!«, rufen die Leute. »Breakfast included!« Aber Zett bleibt ganz cool. Sie hat Zeit. *Es ist unser Urlaub.*

Ich tippe sie an und deute zum Ende des Piers. Dort steht eine uralte Frau in einer Kittelschürze, auf einen Stock gestützt, sie hat keine Mappe dabei, sie ruft auch nicht. Sie hat Zett und mich nur mit ihrem Blick ins Visier genommen und lockt uns mit einem gekrümmten Zeigefinger wie eine Hexe. Zett stupst mich an, und wir rollen unsere Koffer über den Pier.

Es ist so einfach, ihr die Entscheidungen zu überlassen. Endlich nicht verantwortlich zu sein. Nicht an alles denken zu müssen. Der Termin beim Kinderarzt, das Geburtstagsgeschenk für Moni, der Kieferorthopäde, der Kuchen für die Schule, die Mathearbeit, die Turnsachen. Nichts davon. Nur Zett hinterherlaufen und machen, was sie sagt. Wunderbar! Noch gelingt es mir.

Die alte Frau spricht griechisch mit uns. »Eleni, Eleni!«, dann winkt sie wieder mit ihrem Hexenzeigefinger und hatscht voraus. Wir folgen ihr. Schon setzen Bedenken ein, meine persönlichen Plagegeister. Ich wollte sie doch zu Hause lassen. Was, wenn das Zimmer schrecklich ist? Wir wissen nicht einmal, ob es ein eigenes Bad oder einen Balkon hat. Ich könnte das nicht, der alten Frau sagen, dass wir nicht einziehen, dass wir weitersuchen. Zett kann das. *Du bist schon wie deine Mutter*, hat sie gesagt. *Was wenn, was dann …*

Es ist wohl das schönste Zimmer der Insel. Wände und Bettwäsche blendend weiß, die kühlen Fliesen am Boden frisch gewischt, die Möbel aus dunklem Holz, das Bad blitzsauber. Und dann der Balkon. Die alte Frau öffnet die Fensterläden, und vor uns liegt der Hafen, das Meer dahinter dunkelblau ausgebreitet mit weißen Segelschiffchen weiter draußen, die Fischerboote an der Hafenmauer festgemacht. Die Fähre ist gerade fertig entladen und macht sich zum Ablegen bereit, aus dem Schornstein kommt schwarzer Rauch. Direkt unterhalb unseres Balkons sehen wir auf einen kleinen Garten, von Steinmauern eingefasst, Oleanderbüsche und Bougainvilleen leuchten rot und lila zu uns hinauf. Ein alter Mann sitzt auf einem Holzstuhl im Garten und macht nichts, er sitzt nur und nickt hin und wieder, als wäre er zufrieden mit den Blüten, ihren Farben und ihrem Duft. An der Mauer hängt ein Schild: Eleni's Place. Ich hole meinen Fotoapparat und knipse ein Bild von der Aussicht.

»Was ist das denn für ein Ding?« Zett lacht. »Hast du keine Digitalkamera?«

»Nö, wozu?«

Sie regelt das Bezahlen mit Eleni, sie verständigen sich mit Händen und Füßen. Unsere Wirtin bringt uns Handtücher und zwei Wasserflaschen aus Plastik, eine mit Wasser, eine mit Rotwein. Dann schließt sie die Tür, und wir sind allein. Wir setzen uns auf die zwei Plastikstühle auf dem Balkon und schnaufen durch. Wir sagen nichts. Wir wissen es auch so. Was für ein Glück wir haben.

Die Abende verbringen wir in Nikos Bar. Erst nehmen wir einen Sundowner, dann gehen wir in eine Taverne zum Essen, dann landen wir wieder am Hafen bei Niko. »Der Mensch braucht eine Stammkneipe«, meinte Zett, als ich den Vorschlag machte, mit den Bars abzuwechseln. »Egal wo du bist auf der Welt, such dir als Erstes eine Stammkneipe, Paula. Die ewige Suche nach was Neuem ist Schwachsinn.«

»Okay.«

»Wirklich!«

»Ich hab okay gesagt.«

»Dann ist es ja gut.«

Wir stoßen an. Der Sundowner ist hier ein Campari Orange auf Eis, wir trinken mit Strohhalmen. Maik würde sich furchtbar darüber aufregen und anfangen, mit Niko über den Sundowner zu diskutieren. Er ist absolut penibel, wenn es um seine Cocktails geht, weil er mal ein halbes Jahr Barkeeper in der American Bar war.

Komisch, ich denke zum ersten Mal richtig an Maik. Dabei sind wir schon sechs Tage auf der Insel. Sonst denke ich nur an Lou. Dass es ihr hier gefallen würde. Dass ich irgendwann mit ihr herkomme. Aber mein Verstand gönnt sich anscheinend eine Maik-Pause. Ich glaube, ich habe dadurch zwei Drittel mehr Speicherplatz. Ich lese den ganzen Tag. Ich schaue aufs Meer. Ich schaue auf die Insel, während ich im Meer herumplansche, das Wasser ist badewannenwarm vom zurückliegenden Sommer. Ich quatsche mit Zett über Bill Clinton und seine Praktikantin und über das Kyoto-Abkommen, sie ist jetzt in so einer Klimawandelgruppe. Mal sehen, wie lange. Sie wechselt die Gruppen sehr oft, weil ihr so schnell langweilig wird. Langwierige Diskussionen treiben sie in den Wahnsinn, schließlich weiß sie sowieso schon, wie es geht. Sie weiß bestimmt auch, wie der Klimawandel zu stoppen ist, und braucht eigentlich keine Gruppe. Sie sollte einfach Königin von Deutschland sein, dann wäre alles gut. Oder Weltoberhaupt.

Jedenfalls ist wieder Platz in meinem Kopf für andere Sachen als Maik. Wir stehen bei Niko auf der Dachterrasse, die sich zum Sonnenuntergang gefüllt hat. Zwei Typen kommen die Treppe hoch und drängeln sich durch die Menge, sie wollen anscheinend auch einen Platz ganz vorn mit Blick aufs Meer. Da ist aber kein Platz mehr. Zett bringt schon ihre Ellbogen in Stellung. Die zwei Typen quetschen sich neben uns, der eine berührt mich, meinen Arm, ich schaue ihn sehr böse an, er hebt entschuldigend die Hände. Er lacht mich an und sagt: »Joep!«

»Joep«, antworte ich, hebe mein Glas, und wir stoßen an. Zett hat ihre Ellbogen wieder eingefahren und rückt jetzt ein bisschen zur Seite, um Platz zu machen, und wir stoßen alle vier an und sagen: »Joep!«

Die zwei Typen lachen.

»My name is Joep«, sagt der eine schließlich und grinst mich an.

Es ist mir peinlich. Ich versuche, es mir nicht anmerken zu lassen.

»My name is Zett like Zorro«, sagt Zett.

»Paula.«

»Henk.«

Die beiden sind Holländer und können Deutsch, sie sprechen es mit einem Akzent, der uns ziemlich niedlich vorkommt.

»Na dann: Joep!«, ruft Zett und hebt ihr Glas, ich fühle mich wieder sicherer, sie rettet mich immer, und der Campari rettet mich auch. Die Typen werden sowieso nur Zett toll finden. Sie wird sich einen von ihnen schnappen, ich denke, es wird Henk, und mit ihm herummachen. Ich erinnere mich, wie sauer ich damals war, als sie mit dem Kellner in der Taverne herumgemacht hat. Als sie in den Oleander gekotzt hat. Sie geht mir manchmal einfach auf die Nerven mit ihrer männerverschlingenden Art und weil sie nie eine Grenze kennt, aber darüber kann sie nur lachen.

Henk steht ganz nah an ihr dran, und Joep steht ganz nah an mir dran. Er ist groß, blond und blauäugig, überhaupt nicht mein Typ. Aber er riecht gut und lacht die ganze Zeit, er hat schöne weiße Zähne. An Zetts Stelle würde ich mich für ihn entscheiden. Wir verabreden uns für später, nach dem Essen, hier bei Niko.

Und an diesem Abend passiert etwas mit mir. Ich werde ein anderer Mensch. Ich höre mich lachen und reden und kenne mich nicht mehr. Das bin ich? Die mit dem soundsovielten

Campari in der Hand, nach dem Wein in der Taverne? Die vor dem Spiegel auf der Toilette, mit diesem Strahlen im Gesicht, das bin ich? Sie sieht ja richtig glücklich aus, diese Frau, und außerdem ein bisschen wahnsinnig. Nichts kann sie aufhalten. Sie steht plötzlich draußen vor Niko's Bar und küsst jemanden. Alle können sie sehen. Können sehen, was sie da mit Joep macht. Sollen sie. Sollen sie es sehen. Wie ihre Hand an seinem Nacken liegt und ihr Mund zu seinem geht, sie ist entschlossen, und Joep öffnet schon die Lippen, er ist bereit, er hat sich nicht für Zett-like-Zorro entschieden, er will sie haben, Paula, die kleinere mit dem kleineren Busen und dem kürzeren Haar. Sie drängt sich an ihn, an Joep, mit dem ganzen Körper berührt sie ihn und spürt, dass er erregt ist, dass sie ihm gefällt, dass er mehr will, mehr von allem. Ihr Körper erinnert sich. Nicht allmählich, nicht bruchstückhaft, nein, eine Tür wird aufgerissen, und boom! ist alles hell erleuchtet, ist alles wieder da. Wie schön das eigentlich ist. Jemanden so zu spüren, die Zunge, die feuchte Höhle, die Lippen. Sie sind ein bisschen rau von der Sonne, das gefällt ihr noch besser. Eine Hand an seinem Rücken, sein T-Shirt, darunter Muskeln, sie bewegen sich, sie legt die Hand ganz flach hin. Wie schön das eigentlich ist, wie heftig, wie machtlos sie ist, die Frau, die Leute sehen sie, wie betrunken sie ist, wie sie es will, das macht man nicht als Frau, es so wollen, und wenn, dann zeigt man es nicht, es darf niemand wissen. Wie egal ihr das ist. Es streift sie nur kurz, dann ist es weg, weitergezogen. Sie hält sich nicht auf damit.

Sie hat das Gefühl, dass es Jahre her ist. Dass sie unendlich lange darauf warten musste. Auf Berührung. Darauf, dass jemand seine Hand in ihrem Haar hat. An ihrer Hüfte. An ihrem Po. Dass jemand etwas schneller atmet und still wird, ganz still, nur das Atmen, kein Wort mehr, keine Stimme mehr, alles ist gesagt. Er riecht so jung. Es geht so schnell, dass er erregt ist, als hätte er gehungert, tagelang, und jetzt gibt sie ihm zu essen, nicht so gierig, mein Junge, wir haben Zeit.

Seltsam. Schon komisch. Sie dachte ja immer, sie wäre nicht so interessiert, nicht so entflammbar. Nicht so empfänglich für Berührung. Ein kalter Fisch, tja, was soll man machen? Trotzdem hatte sie Sex, natürlich, ein Sexleben gehört ja wohl dazu. Sie ist verheiratet, diese Frau, also bitte. Aber die Lust kam ihr abhanden, unterwegs, einfach so. Sie wollte nicht mehr. Es war kein Abscheu, kein Ekel, es war mehr ein Unmut, ein Groll, ein Widerwillen, ein *Du kannst mich mal.*

Immer dieser Druck. Warum nicht, wieso nicht, warum dies, wieso das. Schlechte Laune. Ein Recht auf schlechte Laune haben, weil es wieder so lange her ist. Man ist schließlich ein Mann. Also. Es geht schon. Ihr Körper spielte mit, der spielt ja immer mit, wie korrupt kann so ein Körper eigentlich sein, der funktioniert, der fragt nicht, der erledigt das. Sie muss kommen, das ist das Mindeste, damit er, ihr Mann, zufrieden ist. Bestätigung, seine Währung, aber immer inflationärer. Mehr Bestätigung für weniger Ruhe.

Eine Bitterkeit streift sie, diese Frau, draußen vor Niko's Bar. Eine Wut. Ihr Mann, seine Hände. Was sie sonst noch so können und gemacht haben. Sie mag seine Hände nicht mehr. Sie passt auf, dass ein Abstand bleibt, auch wenn keiner mehr da ist. Im Kopf kann man immer einen Abstand halten, wenn man nur aufpasst. Unten passiert etwas, aber oben bleibt man auf Distanz. Das geht.

Joep hört auf, sie zu küssen, macht einen Schritt zurück und schaut sie an. Er spürt es. Diese Frau hat eine Art Aussetzer. Ist gar nicht mehr da. Er ist jung und betrunken und erregt, aber er spürt es, und dann will er nicht. Nicht so. Das holt sie zurück. Da ist sie wieder. Sie schaut dem Jungen in die blauen Augen. Sie mag ihn richtig in dem Moment. Er schaut ein bisschen fragend. Aus der Bar kommt Musik. Das Meer schwappt an die Hafenmauer. Segelboote sind angeleint und schwanken sanft.

»Gehen wir wieder hoch?«, fragt Joep.

Sie schüttelt den Kopf. Der Abend ist warm, sie schwitzt, obwohl sie nur Shorts und ein Top trägt. Es ist spät, die meisten Tavernen sind zu. Es gibt gar keine Leute auf der Straße, die sie beobachten. Sie ist allein mit Joep. Sie lächelt. Er lächelt zurück. Er nimmt ihr Gesicht in beide Hände und gibt ihr einen ganz leichten Kuss. Er versichert sich, dass es okay ist. Dass es in Ordnung ist. Sie zieht ihn zu sich her. Ihr Körper erinnert sich. Eine Tür wird aufgerissen, und es wird taghell. Alles ist gut jetzt, lass los.

KAPITEL 22

Paula

Wir sitzen belämmert auf unserem Balkon, Zett und ich, hängen in den Plastikstühlen und schütten Wasser in uns rein. Wir tragen Sonnenbrillen.

»Ich bin ein schlechter Mensch«, sage ich weinerlich.

»Stimmt«, antwortet Zett und setzt wieder die Wasserflasche an.

Es klopft an der Zimmertür. Zett bleibt einfach sitzen. Ich stehe also auf und gehe öffnen. Es ist Eleni mit zwei Mokkas und einem Teller Gebäck. Sie gibt mir das Tablett in die Hand und tätschelt meinen Arm. Zwischen all ihren Falten lächelt sie. »Efcharisto«, sage ich.

»Parakalo«, antwortet sie, schiebt mich ins Zimmer zurück und schließt die Tür.

Wir knabbern lustlos auf dem Gebäck herum, es ist trocken und schmeckt nach Honig. Der Mokka hilft uns auch nicht.

»Habt ihr wenigstens gevögelt?«, fragt Zett mit Blick aufs Meer, und ich weiß nicht, ob sie da wirklich etwas sieht oder nur in irgendein Nichts starrt.

Ich komme mir vor wie eine Angeklagte, die auf eine milde Strafe hofft, wenn sie alles gesteht, wirklich alles. Ich nicke, und eine schwere Kugel rollt dabei in meinem Kopf herum.

»Auf Teufel komm raus.«

»Dann ist es ja gut.« Zett hebt ihre Mokkatasse und sagt: »Joep!«

»Joep!«, antworte ich, und wir stoßen an. Dann lachen wir schwach.

Auf Teufel komm raus. Ja wirklich, ein Teufel ist aus mir herausgekommen. Ich war machtlos. Oder noch schlimmer, ich hätte es anhalten, aufhalten können, es gab ein paar Momente, da wäre das gegangen, aber ich wollte nicht aufhören. Ich wollte weitermachen.

»Ich hatte auf einmal so eine Sehnsucht«, sage ich versonnen.

»Das nennt man nicht Sehnsucht, Schatz, das nennt man Geilheit.«

»O Gott!« Ich halte mir die Hände vors Gesicht. »Ich war so betrunken.«

»Hör auf zu jammern. Das tut weh.« Zett langt sich an die Stirn.

Ich nicke. Die Kugel rollt in meinem Kopf. Sie stößt gegen die Schädeldecke, mal links, mal rechts, mal oben, mal unten. Am Hinterkopf ein Pochen. Ich schütte weiteres Wasser in mich hinein. Wir starren zusammen in das Nichts, das vorher ein Meer war, ein Himmel, ein Hafen, Segelboote.

»Ich bin ein schlechter Mensch, oder?«

»Bitte, Paula!« Zett fasst sich wieder an die Stirn und verzieht das Gesicht.

Ich gehe rein und lege mich aufs Bett, mein Kopf unter dem Kissen. Ich jammere leise vor mich hin.

Zett kommt neben mich. »Paula?«, sagt sie.

»Ja?«

»Ich sage es dir nur ein Mal, du wirst es mir nicht glauben, du wirst es in den Wind schreiben, aber ein Mal sage ich es, okay?«

»Was denn?«

»Du hast dir das verdient. Joep ist total in Ordnung. *Es* ist total in Ordnung. Verstehst du mich? Wer jemanden umbringt oder vergewaltigt, der ist ein schlechter Mensch. Wer jemanden schlägt. Aber du nicht. Du hattest nur ein bisschen Spaß. Deine Muschi ist keine heilige Stätte oder so was. So, und jetzt jammere ruhig weiter von mir aus, aber leise bitte, ich schlafe nämlich noch eine Runde. Dieser Kater ist ja unmenschlich.«

Sie dreht sich um und wickelt sich in das Bettlaken ein, das unsere Decke ist. Ich ziehe am anderen Ende daran, und sie überlässt mir einen kleinen Zipfel. Ich liege da und schaue an die Decke. Was hat Zett gesagt? Mein Hirn funktioniert nicht mehr. Irgendwas Nettes. Sie nimmt es mir nicht übel. Unser Urlaub ist nicht verdorben. Nur dieser Tag, der soll schnell vorbeigehen.

»Es war der Ouzo«, sage ich leise. »Nach dem Campari. Wir haben nicht mehr mitgezählt.«

»Sag nicht das Wort.«

»Ouzo?«

»Schnauze, Paula.«

»Schlaf du auch schön.«

Sie brummt. Ich denke an Joep. An seinen Körper. Sein junges Gesicht, sein Lachen. Nur später war er ganz ernst, in seinem Bett, wir waren allein, die Erregung ist etwas Ernstes, ich höre das leise Stöhnen aus seiner Kehle, sehe in sein Gesicht, jung, ernst und verwundbar.

Joep ist jetzt schon runter von der Insel, Henk und er haben die erste Fähre genommen. Ich liege da, die Kugel im Kopf ist zum Stillstand gekommen. Ich werde wahnsinnig müde. Gleich kann ich schlafen, danach wird es mir besser gehen. Wir werden etwas essen und am Abend einen Bogen um Niko's Bar machen. Wir werden uns erholen. Eigentlich ist nichts passiert. Niemand weiß es. Zett wird nichts sagen. Zett kann gut lügen. Ich auch. Wir sind weit weg. Niemand kennt uns. Joep, denke ich, Joep, Joep, und ich lächle heimlich.

KAPITEL 23

Paula

Die Zeit rennt uns davon. Zehn Tage sind zu kurz. Ich will nicht nach Hause, nicht zu Maik. Zum Glück gibt es Lou. Sonst könnte es vielleicht passieren, dass ich einfach bleibe. Auf der Insel, bei Eleni. Am Strand liegen und lesen, das neue Buch von Philippe Djian, sehr schweinisch, aber auch sehr melancholisch, genau meine Stimmung. Essen, Wein trinken. Vom Ouzo lassen wir die Finger. Mit Zett auf dem Balkon sitzen und Musik hören. Sie hat einen Discman und eine CD mit alten Schlagern. Wir hören tausendmal *Liebe ohne Leiden* von Udo Jürgens und *Oh, wann kommst du?* von Daliah Lavi. *Vielleicht gibt es irgendwo einen Sinn und irgendwer weiß den Weg dorthin, wo Liiiiebe wohnt? Weil kein Tag ohne Liebe sich lohnt … Oooooh, wann kommst du?*

Zett hat mir irgendwann von Henk erzählt, mit dem sie die Nacht zusammen in unserem Bett verbracht hat. »Wie bitte?«, habe ich sie angeschnauzt. »Das hättest du mir sagen müssen!«

»Ach ja? Wieso denn? Sehe ich hier irgendwo einen Beichtstuhl?«

»Wieso sagst du mir nie was?«

»Weil du mich nie was fragst.«

Ich war ein bisschen beleidigt deswegen, aber nur kurz. Wir liegen am Strand, schauen aufs Meer, trinken Retsina und trauern gemeinsam den Jungs hinterher. Übermorgen geht unser Flug. Ich will gar nicht daran denken. Ich müsste mich auf Lou freuen. Das tue ich auch. Ich freue mich auf Lou, aber nicht auf mein Leben. Ich komme mir gemein vor. Da lassen sie mich wegfahren, und was mache ich?

Das Gute ist, ich werde Joep mit nach Hause nehmen. Er wird von jetzt an da sein. Wie ein geheimer Schatz. Ich werde alles besser aushalten, weil ich diesen Schatz habe. Ich kann jederzeit die Kiste öffnen, hineinschauen, vor mich hin lächeln, vor mich hin träumen.

»Warum schwimmst du eigentlich nicht mehr?«, frage ich Zett.

Sie zuckt nur mit den Schultern.

»Früher bist du die ganze Bucht abgeschwommen. Wie ein Delfin, weißt du noch?«

»Keine Kondition mehr.«

»Schwimm doch noch einmal für mich.«

»Lass mich in Ruhe damit, ja? Ich bin alt geworden.«

»Quatsch.«

»Was weißt du schon, Paula. Was weißt du schon.«

Sie nimmt noch einen Schluck, legt sich hin und setzt ihre Sonnenbrille auf. Gespräch beendet.

Am Abend bekommt Zett eine SMS. Sie hat ein Handy von ihrer Firma, lässt es aber die meiste Zeit aus, weil sie keine Nachrichten von ihrem Chef bekommen will.

Sie geht auf den Balkon und liest ihre Nachricht. Ihr Gesicht verfinstert sich schlagartig. Sie tippt eine Antwort. Noch einmal der SMS-Ton. Sie liest, tippt noch eine Nachricht. Mich interessieren ihre Firmensachen sowieso nicht. Ich gebe ihr ein Zeichen und gehe duschen. Als ich wiederkomme, steht sie immer noch mit dem Handy in der Hand auf dem Balkon.

Sie sieht angeschlagen aus. Sie schaut mich durch die Scheibe an. Es muss etwas passiert sein. Ich reiße die Balkontür auf.

»Ist was mit Lou?«

»Nein.« Sie sieht total blass aus.

»Die Firma?«

»Ich muss telefonieren.«

Zett geht an mir vorbei und aus dem Zimmer. Ich höre ihre Schritte auf der Treppe, sie rennt fast nach unten. Dann höre ich sie vom Garten her, sie telefoniert von Elenis Anschluss aus nach Deutschland. Sie ist laut, sie regt sich auf. Sie ist sonst nicht so, wenn es um die Firma geht. Sie denkt immer, dass sie überall einen Job bekommt. Dass alle nur auf sie warten. Aber jetzt muss etwas vorgefallen sein.

»Das war Günther«, sagt sie atemlos, als sie wieder da ist. »Wir setzen uns raus. Bring den Wein mit.«

Irgendwas ist passiert. Zetts Liebesleben. Ich will es gar nicht wissen.

»Wollen wir nicht essen gehen? Reden wir in der Taverne darüber.«

»Nein. Setz dich hin. Bring den Wein mit.«

Ich bekomme Angst. Zett hat eine merkwürdige Stimme und einen merkwürdigen, mitleidigen Blick. Als wäre ich es, die eine schlechte Nachricht bekommen hat. Günther ist Maiks Freund. Ist was mit Maik? Ich blicke nicht durch. Hole brav den Wein und zwei Gläser. Zett rückt mir einen Stuhl zurecht. Wir sitzen da wie schon einhundertmal in diesem Urlaub. Die Fähre läuft gerade ein und tutet laut. Auf dem Pier eine Menschenansammlung. Die einen wollen beim Festmachen helfen, die anderen Waren entgegennehmen oder die Touristen abfangen. Aber etwas ist anders. Sogar das Licht ist weniger hell, das Meer weniger blau.

»Was ist los?« Mein Mund ist trocken. Ich nehme einen

Schluck. Zett trinkt das halbe Glas auf einmal aus. Sie wartet mit der Antwort. Es fällt ihr schwer. Ich bekomme noch mehr Angst.

»Sie haben sich ausgesprochen«, sagt sie. »Günther und seine Frau.«

Mehr nicht? Aber warum ist sie so blass? Es ist erst ein paar Tage her, dass sie Henk mit in unser Bett genommen hat. So schlimm kann es also nicht sein mit Günther, oder?

»Sie haben alle Karten auf den Tisch gelegt. Sie wollen neu anfangen. Pff …«

Fast hätte ich *Na und?* gesagt. Zett weint doch keinem Lover hinterher. Sie hält sie sich wie kleine Hündchen. Sie sind ja sooo süß!

»Er weiß jetzt, wer es ist. Der Typ von seiner Frau. Ihre Affäre.«

Sie schaut mich an. So kenne ich Zett gar nicht. Als würde sie gleich die Fassung verlieren. Als müsste sie weinen.

»Und? Wer ist es?«

»Es ist Maik.«

KAPITEL 24

Paula

Diesmal rufe ich Zett an. Diesmal ist es anders. Maik ist aus der Wohnung gestürmt, ich weiß nicht, wann er wiederkommt. Mein Herz rast, das ganze Adrenalin ist noch da. Es fließt. Es hilft mir. Ich weine nicht. Ich bin ganz klar. Als hätte eine sehr heiße Sonne einen sehr dichten Nebel aufgelöst, einfach so. Wenn ich warte, werde ich schwach, ganz schwach. Also jetzt. Zett anrufen. Ich vertippe mich zweimal. Schaue auf die Tasten vom Telefon. Nicht nachdenken. Nicht zur Ruhe kommen. Setz dich nicht hin, weine nicht. Überlege nicht. Jetzt ist die Kraft da, die Wut, später nicht mehr.

»Paula?« Ihre Stimme ist belegt, sie räuspert sich.

»Ja.«

Es aussprechen, es einfach aussprechen. Ich schlucke. Mein Herz schlägt mir bis zum Hals. *Sag es, Paula, sag es endlich.* Ich schaue durchs Küchenfenster auf die Straße. Maik ist nicht zu sehen. Wahrscheinlich geht er um den Block und raucht. Oder er sitzt auf einer Bank und dreht sich einen Joint. Das bringt ihn runter. Das macht ihn friedlich. Warte nicht, Paula, bis es so weit ist. Sag es, sag es jetzt.

»Ist was mit Lou?« Zett ist mittlerweile hellwach.

»Nein.«

Eine Pause. Nur ein oder zwei Sekunden.

»Maik?«, fragt sie dann.

Wie kommt sie darauf? Hört sie mein Herz schlagen bis zum Hals? Merkt sie, wie ich zittere?

»Ja.«

»Ich hole dich«, sagt sie. »Ist er da? Ist er in der Wohnung?«

Woher weiß sie es?

»Nein. Ich weiß nicht, wann er wiederkommt.«

»Pack ein paar Sachen zusammen. Nimm das Familienbuch mit, das Sparbuch, deine Bankkarte. Hat Lou einen Ausweis?«

»Ja.«

»Nimm beide mit, deinen und ihren. Ist der Autoschlüssel da?«

»Ja.«

»Dann pack alles ins Auto.«

»Was, wenn er wiederkommt?«

»Ich bin gleich da. Sag ihm das, wenn er kommt. Dass ich gleich da bin. Und beeil dich mit dem Packen.«

»Ich hab Angst.«

»Ich weiß. Ich komme.«

Sie umarmt mich nicht, sie sagt nichts, sie geht schnurstracks in die Wohnung, und wir tragen die Sachen zum Auto. Wir sprechen kein Wort. Zett hastet die Treppen hinunter und wieder hinauf. Ich folge ihr. Wir schnaufen. Zuletzt nimmt sie Lou aus dem Bett. Sie wird wach.

»Hallo, Lou«, flüstert Zett. »Keine Angst, wir fahren nur weg.«

»Warum?«

»Nichts Schlimmes. Ihr dürft bei mir übernachten.«

Lou legt ihren Kopf auf Zetts Schulter. Die langen Beine reichen fast bis zum Boden. »Ich hab doch morgen Schule«, sagt sie verschlafen.

»Na klar. Du kannst in die Schule, Loula.«

Zett geht mit dem Kind im Arm den Flur entlang, die Treppe im Hausgang hinunter, sie beeilt sich, stöhnt an der Haustür vor Anstrengung, das Mädchen ist schwer. Maik ist nirgends zu sehen. Ich mache die Autotür auf, und Zett setzt Lou auf die Rückbank, gibt ihr einen Kuss auf die Stirn.

»Was ist los?«, fragt Lou.

»Kannst du fahren?«, fragt mich Zett.

»Ja.«

»Was ist passiert?«, fragt Lou noch einmal.

»Nichts Schlimmes. Nur ein Streit«, antwortet Zett.

»Sie haben gepoltert!«, sagt Lou.

»Es war nur ein Streit. Fahr jetzt mit der Mama mit, wir sehen uns gleich.«

»Wirklich?«

»Versprochen.«

Ich schaue mich um. Kein Maik weit und breit. Ich zittere. Ich setze mich ans Steuer. Und dann sehe ich ihn im Rückspiegel. Er biegt gerade zu Fuß in unsere Straße ein. Jetzt muss er das Auto sehen. Er muss sehen, dass die Scheinwerfer an sind. Fahrig lege ich den Rückwärtsgang ein, setze ein Stück zurück, um auszuparken. Schaue wieder in den Rückspiegel. Maik geht jetzt schneller. Er rennt los. Ich lege den ersten Gang ein. Es geht schwer, der erste Gang ist immer ein Problem, das Auto ist alt. Gleich ist er bei mir, er wird die Tür aufreißen, er wird mich nicht fahren lassen. Ich komme nicht weg. Ich komme nicht weg. Endlich ist der Gang drin. Ich rangiere aus der Parklücke, da sehe ich, dass Maik stehen geblieben ist, nur ein paar Meter von mir entfernt. Er hat Zett entdeckt. Sie ist ausgestiegen und steht mitten auf der Straße, damit er sie sehen kann. Sie hat ihre Handtasche in der Hand. Komisch, denke ich, was will sie mit ihrer Handtasche. Dann fällt es mir ein. *I am an armed woman.* Das Butterfly ist in der Tasche. Sie stehen sich gegenüber, mitten auf der Straße, im Licht der Straßenlaternen, sie sehen sich an, fixieren sich. Ich bete, dass Lou sich nicht umdreht. Dass sie Maik nicht sieht. Sonst wird sie ein Riesentheater machen. Sie sitzt auf der Rückbank und nestelt an ihrer Schlafanzughose herum, die Augen weit offen. Ich könnte losfahren, endlich losfahren, warte jedoch, ich kann Zett doch nicht mit ihm allein lassen. Die Handtasche, das Messer. Da winkt sie mir, ich soll fahren, ich zögere noch, sie winkt wieder und steigt jetzt in ihr Auto, scheinbar seelenruhig. Ich gebe Gas und lasse die Kupplung kommen. Maik steht auf der Straße. Mein Herz schlägt wild. Er ist zu Fuß nicht schnell genug, sage ich mir, ich habe das Auto. Schon bin ich außer Reichweite. Ich drehe mich noch einmal um, bevor ich abbiege. Er steht da und sieht uns hinterher. Ich schalte, fahre um die Kurve. Die Straße vor mir. Hinter mir ist Zett, sie grüßt mich kurz mit der Lichthupe. Den Weg zu ihrer Wohnung kenne ich im Schlaf.

»Warum können wir nicht ins Gästezimmer?«, flüstere ich.

»Darum«, antwortet Zett. »Nicht aufgeräumt.«

Also bleibt das Gästezimmer zu. Lou ist auf dem Sofa im Wohnzimmer eingeschlafen. Sie war zu müde, um noch mehr Fragen zu stellen. Doch Zett und ich finden keine Ruhe, wir gehen in den Garten und setzen uns in die Dunkelheit, hier kann uns Lou nicht hören. Wir haben Decken um uns geschlungen, trotzdem ist es kalt. Vorn an der Haustür brennt Licht, Zett hat es eingeschaltet, damit wir einen Überblick haben und gleich bemerken, falls Maik aufkreuzt. Aber ich bin mir sicher, dass er nicht kommen wird. Wenn er was macht, dann nur, wenn wir allein sind. Für heute hat er aufgegeben.

Zett macht eine Flasche Wein auf. Wir rauchen beide.

»Morgen früh gehst du zum Arzt«, sagt sie.

»Nein, alles in Ordnung.«

»Doch, du gehst. Wir machen Fotos. Und ich miete dir eine Ferienwohnung.«

»Das kann ich nicht bezahlen.«

»Ich bezahle. Es ist für den Übergang. Ich kenne eine Maklerin, die wird uns helfen.«

Ich drücke eine Zigarette aus und zünde mir die nächste an. Die Flamme vom Feuerzeug zittert, weil meine Hand noch immer zittert. Es fängt langsam an, überall wehzutun. Mein Gesicht, die linke Hälfte. Eine Stelle am Hinterkopf, eine am Rücken. Ich betaste mein Gesicht und kann nichts Ungewöhnliches feststellen. Nur dass es wehtut, ein dumpfer Schmerz, nicht stark, eine Art Brummen. Ich denke an Lou, die auf dem Sofa schläft. Diese Nacht habe ich noch, aber am Morgen wird sie mich löchern, alles wissen wollen, warum, wieso, sie wird im Stillen zu ihrem Vater halten, wird weinen.

»Ich weiß nicht, ob ich das kann«, sage ich in die Dunkelheit.

»Was?«

»Alles.«

»Du kannst.«

»Und Lou?« Ich ziehe an der Zigarette. An der Lippe merke ich etwas. Eine Schwellung. Man wird es mir ansehen. Lou wird es sehen. Ich muss mir eine Geschichte ausdenken. Ich bin gestolpert und gegen die Kommode im Flur geflogen. Das war auch das Poltern, das sie hörte.

Zett bläst Rauch aus und trinkt einen Schluck Wein. Sie stellt das Glas nicht ab, sie hält es die ganze Zeit in der Hand. Ich schaue vor zum Gartentor, alles ruhig. Es ist spät, vielleicht zwei Uhr morgens.

»Wie oft?«, fragt Zett.

Ich weiß nicht gleich, was sie meint.

»Wie oft, Paula?«

Ihr Ton ist streng. Also begreife ich, was sie meint. Wie oft, ich denke nach. Die Abstände werden kürzer.

»Nicht oft«, antworte ich. »Vielleicht zweimal im Jahr?«

»Warum hast du nie was gesagt?«

Ich trinke Wein. Rauche gierig. Was soll ich ihr sagen? Die Wahrheit?

»Ich wollte nicht, dass du es weißt.«

»Warum nicht? Warum nicht, Paula?«

»Wegen Lou. Ich konnte nicht gehen, ich konnte nicht weg von Maik. Wegen ihr.«

Zett schnaubt. Sie wippt mit ihrem Fuß. Das bedeutet nichts Gutes. Vielleicht hätte ich sie nicht anrufen sollen. Noch habe ich Lou vertrösten können, aber was wird morgen? Wie soll sie zur Schule gehen, einfach so, als wäre nichts? Wir sind geflüchtet, ich habe sie nachts aus dem Bett geholt, wie soll ich es ihr nur erklären?

Da fällt mir ein, dass ich ihren Schulranzen vergessen habe. An alles habe ich gedacht, nur daran nicht. Sie wird ohne ihre Sachen nicht in die Schule gehen wollen, das wäre ihr peinlich. alles ist ihr doch immer so furchtbar peinlich.

»Ich habe den Schulranzen vergessen«, sage ich laut. »Die ganzen Schulsachen! Was mache ich denn jetzt?« Ich höre, wie sich meine Stimme überschlägt. Der Schulranzen ist weg, ich weiß nicht mehr weiter.

»Ich hole ihn«, sagt Zett, »morgen früh. Maik wird ja wohl Lous Schulranzen rausrücken, wenn ich klingle. Er wird sich vor mir keine Blöße geben, glaub mir.«

Ich schüttle den Kopf. Ich kann es nicht fassen. Ausgerechnet der Schulranzen. Zett wippt weiter nervös mit ihrem Fuß.

»Ich weiß nicht, ob ich das kann«, sage ich noch einmal in

die Dunkelheit, zu schnell, meine Stimme zu hoch. »Was sage ich Lou?«

Zett fährt herum. »Jetzt hör aber auf!«, herrscht sie mich an.

Ich zucke zusammen. Was hat sie denn? Vorhin schon dieser Ton, und jetzt? Ich hätte sie nicht anrufen sollen. Ich hätte nichts sagen sollen. Sie versteht das nicht. Ich tue ihr nicht mal leid. Warum nicht? Sie hat jetzt also das Sagen. Das geht nicht. Das geht doch nicht! »Sie ist nicht *dein* Kind«, sage ich böse. So etwas habe ich noch nie gesagt. Zett ist zu mir gekommen, mitten in der Nacht. Sie hat Lou ins Auto getragen, sie hat Maik aufgehalten, auf der Straße, wie bei einem Duell. Und ich?

»Du benutzt Lou«, sagt Zett. »*Dein* Kind.«

Ich habe mich wohl verhört. »Wie bitte?«

»Du kannst nicht allein sein, das ist alles.«

Ihr Gesicht liegt im Dunkeln, aber die Locken kann ich erkennen, das Weinglas, die Zigarette. Ihr Fuß wippt nicht mehr. Vielmehr sitzt sie nach vorn gebeugt, die Hände auf den Stuhllehnen, als wollte sie gleich aufspringen, mir ins Gesicht.

»Ach nichts«, sagt sie plötzlich und lehnt sich zurück. »Reden wir wann anders darüber.«

»Nein, sprich ruhig mit mir, Zett. Ich habe für heute noch nicht genug eingesteckt, weißt du? Ich kann ein paar weitere Tiefschläge gut gebrauchen.«

»Du hast ja recht. Entschuldige. Gehen wir schlafen, Schatz. Es gibt viel zu tun morgen.«

»Was weißt du schon?«, frage ich laut. »Du bist nicht ohne Vater aufgewachsen. In einer halben Familie. Du mit deiner Mama, deinem Papa, und alle sitzen zusammen wie im Bilderbuch am Tisch und haben sich lieb.«

»Ha!«, macht Zett und lacht ein bitteres Lachen. »Lou wird dich hassen, wenn du nicht gehst.«

Ich verstehe sie nicht. Warum macht sie mich fertig, heute

Nacht, nach allem? Was will sie von mir? Die Stelle an meinem Hinterkopf sticht. Ich taste danach. Ich glaube, dort fehlen mir Haare. Was hat Zett gesagt? *Lou wird dich hassen, wenn du nicht gehst.* Ich bin durcheinander. Bilder schießen mir in den Kopf. Wie Dias, die eingeblendet werden, sie haben keine Ordnung, der Projektor macht einfach, was er will. Und dann kommt es mir vor, als wäre alles in einem einzigen Moment passiert, gleichzeitig und überall, ich bin wieder in der Wohnung, ich bin in der Küche, im Bad, alles wie mit einer Wackelkamera gedreht, ich sehe Körperteile, sie gehören zu mir, ein Arm, ein Bein, ich sehe mich von oben, eine Frau in einem düsteren Film, die Handlung ist undurchsichtig und brutal.

Der Streit mit Maik. Erst fühlte ich mich noch stark und im Recht und hielt mich daran fest wie an einem Seil, das ich nicht loslassen durfte. Maik geht fremd! Er, nicht ich. Man kommt leicht durcheinander, aber wenn man das Seil festhält mit aller Kraft, dann driftet man nicht ab, dann bleibt die Wahrheit immer die Wahrheit. Oder? Maik hat es abgestritten. Seit Monaten betrügt er mich und streitet es ab. »Was du dir einbildest«, sagte er. »Vielleicht bist du ja diejenige, hm? Sonst würdest du doch gar nicht auf so was kommen? Hm?« Er lachte.

Da darf man sich doch aufregen. Eine Szene machen. Oder? »Sei doch wenigstens ehrlich zu mir!«, schrie ich ihn an. Etwas theatralisch. Das mag er nicht, wenn ich theatralisch werde und schreie. Aber es musste nun einmal sein. Ich war im Recht.

»Den Floh hat Zett dir ins Ohr gesetzt«, sagte er und lachte nicht mehr. »Die wollte uns schon immer auseinanderbringen.«

»Quatsch.«

Ich ließ mich nicht einnebeln. Diesmal nicht. Einen klaren Kopf behalten. Das ist gar nicht so leicht bei Maik mit seiner Nebelmaschine. Aber ich ließ nicht locker. Er durfte damit nicht durchkommen. Das war meine Chance, mein Moment.

Also machte ich weiter, ich konnte nicht aufhören, es ging nicht. Sonst würde der Moment verstreichen, und es würde ganz normal werden wie alles andere, ich würde ihn plötzlich verstehen, er war nun einmal so, er brauchte das, das musste ich doch einsehen, das war doch mit ein bisschen gesundem Menschenverstand und mit ein bisschen Feingefühl zu kapieren! Oder?

Nein, ich machte so lange weiter, bis er sagte: »Okay, wenn du unbedingt willst: Ja, ich habe mit ihr geschlafen. Mit Günthers Frau.« Er grinste dabei und zuckte mit den Schultern. Ich kenne dieses Grinsen. Er konnte nicht mehr, er stand mit dem Rücken zur Wand. Und dann wird er böse. Er kann so böse sein.

»Schau dich doch mal an«, sagte er, streckte die Hand aus, deutete auf mich und fuhr von oben nach unten an mir entlang.

Als müsste man mich betrügen, so wie ich aussehe. Ich schaute an mir herunter. Da war nichts. Da war kein Grund. Aber es ist wie mit der Froschfresse, wenn sie sagen, du hast eine, dann hast du eine. Wenn Maik sagt, ich soll mich anschauen, dann gibt es einen Grund, egal was für einen, es gibt ihn, und jeder kann ihn sehen. Den Makel. Etwas so Hässliches, dass man wegmuss. Zu einer anderen Frau.

Doch ich bin nicht eingeknickt. Diesmal nicht. Ich war zu wütend, um einzuknicken. Etwas in mir wehrte sich. Und dann wird es gefährlich, das weiß ich doch, ich kenne ihn doch, ich hätte es wissen können, aber ich wollte nicht: Die Klappe halten. Einknicken. Doch es wird gefährlich, wenn ich nicht einknicke. Wenn ich denke, nein, nicht ich habe Maik betrogen, sondern er mich. Eine Tatsache. Er ist hässlich, nicht ich. Etwas in mir freute sich sogar. Etwas in mir triumphierte. Da habe ich nun endlich einen Tatbestand. Etwas ganz und gar Handfestes, etwas, das jeder verstehen kann. Da kommt keiner dran vorbei, auch du nicht, Maik. Ich war nun eine

Anwältin, die sich ihrer Sache absolut sicher ist. Die Fakten sprechen für sich. Ein Geständnis haben wir auch. Der Fall ist wasserdicht, ich werde den Prozess gewinnen. Denn mein Mann hat mich betrogen. Er schickte mich sogar in den Urlaub, um freie Bahn zu haben, Günther war ja Rennrad fahren auf Mallorca, deshalb Maiks Großzügigkeit. Er ließ sich noch beklatschen auf der Party. Dabei kam es mir schon komisch vor, ich hätte es wissen müssen.

Aber Maik würde sich noch wundern. Dem würde ich einen Strich durch die Rechnung machen. Ja, etwas freute sich in mir. Eine echte, schreckliche Freude. Ich war jetzt frei, tatsächlich frei und nicht die mit dem schwarzen Peter, *schau dich doch mal an*, nein, ich war die Betrogene, ich war das Opfer, und das hatte er gefälligst einzusehen und nicht umgekehrt, er hatte seine Strafe mit gesenktem Kopf zu akzeptieren, verdammt, anstatt hämisch zu grinsen. Fürs Grinsen gibt es gleich ein paar Jahre mehr.

Aber so funktioniert das eben nicht bei Maik. Er gewinnt immer. Schämt er sich, wird er wütend. Er wird blind vor Wut, gerade weil er im Unrecht ist. Weil er es versaut hat und niemand sonst. Einer zu sein, der fremdgeht, damit kommt er nicht klar, mein Maik, dass er so einer ist. Mit seiner Wut kommt er nicht klar. Er wird ein ganz anderer Mensch.

Und dann gab es diesen Moment, in dem ich merkte, in dem ich endlich begriff, dass alles nur in meinem Kopf so stimmte, aber nicht in der Wirklichkeit, im Jetzt, zwischen Maik und mir. Es gab keinen Triumph, ich war nicht im Recht. Die Wahrheit war nicht die Wahrheit, nicht für Maik. Und in diesem Moment kriegte ich Angst, richtige schweißnasse Angst.

»Hörst du mich?«, fragt Zett plötzlich.

Ich komme nur langsam zurück, bin erst nach und nach wieder

da, im Garten, in der Dunkelheit. Die Weinflasche ist leer. Ich rauche immer noch.

»Was?«, frage ich erschöpft.

Zett kommt zu mir her. Sie setzt sich zu meinen Füßen auf den Boden, legt ihre Hände auf meine Knie.

»Bitte, Paula, geh nicht zurück.«

Ich stöhne. Ich kann nicht mehr. Aber sie hat sich etwas vorgenommen. Zett hat sich etwas vorgenommen.

»Schieb Lou nicht vor«, sagt sie. »Tu es ihr nicht an. Dir ja, meinetwegen, wenn du meinst, aber nicht ihr.«

Es ist seltsam, sie so vor mir sitzen zu haben. Sie fleht mich geradezu an. Es muss kalt sein auf dem Steinboden. Das ist nicht Zett. Sie sieht so aus, aber sie ist es nicht. Zett würde sich niemals vor mir hinknien.

»Sie kriegt es mit«, sagt sie, »sie hört es, Paula, das Poltern, wie sie gesagt hat. Sie spürt die Gefahr, die Gewalt, es ist ein Vibrieren in der Luft. Und dann liegt sie im Bett und horcht, und ihr Herz klopft, sie kann nicht schlafen, weil sie in die Wohnung hineinlauscht, weil sie doch wissen muss, was passiert. Weil sie denkt, sie muss besser aufpassen. Auf dich. Noch besser aufpassen, die ganze Zeit. Denn immer machst du etwas und sagst etwas, und dann wird es laut, dann poltert es, dann passiert es.«

Zett hat immer schneller geredet und hält jetzt inne. Sie schaut in die Dunkelheit auf einen Punkt neben mir, als würde sie gar nicht mit mir sprechen, als stünde da jemand, ein Geist. Es kommt mir vor, als wäre sie ganz woanders.

»Sie wird dich im Auge behalten«, spricht sie langsamer weiter, »Tag und Nacht. Nicht ihn, Paula, dich wird sie beobachten. Denn du hast es in der Hand. Du machst ihn wütend. Sie wird aufpassen, sich anstrengen, die ganze Zeit, damit du dich nicht wieder beschwerst und wieder etwas Dummes sagst und ihn anschreist. Denn es macht ihn so wütend. Du weißt doch, das verträgt er nicht. Immer legst du es darauf an. Sie strengt sich noch mehr an. Sie achtet auf jede Kleinigkeit. Versucht, diese und jene Situation zu drehen. Den Streit abzuwenden. Sie lenkt die Aufmerksamkeit auf sich. Bringt Einsen nach Hause. Schwimmt. Bringt Urkunden und Medaillen. Ist lustig. Bringt alle zum Lachen. Tanzt. Ist die Beste. Wird krank. Wird schlimmer krank. Schwimmt wieder. Bringt wieder Einsen. Immer so weiter. Doch es ist umsonst, alles umsonst. Die ganze Anstrengung. Denn es passiert wieder, irgendwann passiert es wieder, sie kann es nicht aufhalten, und dann denkt sie, er, ihr Vater, er macht das ja nicht zum Spaß, er ist ein lieber Mensch, er wird also einen Grund haben, was hat sie nur wieder gemacht, die Mutter, soll sie ihn doch in Ruhe lassen und ihren Mund halten. Soll sie endlich mal nur eine gute Frau sein, das ist doch nicht so schwer. Man muss ihn verstehen, weißt du, da würde jeder mal ausrasten, denn irgendwie hat sie es verdient, die Mutter hat es verdient, sonst würde es nicht passieren. Das wird sie denken, Lou, *dein* Kind. Und später, in der Nacht, hört sie dich weinen, und am nächsten Morgen sieht sie dich, sie sieht dein Gesicht, den Schmerz darin, die verkrustete Lippe, und dass sie dachte, es geschieht dir schon irgendwie recht, das frisst sie auf von jetzt an, das brennt in ihr, das verlässt sie nicht mehr, und sie hasst euch abwechselnd, es zerreißt sie, es macht sie unglücklich, die ganze Zeit, sie vergisst es nie, es ist immer da, ein schwarzes Tuch, ausgebreitet über allem, und wenn sie mal lacht, dann fällt es ihr wieder ein, und dann hasst sie sich für das Lachen, wenn ihre Mutter weint und ihr Vater auch, er weint, er entschuldigt sich, er schwört alles Mögliche, und sie denkt, er hat sich entschuldigt, das muss doch reichen, warum liebt ihre Mutter ihn nicht, warum dreht sie sich weg, warum windet sie sich raus, wenn er sie umarmt, es tut ihm doch leid.

Aber das ist alles noch nicht das Schlimmste. Das Schlimmste ist, Paula, dass Lou, *dein* Kind, nicht meins, dass sie nicht mehr an die Liebe glauben wird. Sie wird darüber lachen. Die anderen rennen fröhlich in ihr Unglück, sie tanzen dabei wie auf deiner Hochzeit, aber sie, deine Tochter, sie lacht nur zynisch, denn sie weiß, was passieren wird: Am Ende gibt es Krieg. Und wer jetzt noch tanzt, hasst sich später, und sie tun sich alles an, die sich angeblich *lieben*, sie sagen sich alles und halten nichts zurück, und es wird geschrien und gepoltert und geschlagen, und nein danke, da bleibt sie lieber allein, sie braucht niemanden, sie kommt bestens allein klar, sie hält die Menschen auf Abstand und erst recht die Liebe, ha, dieses Märchen, das den Menschen ihren Verstand raubt.«

Ich starre hinunter auf Zett. Meine Zett. Sie hat die ganze Zeit von sich gesprochen. Es fällt mir wie Schuppen von den Augen. Das Schwimmen, die Einser, das ist sie. Sie sitzt vor mir auf dem Boden und umklammert meine Knie. Die Wochenenden fallen mir ein, die langen Wochenenden, als wir Kinder waren und uns nicht sehen konnten. Ich durfte nicht zu ihr, ich wusste nie, warum, es war einfach so, und sie kam nie zu mir.

»Dein Vater?« Meine Stimme ist ganz rau. Ich will ihre Hand nehmen, aber sie zieht sie weg. Sie rappelt sich hoch. Steht vor mir mit ihrer Decke, sie sieht riesig aus in der Dunkelheit.

»Ich möchte nie wieder darüber sprechen«, sagt sie. »Wir schneiden das Thema nie wieder an, hörst du?«

»Warum?«

»Darum. Nie wieder. Versprichst du es mir?«

Ich nicke. Was soll ich auch sonst machen? Ich war mit ihr befreundet, all die Jahre, und sie hat sich mir nie anvertraut. Sie braucht niemanden. Sie kommt bestens allein klar. Aber ich hätte es merken müssen. Ich war ihre beste Freundin, all die

Jahre, und ich wusste es nicht. Wird Lou es auch niemandem sagen? Hasst sie mich? Ist es schon so weit?

Zett nimmt die Gläser und die leere Weinflasche. »Lass uns reingehen. Es ist kalt.«

Später liegen wir zusammen in ihrem Bett. Wie früher, wenn sie bei mir übernachten durfte, in den Ferien, wenn ihr Vater auf Montage war. Sonst blieb sie zu Hause, jetzt weiß ich, warum. Nächtelang haben wir gequatscht. Über die Jungs in der Klasse, über die Lehrerin, die wir liebten, über das Schwimmen, über meine Mutter, wenn sie nervte, was meistens der Fall war, und über Blondie, so wollten wir sein, wie Blondie, so unwahrscheinlich cool, wir konnten *Heart of glass* auswendig mitsingen.

Und jetzt liegen wir da und schweigen. Ich darf nichts sagen, nichts fragen. Ich musste es versprechen. Die Stille bringt mich um. Ich drücke mein Gesicht ins Kissen. Irgendwann halte ich es nicht mehr aus.

»Bist du deswegen immer noch meine Freundin?«

»Klar!«, antwortet Zett wie aus der Pistole geschossen. »Ich rette dich, ob du willst oder nicht.« Sie lacht und rollt sich plötzlich auf mich, auf meinen Rücken. Sie drückt mich fest in die Matratze. Es tut ein bisschen weh an dieser Stelle am Rücken. Trotzdem muss ich mitlachen.

»Du musst ihn verlassen«, sagt sie, lacht wieder und drückt weiter. »Du gehst nicht zurück!«

»Na gut«, sage ich gepresst ins Kissen.

»Schwöre!«

»Ich schwöre!«

Sie rollt von mir herunter, dreht mich zu sich und gibt mir einen Kuss auf den Mund. »Brav. Und morgen sehen wir weiter.«

»Ich muss mit Lou sprechen. Hilfst du mir? Du findest die besseren Worte.«

»Ob ich dir helfe? Ist doch *dein* Kind!«

Einen Moment lang sagen wir nichts. Wir bewegen uns nicht. Es ist dunkel und still im Zimmer. Dann kichern wir los. Daraus wird ein Lachen, überdreht und kreischend. Wir fallen in die Kissen, können gar nicht mehr aufhören. Ich kriege schon keine Luft mehr.

»Aber sag nichts Schlechtes über Maik bei Lou, bitte«, sage ich atemlos, ich bin vom Lachen aus der Puste gekommen.

»Bin ich blöd?« Sie holt tief Luft. »Ich beiße mir auf die Zunge!«

»Schwöre.«

»Ich schwöre. Aber jetzt schlafen wir!«

»Jawoll, Zett-wie-Zorro.«

»Nachtruhe, zack, zack.«

Wir stöhnen erschöpft. Dann dreht sich Zett von mir weg, nimmt die Decke mit, mir bleibt nur ein Zipfel. »Schlaf gut«, sagt sie, »Morgen fängt dein neues Leben an.«

»Schlaf du auch gut.«

Kaum dass sie liegt, ist sie eingeschlafen. Doch ich liege lange mit offenen Augen da und habe Angst vor meinem neuen Leben. Ich bin nicht allein, sage ich mir still vor, ich bin nicht allein, ein Mantra, Zett ist da, ich bin nicht allein. So werde ich ruhiger, und als ich ruhiger bin, als mein Atem ganz regelmäßig wird und die Müdigkeit mich erfasst, kurz bevor ich einschlafe, da spüre ich noch etwas anderes: eine unbändige Hoffnung. Ich kann ihn verlassen, Maik, ich kann ihn herausschneiden aus mir, es ist möglich, es ist so weit. Alles kann jetzt mal richtig gut werden.

Zett liegt mit dem Rücken zu mir. Ich lege mich wie ein Löffelchen ganz nah an sie dran, mein Arm schwer auf ihrer Seite. Sie beginnt leise zu schnarchen.

TEIL ZWEI

Memories
may be beautiful and yet
what's too painful to remember
we simply choose to forget.
So it's the laughter
we will remember
whenever we remember
the way we were
the way we were.

Barbra Streisand

1999

KAPITEL 25

Paula

Zetts Dienstwagen liegt auch bei hoher Geschwindigkeit absolut ruhig auf der Straße. Als würden wir stehen. Der Innenraum riecht noch nach neuem Auto. Die Lämpchen leuchten in der Dunkelheit, und Zett macht dauernd an Knöpfen und Reglern rum, am Lenkrad, am Armaturenbrett, sie liebt die Technik und führt mir alles vor. Die elektrisch verstellbaren Außenspiegel, die Sitzheizung. Mein Hintern glüht auf einmal. Sie erklärt mir das Navigationsgerät und zeigt mir auf dem Bildschirm, wo wir sind, auf der Stadtautobahn. Sie nimmt immer den Weg über die Autobahn wegen der Kontrollen. Wir haben zu Hause schon mit einigen Mixgetränken vorgelegt.

»Hast du Lou gut abgeliefert?«, fragt sie und lässt eine CD aus dem CD-Player heraus- und eine andere hineinfahren.

»Ja, sie fährt jetzt mit dem Bus.«

»Dann musst du nicht mehr hin?«

»Nein.«

»Herzlichen Glückwunsch.«

»Na ja.«

Lou tut mir leid, wenn sie mit ihrer Tasche in den Bus steigt, sie sieht dann so klein aus, als wäre sie ein ganz kleines Kind und ich würde sie allein auf eine große Reise schicken. Immer wieder muss sie ihre Tasche packen, die Klamotten, das Schulzeug, darf nichts vergessen, jedes zweite Wochenende geht das so, egal was los ist, sie muss sich auf den Weg machen. Ihre Eltern haben es vermasselt. Andere schaffen es, wir haben es nicht geschafft. Gehören nicht immer zwei dazu? Einer allein kann sich nicht streiten? *Blödsinn,* hat Zett dazu gemeint, aber ich weiß nicht, ob sie recht hat.

Ich muss zugeben, dass ich jedes Mal froh bin, wenn sich die Bustüren hinter Lou endlich schließen. Das hydraulische Schnaufen ist mein Seufzer der Erleichterung. Winken, *tschüss, Loula,* sie winkt immer nur schwach und mit einem halben Lächeln zurück, weil sie mich ungern allein lässt. Sie denkt, ich wäre traurig. »Ich habe doch Zett«, sage ich ihr immer wieder, aber es beruhigt sie nicht.

Zett wartet im Garten auf mich. Wir werden einen ersten Drink nehmen und irgendwann anfangen, uns schick zu machen, immer schwarz, alles schwarz, und wenn wir dann losziehen, angeschickert und aufgekratzt, gibt es Lou nicht mehr. Ich vergesse sie. Ich könnte sie unmöglich ziehen lassen, würde ich sie nicht vergessen. Ich könnte die Abwesenheit ihrer Jacke an der Garderobe unmöglich ertragen, hätte ich nicht das Gefühl, es gäbe nur Zett und mich, nur uns beide, unsere Wochenenden.

Sie drückt am Lenkrad auf Play. Sie sucht immer vorher schon die Musik für die Fahrt aus. Manchmal fragt sie, ob ich einen Wunsch habe, aber dann hört sie nicht auf mich und spielt trotzdem ihr Programm ab. Ganz leise fängt ein Song an.

Fordre das große Gefühl, durchquer den Hades zum Ziel …, und an der Stelle setzen wir gemeinsam ein: *»Erwarte viel!«*

Die neue Grönemeyer, wir können ihn komplett auswendig. Der Sound der Anlage ist Wahnsinn. »Hörst du das, hörst du das?«, fragt Zett immer wieder.

»Jaha!«

Der Wagen fliegt. Zett geht noch mehr aufs Gas und überholt einen Lkw. Sie dreht die Musik laut auf, und wir singen jedes Wort mit. *Es gibt viel zu verlieren, du kannst nur gewinnen. Genug ist zu wenig – oder es wird so, wie es war.*

Zett schafft es in die winzigsten Parklücken. Wenn sie den Motor abgeschaltet hat, bleiben wir immer noch einen Moment lang sitzen, still, als müssten wir Luft holen, bevor wir losrennen, und dann sagt sie jedes Mal: »Wir kommen zusammen, wir gehen zusammen«, und wir geben uns feierlich die Hand darauf. Danach prusten wir los und tun so, als wäre es uns nicht ernst damit. Aber es ist ein Gesetz. Zusammen kommen, zusammen nach Hause gehen. Wir leben praktisch wie Nonnen. An den einen Wochenenden mit, an den anderen ohne Lou. Wir haben die Schnauze voll von Männern, sagen wir ständig. Wir brauchen das nicht mehr. Es lohnt sich nicht, es ist der Mühe nicht wert. Und das stimmt ja auch.

Der Türsteher winkt uns durch, er kennt uns. Von der Treppe wummern uns Bässe entgegen. Das ganze Haus scheint zu dröhnen. Ich kenne die Musik nicht, irgendein Stampfen. Als wir oben sind, klingt es, als würden die Boxen gleich bersten. Meine Ohren tun weh.

Auch die Frau hinter der Theke, Frieda, kennt uns, sie stellt Zett gleich eine Cola mit irgendwas hin und mir einen kalifornischen Rosé. Er ist pappsüß, genau richtig. Wir halten nach dem DJ Ausschau. Ein junger Typ, neu. Über ihm eine Leuchtschrift: *Housegeburt – Friday from now.*

Ich will keine neue Musik. Hier soll alles bleiben, wie es ist. Ich will meinen Freitag wie immer, ich weiß sonst nicht, wie ich tanzen soll.

Immer mehr Menschen strömen die Treppe hoch, in

schwarzen Klamotten, mit ernsten Gesichtern. Schlagartig füllt sich auch die Tanzfläche, und Zett zieht mich mit sich, wir stehen auf einmal mittendrin, bewegen uns nach dieser Musik, diesem Stampfen, die Bässe dringen in meine Eingeweide ein und bringen sie zum Vibrieren. Alles vibriert. Das Tanzen geht leicht, wir finden sofort rein. Doch dann wird es still, ganz plötzlich. Keine Musik mehr. Eine Leere, ein Loch. Und eine Spannung, eine Erwartung in der stickigen Luft. Zett und ich stehen im Gedränge auf der Tanzfläche herum, etwas ratlos, und wir warten. Alle warten. Manche richten starr die Augen auf den DJ, manche wiegen sich mit geschlossenen Augen. Niemand sagt irgendwas. Ich weiß nicht, was ich machen soll, komme mir unbeholfen vor, will schon zu meinem Wein gehen, aber Zett nimmt meine Hand. »Warte kurz.«

Ganz leise setzt ein Walzer ein, wie von weit her, von einer Kirmes vielleicht, dann ein Glockenläuten, lauter, die Leute um uns herum schreien auf, sie kennen offenbar den Song. Das Ticken einer Uhr aus den Boxen, wie eine riesige, überlaute Wanduhr, die viel zu schnell geht, sie rast förmlich. Die Leute kreischen, heben ihre Hände.

And here we are, sagt eine tiefe Stimme, sie spricht aus den Boxen zu uns, als stünde ein Priester mit ausgebreiteten Armen auf einer Kanzel. *Half past three in the morning,* wieder eine kleine Pause, eine Stille, dann vollendet der Priester seine Botschaft: *I can't get no sleep.*

Ein Aufjohlen, ein Flehen zum DJ-Pult hin, gib uns, gib uns, dann ein Rhythmus, einfach, wir fangen an zu tanzen, eine Trommel dazu, Schläge, Klänge, keine Melodie, kein Gesang, nur Rhythmus, anschwellend, ganz langsam mehr und schneller, Zett und ich tanzen, es geht, es geht ganz leicht.

I can't get no sleep.

Das Stroboskop geht an. Die Menge tobt, tanzt, der Song

geht ewig weiter, er hört nie auf, ich packe Zett irgendwann am Arm und schreie ihr ins Ohr: »Was ist das?« Sie zuckt nur mit den Schultern, breitet die Hände aus, lacht und tanzt weiter.

Wir vergessen unsere Getränke. Wir vergessen alles. Die Musik beruhigt sich immer wieder, wird langsamer, fast zart, lässt uns Luft holen, bis es wieder losgeht, anschwillt, die Bässe so laut, dass man sie *sehen* kann, sie lassen alles erzittern, rauschen durch die Adern bis in die Zehenspitzen, in einem hypnotischen Rhythmus, ein Song geht in den anderen über, und irgendwann meldet sich diese Stimme wieder aus den Lautsprechern, dieser Mann, der keinen Schlaf findet, wir sind seine Jünger, und er spricht zu uns: *God is a DJ.*

Die Menge schreit frenetisch los, alle hüpfen auf der Stelle, Zett und ich hüpfen mit, wir sind dabei, wir sind erfasst, das Tanzen geht weiter, wir alle zusammen sind ein Wesen, ein Tier, ein einziges pulsierendes Herz.

Neben uns fängt eine Frau zu weinen an. Sie ist ganz jung. Sie hört dabei nicht auf zu tanzen, bewegt sich einfach weinend weiter und weiter, bis Zett zu ihr hingeht und sie umarmt. Beide stehen da, verharren in dem ganzen Gewimmel, die Frau weint heftig, hemmungslos, ihre Schultern zucken in Zetts Armen, dazu die Stimme aus den Boxen: *This is my church, this is where I heal my hurts…*

Als ich das sehe, die weinende Frau in Zetts Arm, etwas kommt aus der Tiefe mit den Tränen aus ihr heraus, etwas Erschütterndes, da freue ich mich. Darüber, dass ich aufgehört habe zu weinen. Es hat gar nicht so lange gedauert, bis es vorbei war. Ich habe es gar nicht richtig gemerkt, aber jetzt merke ich es, ich habe ausgeweint. Bin ausgeweint. Manchmal weinte ich schon morgens unter der Dusche. Beim Autofahren, beim Einkaufen, natürlich beim Einschlafen. Ich weinte um Lou, um ihre kaputte Familie. Ich weinte um mich, mein verpfuschtes

Leben. Ich weinte, weil alles anders gekommen war, als ich es mir gewünscht, so sehr gewünscht hatte. Jetzt weine ich nicht mehr. Ich sehe das Mädchen in Zetts Arm, ich schaue auf die hüpfende Menge, und ich lächle. Es ist ein echtes, ein freies Lächeln. Mir fällt ein Lied von John Lennon ein, *Hard times are over*, Zett und ich haben die Platte eine Zeit lang rauf und runter gehört. Wie alt waren wir, dreizehn vielleicht? *Hard times are over, over for a while …*

Nur wegen Maik, wegen ihm habe ich nicht ein einziges Mal mehr geweint. Das hatte ich schon zur Genüge, vorher, als er noch da war. Erst diskutiert, dann geschrien, dann klein beigegeben, dann geweint. Immer wieder. Ist es erst einmal wirklich vorbei, ist man nur noch erleichtert. Das ist der Preis, den sie zahlen, wenn sie sich nicht im Griff haben und wenn sie denken, dass sie immer im Recht sind und dass immer zwei dazugehören, denn einer allein kann sich nicht streiten, der ganze Blödsinn, Zett hatte recht, und dass es ihnen irgendwie zusteht – das ist ihr Preis: Sie werden nicht vermisst. Im Gegenteil. Es ist eine Befreiung. Man hat so viel Angst, dass alles zerbricht, aber wenn es so weit ist, trägt man zwanzig Kilo weniger mit sich herum, und alles wird leicht. Die ganze Kraft kommt zurück. Die Muskulatur, die vorher völlig erschöpft war, verkümmert, schlaff, die arbeitet wieder, die ist bereit. Man will losrennen und was leisten, was vollbringen, und man schafft viel mehr, als man dachte. Wie ein alter Kühlschrank im Keller. Da ist nichts drin, der ist leer, aber er läuft und läuft, Tag und Nacht, es bilden sich dicke Eisschichten, für nichts und wieder nichts, und der Stromzähler läuft mit wie verrückt, ganze Kraftwerke arbeiten auf Hochtouren dafür, dass dieser Kühlschrank brummt, aber völlig umsonst, völlig ohne Grund. Und wenn man hinuntergeht in den Keller und den Stecker zieht, einfach so, zack, raus damit, dann zieht das

Ding einfach keine Energie mehr. Man hat das ganze Kraftwerk zur eigenen Verfügung. Man kann praktisch eine Stahlhütte betreiben oder eine komplette Stadt beleuchten, und man sitzt nicht mehr erschöpft auf dem Sofa und fragt sich, was mit einem passiert ist, dass alles so furchtbar anstrengend geworden ist und dass man nicht mal mehr den Arm heben kann oder das Bein. Es ist die Angst, dass alles zerbricht, und man tut so wahnsinnig viel dafür, dass das nicht passiert. Man verleugnet sich. Man verbiegt sich. Man verbiegt die Wahrheit. Man lächelt dazu. Man schweigt dazu. Man hasst sich dafür. Man schämt sich. Und dann zerbricht es doch, man kann es nicht länger aufhalten, und seltsam, man weint darüber, man heult schon morgens unter der Dusche, aber der Kühlschrank ist ausgesteckt, der Stromzähler rast nicht mehr, und man fängt an, sein Leben einzurichten, und so schlimm, wie man dachte, ist es nicht. Man kommt erstaunlich gut voran. Man macht Fortschritte. Man geht allein weiter, und da merkt man erst, was für Steine man mit sich herumgeschleppt hat, was für Tonnen von Ballast, und den hat man jetzt los.

Auf dieser Tanzfläche und im Lärm dieser Musik – vor mir Zett mit dem Mädchen, das immer noch weint –, da kommt mir ein Gedanke, da kommt mir ein Verdacht. Vielleicht musste ich so viel weinen, um etwas zu beweisen. Dass es auch für mich schwer ist. Ich hatte etwas Furchtbares getan, ich hatte meine Familie zerstört. Ein Scheidungskind hervorgebracht. Das war selbstsüchtig von mir. Vielleicht waren diese ganzen Tränen auch eine Buße, ein Ablasshandel mit meinen Selbstvorwürfen, meinen Schuldgefühlen. Ich musste leiden! Anders ging es nicht. Aber in Wahrheit bin ich froh. Erleichtert. Befreit. Glücklich.

Die Frau löst sich aus Zetts Umarmung, lächelt sie an, ein wenig verlegen, das Gesicht nass, und dann tanzen sie beide weiter, wie erleichtert, wie befreit, als wäre es ein Freudentanz. Und ich tanze mit. Überlasse mich der Menge, dem Stampfen, den Bässen und dem Licht.

»Was hatte sie denn?«, frage ich Zett später an der Bar. Es ist kurz vor drei. Der Rausschmeißer läuft, *Purple Rain* von Prince.

»Ich weiß nicht«, antwortet Zett. »Es war die Musik. Es war das Glück, glaube ich.« Sie lächelt. Trinkt einen Schluck. »Und irgendwas Chemisches natürlich.« Sie lacht.

»Drogen?«

»Klar. Der halbe Laden hat was genommen. Ich muss rauskriegen, was.«

»Mir reicht die Musik, ehrlich gesagt.«

»Ha!«, macht sie und leert ihr Glas. Die Getränke sind abgestanden. Wir haben stundenlang getanzt. Zett bestellt bei Frieda noch einen Absacker und bezahlt ihn gleich. Als sie das Restgeld zurück in ihren Geldbeutel steckt, zieht sie eine abgenutzte Visitenkarte heraus. »Schau mal.«

Ich nehme die Karte. *Eleni's Place* steht darauf. Der Umriss der Insel ist abgedruckt und eine Telefonnummer. Ich denke an den Balkon, auf dem wir so oft saßen. An den Blick auf den Hafen, auf die Fähren beim An- und Ablegen. An Joep.

Frieda schaltet das Licht an, weiß und grausam, wir müssen blinzeln. Der DJ packt sein Zeug zusammen.

»Wann ist Lou in den Ferien?«, fragt Zett. »Mit M.?«

»Pfingsten. Ich darf gar nicht daran denken. Was mache ich ohne sie?«

»Du kommst mit mir nach Griechenland!«

»Was?«

»Eleni's Place! Ist doch klar!«, ruft Zett.

Wir stehen immer noch an der Bar. Frieda stellt die Barhocker auf die Tische.

»Wir gehen gleich«, sage ich, sie winkt ab und gießt sich einen Schnaps ein. »Wollt ihr auch noch einen?«

»Klar!«, ruft Zett wieder.

»Ich kann es mir nicht leisten«, sage ich. »Der Flug ist zu teuer.«

»Wir nehmen meine Meilen. Wir fliegen nach Athen und fahren mit der Fähre. Das geht!«

Frieda stellt uns die Schnäpse hin. Zett hebt ihren hoch. »Auf Griechenland!«

Ich überlege, ich rechne. Eleni's Place ist billig. Das Essen und der Ouzo auch. Ich habe ein bisschen was gespart. Der Unterhalt kommt jetzt regelmäßig. Bestimmt würde ich Urlaub bekommen.

»Hey!« Zett stupst mich an.

Ich nehme mein Glas und hebe es ebenfalls hoch. »Auf Griechenland!«

Wir stoßen an und kippen den Schnaps hinunter. Zett macht eine Bewegung, als wollte sie das leere Glas hinter sich werfen. Dann umarmt sie mich.

»Wir fahren wirklich, versprich es mir«, sagt sie in mein Ohr.

»Ich verspreche es.«

»Schwöre!«

Ich hebe die Finger meiner rechten Hand zum Schwur, und sie fängt an zu jubeln und sich im Kreis zu drehen. »Gib uns noch einen!«, ruft sie.

Frieda schenkt drei Gläser ein und gibt uns zwei. »Aber dann raus hier.«

Wir trinken. Wir strahlen uns an. Ich kann nicht glauben, dass ich wirklich in den Urlaub fahren werde. Wie viel Glück es gibt. Nach allem. Dann fällt mir Maik ein.

»Er darf es nicht wissen«, sage ich, »sonst verschiebt er auf einmal alles. Er darf es nicht wissen!«

Zett kichert. »Der kleine Idiot.« Sie legt sich den Zeigefinger über den Mund. »Geheime Mission«, sagt sie und hört gar nicht auf, mich anzustrahlen. Ich liebe es, wenn sie so unironisch glücklich ist.

Dann schmeißt uns Frieda endgültig raus.

Im Auto sucht Zett ewig lange in den CDs herum, bevor sie losfährt. Ich bin müde. Endlich legt sie eine ein und drückt auf Play. Schon beim ersten Ton bin ich wieder hellwach, und während Zett aus der Parklücke rangiert, grölen wir schon zusammen los: *»Es war schon dunkel, als ich durch Vorstadtstraßen heimwärts ging …«*

KAPITEL 26

Zett

Jener besondere, denkwürdige Tag, der alles veränderte, war Lous zehnter Geburtstag. Paula machte mir auf und lachte komisch. Ich kannte ihr »Wir bemühen uns alle jetzt sehr und dann passiert auch nichts«-Lachen. »Pscht!«, machte sie.

Wie bitte, ich sollte still sein?

»Wer ist da?«, fragte ich laut. »Wirst du gegen deinen Willen festgehalten, Paula?«

Sie schüttelte nur den Kopf, und Lou kam angerannt, sie fiel mir um den Hals. »Tante Zett!«, kreischte sie ungewöhnlich laut, und ich hob sie ein Stück hoch und drehte mich mit ihr im Kreis.

»Alles Gute zum Geburtstag, Loula! Zehn Jahre!«

Ich küsste sie und wollte sie wieder auf den Boden stellen, aber sie schlang die Beine um mich und hielt sich wie ein zu groß geratenes Äffchen an mir fest.

»Mein Rücken, Loula, mein Rücken!«, rief ich übertrieben leidend und trug sie an Paula vorbei ins Wohnzimmer.

Da saßen am Tisch: Moni, Lous beste Freundin, und er, der kleine Idiot, M. Er glotzte mich an und grinste. Warum? Ich hatte ihn bei der Scheidung zum letzten Mal gesehen, im Flur vom Amtsgericht, er zeigte mir den Mittelfinger, als gerade niemand hinsah. Er war anscheinend irgendwie der Meinung, ich wäre an allem schuld. Ich wäre diejenige, die seine Ehe ruiniert hätte (Idiot. Q. e. d.).

Warum ließ Paula ihn hier herein?

»Lou hat sich gewünscht, dass wir mal wieder alle zusammen feiern«, sagte sie gut gelaunt. Es war die Maik-Paula, die sprach, mittelgut gelaunt, mittellaut und mittelleise, immer so bemüht und irgendwie … unterwürfig. Ich hatte gedacht, ich wäre die Maik-Paula los, aber nichts da, hier war sie, schnitt mir ein Stück Torte ab und haute es auf meinen Teller. Es war die traditionelle Buttercremetorte, praktisch etwas Heiliges, sie hatte das Rezept von ihrer Mutter. Mit Schoko-Creme war *Lou 10 Jahre* auf die Torte geschrieben.

»Hi, Moni«, sagte ich. »Hi, Zett«, antwortete Moni. Dann sagte ich »Hi« zu M., also irgendwie in seine Richtung, ohne ihn anzuschauen, er antwortete »Hi« irgendwie in meine Richtung, ohne mich anzuschauen.

Es war Lous Geburtstag, ich würde mich zusammenreißen. Ich gab ihr mein Geschenk, das Brettspiel Cluedo, sie stand total auf Detektivsachen. Sie fiel mir wieder um den Hals und bedankte sich überschwänglich, dann stopfte sie Torte im Rekordtempo in sich hinein. Sie war total angespannt.

»Kommt die Oma gar nicht?«, fragte ich sie.

»Später, wir gehen ins Kino!«

»Wow, Lou, in welchen Film denn?«

»*Notting Hill*. Ich liiiebe Julia Roberts!«

»Ich bin einfach nur ein Mädchen, das geliebt werden will …«, machte ich Julia Roberts mit Babystimme nach. *»Von einem Mann!«*

Lou boxte mich in die Seite. »Du bist gemein!«.

»Ich weiß.«

Wenigstens lachte sie jetzt ein bisschen.

M. schlug vor, das Spiel zu spielen. Keine schlechte Idee für den Idioten. Ich ließ die anderen spielen, räumte lieber den Tisch ab und spülte das Geschirr in der Küche (das will schon was heißen …). Ich hörte Lou die Regeln erklären und alle herumkommandieren. Braves Mädchen. Dann Paulas »Haben wir es nicht schön zusammen«-Lachen, das mich aufregte. Okay, Lou hatte sich gewünscht, dass M. dabei war, aber man konnte auch mal Nein sagen. Oder musste sich deswegen nicht dermaßen künstlich benehmen. Meine Güte. Es war M., nicht Jesus persönlich, der Paulas Gemächer betreten hatte.

Ihre Mutter kam, um die Mädchen abzuholen. Sie umarmte uns alle nacheinander, dann ging sie zu Maik, der sogar aufstand. »Wie schön, dich zu sehen«, sagte Paulas Mutter, nahm auch ihn in die Arme und klopfte ihm dabei liebevoll auf die Schulterblätter (denk nach, Mutter von Paula, denk nach …). Sie blieben ewig so stehen. Ein richtiges Liebespaar. Hätte sie ihn doch geheiratet, sie wären bestimmt besser miteinander ausgekommen. Wo die Liebe hinfällt. *All we need is love.*

»Komm, wir nehmen einen Drink«, sagte ich zu Paula, als alle aus der Wohnung waren, M. eingeschlossen. Sie staunte nicht schlecht über ihre blank geputzte Küche (ein Notfall, Paula, du müsstest das wissen).

»Hab nur Rotwein.«

»Her damit.«

Sie suchte den Korkenzieher in einer Schublade voller Kochlöffel, Messer, Pfannenwender und solcher Sachen, öffnete schließlich die Rotweinflasche und holte ganz oben aus dem Schrank irgendwelche Weingläser, sie machte das alles wahnsinnig umständlich, und es dauerte ewig. Sie war noch nicht wieder sie selbst. Sie war nervös. Was lief hier eigentlich? Irgendetwas war im Busch.

»Ich muss sowieso mit dir reden«, sagte sie.

Etwas meldete sich in meinem Bauch. Ein ungutes Gefühl. Ich trank mein Glas aus und schenkte mir sofort wieder ein. Ich musste mich täuschen. Ich nahm nur wieder das Schlechteste an, damit die Enttäuschung hinterher nicht so groß ausfiel. Es war nur wegen M., er sorgte immer für schlechte Schwingungen und düstere Vorahnungen.

»Schieß los.«

Paula trank einen Schluck. »Ähm, Zett, dreh nicht gleich durch«, sagte sie und lächelte, »aber ich glaube, wir müssen unseren Urlaub verschieben.«

»Was? Haha, auf keinen Fall!«

Ich kapierte es noch nicht. Ich dachte, das wäre nur so ein Anfall von Paula, wenn sie Angst kriegte und alles infrage stellte. Ich kannte das, man durfte nicht darauf eingehen.

»Doch«, sagte sie ganz ruhig.

»Das geht nicht«, sagte ich und lachte. »Ich habe alles gebucht.«

»Auf nächstes Jahr vielleicht.«

Da wusste ich, dass sie es ernst meinte. Ich starrte sie an.

»Wegen meiner Mutter«, sagte sie immer noch seltsam ruhig. »Sie hat den Termin für ihre Herzoperation. Ich muss hier sein. Ich kann sie nicht allein lassen.«

Ich richtete mich auf. Ja, das musste man verstehen. Ihre Mutter, die Straßenbahnfahrerin, die brauchte Paula jetzt. Alleinerziehend, immer der Schichtdienst und jetzt herzkrank.

Trotzdem. Das Gefühl im Bauch. Etwas zog sich in mir zusammen. Warum war Paula so ruhig und nicht etwa zerknirscht oder sogar am Boden zerstört? Was war los mit ihr? Sie sagte unseren Urlaub ab, kein Griechenland, keine Insel, kein Balkon bei Eleni's Place, und sie stand da wie eine Statue?

Etwas sickerte zu mir durch, langsam, die Herzoperation,

der Urlaub, Paula sagte unseren Urlaub ab, sie konnte nicht anders, ihre Mutter, das musste man verstehen. Oder? Ich zählte eins und eins zusammen. Im Rechnen war ich immer gut. Das brauchte ich in meinem Job. Ich musste bei den Verhandlungen blitzschnell die Zahlen im Kopf parat haben. Denn war man zu knauserig, dann wurden die Ärzte schnell sauer, und das durfte nicht passieren. Machte man aber zu viele Zugeständnisse, zeigte einem der Verkaufsleiter den Vogel und man musste zum Gespräch mit dem Chefchef, und das durfte auch nicht passieren. Ich hatte nie solche Gespräche. Weil ich es draufhatte. Ich konnte rechnen. Und ich rechnete in Paulas Küche, mit dem Glas in der Hand. Sie sah mich treuherzig an. »Ja, dann«, sagte ich. »Da kann man wohl nichts machen.«

»Puh, ich bin froh, dass du es verstehst.« Sie schnaufte erleichtert aus. »Ich dachte, du bist wahnsinnig enttäuscht.«

»Das bin ich, mein Schatz.«

Sie wollte mich umarmen, doch ich wich zurück. In meinem Rücken die Kante der Arbeitsplatte. Es tat nicht weh. Ich war ein Stein. Ein Fels. Ich fühlte praktisch nichts.

»Vielleicht erzählst du mir ja auch einfach die Wahrheit?«, fragte ich. »Hm? Einmal im Leben mutig sein, Paula?«

»Hä? Was meinst du? Welche Wahrheit?«

»Es gibt nur eine, mein Schatz. Heißt sie Maik?«

Sie schaute mich erschrocken an. Mit riesigen Augen. Für einen Augenblick todernst.

»Wie bitte?« Sie lachte nervös. »Maik?«

»Ist es nicht immer Maik?«

Sie schwieg. Nur ihr Blick. Sie hatte Angst.

»Deine Mutter hat keine Herzoperation. Sie bekommt einen Stent, übermorgen. Ich habe mich gerade mit ihr unterhalten, als du auf dem Klo warst. Dachtest du, ich frage sie nicht, wie es ihr geht? Ich kenne deine Mutter seit über zwanzig Jahren.

Natürlich habe ich sie gefragt. Sie ist längst wieder fit, wenn wir fliegen.« Ich trank das zweite Glas leer. »Geflogen wären.«

Etwas passierte mit Paula. Sie stellte sich anders hin. Streckte den Kopf nach oben. Räusperte sich. Nahm ebenfalls einen Schluck Wein. Als würde sie Anlauf nehmen. Als würde sie gleich die Zehn Gebote verkünden. Ich war gespannt.

»Ich habe jemanden kennengelernt«, sagte sie dann mit einer seltsamen Bestimmtheit. »Bei mir auf der Arbeit.«

»Sehr schön.«

»Er muss bald für zwei Monate nach Spanien. Wir brauchen jetzt die Zeit zusammen.«

»Na schau. Wie heißt er?«

»Fred.« Sie sah mir fest in die Augen. Sie hatte die Angst abgeschüttelt. Es schien fast, als triumphierte sie. Als hätte sie mit Fred eine Superkraft erworben. Als stünde sie jetzt über mir.

»Aha.«

»Er ist anders, Zett. Er ist ein Guter.«

»Und das ist der Grund, dass du mich sitzen lässt? Der Grund heißt Fred, und er ist ein Guter?«

»Es ist doch Schwachsinn, dass wir ewig ohne Männer leben, Zett. Das ist hirnrissig. Sei doch mal ehrlich.«

Sie sprach zu mir wie zu einem Kind, dem man etwas Kompliziertes erklären muss, das es nicht gleich verstehen wird, aber später würde das Kind schon noch dahinterkommen, was das alles zu bedeuten hatte.

»Ich will's jetzt einfach wissen mit Fred.« Sie klang wieder sanfter (ach ja, die Liebe, *nothing else matters …).*

»*Sei doch mal ehrlich*«, sagte ich und äffte ihren Lehrerinnenton nach. »Also gut, dann sind wir also mal ehrlich. Was bist du denn für eine Freundin, Paula?«

Sie war irritiert. Sie verstand nicht mal, dass ich sauer war. Dass sie mich für Fred, den Guten, opferte. In einer Höhle, auf einem Altar, mit einem Keil aus Stein. Sie verstand nicht, dass wir uns nie wiedersehen würden.

»Ach, Zett, es tut mir so leid. Aber die Insel gibt es auch nächstes Jahr noch.«

»Und Fred, den Guten, wird es nächstes Jahr nicht mehr geben?« Kein Muskel bewegte sich in meinem Gesicht, ich zog nur den Mund auseinander. Das böseste Lächeln, das ich in petto hatte. Ich packte meine Zigaretten in meine Handtasche. Paula versuchte, meine Hand zu nehmen, ich zog sie weg.

»Was bist du denn für ein Scheißmensch?«, fragte ich ziemlich laut. Ich hatte es ganz ruhig sagen wollen, aber das ging nicht.

»Wie bitte?«, fragte sie entgeistert zurück.

Sie musste es doch mal kapieren. Es musste doch mal bei ihr ankommen. Sie stand wie vom Donner gerührt in der Küchentür. Was hatte sie denn erwartet? *Herzlichen Glückwunsch zu deinem Fred*?

»Lou kann sich jederzeit bei mir melden.« Ich ging zur Wohnungstür. »Sag ihr, dass es nichts mit ihr zu tun hat.«

»Hallo? Spinnst du jetzt völlig, Zett?«

Ich war draußen. Ich ging die Treppe runter, auf die Straße, zum Auto, ich fuhr nach Hause und rief die Hotline der Airline an.

»Leider ist mit Ihrem Tarif keine Umbuchung möglich, und die Meilen gehen Ihnen verloren. Darf ich trotzdem etwas anderes für Sie heraussuchen?«

»Ja. Mykonos. Eine Person.«

2001

KAPITEL 27

Zett

Ich hörte ewig nichts von Paula. Sie wusste Bescheid, ich war fertig mit ihr. Und während sie ihren Honeymoon mit Fred, dem Guten, verbrachte (*Ich will's jetzt wissen …,* meine Güte), bekam ich ein Magengeschwür. Erst wusste ich nicht, dass es ein Magengeschwür war, es tat nur weh. Ich konnte kaum mehr etwas essen. Das Einzige, was etwas Abhilfe verschaffte, war ein Fläschchen Magenbitter. Mein Magenbitterkonsum war sprunghaft angestiegen, von null auf etwa zehn täglich. Das war leider die falsche Therapie. Irgendwann kotzte ich Blut, und das war in meinem schneeweißen, supermodernen Badezimmer ziemlich beeindruckend. Ich rief auf der Arbeit an und sagte, dass ich einen Tag fehlen würde, alle waren aus dem Häuschen deswegen, weil ich praktisch nie fehlte. Ich marschierte ohne Voranmeldung zu dem nettesten meiner Internisten, die ich im Außendienst betreute, Dr. Frickel. Ein rundlicher Typ mit Babyface, der die Stirn runzelte, als er mich sah. Er kannte mich von unseren Terminen nur als das blühende Leben, immer auf Zack, ein kleiner Wirbelwind in seinem öden Praxisalltag. Diesmal schlich ich in Zeitlupe in sein Behandlungszimmer, blass und abgemagert.

»Ein Magengeschwür kann man sich als eine tiefe Wunde in der Magenschleimhaut vorstellen«, sagte er.

Ich nannte es Paula.

Wegen Paula war ich für sechs Wochen krankgeschrieben. Ich sollte keinen Alkohol und keinen Kaffee trinken, fette Speisen meiden und mich schonen. Sechs Wochen lang! Ich würde meinen Bonus verlieren, wenn ich nicht bis zum Jahresabschluss alles reinarbeiten und meine Zahlen erreichen konnte. Ich war noch nie längere Zeit krank gewesen. Doch ich war zu schwach. Ich konnte nicht. Ich nahm meine Tabletten, bestellte mir Suppen vom Vietnamesen und trank nur noch Bier, das hielt ich für harmlos, es enthielt außerdem ein paar Kalorien. Die leeren Flaschen lagen auf dem Boden herum und kullerten gegeneinander, wenn ich mich zur Toilette bewegte. Ich fragte mich, wie ich einen neuen Kasten herbeischaffen sollte, bis mir einfiel, dass es Getränkelieferdienste gab. Ab da verließ ich überhaupt nicht mehr das Haus, das Sofa nur selten. Schonung! Im Fernsehen lief immer irgendwas. Morgens alte Serien von *Dallas* bis *Reich und Schön*, später die ganzen Nachmittagstalkshows (»Du hast mir mein Leben versaut!«), und dann war ja schon Abend mit *Schwarzwaldklinik* oder *Julia – eine ungewöhnliche Frau*. Diese *Julia* ging mir wahnsinnig auf die Nerven, aber sie erinnerte mich an *Ehen vor Gericht*. Danke, Paula, dachte ich dann auf dem Sofa, mir war schlecht, und ich hatte diese brennenden Bauchschmerzen. Gib mir den Rest, Paula. Lass mich sterben. Macht ja nichts. Ich mache mir noch ein Bier auf.

Dann kam das Päckchen, flach, es glich eher einem großen Brief. Mit ihrem Namen drauf, ihrer Adresse. Es konnte schon eine Weile im Briefkasten gelegen haben, ich schaute nicht jeden Tag nach der Post. Ich ließ es noch ein paar Tage ungeöffnet auf dem Küchentisch liegen. Dann warf ich es in den Müll, aber ganz ordentlich, damit ich es gut wieder herausholen konnte. Ein paar Stunden später holte ich es heraus und strich es glatt. Dann holte ich eine Flasche Wein, war ja jetzt auch schon egal, nahm eine Schere aus der Küchenschublade und öffnete das Kuvert. Eines unserer Briefhefte kam mir entgegen. Aha. An alte Zeiten erinnern, auf die Tränendrüse drücken. Großartig. (Mehr hast du nicht auf Lager, Paula? Denk nach, ob das Briefheft wirklich eine gute Idee ist, denk nach …)

Ein Brief kam aus dem Heft geflattert, sie hatte ihn hineingelegt, anstatt direkt hineinzuschreiben. Drei Seiten, drei DIN-A4-Blätter, am Computer geschrieben und beidseitig bedruckt. Quasi ein Roman.

Das war ein Anschlag, ein Attentat. Ich sollte den Rest meines Lebens damit verbringen, Paulas Scheißroman zu lesen. Die kleine Kröte. Sie hatte sich nicht mal die Mühe gemacht, ihn mit der Hand zu schreiben. Das wäre doch viel interessanter gewesen mit den durchgestrichenen Wörtern und den Ausbesserungen. Mit den Tränen auf dem Papier und der verlaufenen Tinte. Also bitte, stattdessen ein Computerausdruck, beidseitig, wollte sie etwa Papier sparen?

Paula, Paula … Streng dich doch mal ein bisschen an. Nur ein bisschen.

Ich las den Brief nicht sofort. Ich trank erst die Flasche leer und mixte mir dann einen Martini auf Eis. Das war schon einen Martini wert, dass Paula mir schrieb. Er betäubte außerdem die tiefe Wunde in meiner Magenschleimhaut, die sich über den Rotwein beschweren wollte.

Sie hätte auch anrufen können, aber das traute sie sich nicht, die kleine feige Maus. Sie legte nur mit ihren winzigen Pfötchen diesen Brief vors Mauseloch, und schon verkroch sie sich wieder, und ich sollte die dumme Katze sein, die ihn schließlich fand. Na gut, dann war ich das halt, die dumme Katze.

Aber eine Katze mit Schlagseite und mit einem zweiten Martini.

Ich war jetzt also so weit.

Hallo, Zett. *(Was soll der Punkt, Paula, was?)*

Wie geht es Dir? Wo treibst Du Dich denn so herum? Man trifft Dich ja nie. Wollen wir uns nicht mal wieder auf einen Rotwein in deinen Garten setzen? *(Ich darf nicht, ich bin krank, du Kröte.)* Ich hab jetzt auch ein Handy. Du hast wohl eine neue Nummer? Gibst du sie mir?

Entschuldige, Zett, manchmal wache ich auf und denke, ich kann Dir einfach so eine SMS schreiben. Dann kommt aber die Wirklichkeit und schlägt mir auf den Kopf. Mit einem Hammer. Du bist weg.

Mein Leben ohne Dich ist übrigens so richtig bescheiden, und Du wirst natürlich denken, dass ich genau das verdient habe, dass die Strafe aber längst noch nicht hoch genug ist.

(Exakt.)

Bei Dir gibt es ja immer nur die Todesstrafe, wenn Dich jemand enttäuscht. Und ich habe Dich bitter enttäuscht, so bitter, dass es mir den Magen zusammenzieht

(Das ist Pillepalle, glaub mir, Paula. Was ich habe, das sind Magenschmerzen.)

Ich hab Dich verletzt, verraten und verkauft. Du hast nichts falsch gemacht, überhaupt nichts. Nur ich.

Ich werde diesen Brief wohl nicht abschicken, aber ich muss ihn schreiben, ich muss es versuchen. Es ist so eine lange Geschichte.

(Komm zum Punkt, Paula, ich habe nicht ewig Zeit ...)

Vielleicht beginne ich mit Fred. Du wirst jetzt eine Schulter vorschieben und eine Augenbraue hochziehen und spöttisch sagen: »Who the fuck is Fred?«

(Right.)

Ich stelle mir das wahnsinnig oft vor, was Du jetzt tun oder sagen würdest. Es reißt mir jedes Mal eine Wunde ins Herz. Aber so bist Du ein bisschen bei mir.

(Dann sind wir ja schon zwei mit Wunden an den inneren Organen, nur dass du deine verdient hast, du Laus, und ich habe meine nicht verdient, das ist der Unterschied.)

Abgesehen davon, Du weißt natürlich genau, wen ich meine. Und du hattest recht, Fred gibt es schon nicht mehr. Es gab ihn nur ganz kurz, und ganz kurz war ich wahnsinnig verknallt. *(Erzähl mir was Neues, Paula, so wird das nichts ...)*

Er war so unwahrscheinlich lieb zu mir. Fürsorglich. Aufmerksam. Er hat sich für mich interessiert. Ich konnte ihm stundenlang alles erzählen, mein ganzes, anscheinend unheimlich spannendes Leben. Ich wurde eine ganz andere Person dadurch mit einem anderen, neuen Leben.

(Die Geigen spielen, die Täubchen fliegen, es regnet Rosen, gleich kotze ich, Paula.)

Er sagte, ich hätte viel durchgemacht. Und dass ich es jetzt gut bei ihm haben würde. Dass ich das verdient hätte.

(Nein.)

Und dann fing er irgendwann mit Spanien an, dass er für zwei Monate wegmuss. Und dass er wahnsinnig Angst hat deswegen, weil unsere Liebe noch so jung wäre. So zerbrechlich. Dass er mich verlieren könnte. Wie viel besser es wäre, jetzt noch Zeit miteinander zu verbringen. Die Beziehung zu festigen. Dass er in Spanien nicht so viel Angst haben müsste, wenn wir vorher miteinander mehr Zeit hätten.

In Wahrheit hat er mir damit Angst gemacht. Das Ganze

war eine Drohung. Ich geriet unter Druck. Und was mache ich, wenn ich unter Druck gerate, Zett? Was denkst Du?

(Du wirst hysterisch, kannst nicht mehr denken und verhältst dich wie ein Kleinkind, ich musste lange genug auf dich aufpassen, als hätte ich eine kleine, geistig behinderte Schwester …)

Ich halte die Füße still. Ich grüble. Ich suche nach Lösungen. Und er sagte: »Ich verstehe natürlich, dass du nach Griechenland musst. Dass du deine Freundin nicht enttäuschen willst. Das ist doch klar.«

Aber er meinte es nicht so, verstehst Du?

(Ich bin ja im Gegensatz zur dir nicht total verblödet.)

Er teilte mir auf diese Weise mit, dass er es eigentlich nicht verstand. Dass es die Möglichkeit gab, nicht zu fahren und diese Freundin doch zu enttäuschen und »unsere Beziehung zu festigen«. Das habe ich natürlich erst später ka-piert. Nicht als ich Dir abgesagt habe. Nicht, als Du gegangen bist. Da war es noch in Ordnung für mich. Du kennst mich, ich stehe oft auf der Leitung.

(Right.)

Es fühlte sich tatsächlich in Ordnung an, komisch, oder? Ich legte mir einiges zurecht. Dass Du mich sowieso schon die ganze Zeit tyrannisierst. Dass mein Leben mit Fred und Lou und ohne Dich ein neues, besseres, freieres Leben wäre.

(Ja, gib es zu, Paula, nur heraus damit, beichte mir, beichte alles. Und? Fühlst du dich jetzt besser, ja? Denkst du, ich wusste nicht, wie hässlich du sein kannst? Wie hässlich du bist? Schau in den Spiegel, Paula. Die Spinnen, vor denen du so Angst hast, das sind in Wahrheit schöne Tiere, aber du?)

Ich hatte so eine irre Hoffnung, eine rosarote, euphorische Hoffnung zu dieser Zeit, es war nicht normal. Als wäre ich lange abstinent gewesen, und dann hätte mir jemand, Fred, meine Droge vor die Nase gehalten und gesagt: »Schau mal, alles wird sich anders anfühlen, weicher, wärmer, geborgener, das Zeug ist total harmlos, nimm nur ein bisschen was davon, und alles wird gut werden, unter Garantie, komm schon, koste nur einmal kurz.« Und ich habe zugegriffen und bin sofort wieder darauf abgefahren. Auf dieses Gefühl, das nur ein Mann in mir auslöst. Und nur einer wie Fred. Oder Maik. Sie können so nett sein, Zett. So wunderbar. Du denkst, niemand wird dich jemals mehr so lieben.

(Es ist so weit. Ich kotze.)

Dabei musste ich gar nicht gerettet werden. Ich hatte ein schönes Leben mit Lou und mit Dir, Zett, viel schöner als jetzt.

Aber in diesem Rausch war ich eben der Meinung, ich hätte richtig entschieden. Freds Aufbruch nach Spanien rückte näher, als läge es am anderen Ende der Welt, eine Expedition ins absolut Ungewisse, das ließ er immer wieder durchscheinen, dass man nicht wissen konnte, wie das ausging. Würden wir uns tatsächlich immer noch lieben? Nach zwei Monaten getrennt voneinander? Jetzt kommt mir das übertrieben vor. Jetzt, wo ich wieder nüchtern bin.

Aber sag einem Junkie, er soll bloß mal zwei Monate nichts nehmen und auf seinen Stoff verzichten, der erzählt Dir was, das ist nämlich eine unmöglich lange Zeit.

Dann passierte etwas. Wir saßen in der Küche beim Frühstück, es war das letzte gemeinsame Wochenende vor Freds Abflug. Ich hatte von Dir geträumt. Wir mussten einen Zug erreichen, doch ich hatte noch nicht fertig gepackt. Ich fand meine Sachen nicht. Ich stopfte dieses und jenes in einen Koffer, aber dann fiel mir immer noch etwas Wichtiges ein, wieder musste ich suchen, stolperte über etwas, das unbedingt auch noch in den Koffer musste, ich wurde einfach nicht fertig. Ich wusste, dass ich es nicht mehr rechtzeitig schaffen würde, Du würdest wahnsinnig sauer sein, noch enttäuschter, es war schrecklich, es war meine letzte Chance, und ich kriegte es nicht hin, sie zu ergreifen.

Ich wachte auf und hatte wahnsinnig schlechte Laune. Beim Frühstück erzählte ich Fred von dem Traum. Wir erzählten uns ja alles, jede Kleinigkeit. Er hörte total gespannt zu. Er wollte etwas lesen in dem Traum. Etwas herausfinden, was ich vor ihm verborgen hielt.

Am Schluss sagte ich: »Ich vermisse sie.«

Das war das erste Mal, dass ich etwas davon spürte. Davon, dass Du wirklich nicht mehr da warst, und davon, was ich Dir angetan hatte. Noch war es nur ein Anflug, eine homöopathische Dosis von dem, was noch kommen sollte.

»Wäre sie wirklich eine gute Freundin gewesen, hätte sie dich verstanden«, sagte Fred.

»Sie war eine gute Freundin«, antwortete ich schnell und ein bisschen scharf, ein bisschen aufsässig.

»Das glaube ich dir ja.« Er lächelte und nahm über den Tisch hinweg meine Hand. »Aber auch ziemlich egoistisch, wenn du mich fragst. Warum gönnt sie dir deine Beziehung nicht einfach? Weil sie keine hat?«

Sein Lächeln so sanft, er war eben mein lieber, guter Fred. Ich wollte schon klein beigeben. Die Sache auf sich beruhen lassen. Etwas Nettes sagen. Wie immer, weißt Du?

(Ja, ich weiß. Es nervt zu Tode, verstehst du, Paula? ZU TODE. Du bringst mich um damit.)

Du kennst mich, wenn ich mich ärgere, kriege ich Angst. Ich halte den Ball flach. Etwas könnte ja explodieren. Etwas in mir. Und dann könnte jemand merken, Fred zum Beispiel, dass ich in Wirklichkeit keine so durch und durch liebevolle

Person bin, ein Mensch mit nichts als Liebe im Herzen, wie ich es wirklich gerne wäre, und dann würde man mich selbstverständlich hassen und verlassen. So wie Du. Zu Recht.

Ich dachte an Dich. Ich holte Dich zu uns an den Tisch. Ich sah Dich da sitzen. Ich sah Dein Gesicht. Du schautest mich ziemlich grimmig an und warst gespannt, was ich jetzt machen würde. Dich verteidigen? Etwa nicht? Nicht mal das?

Ich wollte nur einmal sein wie Du, nur in diesem Moment, ein einziges Mal.

(Gib es auf, Paula, lass es bleiben. Das schaffst du nicht. Niemals.)

Und dann kam mir dieser böse Gedanke, dass Fred sich insgesamt ein bisschen breitmachte. Er wohnte praktisch schon bei mir. Wir waren schließlich nicht verheiratet. Wir waren erst ein paar Wochen zusammen, also mal langsam mit den jungen Pferden. Meine Güte, ich musste ja direkt aufpassen, dass er nicht das Kommando übernahm. Das dachte ich. Ich war ein bisschen Du in diesem Moment.

(Haha. Lustig. Träum weiter, Paula. Träum einfach weiter!)

Ich dachte, dass ich seine Meinung nicht übernehmen musste. Dass seine Meinung falsch war. ICH war die Egoistin in dieser Sache gewesen.

»Ich hab unseren Urlaub abgesagt!«, sagte ich also, zugegebenermaßen etwas laut, etwas genervt. »Alles war gebucht, sie hat sich auf mich verlassen! Sie war meine beste Freundin!«, rief ich noch lauter und noch schlechter gelaunt, als wäre Fred es gewesen, der unseren Griechenlandurlaub abgesagt und Dich vertrieben hatte.

»Deswegen müssen wir nicht schreien«, sagte Fred, jetzt eher pseudosanft, jetzt brodelte es auch in ihm. Sein Lächeln war wie versteinert, er streichelte nur noch mechanisch über meine Hand. »Wenn dir die Sache so nachgeht, war es wohl falsch, dass wir diese schöne Zeit miteinander verbracht haben. Dass wir hier sind, jetzt gerade. Es tut dir leid.«

Er fing an, die Teller zu stapeln und die Tassen ineinanderzustellen. Er stand auf und legte alles sorgfältig in die Spüle.

»Bist du jetzt beleidigt?«, fragte ich.

»Nein, gekränkt«, antwortete er kühl, mit dem Rücken zu mir. »Das ist etwas anderes. Vielleicht lernst du das ja noch.«

So kannte ich ihn nicht. So überheblich, so kalt.

Du saßt immer noch da.

(Nein.)

An meinem Tisch, mit deinem spöttischen Grinsen. Ich zwinkerte Dir zu. Es war mir egal, ob er gekränkt war. Komisch, oder?

»Wärst du ein guter Freund, hättest du gesagt, dass ich Griechenland nicht absagen soll. Dass wir noch viel Zeit haben, das hättest du gesagt. Du hättest mir viel Spaß gewünscht.«

Er drehte sich ganz langsam um. »Weißt du, Paula, so etwas mag ich nicht.« Er hängte das Geschirrtuch ganz besonders ordentlich über die Lehne seines Stuhls. »Diesen Ton. Die Dinge verdrehen, trotzig sein wie ein kleines Kind.«

»Was für ein Ton, was meinst du?«

»Ein Ton, den ich an Frauen gar nicht schätze. Es ist der Beginn von Streit. Ich will keinen Streit.«

»Ich auch nicht.« Das war gelogen. »Aber Zett war nicht egoistisch. Das war sie noch nie.«

»Darum geht es nicht«, sagte Fred.

»Doch.«

»Siehst du, das meine ich. Das entfernt mich von dir. Schade.«

Er fing an, seine Sachen in seine Sporttasche zu packen. Es waren sehr viele Sachen, er hatte sich ja bei mir fest eingenistet.

Normalerweise wäre ich sofort eingeknickt. »Das entfernt mich von dir.« Normalerweise hätte mich das sofort wieder in die Spur gebracht. Das ist meine größte Angst, dass Menschen sich von mir entfernen. Aber diesmal war nicht normalerweise, etwas war anders. Du warst da. Du warst bei mir. Ich wollte Dich stolz machen. Ich wollte Dir beweisen, dass ich es kann. Zu mir stehen. Zu Dir stehen. Dass Du Dich in Zukunft auf mich verlassen kannst, verstehst Du?

(Nein, sorry. Bin gerade total blank. Was hast du gesagt?)

Er ließ sich Zeit, es dauerte ewig, bis er alles zusammenhatte. Er wollte, dass ich etwas sage. Dass ich einlenke. Dass ich ihn nicht gehen lasse. Dass es mir leidtut. Aber ich sagte nichts.

Er knallte mir tatsächlich den Schlüssel auf den Tisch, und weg war er. Ohne ein weiteres Wort.

Nein, Du täuschst Dich, Zett. Ich habe mich nicht bei ihm gemeldet. Nicht versucht, ihn anzurufen. Ich habe versucht, Dich anzurufen, wie Du weißt. Aber Du hast mich weggedrückt.

Fred schrieb erst ein paar Wochen später eine Nachricht aus Spanien: PAULA WAS MACHST DU MIT MIR?

Was sollte das bedeuten? Weißt Du, was ich geantwortet habe? Es war ein bisschen gemein. Ich war wie Du, Zett. Ich habe geantwortet: SCHLUSS

Mehr nicht.

Das wollte ich Dir nur schreiben. Damit Du weißt, dass ich vorankomme. Ich war egoistisch, nicht Du. Man muss der Wahrheit ins Auge sehen.

Ich würde Dich gerne wiedersehen, Zett.
Ich wünsche Dir das Beste.

Deine Paula

Ich faltete den Brief zusammen, legte ihn in die Schublade zu den Rechnungen, um die ich mich irgendwann kümmern würde, und trank noch einen Martini. Mein Bauch brannte. Ich schaute mir *Wetten, dass …?* an. Es fand diesmal in einer Stierkampfarena auf Mallorca statt. Die Backstreet Boys legten einen fulminanten Auftritt hin.

KAPITEL 28

Zett

Ich antwortete nie auf Paulas Brief und kam ins Krankenhaus. Das Magengeschwür hatte wieder geblutet, und Dr. Frickel fackelte nicht lange. Privatstation. Ich hatte fast zwei Promille bei Einlieferung, mitten am Tag. Das brachte mir ein Gespräch mit einem Psychologen ein. Er war ungepflegt (du arbeitest in einem Krankenhaus, Junge …), aber sehr nett. Er gab mir die Adresse von einer Suchtberatung.

»Ich habe es ein bisschen übertrieben in der letzten Zeit«, sagte ich schwach.

»Was war los?«, fragte er.

Dieser interessierte, absolut wohlwollende, absolut akzeptierende Ausdruck in seinem Gesicht. Süß. Aber er musste schon früher aufstehen, wenn er es mit mir aufnehmen wollte.

Ich lächelte nur. »Keine Ahnung!«, antwortete ich fröhlich.

Er nickte, als hätte er mich durchschaut und würde mich für einen schweren Fall halten.

»Tja, dann machen Sie nur weiter so«, sagte er und lächelte jetzt auch. Wir lächelten uns beide an. Dann stand er auf. Er war gerade mal zehn Minuten da gewesen. »Sie haben nicht viel Zeit, was? Ich meine dafür, dass Sie auf einer Privatstation tätig sind.«

Er nickte und schüttelte mir die Hand. »Auf Wiedersehen.«

»Pff …«

Er hatte sich überhaupt keine Mühe gegeben. Ich war anscheinend nicht nur ein schwerer, sondern ein hoffnungsloser Fall für ihn. Er tat so, als hätte er schon Hunderte wie mich gesehen. Tausende.

»Ich könnte noch einmal vorbeikommen. Sie müssen nur Bescheid sagen.« Er öffnete die Tür, hielt die Klinke aber noch in der Hand. »Und immer schön so weitermachen«, sagte er. »Immer so weiter.« Er zwinkerte, und weg war er.

Er war als Psychologe ein Versager, das stand für mich fest. Er konnte sich seine Ironie sonst wohin stecken. So ging man nicht mit schwer kranken Leuten um. Mit Privatversicherten schon gar nicht.

Eine Schwester kam und brachte mir das Mittagessen. Hühnerbrust mit Reis und Karottengemüse.

Nach einer Woche Infusionen, Tabletten und Schonkost durfte ich nach Hause und bestellte mir einen Burger. Ein Test. Mir wurde nicht schlecht, und ich bekam keine Schmerzen. Test bestanden. Am nächsten Tag ging ich endlich wieder arbeiten. Großes Hallo. Blumenstrauß und Kekse. Sie liebten mich, weil meine Zahlen stimmten. Ich sorgte für ihr Auskommen. Und sie wussten, ich würde alles an Abschlüssen wieder reinholen. Und so war es auch, ich holte alles wieder rein.

Das nächste Päckchen war ein bisschen dicker als das erste. Diesmal riss ich es sofort auf. Ich hatte meinen Bonus gerettet, und mein letzter Besuch bei Dr. Frickel war wieder beruflicher Natur gewesen. Ich stellte ihm unser neues Präparat vor, und er war happy. Vor allem über mich, weil ich wieder die alte Zett war, aber auch über unseren neuen Knaller gegen Colitis ulcerosa. Er konnte mir nicht widerstehen.

In dem Paket war eine CD, von Paula selbst zusammengestellt und gebrannt. Chris Rea, Terence Trent D'Arby, Sisters of Mercy, Grönemeyer, alles dabei, sogar *Insomnia* von Faithless. Paula, Paula, du Laus. Nicht mit mir.

Ich packte die zwei Briefhefte aus alten Zeiten, meines und ihres, und die CD in einen Schuhkarton, wickelte Klebeband drum herum, schrieb Paulas Adresse drauf, ging sofort zur Post und schickte das Ganze ab. Es reichte mir. Die tiefe Wunde in meiner Magenschleimhaut war geheilt. Ich war wieder Zett-wie-Zorro. Schluss mit den Faxen.

2002

KAPITEL 29

Paula

Sie treffen sich, Zett und Lou. Heimlich, das muss man sich mal vorstellen! Mütter kriegen alles raus, das sollten sie eigentlich wissen, die beiden. Es geht seit einigen Wochen so.

»Ich gehe in die Stadt«, verkündet Lou beim Frühstück. Es ist Samstag. Die Sonne scheint. Wer würde nicht gerne in die Stadt gehen und zum Beispiel ein Eis essen?

»Mit wem?«

Darf ich das nicht fragen? Als Mutter? Moni ist übers Wochenende nicht da, das weiß ich. Es muss ein Junge sein oder die gute alte Tante Zett. Wenn es aber ein Junge wäre, würde Lou nicht so entspannt vor mir sitzen. Sie wäre aufgekratzt und aus dem Häuschen. Sie würde vorher stundenlang mit Moni telefonieren. Es muss Zett sein.

Lou isst einfach weiter ihr Müsli. Sie hat eine gesunde Phase. Und offenbar ein Schweigegelübde abgelegt, gewisse Personen in ihrem Leben betreffend. Ich lasse ihnen das nicht durchgehen. Dass sie vor mir Geheimnisse haben, macht mich fertig, aber dass sie mich für blöd halten, ist das Letzte.

»Hallo? Jemand da?«

»Ist doch egal«, sagt sie und stiert auf die Tischplatte.

»Triffst du dich mit Zett?«

Lous Löffel bleibt in der Luft zwischen Teller und Mund hängen.

»Sie ist meine Patentante!«, sagt sie schließlich angriffslustig. Als könnte sie mir einen Vorwurf machen. Vielleicht kann sie das. Vermutlich weiß sie, dass ich es war, die es versaut hat.

»Wo ist das Problem? Ich freue mich für dich.«

Das ist nicht vollständig gelogen. Sie schaut mich an. Nicht nur Mütter kriegen alles raus, auch Töchter. Sie wissen Bescheid. Sie spüren es. Lous Angriffslust ist verflogen. Sie spürt den doppelten Boden. Sie spürt, dass ich nicht die ganze Wahrheit sage. Sie spürt meinen Schmerz, und ich hasse das. Sie macht sich Sorgen. Sie hat Schuldgefühle. Sie denkt, es läge an ihr. Es tut mir so leid für sie. Was kann ich ihr sagen?

Ich stelle mir vor, wie sie zusammen shoppen, Zett und Lou, wie sie Eis essen, wie sie lachen. Ohne mich. Natürlich ohne mich. Dieses Nicht-dabei-Sein bringt mich um. Sie waren meine Familie, die zweite, die ich ruiniert habe.

Ist es nicht mal genug, Zett? Mir alles zurückschicken, ohne Antwort?

Meine Güte, würde sie sagen, *übertreib mal nicht.*

Als Lou ihre Schuhe anzieht und ihre Jacke von der Garderobe nimmt, tut sie es ganz langsam. Etwas hält sie zurück.

»Es ist in Ordnung, wirklich«, sage ich. »Zett und ich haben leider diese Probleme. Sie ist sehr stur. Aber sie ist deine Patentante. Mach dir um mich keine Sorgen.«

»Ihr könntet euch mal versöhnen, wenn ihr mich fragt. Es ist wie im Kindergarten.« Sie trägt ihren pinkfarbenen Lippenstift auf. Ihr Mund leuchtet ein bisschen zu sehr, finde ich.

»Ich hab's versucht.«

Sie umrandet ihre Augen mit einem schwarzen Kajalstift. Eindeutig zu viel. Aber sie hört ja nicht auf mich, sie schreit mich an, wenn ich etwas sage. Vielleicht hört sie auf Zett.

»Dann versuch's noch mal. Du weißt, wie sie ist. Du musst es immer wieder versuchen.«

»Meinst du?«

»Muss ich dir das jetzt erklären? Ihr seid die Erwachsenen, meine Güte.«

Sie redet schon wie Zett. Zum Glück wird sie nicht wie ich.

»Okay, einmal versuche ich es noch«, sage ich und lächle.

Lou lächelt zurück. Endlich kann sie ihren Wohnungsschlüssel nehmen und gehen.

Ich werde mir schon die Zeit vertreiben. Ich habe mir die *Bullyparade* und *Die Sopranos* aufgenommen, aber die *Bullyparade* schaue ich immer mit Lou zusammen an. Deshalb lege ich die *Sopranos* in den Videorekorder. Nachmittags fernsehen darf man eigentlich nicht. Das ist verboten. Aber ich habe es mir verdient.

Während Toni Soprano wieder mit seinem *garbage business* beschäftigt ist, diverse Morde in Auftrag gibt und außerdem zur Therapeutin geht, hänge ich die Wäsche auf. Ich finde, Toni ist meistens im Recht. Er macht das alles ja nicht gerne. Er muss. Ich verstehe ihn. Das Geschäft muss schließlich weiterlaufen, und wer ein Verräter ist, muss sterben. So ist das nun mal.

Auch ich bin eine Verräterin und bekomme meine Strafe, gell, Zett? Du kennst kein Pardon. Du könntest genauso gut bei der Mafia anfangen, du würdest es weit bringen.

Die *Sopranos* sind aus, immer sind die Folgen zu kurz. Und manchmal ist das Alleinsein so schrecklich, wie ich immer dachte. Dann werden die Sachen in der Wohnung lebendig, die Möbel, die Kleider auf dem Stuhl, Lous Schulzeug, und sie lachen mich aus. Sie deuten mit dem Finger auf mich. Schau dir die mal an! Um die Wohnung herum eine Käseglocke, sie schirmt mich ab von allem, vom Glück der Menschen, die da draußen shoppen gehen, gemeinsam, immer gemeinsam, nur ich bin hier, mit den Sachen in meiner Wohnung, ich ganz allein, und habe niemanden.

Einkaufen zu gehen hilft. Raus aus der Wohnung, raus aus dem Raumschiff, raus in die Welt. Im Supermarkt stehe ich an der Kasse an wie alle anderen, und niemand weiß etwas von mir, wir stehen zusammen in der Schlange und schauen uns gegenseitig in die Einkaufswagen. Aha, eine Flasche Campari, interessant, kommen Gäste? Oder diese tiefgefrorenen Eclairs, sehr lecker, für einen einsamen Fernsehabend, den hundertsten? Aber was macht die Dose Energydrink da drin? Noch eine lange Autofahrt? Joghurts, Pudding, Milch, Kakao. Zucker, überall Zucker. Und die Bratwürste, das Tiefkühl-Gyros. Natürlich Zigaretten dazu, gleich zwei Packungen, was soll's. Ein Schokoriegel, heute ist es doch egal. Dann legen wir alles aufs Band. Wir verurteilen uns nicht. Wir sind eine eingeschworene Samstagnachmittag-Supermarkt-Gemeinschaft.

Ich komme zurück, und noch immer ist es hell, Lou ist nicht da, und der Tag will nicht vergehen. Ich schalte den Fernseher wieder ein, es läuft ein Tennis-Match, ich schalte um auf eine Reisedokumentation. Tibet, Jurten, Yaks, Menschen. Familien. Sie reiten über Ebenen und sitzen anschließend um einen Ofen herum.

Ob Lou recht hat? Es immer wieder versuchen? Noch einmal einen Brief schreiben?

Das ist Stalking, höre ich Zett sagen. Sie lacht spöttisch.

Aber vielleicht wartet sie ja so wie ich. Sie hat die Sachen zurückgeschickt, die Briefhefte, die CD. Sie hätte sie genauso gut wegwerfen und ignorieren können. Stattdessen hat sie alles verpackt und ist damit zur Post marschiert. Ist das nicht eher ein Anfang als ein Ende? Ein Zeichen? Sie könnte denken: *Zwei lächerliche Päckchen, das soll schon alles sein, Paula?*

Bekommen Verräter denn jemals eine zweite Chance? Toni Soprano sitzt neben mir auf dem Sofa und schaut mich traurig an. Eigentlich ist er ein guter Kerl, der Verräter. Er hat Familie. Reizende Kinder. War er nicht in großer Bedrängnis? Hatte er überhaupt eine andere Wahl? Nur eine Ausnahme, ein einziges Mal?

Toni schließt die Augen, gequält irgendwie, und schüttelt den Kopf.

Hallo, Zett.

Danke für die Briefhefte und die CD. Wäre nicht nötig gewesen. Zwinker, zwinker.

Ich kann Dich leider noch nicht in Ruhe lassen, ja Du kannst ruhig stöhnen, aber ich schulde Dir noch was. Eine Antwort. Deine Frage, weißt du noch? Damals, als unsere drei Wochen Griechenland um waren, auf dem Weg nach Hause, als das Flugzeug schon auf der Rollbahn stand, als die Anschnallzeichen leuchteten und das Handgepäck verstaut war, genau dort, wo es hingehört, da hast du dir wahnsinnig interessiert die Karte mit den Sicherheitshinweisen angeschaut und hast mich so ganz nebenbei gefragt: »Warum hast du ihn angerufen?«

Vielleicht hab ich in dem Moment die Augen verdreht, aber wahrscheinlich hätte ich mich so was nicht getraut. Du magst es nicht, obwohl Du es selbst sehr oft machst, genervt die Augen verdrehen, Du reagierst immer sauer darauf, wenn andere das machen. Jedenfalls habe ich Dir keine Antwort gegeben. Ich wusste keine. Ich wusste nicht, warum ich Maik angerufen hatte. Warum unsere Reise gescheitert war (in Deinen Augen) und ich zu ihm zurückgehen und es noch einmal probieren würde. Ich konnte ja schlecht sagen: aus Liebe. Du hättest mich gekillt. Du hättest mir in diesem Flugzeug den Kopf abgerissen. Du hättest gesagt: Das ist keine Liebe, Paula, das ist Schwachsinn.

Damals dachte ich tatsächlich, es wäre Liebe, und meine Liebe wäre einfach zu groß. Unsere Liebe, meine und Maiks. Ich wollte sie beschützen. Vor Dir. Vor Deinen Reißzähnen.

Uns beiden war doch schon nach meinem Anruf klar, dass ich verloren war. Schon als ich zu dem Kabäuschen schlich, heimlich, schon da war ich verloren. Schon als ich den Entschluss dazu fasste, die Drachmen dafür einsteckte, über den Einkauf mit dir sprach, da war ich schon verloren. Als ich am Tag zuvor eine Deutsche in dem Kabäuschen mit dem Telefon gesehen hatte und ich erkannte, dass es möglich war, nach Deutschland zu telefonieren, schon da war ich verloren.

Aber mal ehrlich, Zett, auch wenn ich nicht angerufen hätte, daheim wäre es sowieso passiert. Maik ist keiner, der so schnell aufgibt. Er hätte nie lockergelassen. Er wollte mich auf diese besondere Weise, ich kann Dir das nicht erklären, man denkt, niemand, wirklich niemand wird mich jemals wieder so wollen und so lieben wie dieser Mann. Er war nicht zu erschüttern, auch über sich selbst war er nicht so erschüttert, dass er von unserer unglücklichen Beziehung Abstand genommen hätte. Er wollte mich behalten und bekam mich zurück. Das musste doch Liebe sein, oder nicht?

Jetzt weiß ich mehr, Zett, und nach all den Jahren möchte ich versuchen, Dir eine Antwort zu geben und mir selbst auch, denn die Frage verfolgt mich seit dieser Zeit. Manchmal ließ sie sich verscheuchen, nur noch ein Summen, ein Flattern irgendwo weit weg, dann war sie plötzlich wieder da, deutlich und klar, so klar wie der Himmel über dem Athener Flughafen, begleitet vom Dröhnen eines startenden Flugzeugs.

Warum hast du ihn angerufen?

Ich muss weiter ausholen. Es hätte viele Gelegenheiten gegeben, Maik zu verlassen, lange vor der Hochzeit, lange vor Lou, so viele Momente, in denen ich hätte gehen müssen. MÜSSEN.

Doch ich konnte nicht. Das ist die Wahrheit, ich habe es einfach nicht geschafft. Aber fangen wir von vorn an. Halten wir die Reihenfolge ein.

Zuerst das Mitleid. Immer das Mitleid. Er war so schwach. Er war so allein ohne mich. Es war mir unmöglich, ihn im Stich, ihn sich selbst zu überlassen. DER SCHAFFT ES NICHT OHNE MICH. DER GEHT ZUGRUNDE. DER STÜRZT AB.

Nun ja, er ging nicht zugrunde, er stürzte nicht ab, aber egal. ICH hätte Mitleid gebraucht, ICH, aber auch egal.

Diese Vorstellung, ich würde Maik Unerträgliches antun, wenn ich ihn verlasse, und er würde sich nie mehr davon erholen. Er würde vielleicht sogar daran zugrunde gehen. Seltsam, oder?

Ich glaube, dadurch habe ich mir Bedeutung verliehen. DAS war der Grund, auf der Welt zu sein, auf der Welt sein zu dürfen. Er braucht mich, also bin ich jemand. So wie ich immer dachte, du brauchst mich, also bin ich jemand. Tja. Ich muss damit aufhören.

Du hast immer gesagt, ich hätte bloß Angst vor dem Alleinsein. Streiche das »bloß«, dann hast du recht. Ich fürchte das Alleinsein mehr als alles andere. Du kennst das nicht. Es ist ein Gefühl im Bauch, im Kopf, ein Nichts und ein Sog hinein, in dieses Nichts, eine Beklemmung, als würdest du an einem Abgrund stehen, du willst dich irgendwo festhalten, aber da ist nichts. Der Boden schwankt unter dir.

Du willst, dass es aufhört, mehr nicht, es soll einfach aufhören, und irgendwann hörte es auf mit Maik. Er war da, er war bei mir, er war meine Garantie: kein Alleinsein mehr.

Also konnte ich nicht gehen, verstehst Du, Zett? Ich traute es mir nicht zu, und zwar zu Recht. Als könnte ich nicht schwimmen oder Fahrrad fahren, während es für alle anderen ganz selbstverständlich ist. Warum, wirst Du fragen, warum habe ich es nicht einfach gelernt, wenn es doch jeder lernt, so schwer kann das doch nicht sein?

Ich habe ein ganz klares Bild vor mir, es ist Sommer, heiß und strahlend. Und die Mädchen radeln an mir vorbei, meine Klassenkameradinnen. Sie lachen, sie haben Schwimmsachen auf den Gepäckträgern, sie deuten beim Vorbeifahren auf mich und lachen noch lauter, sie finden mich komisch, wie die da steht, glotzt blöd herum. Sie radeln davon, in Richtung Schwimmbad, schon sind sie hinter der nächsten Kurve verschwunden. Ich höre sie noch. Ihre Freude, ihre pure Freude. Ich bleibe zurück, ich stehe herum und glotze blöd. Sie legen unterdessen ihre Decken und Handtücher aneinander. Sie cremen sich ein. Sie albern herum. Eine Ausgelassenheit. Sie rennen zum Becken, sitzen am Rand, die Füße im Wasser. Sie lassen sich hineingleiten, spritzen sich voll, sie kreischen. Dieses Kreischen, wenn sie sich selbst vergessen und glücklich sind. Es verhöhnt mich, dieses Kreischen. Je lauter sie schreien, desto mehr brennt es in mir. Ich gehöre nicht dazu. Ich bin niemand. Ich habe es nicht verdient, dabei zu sein. Ich habe verdient, allein in der Straße zu stehen, es ist still, es ist Sommer, es ist heiß, und ich weiß nicht, wohin. Also gehe ich nach Hause. »Schon wieder da?«, fragt meine Mutter. »Was hockst du den ganzen Tag in der Bude? Bei dem Wetter?«

Wo soll ich denn hin? Bei dem verdammten Wetter! Wäre es doch Herbst, würde es doch regnen.

Die Angst war zu groß, damals in Griechenland. Diese Jugend zu nah. Dieses Gefühl, dass alle es sehen: Sie ist allein. Man findet es komisch. Man findet es blöd. Damit will man nichts zu tun haben. Also lieber nicht mit der sprechen, lieber nicht neben der sitzen, sie lieber nicht in die Mannschaft wählen, die Paula. Denn so was färbt ab, so was ist ansteckend. Es muss ja einen Grund geben. Das muss ja an was liegen.

All diese Jahre, zu Hause in meinem Zimmer, lesend, und draußen gab es ein Leben, ein Schwimmbad, es gab den Treffpunkt am Bushäuschen, es gab dort Jungs, es gab Händchen, die einander hielten, es gab ein ewiges Fest da draußen, doch ich war drinnen, in meinem Zimmer, ich war nicht dabei, ich war nicht eingeladen, ich war allein.

Und Maik? Was soll ich sagen, alles wurde anders mit ihm. Jetzt gehörte ich wo dazu. Jetzt war ich jemand. Alle konnten es sehen: Paula steht nicht mehr blöd herum und glotzt. Sie ist angekommen. Sie hat eine feste Beziehung, wie hat sie das denn gemacht, sie hat einen Mann, und was für ein Typ, wie hat sie den denn abgekriegt? Der ist ja bildhübsch! Der ist einer, der zu ihr hält. Alle Achtung, Paula. Aus dir ist ja richtig was geworden.

Ich hatte jetzt nicht nur einen Platz in der Mannschaft, sondern einen Stammplatz, und den machte mir niemand mehr streitig. Unterschrieben, verbrieft vom Standesamt, sieben Siegel, ein unkündbarer Vertrag. Maik würde mich nie verlassen und meine Tochter auch nicht. Sie würden nicht aufs Fahrrad steigen und ins Schwimmbad fahren und mich auf der Straße stehen lassen. Das würde nicht passieren, nie. Wenn ich nur weitermachte. Wenn ich nur durchhielt und daran glaubte.

Ich war verloren, verstehst du es jetzt, wie verloren ich war? Dabei sind wir noch längst nicht fertig.

Denn nach dem Mitleid und nach der Angst vorm Alleinsein kommt noch etwas, und das ist schlimmer. Dagegen kommst du nicht an. Das ist größer. Du schaust dir dein Leben an, und es baut sich auf. Es wird riesig. Es ist die Scham. Irgendwann ist sie da, und das ist der Moment, in dem du wirklich verloren bist. Die Scham zersetzt dich von innen. Denn du entkommst dir ja nicht, du siehst dich, wie du bist, wie unglaublich lasch, du siehst dieses Unvermögen, du siehst die Angst, das Zögern, du hörst dich drum herumreden, hörst dich ausweichen, du hast dein Lächeln im Gesicht, es klebt da regelrecht, aber innen drin weißt du Bescheid, du kennst dich, du erkennst dich. Du erkennst diese Abhängigkeit. Du weißt, wie du sie brauchst, die Krumen, die vom Tisch herunterfallen, und du gehst auf die Knie und stürzt dich darauf und sammelst sie auf und verschlingst sie gierig, noch den allerkleinsten leckst du von deinem Finger, so hungrig bist du, und du erträgst es kaum, wie du bist, zu was du geworden bist.

Nun ja, am Ende erträgst du es ja doch. Aber die Scham verändert dich. Du wirst kleiner, immer kleiner, du schrumpelst ein. Du siehst dir zu bei dieser Verkümmerung, bei dieser Verwahrlosung, und tust nichts, einfach nichts. Du verstummst. Du wirst still. Wenn es niemand weiß, ist es unsichtbar, ist es nur deine eigene kleine Angelegenheit und eigentlich nicht wahr. Also lässt du es niemanden wissen.

Ich konnte mich Dir nicht mehr anvertrauen, Zett, ich habe mich zu sehr geschämt. Vor Dir, vor mir, vor der ganzen Welt, vor den Feministinnen, mit denen wir mitmarschiert sind. Ich behauptete immer, eine zu sein, ja ich war wie Du Feministin. Weißt du noch, der Frauenstreik vierundneunzig? Als Maik es war, der die Betreuung übernommen und den Aufstand im Kinderladen »gerettet« hat? Wie ihn alle dafür liebten und bewunderten? Am Abend vorher war es wieder passiert, doch ich konnte nichts sagen. Ich durfte mich nicht beklagen. Es nicht mehr satthaben, was auch immer. Denn ich hatte MAIK.

Dabei war ich pappsatt. Ich war ständig wütend. Du hast das immer vermisst, Zett, dass ich endlich mal ausflippe, aber so eine Wut war das nicht. Es war mehr ein Groll, ein Tier in meinem Inneren, ein böser Wurm, er kroch herum, immer, Tag und Nacht wälzte er sich unruhig durch meine Eingeweide und raubte mir den Schlaf. Ich bekam schlechte Laune davon, die aber nirgendwohin führte. Sie war einfach da, immer, man sah es mir an, und man dachte: Diese unzufriedene Person, was hat sie denn, SIE HAT DOCH MAIK.

Die Scham, Zett, die frisst einen auf. Die bringt zum Schweigen. Ich habe nicht mehr mit Dir darüber gesprochen. DARÜBER. Merkst du es, noch immer habe ich kein Wort dafür. Es darf keine Wörter dafür geben. Du hast nie etwas von Maik gehalten. Für Dich war die Sache immer klar. Trenn dich endlich von ihm. Aber ich konnte nicht, und ich wollte ihn Dir nicht zum Fraß vorwerfen. Es hätte sich angefühlt wie ein Verrat. Alles war ja immer ganz groß aufgehängt. Loyalität. Bedingungslose Loyalität. Zu ihm halten.

Dabei war er es, der nicht zu mir gehalten hat. Der nicht loyal zu mir war. ER war es, der sich hätte schämen sollen. Aber weißt Du, Zett, dass sie es einfach vergessen? Wir laufen damit herum, aber sie vergessen es. Es ist einfach nicht mehr wahr für sie. Sagst du es ihnen, erinnerst du sie daran, schauen sie dich mit großen Augen an und fragen dich, warum du dir solche schlimmen, wirklich schlimmen Sachen ausdenkst. Dann schütteln sie den Kopf. Sie halten dich abwechselnd für verrückt oder für sehr hinterhältig und durchtrieben. Sie halten dich für böse. Das kann gefährlich werden. Und die Wahrheit franst dabei aus an den Rändern, sie wird löchrig und trennt sich auf, du ziehst an einem Faden und schon ist noch weniger von ihr übrig, und am Ende gibt es sie nicht mehr, die Wahrheit. Es bleibt nur ein Nebel, Geräusche, Bilder, sie gehen nicht weg, und rätselhafte Träume voller Angst, immer die gleichen, er steht vor der Wohnungstür, er will herein, und alle sind so fröhlich, sie erkennen die Gefahr nicht, sie gehen schon zur Tür, um sie zu öffnen, du versuchst zu betteln, zu schreien, NICHT HEREINLASSEN, aber deine Stimme versagt, du bringst kaum einen Ton heraus, und wenn du es schließlich flüsterst, nicht hereinlassen bitte, dann glauben sie dir nicht, sie beachten dich gar nicht.

Die Wahrheit verschwindet. Und du bist sogar froh darüber. Die Wunde hört auf zu pulsieren. Sie ist noch da, sie ist immer da, aber der Schmerz ist nicht mehr frisch und stechend, er wird stumpf. Du kannst weitermachen. Du bist verloren, gleich dreifach, und du weißt es.

Dann kam Lou. Dein Patenkind.

Und ich konnte, ich durfte nicht denken: Wäre das doch bloß nicht passiert! Denn es ist nicht einfach passiert. Ich wollte es. Er wollte es. Und welche Rabenmutter, welche durch und durch kalte, bösartige Frau würde sie sich wieder wegwünschen, Lou, unsere Loula. Das ging nicht.

Ich hätte mir ihn wegwünschen können, aber so weit reichte es nicht bei mir. Der Nebel war zu dicht. Maik war Lous Vater, sie liebte ihn von der ersten Sekunde an. Und ich? Ich hatte jetzt eine Familie. Nicht nur einen Wisch vom Standesamt, nein, eine Familie. Es war ein Traum. Davon, dass alles gut werden würde. Dass es zu schaffen war.

Verstehst du jetzt, wie verloren ich war, Zett?

Maik ist Geschichte. Es war zu schaffen, und es ist gut

geworden, ohne ihn. Aber man vergisst es nicht. Es bleibt immer da. Und man ist oft so wütend und oft so traurig und oft so geschwächt davon. Aber das ist nicht das Schlimmste. Das Schlimmste ist, man weiß jetzt, wie man ist. Es ist eingebläut. Nämlich so eine. So eine, die das mit sich machen lässt. Wie blöd kann man eigentlich sein? Den auch noch zu heiraten. Mit dem auch noch ein Kind zu kriegen. Das arme Kind! Und dann bleibt sie, die dumme Pute, sie geht nicht, sie hätte gleich gehen müssen, beim ersten Anzeichen. Wäre sie mal schlauer gewesen.

Aber das war ich nicht. Schlauer.

Vielleicht bin ich es jetzt, ein bisschen schlauer. Vielleicht kann ich mir irgendwann verzeihen.

Vielleicht kannst Du mir irgendwann verzeihen.

Liebe Grüße, Du warst die beste Freundin, die ich je hatte,

Deine Paula.

KAPITEL 30

Zett

Meine liebe Paula,

ich war die einzige Freundin, die Du je hattest, lass also mal die Kirche im Dorf.

Das ist alles schön und gut, was du da so schreibst, du hast dir auch echt Mühe gegeben, das merkt man, alle Achtung. Du warst also verloren, soso. Na gut. Und jetzt? Soll das was Neues sein? Hast Du eigentlich mal darüber nachgedacht, dass andere Leute auch so ihre Probleme haben? Gesundheitliche zum Beispiel. Oder familiäre. Sagen wir mal Probleme aller Art.

Nein, darüber hast Du nicht nachgedacht. Weil Du dich leider Gottes immer nur um Dich selbst drehst, Paula, mein Schatz. Möglicherweise ist das ein Grund dafür, dass Du nie Freundinnen hattest, dass niemand Dich mochte, dass die anderen im Schwimmbad waren und Du nicht. Das könnte nämlich sein. Du scherst dich nicht um sie. Sie interessieren Dich nicht. Du interessierst Dich nur für Dich, Paula. Abgesehen davon, dass ICH mit Dir im Schwimmbad war, ich, Zett-wie-Zorro, ich konnte bloß an meinen Trainingstagen nicht, sonst war ich immer da, aber das zählt aus mir unbekannten Gründen nicht. Oder Du hast es vergessen. Q. e. d.: Andere existieren für Dich nicht (außer Du brauchst sie, und Du brauchst ja dauernd irgendwen).

Ich kann nicht schon wieder Deine Therapeutin, Deine Sozialarbeiterin, Deine Babysitterin oder ganz einfach Dein Mülleimer sein. Du musst jetzt allein klarkommen, das ist nicht so schlimm, wie Du denkst. Du bist schon groß, Du schaffst das. Dein Leben ist nicht so was Besonderes, weißt Du. Okay, Du bist verloren, meine Güte, das sind wir alle, Paula, mein Schatz, wir alle. Es bleibt immer da, soso, wem erzählst Du das? Etwa mir? Mir? Hast Du mir eigentlich zugehört in der Nacht, als Du Maik verlassen hast? Als wir im Garten saßen?

Tut mir leid, das mit dem Verzeihen habe ich verlernt. Meine Mutter war die Königin des Verzeihens, und wo hat es sie hingebracht? Ins Krankenhaus. Also bitte erzähl mir nichts, überhaupt nichts, Du bist keine Expertin und nicht mal besonders schlecht dran.

Du fragst in deinem ganzen Roman nicht mal pro forma, wie es mir geht. Das hast Du nie. Mir ist das egal, Paula, ich brauche bekanntermaßen niemanden, dem ich die Ohren vollheulen kann, aber Lou, dieses Mädchen, das Dir in Deiner Wohnung ab und zu über den Weg läuft, Deine Tochter, die solltest Du mal fragen bei Gelegenheit. Im Ernst. Du solltest mal ganz kurz aufhören, über Dein ach so tragisches Leben nachzugrübeln, und mit ihr sprechen.

Und wenn du mich weiter stalkst, ergreife ich Maßnahmen.

Alles Gute,

Zett

KAPITEL 31

Paula

Wir fahren gemeinsam zum Drogeriemarkt. Eine der wenigen Unternehmungen, die mir mit meiner Tochter geblieben sind. Ein Ausflug ins Gewerbegebiet, manchmal ist sogar noch ein Essen an der Dönerbude drin, aber selten. Ich bin Lou peinlich, sie zeigt sich nicht gerne mit mir in der Öffentlichkeit.

Autofahren ist eine gute Gelegenheit, miteinander zu reden, besser gesagt die einzige, weil Lou keine Kopfhörer trägt, sich nicht hinter ihrer Zimmertür verschanzt und mich nicht anschreit. Auch das wäre ihr peinlich. Sie hat ein größeres Hühnchen mit mir zu rupfen, weil ich ihre Hose nicht gewaschen habe. Wann ihre Sachen zu waschen sind, ist eine diffizile Angelegenheit. Sie müssen zu einem bestimmten Zeitpunkt, den sie leider vor mir geheim hält, sauber *und* trocken sein.

»Wasch deine Sachen doch selbst«, sage ich ihr mit Blick auf die Straße.

»Das ist unlogisch.«

»Warum? Dann kannst du alles richtig machen, so wie du es willst.«

»Denk nach, Mama.« Sie schaut aus dem Fenster. Sie scheint viel Zeit mit Zett zu verbringen. Zu viel vielleicht.

»Worüber?« Ich will sie ein bisschen ärgern. Nicht zu schnell nachgeben. Ich bin nicht so beschränkt, wie sie denkt.

»Über die Umwelt.«

Sie schaut wieder demonstrativ von mir weg und aus dem Fenster. Ende der Unterhaltung. Zett hat keine Ahnung. Sie weiß nicht, wie unmöglich es ist, mit Lou über die harmlosesten Dinge ins Gespräch zu kommen. Zett-wie-Zorro, die verrückte Tante, die jedes Kind haben sollte, eine Art Superwoman. Und ich dagegen? Die Mutter, das dumme Muttertierchen, keine Superkräfte, nichts, da lohnt sich ein Gespräch nicht.

Ich denke oft an Zetts Brief. Der Schlusspunkt unserer Freundschaft. Das absolute Ende, nur ein paar Sätze, aber die waren wie immer sehr treffsicher. Das kann sie, Zett, zustechen, punktgenau, da, wo es besonders wehtut, wo man sich nie wieder ganz davon erholt. Dafür braucht sie nicht mal ihr blödes Balisong. Wenigstens habe ich es jetzt kapiert. Meine einzige und beste Freundin will nichts mehr mit mir zu tun haben. Und Lou, meine Tochter, vermeidet es, mir in der Wohnung zu begegnen oder außerhalb der Wohnung mit mir gesehen zu werden. Schön. Noch mehr Zeit, über mein tragisches Leben nachzudenken, danke, Zett, danke, Lou, vielen Dank euch beiden.

Lou dreht jetzt am Radio herum, sie sucht nach einem anderen Sender. Auf ihrem Schoß liegt eine Tasche aus grünem Plüsch. Ich habe sie ihr zum Geburtstag geschenkt, und sie benutzt sie tatsächlich.

»Lou?«

Sie dreht weiter an dem Drehknopf vom Autoradio herum. Keine Antwort.

»Wie geht's dir denn so? Läuft alles?«

»Joah.«

Sie hat ihren Sender gefunden. Ein Hip-Hop-Song läuft, sie macht lauter.

»Ich kriege so wenig von dir mit«, schreie ich, um die Musik zu übertönen.

»Warte mal!« Sie lauscht dem Song und wippt mit dem Kopf. Ich warte, bis das Lied vorbei ist, dann drehe ich etwas leiser.

»Ich krieg so wenig von dir mit, hab ich gesagt.«

»Du kriegst mehr mit, als gut für mich ist.« Sie schaut immer noch von mir weg aus dem Fenster, hebt jetzt ihre Schultern und streckt fragend die Hände aus. Als bräuchte sie den Beistand der Stadt da draußen gegen ihre minderbemittelte Mutter.

Wir stehen an einer Ampel. Ich weiß nicht, wie ich es anpacken soll. Als ich wieder losfahre, sage ich: »Geht's dir denn gut?«

»Was wird das hier, Mama?«

»Ich will wissen, was mit dir los ist.«

»Was soll mit mir los sein?«

»Ich weiß nicht. Ist irgendwas los?«

»Nö.«

Ich biege auf den Parkplatz ein.

»Wir könnten noch einen Döner essen, wenn wir fertig sind«, schlage ich ihr vor.

Sie sieht mich skeptisch von der Seite an. »Lieber nicht.«

Wir schlendern durch den Drogeriemarkt. Shampoo, Bodylotion, Feinwaschmittel. Lou braucht eine neue Haarbürste, und die eine, die sie unbedingt haben will, ist sauteuer.

»Ist okay«, sage ich, und sie legt sie in unseren Korb. Seit ich Vollzeit arbeite und höher eingruppiert wurde, brauche ich nicht mehr auf jeden Euro zu achten.

Wir lassen uns Zeit. Lou zeigt mir eine Wimperntusche, ich schaue auf den Preis und nicke. Ich suche noch einen Lippenstift für mich. Lou kommt mit einem rosa Kinderhaarreif an und steckt ihn sich ins Haar. Es sind kleine Glitzerohren dran.

»Süß, gell?« Sie lacht.

»Wenn er zerbricht, Lou! Das darf man nicht!«

Sie schaut sich in einem kleinen Spiegel an und lacht einfach weiter. »Darf ich den haben? Bitte!«

Ich sehe mich nach der Verkäuferin um. Es ist keine zu sehen.

Lou nimmt sich noch ein rosa Täschchen mit Glitzer und schwenkt es an der Hand. Ich muss jetzt auch lachen. Wir lachen tatsächlich miteinander. Es ist schön, und gleichzeitig bekomme ich Angst. Gleich wird der Augenblick wieder vorbei sein. Diese Lou mit dem Haarreif und mit diesem schönen Lachen, die verschwindet ganz schnell, wenn ich nicht aufpasse, wenn ich ein falsches Wort sage, und dann kommt der kleine Teufel mit seinen kleinen Hörnern wieder zum Vorschein, der mich so furchtbar findet, so lächerlich, und er ist nicht zu bändigen. Ich komme nicht gegen ihn an.

Ich nehme Lou den Haarreif vom Kopf und lege ihn in den Einkaufskorb. Sie packt noch ihren speziellen Tee dazu. Sie trinkt nichts anderes mehr, weil er angeblich irgendwelche Antioxidantien enthält.

Wir laufen über den Parkplatz und steigen ins Auto ein. Die Stimmung hält noch an. Lou hat den Haarreif aus der Tüte geholt und hält ihn in der Hand. Sie nestelt an den Glitzerohren herum. Ich fahre einfach los. Keine Fragen mehr. Sie würden nur den Moment verderben.

Zett hat keine Ahnung, wie es ist.

»Willst du was anderes hören?«, fragt Lou.

Das kommt mir komisch vor. Ich schaue zu ihr rüber. »Ist irgendwas?«, frage ich nun doch. Ich kann es einfach nicht lassen.

Sie zieht die Mundwinkel nach unten und zuckt mit den Schultern. »Nö.« Sie stellt einen anderen Sender ein.

Das kommt mir noch komischer vor. Ich schalte, bremse, beschleunige wieder. Es läuft der *Ketchup-Song*, und ich wippe ein bisschen im Takt mit. Lou zupft an dem Haarreif herum.

»Mama?«

»Ja?«

»Ich muss dir was sagen. Aber flipp nicht gleich aus.«

Wir stehen an einer Ampel. Ich starre auf das rote Licht. Mein Herz ist gerade in die Hosentasche gerutscht. Mir fallen sofort tausend Dinge ein, die Lou mir jetzt sagen wird. Sie hat geklaut. Sie fliegt von der Schule. Sie hat getrunken. Sie hat mit jemandem geschlafen. Würde sie mir das erzählen? Bestimmt nicht.

»Raus damit«, sage ich möglichst fröhlich, allerdings mit belegter Stimme. »Ich flipp nicht aus.«

»Doch, du wirst ausflippen.«

»Okay.«

Jetzt habe ich Angst. Sie nimmt Drogen. Sie hat Aids. Sie ist schwanger. Mit dreizehn! Und Zett wusste es bereits.

Wir fahren eine Weile. Gleich sind wir zu Hause. Dort wird sie in ihrem Zimmer verschwinden. Die Zeit wird knapp.

»Lou?«

Sie hält den Haarreif fest. Ihre Hände kommen mir klein vor. Der Glitzer von den Ohren hat sich über ihre Jeans verstreut. Der Haarreif sieht schon ziemlich ramponiert aus.

»Ich werde mich niemals in einen Jungen verlieben«, sagt sie plötzlich.

Ich muss lachen. »Das kommt schon noch, Loula. Du hast noch viel Zeit.«

Dann sehe ich wieder zu ihr rüber. Sie ist bleich. Sie starrt geradeaus.

»Schau auf die Straße«, sagt sie.

Wir nehmen die letzte Abbiegung. Ich höre ein Geräusch, ein leichtes Schlagen, rechts vorn, es kommt wohl von der Radaufhängung. Mein Auto ist schon elf Jahre alt und hat über hundertachtzigtausend Kilometer auf dem Tacho.

»Ich verliebe mich in Mädchen«, sagt Lou.

Ich muss schon wieder lachen. »Du bist dreizehn«, sage ich. »Da ist man noch auf der Suche, weißt du?«

Lou starrt mich jetzt von der Seite an, und ich erschrecke über ihren Blick, ihre riesigen Augen, ihr Gesicht, sie ist kurz davor, in Tränen auszubrechen. »Schon klar«, sagt sie und lässt den Kopf hängen. Als hätte sie gerade aufgegeben, als wäre ab jetzt alles noch sinnloser mit mir.

Ich muss etwas Schlimmes gesagt haben. Vielleicht hat Zett recht, und ich drehe mich immer nur um mich selbst. Ich bin keine gute Mutter. Keine gute Freundin. Niemand hält es mit mir aus, nicht mal meine eigene Tochter. Ich fahre rechts ran, halte abrupt an, ziehe die Handbremse und schalte den Motor aus. Dann beuge ich mich zu Lou herüber und nehme sie in den Arm, was sie normalerweise weder mag noch zulassen würde. Nicht mehr. Doch jetzt wehrt sie sich nicht. Sie fühlt sich weich und nachgiebig an.

»Es macht nichts«, sage ich. »Es ist in Ordnung.«

Sie fängt zu weinen an. Es bricht richtig aus ihr heraus. Sie schluchzt, ihr junger Körper zuckt. Meine Schulter wird nass.

»Mädchen sind doch wunderbar«, sage ich.

Sie weint noch heftiger.

»Aber sie stehen alle auf Jungs«, sagt sie in meine Schulter. Ihre Stimme ist ganz hoch.

»Puh, ja, stimmt schon, die meisten wahrscheinlich.« Ich streichle ihren Rücken, und sie hat nichts dagegen. Sie entspannt sich. »Aber nicht alle! Du musst sie nur … Hmm … irgendwie aufspüren. Es dauert ein bisschen, weil sie sich verstecken. Aber sie sind überall.«

Da hebt sie ihren Kopf. Ihr Gesicht ist nicht mehr bleich, es ist rot und nass. Sie lächelt. Meine Tochter lächelt mich an.

»Meinst du?«

»Na klar. Was hast du denn gedacht?«

Sie legt ihre Arme um mich und drückt mich. Hält mich fest. Dann schnauft sie tief ein und rückt von mir weg.

»Hast du zufällig an meine OBs gedacht?«, fragt sie. »Es geht schon wieder los bei mir.«

Ich nehme die Tüte aus ihrem Fußraum, ziehe die Tamponschachtel heraus, halte sie ihr unter die Nase. Größe Mini. »Gott sei Dank!«, ruft Lou ein bisschen zu laut. Dann lasse ich das Auto wieder an. Ich brauche immer sehr große Parklücken und fahre deshalb dreimal um den Block. Das Geräusch vorn rechts ist lauter geworden.

2003

KAPITEL 32

Zett

Man muss nicht so einen Aufriss darum machen. Wenn es nicht so unglaublich heiß gewesen wäre, wäre auch nichts passiert. Diese Temperaturen zerren an den Nerven, das weiß jeder. Oder wenn ich einfach daheimgeblieben wäre, anstatt zu dieser After-Work-Party zu gehen und mir auf einer Dachterrasse die Kante zu geben (Merke, Zett: Nicht mit Kollegen auf eine »Party« gehen, alle wollen dich auf dem Tisch tanzen sehen, bleiben selbst aber sitzen und trinken alkoholfreies Bier. Was soll der Scheiß???). Oder wenn Paula mich nicht im Stich gelassen hätte, sondern noch da wäre, um auf mich aufzupassen, dann wäre alles anders gekommen. Dann würde ich hier nicht festsitzen, eingesperrt und unter Beobachtung. Ich wollte mich selbst entlassen, auf eigene Verantwortung, aber sie meinten, der Beschluss gelte für eine Woche. Also noch vier Tage! Vielleicht sogar länger. Ich muss ein bisschen mitspielen, ein bisschen brav sein. Wegen der Strafsache. Ich tue einfach so, als würden sie nicht meine Menschenwürde verletzen und als würde ich nicht in einem Jogginganzug herumlaufen müssen, den sie noch in ihrer Klamottenkiste hatten – eine Kiste speziell für solche Fälle: Jemand trägt keine Kleidung oder hat sie vollgekotzt. Meine Sachen hängen über dem Stuhl, ich habe sie im Waschbecken mit Seife gewaschen, aber sie sind nicht richtig sauber geworden und riechen immer noch säuerlich. Sie sind ein getreues Abbild meiner Befindlichkeit: zerknittert und ruiniert auf einem sauunbequemen Stuhl abhängen. Man soll es sich hier nicht so gemütlich machen, man soll hier die Medis nehmen und sich Gedanken über sein Leben machen und gefälligst gesund werden und ansonsten die Schnauze halten.

Der Stationsarzt heißt Neumann und spitzt immer seinen Mund beim Nachdenken, als wollte er gleich jemanden küssen. Süß irgendwie. Er arbeitet jeden Tag vierundzwanzig Stunden, so kommt es mir vor, auch am Wochenende. Wenn er wirklich mal nicht da ist, machen sich alle sofort Sorgen, ich auch. Was, der Neumann ist nicht da, ist er krank oder was? Hat er alles hingeschmissen? Wundern würde es mich nicht. Wir können uns alle nicht vorstellen, dass er überhaupt eine Wohnung hat. Wozu? Er hat seine Liege im Arztzimmer, da wohnt er und das muss reichen, finden wir.

Wir. So weit sind wir schon. Heiliger Bimbam. Aber unter menschenunwürdigen Bedingungen tut man sich eben zusammen. Ich bin die einzige Privatpatientin und habe ein eigenes Zimmer, aber der Raucherraum ist für alle da, ob privat oder nicht. Wer raucht, verwirkt sozusagen seinen Status als Privatpatientin und muss sich unter das gemeine Volk mischen, um seinem Laster zu frönen. Der sogenannte Raucherraum ist eine Art Glaskasten mit Fenstern, die man nur kippen kann. Es soll sich keiner hinunterstürzen. Draußen herrschen Temperaturen weit über dreißig Grad, das ist nicht mehr normal, und der Glaskasten wird unter diesen Bedingungen nichts anderes als ein Backofen. Wir werden gegart, wir werden grau, und alles Wasser läuft in Form von Schweiß aus uns heraus. Wir halten aber tapfer durch, um unsere Sucht zu befriedigen und um uns außerdem ganz unten zu fühlen. Eine erzieherische Maßnahme. Alles hier ist irgendwie erzieherisch.

Meine Güte, ich bin siebenunddreißig Jahre alt. Aber: Schön brav sein, Zett. Mach Sitz! Kriegst auch ein Leckerli. Schau mal, da in dem Becher, schön runter damit, ja, fein machst du das, fein! Und jetzt ab ins Körbchen, husch, husch.

Dabei war alles nur eine Verkettung unglücklicher Umstände, eine Ansammlung von Dummgelaufen. Als ich das dem Doktor Neumann sage, denkt er besonders lange nach mit seinem gespitzten Mund. Er antwortet nichts darauf. Er sitzt nur da. Ich glaube, er schläft gleich ein und sinkt vom Stuhl. Aber nichts passiert. Wir sind in seinem Arztzimmer. Die Visite findet hier nicht am Bett der Patientin, sondern im Arztzimmer statt. Draußen vor dem Fenster steht eine riesige Kastanie, die für etwas Schatten und Kühlung sorgt. Ihre Blätter sind braun, sie bewegen sich leicht raschelnd im heißen Wind. An der Wand unter dem Fenster steht die Nachtdienstliege mit einer verwurschtelten Decke und mit einem Kissen, auf dem der Abdruck vom Kopf von Doktor Neumann noch zu sehen ist.

Er schaut in meine Akte. »Sie hatten zwei Komma fünf Promille«, sagt er.

»Ich war auf einer After-Work-Party, das hält man anders nicht aus.«

»Andere wären bei zwei Komma fünf praktisch komatös.«

»Ich nicht.«

Er wischt sich mit dem Ärmel von seinem Arztkittel den Schweiß von der Stirn. »Sie gehen ab morgen in die Suchtgruppe.«

»Muss ich?«

Er denkt nach. Dieser Mund, als wollte er mich küssen, und dieser Blick, wahnsinnig erschöpft, als hätte er drei Jahre lang nicht geschlafen. Der Doktor tut mir ein bisschen leid. Ich muss aufpassen.

»Ich denke, das wäre die richtige Maßnahme im Augenblick«, sagt er.

»Okay.«

Er hebt überrascht die Augenbrauen. Dann nickt er zufrieden. »Sie hatten keine Entzugserscheinungen.«

»Ist das gut oder schlecht?«

»Das ist gut. Aber es gibt auch eine psychische Abhängigkeit.«

»Nicht bei mir.«

»Sind Sie sich sicher?«

»Klar.«

Er blättert in meiner Akte und stellt weitere Fragen. Welchen Schulabschluss ich habe, und was ich beruflich mache. Wie hoch das Stresslevel sei (hoch). Ob ich schlafen könne (nein). Ob ich an Selbstmord denke (nein). Ob ich Medikamente nehme (nein). Ich schaue mir die vertrocknete Kastanie vor dem Fenster an und frage mich, wie lange das hier noch dauert und wann ich rauchen gehen darf.

»Cannabis, Kokain, Chrystal Meth, Heroin?«

»Nein. Nur ein paarmal MMDA. Das war schön. Man fühlt sich so verbunden.«

»Sie gehen in die Suchtgruppe, ja?«

»Ihnen zuliebe.«

»Das ist sehr nett von Ihnen«, sagt er, presst die Lippen zusammen und nickt langsam mit dem Kopf. Er meint das ironisch. Aber wenn man sehr erschöpft ist, funktioniert Ironie eigentlich nie. Ich mag ihn jetzt ein bisschen, muss also aufpassen wie ein Luchs. Ich, Zett, gehe niemandem auf den Leim.

»Haben Sie einen Partner?«

»Nein.«

»Warum nicht?«

»Meinen Sie das ernst? Warum nicht?«

Er seufzt. Er ist nicht zufrieden mit mir. Ich muss mich ein bisschen mehr öffnen. Das gehört hier zum Bravsein dazu. Man soll seinen Problemen ins Gesicht sehen und darüber erzählen. Also für mich sind das zwei völlig verschiedene Paar Schuhe, über seine Probleme Bescheid zu wissen oder sie an die große Glocke zu hängen, aber gut.

»Mit Verlaub, ein Mann ist nicht gerade von Vorteil im Leben. Im Gegenteil.«

Er hebt die Augenbrauen. Das interessiert ihn, und mir ist mit einem Schlag nicht mehr so langweilig. »Es tut mir sehr leid, Sie sind ja auch ein Mann, aber einen Großteil Ihrer Spezies können Sie glatt vergessen. Taugt nichts. Wirklich, es ist bedenklich. Männer sind nicht krisenfest, sie halten nichts aus, das müssen Sie doch am besten wissen, ich meine, schauen Sie sich mal um.« Ich mache eine ausladende Bewegung mit den Händen. Und ich gerate so langsam in Fahrt. Der Schweiß läuft mir unter dem Jogginganzug nur so herunter. Ich trage Einmalunterwäsche. »Beim ersten Windhauch, zack, fallen sie um. Große, gestandene Männer, sie geraten ins Straucheln bei, sagen wir mal, Windstärke zwei oder drei. Ungefähr. Also praktisch kein Wind, nur ein Lüftchen, und schon werden sie eine Belastung für die Gesellschaft. Und für uns Frauen natürlich. Das können Sie sich vielleicht nicht vorstellen, aber Männer sind für uns eine starke Belastung.«

Der Doktor wippt mit dem Fuß. Die Visite ist eigentlich vorbei, doch er will mich nicht unterbrechen, jetzt, wo ich mich öffne.

Ich habe ihn am Haken, den Neumann, und lasse ihn zappeln.

»Sehen Sie der Wahrheit ins Auge, Herr Doktor Neumann, Männer, die sich nützlich machen, so wie Sie, sind rar gesät.

Eine Frau ist eher ein Spielzeug für sie, das ihnen gehört. Sie machen damit, was sie wollen. Das ist normal.«

»Ist es das?«

»Ja klar. Das Normalste von der Welt.«

»Woher wissen Sie das?«

»Das weiß jede Frau.«

»Was ist mit Ihren Eltern?«

»Was soll mit denen sein?«

Kurz bin ich verdutzt. Habe ich mich noch nicht genug geöffnet? Ich habe praktisch mein Herz ausgeschüttet, und er fängt mit meinen Eltern an? Aber dann verstehe ich, was der Doktor Neumann von mir will. Eigentlich logisch. Es sind immer die Eltern. Mama und Papa. Sie müssen mich so verkorkst haben, klar. So einer ist das also, der Neumann.

Er atmet tief ein und aus. Wischt sich wieder den Schweiß aus dem Gesicht. Bin ich etwa anstrengend für ihn? Eine anstrengende Patientin? Ich muss ihm etwas bieten. Der Beschluss, die Strafsache und alles. Außerdem mag ich ihn. Ich will nicht, dass die Visite aufhört. Endlich rede ich mal mit einem vernünftigen Menschen, der nicht mein Kunde ist. Ich weiß gar nicht, wie lange es her ist, dass ich ein Gespräch außerhalb der Arbeit geführt habe. Ein richtiges Gespräch.

»Mein Vater hat meine Mutter geschlagen«, sage ich. »Denken Sie, das hat etwas damit zu tun?« Ich sehe ihn an und muss dabei grinsen.

Der Doktor beachtet das nicht. Er lehnt sich zurück. Wahrscheinlich hat er beschlossen, dass unser Gespräch jetzt wichtiger ist als alles andere. *Ich* bin wichtiger als alle anderen. Er ist jedenfalls beeindruckt.

»Ach daher.«

»*Ach daher*«, mache ich ihn nach. »Was meinen Sie damit?«

»Ihr Wunsch, jede Situation zu kontrollieren.«

»*Wie bitte?* Da sollten Sie mal meine Freundin Paula erleben. Sie ist der Kontrollfreak, nicht ich! Meine Ex-Freundin wohlgemerkt.«

»Lieben Sie Frauen?«

»Ja. Absolut. Aber nicht sexuell. Leider.«

»Ein Dilemma.«

Ich nicke.

»Haben Sie deshalb keinen Partner? Weil Sie denken, Ihnen blüht das Gleiche wie Ihrer Mutter?«

»Ha! Da sollte mal einer kommen!« Ich habe die Stimme ein wenig erhoben. Vielleicht habe ich sogar geschrien. Ich sollte nicht mehr über meine Eltern sprechen. Es tut mir nicht gut. Ich habe mich hinreißen lassen.

Es entsteht ein Schweigen. Der Doktor wippt wieder mit dem Fuß. Er hält die Lippen gespitzt. Worüber denkt er nach? Oder schläft er gleich ein? Ein Rettungswagen kommt unten in der Notaufnahme an, mit Sirene.

»Sind Sie wütend?«, fragt Doktor Neumann. Er schaut mich an und wartet auf eine Antwort. Ich weiß nicht, was ich sagen soll. Bin ich denn nicht immer wütend, die ganze Zeit, bin ich nicht die Wut persönlich und werde schon langsam wahnsinnig davon? Anders ist diese ganze Geschichte doch nicht zu erklären. »Vermutlich?«, antworte ich.

Neumann fixiert mich. Er will auf irgendetwas hinaus. Mich in eine Richtung drängen. Ich soll ihm auf den Leim gehen. Ja, ich bin angeschlagen, habe für einen kurzen Augenblick meine Deckung fallen lassen, aber nicht mit mir, Herr Doktor, da müssen Sie früher aufstehen.

Er lächelt ganz leicht. Warum? Dann sieht er auf seine Armbanduhr. »Sprechen wir beim nächsten Mal weiter«, sagt er.

Ich bleibe sitzen. Auch ich kann Menschen beeinflussen, ich bin schließlich Außendienstlerin und keine Anfängerin. Ich weiß, wann man einfach sitzen bleiben muss. Er kann mich doch jetzt nicht rausschmeißen. Jetzt, da ich mich geöffnet habe.

»Wenn ich Zeit habe«, sage ich schnippisch.

Er lacht ganz kurz. Mehr ein Keuchen. Tatsächlich, er kann lachen. Ich bin ein bisschen stolz, dass ich ihn so weit gebracht habe. »Pff …«, mache ich, stehe nun doch auf und lasse mir die Tür aufhalten.

»Heute Nachmittag. Fünfzehn Uhr«, sagt der Neumann mit der Klinke in der Hand.

»Schon wieder? Wir beide? Na, na, Herr Doktor!« Ich zwinkere ihm zu.

»Die Suchtgruppe.«

Ich stöhne, gehe schnell raus und winke, ohne mich noch einmal umzudrehen. Ich mache mich auf den Weg zum Raucherraum, diesen langen, grauenvollen, überhitzten Flur entlang. Mir ist danach, durchgegart zu werden.

KAPITEL 33

Zett

Am Abend, nach dem Essen, nach dem Fernsehen im Fernsehraum (ohne mich, ich habe mein eigenes Gerät …) und nach der letzten Zigarette im Backofen mit den Galgenvögeln der Station wird es ruhig in unserem Trakt. Im Flur wird das Licht gedimmt, im Schwesternzimmer sitzt nur noch die Nachtwache. Man darf sich bei Problemen an sie wenden.

Mein Problem ist die Notaufnahme im Gebäude gegenüber. Das grelle Licht scheint die ganze Nacht in mein Zimmer, es ist praktisch taghell, und die fadenscheinigen Vorhänge nützen nichts, sie hängen nur noch an sehr wenigen Häkchen und lassen sich nicht mehr zuziehen. Ich überlege, zur Nachtwache zu gehen und Terz zu machen. Muss man nicht schlafen, um gesund zu werden? Sind ein paar Vorhänge, die einfach ihre Funktion erfüllen, zu viel verlangt? Oder gar ein Rollladen? Dieses Einzelzimmer kostet Unsummen, da bin ich mir sicher. Doch ich lasse die arme Nachtschwester in Ruhe. Sie würde sowieso nicht hinübergehen und der Notaufnahme das Licht ausschalten. Und wie gesagt, ich bin angeschlagen. Ich bin noch nicht wieder ganz die Alte.

Ich liege also mit offenen Augen da und starre auf die Lichtfetzen an der Decke. Sie sind ständig in Bewegung, man kann ihnen die ganze Nacht zuschauen. Ich denke an das Gespräch mit dem Doktor (*Sind Sie wütend?*).

Ja. Auf alles, einfach auf alles.

Es ist zu warm unter der Decke, aber wenn ich sie wegstrample, dann gefriert der Schweiß auf meiner Haut wegen der Klimaanlage, die man nicht regulieren kann. Ich bleibe also unter der Decke, schwitze und denke an Paula, wie so oft, und werde sofort noch wütender, wahnsinnig wütend, aus dem Stand, wie immer, aber zum ersten Mal bin ich nicht mehr ganz so wahnsinnig wütend, ich bemerke das, es fehlt ein gewisses Feuer, und das passt mir nicht. Ich kämpfe. Ich kämpfe um meine Wut. Also denke ich an *Fred, den Guten.* An den Urlaub und daran, wie ich mich darauf gefreut hatte und dass er für immer verloren ist, nichts kann ihn wiederholen, wiederherstellen, nichts, es wird ihn nie geben und nie gegeben haben. Das hilft immer. Das hält die Wut am Köcheln. Aber diesmal hilft es nicht so gut. Ich denke und denke, an Paula und ihre bescheuerte Art, als sie es mir gesagt hat, dieses Triumphieren. Ich drehe mich auf die andere Seite. Die Klimaanlage bläst mir an den Kopf.

Ich kann es nicht aufhalten. Dieses Aufweichen, dieses Durchsickern. Das ist der schlimmste Moment, wenn die Wut Risse bekommt, wenn sie nicht mehr ganz dicht hält, sodass sich etwas durch die Membran drückt, etwas heraustropft, etwas anderes, das bitter schmeckt und im Hals brennt.

Ein Rettungswagen kommt unten mit Blaulicht und Sirene an. Die Lichter an der Decke leuchtend blau, das ganze Zimmer blau blinkend. Die Sirene ist dermaßen laut, dass ich schreien könnte. Den Sanis ist wirklich alles egal. Ihr seid doch schon in der Klinik, meine Güte, es gibt hier keinen Verkehr, schaltet doch die Scheißsirene aus!

Als hätten sie mich gehört, wird es plötzlich still. Irgendein Halbtoter wird jetzt à la *Emergency Room* in die Klinik gebracht. *Eine Ampulle Lidocain! Defibrillator! Wegtreten! Tschumm! Noch mal! Ich habe keinen Puls!* Und so weiter. Es ist komisch, aber ich wäre gerne er, der Halbtote. Dann müsste ich hier nicht allein liegen und denken: Vielleicht habe ich übertrieben. Mit Paula.

Das passiert mir ziemlich oft, dieses Übertreiben. (Warum wäre ich sonst hier? Q. e. d.)

Ich bin hellwach. Ich werde bis zum Morgen so daliegen. Ich warte auf den nächsten Rettungswagen. Die Sirene. Das würde die Wut wiederherstellen. Sie abdichten. Die Membran wieder verschließen.

Doch es bleibt alles ruhig. Geradezu unheimlich still. Niemand schreit (wie letzte Nacht, *Bitte, bitte, ich sterbe!*, man wusste nicht, was so dringend war). Niemand betätigt eine Klospülung. Niemand hustet.

Ich kenne mich, wenn es erst einmal losgeht, das Zweifeln, das Bröckeln, dann passiert es oft ganz schnell, und das ganze Konstrukt bekommt schlagartig Risse, einen nach dem anderen, eine Kettenreaktion. Mein schönes Paula-ist-ein-Mistvieh-Gebäude, es ist auf einmal einsturzgefährdet. Obwohl sie natürlich genau das ist: ein Mistvieh. Eine Verräterin, ein Scheißmensch.

Vielleicht habe ich trotzdem übertrieben mit dem letzten Brief? Ein bisschen zu weit ausgeholt? Dass ich ihr das mit Lou auch noch reingedrückt habe, meine Güte, muss ich es denn immer alles auf die Spitze treiben? Aber sonst hätte sie mich doch nicht in Ruhe gelassen! Sonst hätte ich doch dauernd irgendwelche Päckchen und Briefchen bekommen, immer weiter, unendlich viele! Das ging nicht, das musste doch aufhören! Es war zu viel für mich.

Paula musste das endlich einsehen, und wenn ein kleiner

Seitenhieb über Lou notwendig war, damit sie es kapiert, tja, dann waren Skrupel eben unangebracht. Es musste sein. Es gab keine Alternative. Alternativen sind sowieso überschätzt, wenn man mich fragt. Niemand kann aus seiner Haut oder über seinen Schatten springen, wie soll das bitte schön gehen?

KAPITEL 34

Paula

Ich sitze mit ein paar von den Fahrern in der völlig verrauchten Kaffeeküche. Wenn die Jungs Touren in der Gegend haben, machen sie gerne für die Mittagspause einen Abstecher in die Firma, um sich abzukühlen und die kostenlosen Getränke abzustauben, eine Neuerung wegen der Temperaturen. Sie kommen klitschnass geschwitzt an und stinken dann so langsam aus, während sie ihre Brotdosen auspacken, in riesige Brote beißen und mit vollem Mund herumpalavern. Über die Hitze und über die Kunden, die regelmäßig und in diesem Sommer ganz besonders allesamt den Arsch aufhaben. Siebenunddreißig Grad, das hatten wir noch nie über so viele Wochen. Man kann gar nicht so viel trinken, wie man müsste. Die Klimaanlagen in den Transportern schaffen die Kühlung nicht mehr, die Fahrer lassen sie laufen und machen gleichzeitig die Fenster auf, damit Wind hereinkommt. Es ist ein Wind wie aus einem Föhn. Dieser Sommer macht uns alle fertig.

In der Kaffeeküche ist es kühler als in meinem Büro. Und ich mag es, mit den Jungs zusammmenzusitzen. Sie wissen, dass ich mein Möglichstes tue. Dass ich nichts kann für die Hitze, die zeitlich knapp kalkulierten Touren und die Kunden. Sie wissen, dass ich hier im Büro nicht Däumchen drehe und ihnen den Rücken stärke.

Ich nehme mir die zerfledderte Zeitung, der Chef legt sie zur allgemeinen Verfügung in den Pausenraum, wenn er sie durchgelesen hat. Seit Tagen geht es nur noch um Hitzetote, Waldbrände und aufgeplatzten Asphalt. Ein Hund wurde im Auto zurückgelassen und ist gestorben. Wie dumm kann ein Hundebesitzer sein? Die Polizei konnte nichts mehr ausrichten. Es gibt mittlerweile eine Rubrik *Leute werden von der Hitze verrückt und ticken aus,* sie füllt jeden Tag eine halbe Seite. Ein Autofahrer ist an einer roten Ampel ausgestiegen, hat einen anderen Fahrer aus dem Auto gezerrt und ins Gesicht geschlagen. Man weiß nicht, warum. Die Hitze. Zwei Jugendliche probierten im Schwimmbad aneinander Waterboarding aus, sie wollten wissen, ob es funktioniert, ob sie wirklich Geheimnisse preisgeben würden. Wie es ausging, wird nicht berichtet, nur dass die Eltern benachrichtigt wurden. Und es gab einen Vorfall in der Nordstadt. Eine Frau, wohl betrunken, ging in der Nacht von Donnerstag auf Freitag ohne jeden Anlass auf einen Mann los, griff Polizisten an und musste mit Gewalt in Gewahrsam genommen werden. Es hätte sehr viel schlimmer enden können, weil die Frau ein Messer bei sich hatte und damit herumfuchtelte. Nur mit einer Schusswaffe konnte sie in Schach gehalten und schließlich überwältigt werden. Ein Warnschuss wurde abgegeben. Die Frau wurde aufgrund ihres Zustands in eine psychiatrische Klinik verbracht. Ein Foto zeigt ein Modell des Messers, das die Frau bei sich hatte, darunter steht ein Text.

Butterflymesser sind seit April in Deutschland wegen ihrer Gefährlichkeit verboten. Das Öffnen und Schließen des Messers, das sogenannte Flippen und Manipulieren, signalisiert die Gewaltbereitschaft des Angreifers und wirkt auf Opfer besonders einschüchternd.

Keine zwei Stunden später stehe ich auf dem Klinikgelände und vor dem Gebäude 34. Ich habe behauptet, die Schwester zu sein. Ich habe alle Krankenhäuser durchtelefoniert. Ich habe meinem Chef gesagt, dass ich einen Migräneanfall habe, und die Symptome vorgetäuscht, indem ich mir eine Gesichtshälfte zugehalten und gestöhnt habe. So viel auf einmal habe ich noch nie gelogen. Es hat sich gar nicht so furchtbar angefühlt, wie ich immer denke. Ich habe Maik angerufen. Ja, Maik. Er kennt von Berufs wegen alle möglichen Anwälte und Kanzleien. Komisch, er hat keine Sekunde gezögert, obwohl ich ihn nicht angelogen, sondern ihm gesagt habe, dass es um Zett geht. Und er hat ziemlich schnell herausgefunden, wer in der Gegend ein guter Strafverteidiger ist. Den habe ich dann auch angerufen.

Jetzt stehe ich hier vor dem Haus 34. Mein Herz klopft wie wild. Ich weiß nicht, was mich erwartet. Ob ich sie überhaupt zu Gesicht bekommen werde. Sie könnte in einer Zwangsjacke stecken oder an ein Bett gefesselt sein. Sie kann sich doch nicht zusammenreißen, sie macht denen bestimmt die Hölle heiß. Aber diesmal bist du an die Falschen geraten, Zett. Sie sind die Stärkeren.

Sie könnte mit Medikamenten zugedröhnt sein. Mit Elektroschocks behandelt. Gebrochen, kaputt. *Einer flog über das Kuckucksnest* lässt grüßen!

Sie könnte mich sehen und sagen: »Raus!«

Das wäre das Schlimmste.

Zwei Frauen in hellblauen Kitteln steigen oben im ersten Stock auf die Feuertreppe und rauchen. Gegenüber, in der Notaufnahme, kommt ein Krankenwagen an. Die Sanitäter machen in aller Ruhe ihren Job, heben die Trage heraus und schieben sie in Richtung Eingang. Eine alte Frau liegt darauf, sie ist bei Bewusstsein. Ihr Gesicht ist voller Angst, sie sieht aus, als wüsste sie nicht, was gerade passiert. Sie ist ganz allein. Fast muss ich heulen wegen der Frau. Ich stehe da wie angewurzelt und schaffe es nicht hochzugehen. Es ist Besuchszeit, ich muss nur an der Stationstür klingeln, meine Tasche vorzeigen, dann wird Zett benachrichtigt. Sie kann zustimmen oder ablehnen.

Ich fasse mir ein Herz. Betrete das Gebäude. Lese die Tafel, auf der die Stationen aufgelistet sind. Neurologie, Psychosomatik, Psychiatrie 1, Psychiatrie 2. Da muss ich hin. Schon seltsam. Dritter Stock. Es gibt zwei Aufzüge nebeneinander. Sie sind riesig. Im Spiegel sehe ich mich, eine Frau, ziemlich verschwitzt und mit entschlossenem Gesichtsausdruck. Doch innen drin, man sieht es ihr nicht an, da hat sie Angst. Was, wenn die Ärzte dagegen sind, dass Zett Besuch bekommt? Von mir, ihrer *Schwester*, von der sie noch nie gehört haben? Was, wenn Zett mich nicht sehen will? Wenn sie den Besuch ablehnt?

Dann komme ich morgen wieder. Und übermorgen. Es ist mir egal. Zett braucht mich, das ist offensichtlich, auch wenn ihr das nicht gefällt. Wenn sie sich sträubt. Wenn sie denkt, sie kriegt immer alles allein hin. Sie bekommt jetzt Hilfe, und zwar von mir, ob sie will oder nicht. Bin ich ihr das nicht schuldig? »Das ist keine Kleinigkeit«, hat der Anwalt gesagt. Ich musste vor dem Gespräch zustimmen, dass eine telefonische Beratung in Rechnung gestellt wird. Ich habe keine Ahnung, wie hoch sie sein wird und ob ich je etwas von Zett zurückbekomme, aber das ist mir egal.

Ich muss an einer verschlossenen Glastür klingeln. Kein Mensch ist zu sehen, alles scheint ruhig zu sein. Ein Pfleger kommt schließlich in Birkenstockschuhen angelatscht. Er öffnet die Tür und schaut mich fragend an. Um nicht zu sagen kritisch. Als wäre ich hier ganz sicher fehl am Platz. Er ist bestimmt über eins neunzig und ziemlich kräftig, also in etwa so, wie man sich einen Pfleger in der Psychiatrie 2 so vorstellt. Er kann zupacken, wenn es darauf ankommt.

»Ich möchte Frau Winter besuchen. Ich bin ihre Schwester.«

»Angemeldet?«

»Telefonisch.«

»Warten Sie.«

Er schließt die Tür wieder und latscht zurück auf seine Station. Ich warte lange. Fragt er Zett? Lehnt sie ab? Diskutiert er mit ihr? Oder hat er mich einfach vergessen? Ich muss wohl noch einmal klingeln. Sehr unangenehm. Aber ich lasse mich nicht abwimmeln. Ich versuche, vorsichtig zu klingeln, nur ganz kurz, aber es ist der gleiche schrille Ton wie vorher. Es passiert wieder eine Weile nichts. Ich sehe mich um. Es gibt keine Pforte oder so etwas. Was, wenn sie mich einfach hier stehen lassen? Schließlich kreuzt doch noch der Pfleger auf, mit einem Klemmbrett in der Hand.

»Sie müssen schon Geduld haben«, sagt er.

»Entschuldigung, ich wusste nicht …«

»Füllen Sie das aus.«

Es gibt keinen Stift. Ich krame einen aus meiner Tasche heraus. Der Pfleger deutet auf meine Tasche, ich soll sie ihm geben. Er ist nicht der Gesprächigste. Ob er wirklich ein Pfleger ist? Oder doch ein Irrer? Er trägt ein kleines Schild an der Brust, darauf steht Martin, mit dem Kliniklogo und einem Smiley. Das kann sich jeder ganz einfach selbst basteln. Ich gebe ihm zögerlich die Tasche, und er schaut nicht nur, er langt auch hinein mit seiner Pranke. Dann nickt er und gibt mir die Tasche zurück, ich reiche ihm dafür das Klemmbrett mit dem ausgefüllten Formular.

»Ausweis.«

Ich gebe ihm den Ausweis, und er inspiziert zuerst die

Rück-, dann die Vorderseite, schaut mich an, schaut das Foto an, nickt wieder.

»Ich bin keine Verbrecherin, wenn Sie das meinen, ich möchte nur meine Schwester besuchen.« Ich erschrecke etwas über mich. Über mein freches Mundwerk.

»Haben Sie eine Ahnung …«, sagt Martin müde.

Ich lächle ihn an. Er hat ja recht, er sollte wirklich niemandem trauen. Auch ich bin nichts weiter als eine Lügnerin.

Er lächelt nicht zurück, öffnet aber endlich diese Glastür und latscht vor mir her, ich folge ihm. Meine Schuhe quietschen auf dem Linoleumboden. Die Station liegt da wie ausgestorben.

»Warten Sie«, sagt Martin und zeigt auf einen Stuhl. Ich setze mich brav hin. Es ist ein orangefarbener Plastikstuhl, mit dem ich ganz leicht vor und zurück wippen kann. Gegenüber an der Wand hängt ein van Gogh. Die Sonnenblumen. Sehr einfallsreich. Martin lässt mich ohne ein Wort allein. Ich habe keine Ahnung, ob er Zett schon gefragt hat, ob sie Bescheid weiß. Ich warte, es gibt nichts zu tun. Keine Zeitschrift weit und breit, nichts. Ich bin nervös. Ich war noch nie in einer Psychiatrie. Ich hatte es mir jedenfalls anders vorgestellt, irgendwie verrückter. Nicht so still.

Doch mit der Ruhe ist es mit einem Schlag vorbei, als sich eine Tür öffnet und eine Menge Leute auf den Flur strömen. Sie reden durcheinander, sind laut, lachen, sie tragen Jogginganzüge. Sie ziehen an mir vorbei und nehmen mich dabei ins Visier. Manche bleiben sogar stehen, um sich ein genaueres Bild zu machen. Andere beobachten mich aus dem Augenwinkel von weiter weg. Ich bin eine kleine Sensation.

»Sie sind zu früh«, sagt ein Mann zu mir und klopft auf seine Armbanduhr. »Bis sechzehn Uhr ist Gruppe!«

»Tut mir leid.«

»Zu früh.«

»Ja.«

Er zieht weiter. Der Strom von Leuten verebbt langsam. Zett ist nicht zu sehen. Ich möchte am liebsten verschwinden, mich einfach in Luft auflösen. Ich störe hier. Zett wird mich nicht zu sich lassen. Ich habe mich da in was hineingesteigert. Sie kommt allein zurecht, ihr wird schon etwas einfallen. Sie hat mich die letzten Jahre nicht gebraucht, warum sollte das jetzt anders sein? Zett kommt immer wieder auf die Beine. Sie ist so viel stärker als ich.

Martin kommt angelatscht. Er gibt mir ein Zeichen, ich soll aufstehen und ihm wieder hinterherlaufen. Er bleibt an einer Tür stehen. An der Wand ein Schild mit der Zimmernummer. Zwei Punkt vier Punkt null. Mein Herz schlägt wie wild. Martin klopft energisch an die Tür und öffnet sie schwungvoll, ohne auf eine Antwort zu warten. Er gibt mir ein Zeichen einzutreten und verschwindet dann ohne ein Wort.

Da sitzt Zett.

»Wie siehst du denn aus?«, fragt sie.

»Wie denn?«

»Total fertig. Hast du die Nacht durchgemacht?«

»Du musst gerade was sagen.« Ich deute mit ausgestreckter Hand auf ihren schmuddeligen rosa Jogginganzug, der ihr viel zu groß ist. Ihre schönen Locken sind zerzaust.

»Ganz schön frech, Madame«, sagt sie.

Ich stehe da und weiß nicht weiter. Ich kann doch nicht gleich mit dem Anwalt anfangen. Wie kann ich ihr beikommen? Was kann ich machen, dass sie mir vertraut? Schließlich gehe ich zu ihr hin und umarme sie umständlich von oben. Ich rechne damit, dass sie mich wegschiebt, aber sie steht auf und lehnt sich an mich. Irgendwie erschöpft. Ihre Arme hängen herunter.

»Reicht schon wieder«, sagt sie dann und setzt sich wieder hin. »Kannst du mir Klamotten besorgen?«

»Klar, gib mir deinen Schlüssel.«

»Du musst welche kaufen«

»Warum? Bist du obdachlos oder so?«

»*Bist du obdachlos oder so?*«, äfft sie mich nach.

Ich antworte nicht darauf, sondern verziehe nur mein Gesicht. Ich hasse es nach wie vor, wenn sie mich nachäfft. Irgendwie ist alles wie immer. Als wären nicht fast vier Jahre vergangen. Als wäre gar nichts passiert. Nur dass Zett diesen unmöglichen Jogginganzug trägt, was sie freiwillig niemals tun würde, und sich ihr Zimmer auf einer geschlossenen Station befindet. Sonst ist alles in bester Ordnung.

»Du hast in meiner Wohnung nichts verloren, Paula, mein Schatz.«

Wie sie das sagt … Auf ihre Art versöhnlich. Vielleicht ist doch nicht alles ganz genau wie immer. Vielleicht bewegen wir uns in einer Parallelrealität, und alles ist anders geworden.

»Du kriegst das Geld zurück, meine Güte.«

Ich winke ab.

»Kauf einfach einen coolen Jogginganzug. Oder besser drei. Wer weiß, wie lange ich noch hierbleiben muss. Aber auf keinen Fall rosa!«

»Also bitte, Zett.«

»Schwarz oder blau. Grau geht auch. Weiße T-Shirts bitte. Und ein Paar Sneakers und irgendwelche Flipflops.«

»Mache ich.«

»Unterwäsche! Unbedingt Unterwäsche. Los jetzt!« Sie will mich schon in Richtung Tür schieben.

»Wie bitte, jetzt gleich?«

»Was denkst du denn! Und ein Shampoo und einen Conditioner.« Sie fasst sich angewidert in die Haare. »Nicht das billige Zeug, bitte!«

Es klopft an der Tür, und Martin steht auf einmal im Zimmer.

Wir drehen uns zu ihm und rufen gleichzeitig: »Waaas?«

Er hebt ein Blutdruckmessgerät hoch, winkt dann aber ab und verschwindet wieder. Er lächelt dabei. Tatsächlich, er lächelt, diese beiden *Schwestern* bereiten ihm irgendeine Freude.

»Ich gehe nicht«, sage ich, rücke mir den zweiten Stuhl an den Tisch vorm Fenster und setze mich demonstrativ hin.

»Hä?«, fragt Zett.

»*Hä?*«, äffe ich sie nach. Sie schaut mich entgeistert an. Ich bin ein bisschen stolz auf mich, denn es ist mir gelungen, sie zu verblüffen. »Weil wir sprechen müssen.«

Sie stöhnt auf. »Bitte, Paula, nicht eine deiner Predigten.«

Ich hole die Visitenkarte aus meiner Jackentasche. »Das ist der beste in der Stadt. Strafrecht.«

Sie liest, was auf der Karte steht, ohne sie in die Hand zu nehmen. »Ich brauche keinen Anwalt. Ich habe nichts gemacht.«

»Doch. Er hat gesagt, es ist keine Kleinigkeit.«

»Du hast mit ihm gesprochen? Über mich? Bist du verrückt geworden?«

»Nur ganz allgemein. Ohne Namen. Außerdem hat er Schweigepflicht.«

»Es war Notwehr.«

Ich nicke nur. Ich will mir nichts anmerken lassen. Jetzt nicht widersprechen. Nach Notwehr sah das jedenfalls nicht aus, was in der Zeitung stand.

»Schon gut«, sagt sie, »ich bin hier also die Verrückte.«

»Neeeiiin«, sage ich gedehnt. »Auf keinen Fall.« Ich versuche, ein Lächeln zu verstecken, aber sie hat es schon gesehen. Sie lacht. Ich muss auch lachen. Und es ist jetzt doch wieder wie immer. Wir kennen uns in- und auswendig. Wir können unsere Gedanken lesen. Es ist egal, wie viel Zeit vergangen ist, wo wir sind und was passiert ist. Wir sind wieder Zett und Paula. Wir sind wieder, wer wir waren.

Sie nimmt etwas vom Bett, faltet es auseinander und zeigt es mir. Ein Nachthemd aus Papier. Ein Einmalnachthemd. Sie wedelt mit dem Ding herum, und wir lachen zusammen, lachen immer lauter. »Total praktisch!«, ruft sie. »Man kann auch etwas draufschreiben. Oder es als Serviette benutzen.« Sie wirft sich aufs Bett. »Das verstößt hier alles gegen die Menschenwürde.« Sie lacht noch immer. »Ich könnte sie alle verklagen! *Dafür* brauche ich einen Anwalt!«

Ich versuche, nicht mehr zu lachen, auch wenn es schwer ist. Ich muss stark sein. Daran muss ich mich immer wieder erinnern. Es ist keine Kleinigkeit, Zett. Ich werde für dich da sein, das wirst du schon sehen. Ich werde nicht lockerlassen und nicht nachgeben.

Sie setzt sich auf. »Wirklich«, sagt sie plötzlich wieder ernst. »Am Europäischen Gerichtshof.« Sie nickt und schiebt ihre Unterlippe vor.

»Der Anwalt empfiehlt, dass du erst mal in eine Klinik gehst.«

»Ich bin in einer Klinik, Paula.«

»Du musst in diese Klinik.« Ich gebe ihr den Zettel, auf den ich den Namen der Klinik geschrieben habe. »Es ist so eine Art Suchtklinik, sie darf nur nicht so heißen, weil sonst deine private Kasse nicht zahlt. Sie bezahlen nicht bei Sucht.«

»Wer süchtig ist, ist selber schuld.«

»Genau.«

»Das hast du alles rausgekriegt?«

Ich nicke.

»Ich werde auf keinen Fall in diese Klinik gehen, wenn ich hier raus bin.« Sie fixiert mich. Ihre Augen sind immer noch so schön grün. Es kommt mir vor, als würde ich der Schlange Kaa in die Augen sehen.

»Der Prozess, Zett. Du musst etwas vorweisen. Dass du es einsiehst, dass du dich bemühst. Verstehst du? Suchtberatung, Klinik, Therapie, das ganze Programm.«

»Auf gar keinen Fall.«

»Die Klinik ist am Starnberger See. Wellnessbereich, Seezugang. Du wirst es überleben.«

Sie faltet ihr Papiernachthemd zusammen. »Gehst du jetzt bitte meine Klamotten kaufen? Dann kannst du sie heute noch abgeben.«

»Du hörst jetzt auch mal auf mich, Zett. Ich sage dir, was zu tun ist, und du machst es, verstehst du? Du machst es einfach.« Ich werde schon mit ihr fertig. Ich werde schon dafür sorgen, dass sie glimpflich davonkommt.

»Pff …«, macht sie und sieht mich an. Ich weiß nicht, ob sie gleich sauer wird oder gleich heult. Es ist ein bisschen beängstigend. »Bring meine Gesichtscreme mit, weißt du noch, welche? Die ich immer hatte?«

»Die teure?«

»Die ist nicht teuer.«

»Kein Problem.«

»Fein.« Sie lächelt mich an. Wir stehen uns eine Weile gegenüber, ich in meinem Büro-Outfit, sie in dem rosa Jogginganzug und mit ihren splissigen Haaren. Sie sieht wirklich ein bisschen verrückt aus. Dann umarmt sie mich plötzlich. Sie drückt mich fest. Sie holt tief Luft und seufzt laut. Ich streichle ihr über den Rücken.

»Ach, Paula«, sagt sie.

»Ach, Zett«, antworte ich ihr. »Ich hab dich lieb.«

»Ich dich nicht. Leider.« Sie drückt noch fester zu. So fest, dass ich nicht weiterstreicheln kann, fast als wollte sie mich zerquetschen.

»Das macht nichts«, sage ich.

»Wirklich nicht. Es tut mir leid.«

Wir nicken beide mit den Köpfen eng aneinander. Ihre Locken kitzeln mich im Gesicht. Dann versuche ich, mich aus ihrem Schraubstock zu befreien, allerdings halbherzig. Sie drückt noch einmal zu und lässt mich dann los.

»Stinke ich?«, fragt sie und schaut mich an mit diesem Blick, diesem durchbohrenden Zett-Blick. Man darf nichts Falsches sagen.

»Na ja …«

Sie schüttelt gespielt besorgt den Kopf, als wollte sie sagen: So weit ist es also schon gekommen. Und ich lege die Visitenkarte vom Anwalt auf den Tisch. »Du musst ihn anrufen.«

»Wieso, er weiß doch schon alles.« Sie grinst leicht. Es ist ein bemühtes Grinsen. Ich bewege mich in Richtung Tür. Langsam. Es fällt mir schwer zu gehen. Sie hier allein zu lassen. Aber sie ist immer noch Zett, und wenn sie etwas kann, dann allein sein. Oder nicht? Ich weiß längst nicht alles über sie. Ich kann auch ihre Gedanken nicht lesen. Ich habe mich oft in ihr getäuscht und sie sich auch in mir.

»Tschüss«, sage ich und muss schlucken.

»Denk an die Gesichtscreme«, sagt sie streng und setzt sich wieder auf ihren Stuhl am Fenster. Sie winkt mit dem Handrücken Richtung Tür. »Meine Haut ist ein Reibeisen.«

»Ich geh ja schon.«

KAPITEL 35

Zett

Paula denkt, sie hat das Ruder übernommen. Sie geht richtig darin auf, mich aus dem Elend zu befreien (welches Elend???). Sie ist da, wo sie immer hinwollte, die kleine Kommandantin. Die Allüren muss ich ihr wieder austreiben. Wenn der Prozess erst einmal vorbei ist, werden wieder andere Saiten aufgezogen.

Der Anwalt hat gemeint, es käme ganz schön was zusammen: Beleidigung, Bedrohung, Widerstand gegen die Staatsgewalt, illegaler Waffenbesitz. Und so weiter. Das mit dem Waffenbesitz ist ein Witz. Es war nur mein Balisong! Ich weiß nicht, ob er wirklich so gut ist. Ob er nicht ein Schaumschläger ist. Sauteuer ist er auf jeden Fall. Er wollte von Notwehr nichts hören. »Vergessen Sie das«, hat er einfach gesagt. Pff …

Wir fahren in Paulas winzigem Auto zum Starnberger See. Es gibt keine Klimaanlage. Sie sitzt praktisch an der Windschutzscheibe, hält das Steuer die ganze Zeit mit beiden Händen fest und starrt jede Sekunde absolut konzentriert auf die Straße. Man kann es auch übertreiben.

»Schau mal, man kann die Berge sehen«, sagt sie, und ihr Strahlen sieht total angestrengt und künstlich aus. Ich meine, wir wissen beide, wo es hingeht. Davon abgesehen ist die Landschaft wirklich hübsch anzusehen. Blauer Himmel, Wölkchen, die Berge direkt vor uns. Wie gemalt. Praktisch perfekt. Nur dass ich extrem schlecht gelaunt bin. Ich hätte gerne den Doktor Neumann mitgenommen zum Starnberger See. Mit ihm hätte es was werden können mit meiner Besserung. Ich habe ihm zum Abschied gesagt, dass er ganz schön ausgebeutet wird von seinem Arbeitgeber und dass er mal rebellieren sollte.

»Ich mache hier nur meinen Facharzt«, antwortete er schläfrig. Er war zu dem Zeitpunkt seit ungefähr fünfhundert Stunden im Dienst.

»Sie sollten vielleicht besser in einer Privatklinik am Starnberger See arbeiten. Da könnte ich Sie jetzt auch gut gebrauchen, ehrlich gesagt.« Er gab mir keine Antwort, spitzte nur die Lippen.

Er mag mich, das ist offensichtlich.

»Zett?«, fragt Paula plötzlich. Wenn sie so fragt, kommt immer irgendwas.

»Ja?«

»Erzählst du mir, was eigentlich los war?«

»Nö.«

»Warum nicht?«

»Schau lieber auf die Straße. Es ist gefährlich, wenn du abgelenkt bist.«

Wie zum Trotz gibt sie Gas. Sie will bergauf einen Lkw überholen und wechselt auf die mittlere Spur. Ihr Gesichtsausdruck hat etwas Verbissenes. Das winzige Auto schafft es natürlich nicht am Lkw vorbei, es ist zu langsam. Paula schwenkt wieder auf die rechte Spur ein und geht runter auf etwa achtzig Stundenkilometer. So kommen wir nie am Starnberger See an, aber das kann mir egal sein. Wegen mir fahren wir einfach ewig weiter. Bis nach Italien. Wir gehen in Bari auf die Fähre und setzen über nach Griechenland. (Nicht an Griechenland denken, es ist zu traurig, ich werde zu wütend davon.)

Paula nimmt jetzt tatsächlich eine Hand vom Steuer, kramt ein Snickers aus dem Seitenfach und reicht es mir. Ich reiße es sofort auf und beiße hinein. Es ist das erste Snickers seit vielen Jahren.

»Es gibt auch Kaffee.« Sie deutet auf den Rücksitz.

Ich drehe mich also um und greife mir die Thermoskanne. Ich schütte etwas von dem Kaffee in den Deckel, der gleichzeitig ein Becher ist. Es riecht sofort wunderbar im Auto. Richtiger Kaffee, schön schwarz. Paula ist eine sehr nette, fürsorgliche Kommandantin, das muss ich ihr lassen.

»Willst du auch?«, frage ich sie und halte ihr den Becher hin.

»Ich muss fahren.«

»Du könntest kurz einen Schluck nehmen, mein Schatz. Das machen viele Leute so.«

Sie schüttelt nur den Kopf. Sie fährt sonst nie so weite Strecken. Ich habe ihr angeboten zu übernehmen, aber sie meinte, die Kupplung sei zu schwierig für mich. »Nur ich kann dieses Auto fahren«, erklärte sie mir, und ich hatte sowieso keine Lust, mich mit ihrer Kiste auseinanderzusetzen. Ich bin Automatik gewöhnt. Und es ist angenehm, herumkutschiert zu werden. Ich schaue aus dem Fenster und sehe Schafe, dann Hopfenfelder. Ich denke an ein kühles Bier. Wir könnten an der Raststätte eine Pause machen. Wir könnten es uns ein bisschen gut gehen lassen. Aber ich muss brav bleiben wegen des Alkoholtests bei der Aufnahme und wegen der Leberwerte. Die Leberwerte sind wahnsinnig wichtig. Der Anwalt hat gemeint, sie sollten kontinuierlich fallen. Er bestimmt jetzt über mein Leben.

»Paula?«

»Ja?«

»Nur dass du es weißt, ich habe mich nur verteidigt.«

»Wirklich?«

»*Wirklich?*«, äffe ich sie nach. »Ja, stell dir mal vor!«

»Jetzt erzähl schon. Es sollte nicht immer zwischen uns stehen.«

Manchmal sagt sie wirklich komische Sachen. Es steht so viel zwischen uns, Baby. Das sind höhere Berge als da vorn die Alpen. Ich habe die ganze Geschichte bis jetzt nur dem Doktor Neumann erzählt, sonst niemandem. Aber Paula wird nicht lockerlassen. Sie wird mich löchern und nie damit aufhören, jetzt, da ich sie wieder in mein Leben gelassen habe, die kleine Nervensäge. Vielleicht versteht sie es ja. Das ist doch nicht so schwer. Der Neumann hat es auch verstanden, irgendwie. Glaube ich jedenfalls. Er hat mich nicht verurteilt.

»Also gut. Da war so ein Typ, es war echt spät, es war dunkel, die Gegend war menschenleer. Alles klar?«

Paula nickt.

»Und der Typ geht so ganz komisch mitten auf der Straße hin und her und grinst mich bescheuert an, und er wippt so, es sah pervers aus, verstehst du, was ich meine? Er hörte nicht auf mit dem Wippen, er machte die ganze Zeit weiter. Außerdem hatte er was unter seiner Jacke. Ich hatte ja keine Ahnung, was, vielleicht eine Axt oder so. Er hat sich einfach wahnsinnig pervers verhalten.«

»Und dann?«

»Dann habe ich mein Messer rausgeholt und gesagt, er soll verschwinden.«

»So hast du das bestimmt nicht gesagt.«

»Warst du dabei, oder was?«

»Du würdest sagen: Verpiss dich, du Wichser.«

»Ja, so ungefähr.«

»Und? Hat er sich verpisst?«

»Ja, sofort. Aber er hat die Bullen gerufen, stell dir das mal vor, und plötzlich Blaulicht, Streifenwagen und Gebrüll und alles. Es war einfach ein Reflex, weißt du?«

»Was war ein Reflex? Auf die Polizisten loszugehen? Sie zu beleidigen?«

»Meine Güte, du solltest dich mal hören. Bist du der Staatsanwalt, oder was? Es war Notwehr.«

»Was für ein Reflex, Zett?«

»Dass ich das Messer nicht gleich fallen gelassen hab. Ich war in Panik. Und ich war besoffen. Ist das Verhör jetzt beendet?«

Paula schweigt und hält das Lenkrad fest, als würde sie auf diese Weise das ganze Auto zusammenhalten. Wir fahren an einer Raststätte vorbei. Schade, kein kühles Bier. Nur ein kleines? Mit ein bisschen Schaum obendrauf? Paula bringt mich um, wenn ich ihr den Vorschlag mache anzuhalten.

»Danke, dass du es mir erzählt hast«, sagt sie.

»Bitte.«

»War das alles?«

»Ja.«

Sie sieht kurz zu mir rüber. Ich nehme den letzten Schluck Kaffee. »Zett«, sagt sie, »du presst die Lippen zusammen.«

»Das stimmt nicht.« Ich schaue weg und konzentriere mich auf die Landschaft. Paula sollte zur CIA gehen.

»Raus damit«, sagt sie.

»Es war nur blöd, dass der Typ ein Baby unter seiner Jacke hatte.«

»Was?«

»Das kann ich doch nicht wissen!«

»O Gott.«

»Das verdammte Baby konnte nicht schlafen, und er hat es herumgetragen. Süß eigentlich, aber in dem Fall mein Verhängnis, verstehst du? Warum sagt der denn nichts? Warum wippt der nur so pervers rum mitten auf der Straße? Das ist doch nicht normal nachts um zwei, oder?«

»Er ist wahrscheinlich extra auf die Straße gegangen. Ins Licht, verstehst du, Zett? Damit du ihn siehst und nicht erschrickst.«

»Da liegst du falsch, mein Schatz. So weit denken Männer nicht. Niemals.«

Sie schaltet herunter und setzt noch einmal zum Überholen an. Der Motor röhrt. Im Schneckentempo fahren wir am Lkw vorbei.

»Das stimmt, so weit denken sie nicht«, sagt Paula, als sie wieder auf der rechten Spur ist.

»Sag ich doch. Es ist einfach dumm gelaufen. Das Toastbrot ist auf der Seite mit der Marmelade gelandet, und ich muss es ausbaden. Ich hätte nur das Messer fallen lassen sollen. Und meine Klappe halten.«

»Das kriegen wir schon hin«, sagt Paula. »Mein Leben war auch ruiniert, weißt du noch? Du hast mir geholfen, und alles ist gut geworden. Jetzt machen wir es umgekehrt. Du wirst schon sehen.«

»Mein Leben ist nicht ruiniert.«

»Das habe ich nicht gemeint.«

»Doch.«

»Ich meine nur, wir kriegen es geradegebogen. Wir und der Anwalt.«

»Er baut sich einen Swimmingpool von seinem Honorar. Oder einen ganzen Golfplatz.«

Jetzt lacht sie. Es ist immer schön, wenn Paula lacht. Dann habe ich eine Zeit lang meine Ruhe.

2004

KAPITEL 36

Zett

»Bitte, Frau Winter. Wir haben doch darüber gesprochen. Lassen Sie das mit der Notwehr. Ich kenne den Richter. Wenn er irgendwas mit Notwehr von Ihnen hört, kriegen Sie einen Aufschlag.«

»Es war aber doch Notwehr.«

»Nein.« Herr Kovac, angeblich der beste Strafverteidiger der Stadt und mein Anwalt, hebt beschwichtigend die Hände in meine Richtung, die Ärmel seiner Robe hängen dabei dramatisch herunter. »Für Sie schon, für Sie ganz persönlich. Aber nicht nach unserem Strafgesetzbuch.« Er reibt sich das Gesicht. Er weiß nicht mehr weiter mit mir. Er ist verzweifelt. Er scheint mir nicht belastbar genug für seinen Beruf (Männer, q. e. d.).

»Also wenn ich für Sie in irgendeiner Weise anstrengend bin, Herr …«

»Nein, wie kommen Sie darauf?« Er schaut mich müde an. Ich entdecke ein ganz leichtes Lächeln in seinem Gesicht. Nur ein Hauch von einem Lächeln.

»Wie geht es Ihnen dann erst bei einem Serienmörder? Oder einem Kannibalen?«

Er seufzt übertrieben, er kennt mich schon ein bisschen. Er weiß, dass ich einen weichen Kern und ausreichend Geld auf dem Konto für seine Honorarforderungen habe. Eigentlich gibt es keine Probleme zwischen uns. Wir sitzen auf einer stylishen Bank im nagelneuen Gerichtsgebäude. Es ist ein Anbau, nur für die Strafprozesse. Riesige bodentiefe Fenster, hohe Decken. Die Verbrecher sollen in architektonisch einwandfreier Umgebung verurteilt werden und sich noch einmal umsehen: Das Leben könnte so schön sein.

»Es ist Ihre Verantwortung«, sagt mein Anwalt. »Wenn Sie einen Aufschlag wollen, bleiben Sie bei Notwehr. Wenn nicht, sagen Sie überhaupt nichts, ziehen den Kopf ein, sind höflich und zurückhaltend.«

»Pff …«

»Sie sind zerknirscht, verstehen Sie?«

»Ich muss zerknirscht sein? Wie meine Zähne?«

»Ja, genau.« Auf seiner Stirn bilden sich zwei süße, geschwungene Dackelfalten. »Es macht Ihnen zu schaffen, was Sie angerichtet haben.«

»Was denn? Alle leben noch, meine Güte.«

»Ihr Opfer könnte traumatisiert sein. Auch der Polizist.«

»Das täte mir leid.«

»Sehen Sie? Das ist ein Anfang. Es tut Ihnen leid, Sie sind zerknirscht und hauen nicht auf den Putz. Verstehen Sie das?«

»Ich haue nicht auf den Putz.«

Mein Anwalt richtet seinen ausgestreckten Zeigefinger auf mich und nickt dazu. Dann steht er auf. In seiner Robe sieht der gute Kovac lächerlich aus, aber was soll's. Er denkt wahrscheinlich, dass er sein Übergewicht unter der Robe gut verstecken kann, aber man sieht es trotzdem, Herr Anwalt, man sieht es!

»Wir müssen rein«, sagt er.

»Wer so ein Messer mit sich herumträgt, kriegt bei mir was obendrauf, das muss allen hier klar sein.« Der Richter hält das Messer hoch. Mein Balisong. Sie haben es konfisziert, die Schweine.

»Und wer so ein Messer überhaupt nur aus der Tasche holt,

der hat ein Problem, verstehen wir uns, Frau Winter? Nur dass wir hier nicht unsere Zeit verschwenden.« Er schaut auf seine Armbanduhr. Mein Anwalt hat mich gewarnt: Wenn sich die Verhandlung über die Mittagspause hinzieht, kriegt der Richter Hunger und schlechte Laune, und dann gibt es automatisch was obendrauf. Es scheint für alles was obendrauf zu geben, auch fürs Atmen.

Am liebsten würde ich sagen, dass das gefälligst *mein* Messer ist, *mein* Balisong, und dass ich es zurückhaben will. Aber: Nicht auf den Putz hauen, stattdessen zurückhaltend und *zerknirscht* sein. Ich bleibe brav und versuche mich an einem vollkommen zerknirschten Gesichtsausdruck, obwohl ich nicht weiß, wie das gehen soll. Vielleicht so, als hätte ich ein bisschen Zahnweh. Dann nicke ich leicht, fast unmerklich.

»Wie bitte?«, sagt der Richter, beugt sich vor und hält übertrieben sein Ohr in meine Richtung.

Aha. So ist das hier. Man bemüht sich, man verhält sich kooperativ, man bejaht eine Frage durch einfaches Nicken und wird dafür verarscht. Wie in der Schule. *Ich weiß nicht, ob Sie zur Toilette gehen können, hahaha, aber Sie dürfen, wenn Sie wollen, hahaha …* In meinem Bauch regt sich ein kleiner Aufruhr. So eine kleine aufgebrachte Meute macht sich in meinem Bauch zu schaffen. Was bildet der Idiot sich eigentlich ein? Gleich wird er fragen, wie das Zauberwort heißt. *Bitte*, Herr Richter, es heißt *bitte*, und *bitte* akzeptieren Sie mein Nicken als *Ja*, sonst können Sie mich *bitte* mal am … Wir leben in einem Rechtsstaat!

Ich lasse solche Gedanken und die Meute in meinem Bauch natürlich nicht hochkommen. Ich bin ja nicht blöd. Das will der Richter ja erreichen. Ich lächle ihn stattdessen höflich an, hauche ein zaghaftes »Ja« und räuspere mich so leise wie möglich.

Der Richter nickt. Er sieht extrem schlampig aus. Wie

gerade aus dem Bett gestiegen. Unrasiert, fettige Haare, ein paar von ihnen stehen am Oberkopf ab wie kleine Antennen. Am liebsten würde ich jetzt *Wie bitte?* fragen und mein Ohr in seine Richtung halten, aber das wäre pubertär. Ich schaue zu den Stuhlreihen mit den Zuschauern. Paula sitzt ganz vorn, weiter hinten zwei ältere Damen und ein mittelaltriger Mann, der mit einem Stift auf einem Block herumklopft und mir insgesamt spanisch vorkommt. Journalist wahrscheinlich. *Die Hexe mit dem Messer auf freiem Fuß oder so.*

Paula sieht mich an, schlägt die Augen nieder, hält sie kurz geschlossen und sieht mich wieder an.

Ich weiß, Paula. Durchhalten und Klappe halten. Ich weiß. Ich bin froh, dass du da bist.

Der Typ mit dem Baby ist dran. Er ist wirklich harmlos, das sehe ich gleich. Zottelige Haare, blasse Haut, Augenringe. Dieses Kind scheint immer noch nicht schlafen zu wollen. Es ist ein Mädchen, erfahre ich.

»Die Frau war vollkommen außer sich«, sagt er. »Ich wusste nicht, was sie als Nächstes macht. Ich hatte echt Angst. Ihr Gesicht …«

»Was war mit ihrem Gesicht?«, fragt die Staatsanwältin. »Zeigte es Angst?«

»Nein, eigentlich nicht. Eher eine Entschlossenheit. Sie muss eine Gefahr in mir gesehen haben, der sie begegnen wollte.«

»Die sie beseitigen wollte?«

»Ich weiß nicht. Es war spät in der Nacht, es war dunkel, wir waren allein. Ich verstehe, dass ich ihr unheimlich war. Deshalb bin ich ins Licht gegangen. Ich dachte, sie sieht, dass ich ein Baby unter der Jacke habe. Aber sie hat geschrien.«

»Was hat sie geschrien? Erinnern Sie sich an den Wortlaut?«

»›Komm her, du Wichser, komm nur her, auf dich warte ich schon lange.‹«

Ja, das stimmt. Ich gebe es zu. Der Typ sagt die Wahrheit. Er ist irgendwie süß. Er studiert Sinologie. Schräg. Seine Freundin ist gerade mit dem zweiten Kind schwanger. Mit Sinologie wird er seine Familie leider nicht ernähren können, das sollte man seiner Freundin vielleicht mal sagen. Sie sollte sich um eine ordentliche Ausbildung kümmern. Ansonsten ist er okay. Er sagt, er hätte wahnsinnig Angst um seine Tochter gehabt. Deswegen wäre er rückwärts weggegangen, um mich im Blick zu haben und gleichzeitig so schnell wie möglich außer Sichtweite zu kommen. Er wäre heimgerannt, mit dem Kind unter der Jacke, richtig gerannt, praktisch in Panik, und hätte von dort die Polizei gerufen. »Das würde ich sonst nicht machen«, sagt er. »Gleich die Polizei rufen. Aber die Frau war in so einem Zustand … Vielleicht brauchte sie Hilfe.«

Von der Polizei kriegt man keine Hilfe, das solltest du wissen, du Student. Außerdem warst du bereits zu Hause, in Sicherheit. Die Polizei rufen, pff …

Ich sage natürlich nichts. Ich höre dem Typen zu. Mein Gesicht eine einzige Zerknirschung. Ich muss mich nicht mal besonders dafür anstrengen, denn es tut mir tatsächlich ein bisschen leid, dass es gerade ihn erwischt hat. Das ist die Wahrheit. Er kann sich allerdings bei seinen Geschlechtsgenossen bedanken. Die sind nämlich schuld, und wegen denen war es ja auch Notwehr. Aber das interessiert hier niemanden. Das will niemand hören. Ich soll den Mund halten. Mir wird heiß. Mein Herz rast auf einmal. Ich war doch gerade noch ganz ruhig. Ich habe doch schon so lange nicht mehr daran gedacht. Warum jetzt? Das ist doch hundert Jahre her. Aber gerade jetzt ist es wie gestern. Ich will das nicht. Ich will nicht daran denken. Ich sehe uns alle auf einmal da unten. Als würde ich an der Decke kleben. Da unten der Student, der Richter, die Staatsanwältin. Und ein Anwalt, daneben eine Frau, sie hat eine hellblaue Bluse an, sie starrt geradeaus, sie ist wie weggetreten, sie ist ganz woanders. Sie denkt an diesen Abend, als sie noch klein war. Noch nicht mal in der Schule. Das weiß sie, weil sie noch nicht lesen konnte. Aber sie hatte sich gemerkt, wie man es macht: Die Polizei rufen. Sie dachte: *Heute bringt er sie um,* und wählte eins eins null. Sie hatte sich die Ziffern auf der Wählscheibe und die Reihenfolge gemerkt. Paulas Mutter hatte es ihr und Paula erklärt. *Wenn euch ein Mann mitnehmen will, geht ihr auf keinen Fall mit!* Und dann hatte sie gezeigt, wie man die Polizei ruft.

Die Richterin liest in einer Akte. Meine Akte. Die Staatsanwältin schaut auf die Uhr und lächelt süffisant. Der Kovac bewegt ununterbrochen sein Bein. Ich kann nicht mehr. Ich muss hier raus. Gleich schreie ich. Da sehe ich ein Winken. Darf man das, winken? In einem Gerichtssaal? Es ist Paula. Ganz versteckt winkt sie mit einer Hand auf Höhe ihres Bauchs. Sie macht doch sonst nie was, das man nicht darf. Sie schlägt die Augen nieder, hält sie kurz geschlossen, öffnet sie wieder und schaut mich an. Unser Zeichen.

Ich weiß, Paula.

Sie hält mich fest mit ihrem Blick. Sie blinzelt nicht mal.

Ich weiß, Paula, nur noch diese Verhandlung. Ich halte durch, keine Sorge. Ich bleibe sitzen. Wie angewurzelt.

Ich werde ruhiger. Ist schon vorbei. Diesen Tag schaffe ich noch. Wäre doch gelacht! Ich schaue zu dem Studenten rüber, ich glaube, er ist fertig. Er ist irgendwie *zerknirscht.* Das Ganze gefällt ihm nicht. Ich glaube, er will nur heim zu seiner Tochter und zu seiner Freundin und zu dem neuen Kind im Bauch. Ich glaube, er ist ein guter Vater. Er beschützt seine Familie anstatt andersherum. Anstatt verkehrt herum. Wenn es mehr solche Typen gäbe wie ihn, wäre alles leichter.

KAPITEL 37

Paula

»Jetzt hast du es überstanden.«

Zett setzt ihre Sonnenbrille auf und antwortet mir nicht. Wir haben einen Tisch in der Sonne in einem der Touristencafés am Marktplatz ergattert. Es ist der erste Tag im Jahr, an dem man draußen sitzen kann. Sie sieht wahnsinnig seriös aus mit dunkelblauer Hose, hellblauer Bluse und einer Perlenkette. Die Locken gebändigt und hochgesteckt. Sie wollte beim Richter einen guten Eindruck machen.

»Die Notwehr hat niemanden interessiert«, sagt sie hinter ihrer Sonnenbrille.

»Das ist doch jetzt egal.«

Wir bestellen zwei Caffè Latte und zwei Stück Zitronentarte. Zett musste sich die ganze Verhandlung über zusammenreißen, das setzt ihr zu, ich sehe es ihr an. Sie denkt, sie hat klein beigegeben, und irgendwie stimmt das auch. Sie hat durchgehalten, sie hat nichts gesagt, sie ist nicht ausgeflippt. Unser Zeichen, es hat funktioniert: *Schau mich an, bevor du loslegst. Schau mich an, wenn es eng wird, schau mich einfach an.* Ich musste auf sie einreden wie auf ein Kind, ihrem Anwalt glaubt sie ja nichts. Aber es hat funktioniert. Ihre Leberwerte waren außerdem hervorragend, und dass sie in der Klinik war, hat auch geholfen. Sie ist mit sechs Monaten auf Bewährung glimpflich davongekommen. Trotzdem schaut sie düster vor sich hin.

»Zett?«

»Es ist nicht egal.«

»Okay.«

Sie soll wieder lachen. Sie soll sich freuen. Der Moment ist gekommen. Ich kann nicht länger warten. Ich platze fast. Was, wenn sie alles ausschlägt? Wenn sie mich fertigmacht? Wenn das Ganze nur ungute Erinnerungen weckt?

Ich lege ein Foto auf den Tisch.

Sie sieht erst das Foto, dann mich an, schnaubt und winkt mit dem Handrücken über den Tisch. »Pack das bloß wieder ein.« Zett schaut besonders interessiert auf den Marktplatz. Die Marktbuden haben rot-weiß gestreifte Tuchdächer, die Äpfel und Tomaten glänzen. Alles sieht friedlich aus. Die Leute kaufen Obst und Gemüse. Ich packe das Foto nicht ein, ich lasse es liegen. Zwischen Zetts Augenbrauen zwei Falten, die sich gerade gefährlich vertiefen.

»Pack es weg, hab ich gesagt.«

»Nein.«

»Na gut.« Sie nimmt das Foto. Hält es sich ganz nah vor die Sonnenbrille, wedelt damit herum. Schlägt es sich in die Handfläche. »Und jetzt?«

Es erschreckt mich, wie traurig sie auf einmal aussieht. Sie starrt auf das Bild. Ich habe es vom Balkon aus aufgenommen, in Eleni's Place, der Garten ist zu sehen, dahinter der Hafen und das Meer. Wir waren gerade angekommen, Eleni hatte uns Wasser, Wein und ein paar Kekse gebracht, und Zett lachte über meinen Fotoapparat, sie hatte damals natürlich schon eine Digitalkamera.

Ich habe Angst, dass alles schiefgeht. Dass sie sich nicht freut, sondern das Gegenteil. Dass es eine blöde Idee war.

Sie bleibt einfach stumm. Zieht die Mundwinkel nach unten. Zuckt mit den Schultern. Wie weh ich ihr damals mit der Absage von unserem Urlaub getan habe. Wie es immer noch nachwirkt. Wie konnte ich nur. »Es tut mir so leid.«

Sie nimmt ihre Sonnenbrille ab und reibt sich die Augen. Es sieht theatralisch aus, aber es ist echt. Sie hebt ihre Augenlider ganz langsam an, so als wären sie ungeheuer schwer. Sie hat bestimmt nicht geschlafen in der Nacht vor der Verhandlung.

»Das ist doch schon so lange her«, sagt sie.

Ich lege ihr eine Hand auf den Oberschenkel. Ihre Hose fühlt sich ganz weich an, sie ist bestimmt aus einem teuren Stoff. Zett richtet den Blick auf die Hand auf ihrem Oberschenkel. Schaut sie lange an. Dann deutet sie mit ihrem Zeigefinger auf diese Hand und sagt: »Es reicht wieder, Paula.«

Sie lächelt dabei ein winzig kleines Lächeln. Er ist da, dieser filigrane Draht zwischen uns. Er funktioniert. Trotz allem. Ich nehme meine Hand weg.

»Wir fahren hin«, sage ich.

»Wohin?«

»Auf die Insel.«

»Ja, genau.« Sie nickt, spitzt die Lippen und setzt die Sonnenbrille wieder auf.

»Eleni lebt nicht mehr, aber ihre Tochter ist aus Athen zurückgekommen. Sie betreibt die Pension weiter. Wir haben ein Zimmer.« Ich deute auf das Foto. »Genau das hier mit dem Balkon.«

»Verarsch mich nicht«, sagt Zett plötzlich sehr scharf, steht auf und geht ins Café. Ich weiß nicht, was sie da macht. Vielleicht geht sie aufs Klo. Ich warte. Was, wenn sie mich hier sitzen lässt? Wenn sie einfach verschwindet?

Doch sie kommt zurück. Setzt sich mit Schwung.

»Ich verarsch dich nicht. Schau mal.« Ich krame die Flugtickets aus meiner Tasche und lege sie ihr vor die Nase.

»Ach, und gebucht hast du auch schon? Gehört das jetzt zu meinen Bewährungsauflagen? Werde ich jetzt nicht mehr gefragt?«

»Es ist eine Überraschung.«

»Na toll.«

»Ich dachte, du freust dich.«

»Das Denken soll man den Pferden überlassen, mein Schatz, die haben größere Köpfe.« Sie atmet tief ein und aus, hebt dabei die Schultern an und lässt sie wieder fallen. »Ts, ts«, sagt sie, »das kannst du dir doch gar nicht leisten.«

»Doch. Ich habe alles bezahlt.«

»Und wenn ich nicht mitkomme?«

»Dann bringe ich dich um.«

Sie nimmt ihre Zitronentarte in die Hand und beißt hinein. Danach wischt sie sich die Finger an ihrer Hose ab. Wir schauen zusammen auf die Marktbuden. »Das ist Qualität!«, schreit eine der Marktfrauen. »Das ist praktisch schon geschenkt, gute Frau!« Die Kirchturmuhr schlägt dreimal, es ist Viertel vor drei. Wir sitzen plötzlich im Schatten, es wird kühl. Ich ziehe meine Jacke an.

»Ganz schön durchtrieben«, sagt Zett, ohne zu mir herzusehen.

Da weiß ich schon, dass sie mitkommt. Sie braucht es nicht mehr zu sagen. Wir werden fliegen.

Sie zahlt für uns beide und steht auf. Sie will mich flüchtig umarmen und verabschieden, aber ich halte sie einen Moment fest. Sie lässt es sich gefallen.

»Danke, dass du da warst«, sagt sie.

Wir stehen immer noch eng zusammen, ich rieche ihr Parfum, etwas Frisches, Zitroniges, dann windet sie sich heraus.

»Wir fliegen, ja?«, frage ich.

»Wenn du meinst.« Sie nimmt ihre Tasche. »Und was ist mit

Lou? Maik wird uns einen Strich durch die Rechnung machen.«

»Lou macht ihren ersten Urlaub allein. Also nicht allein, sondern mit Anna. Das ist ihre Freundin. Ich lerne sie nächste Woche kennen.«

»Sie ist in Ordnung. Keine Draufgängerin, eher so wie du.« Zett grinst.

»Wie bitte? Du kennst sie? Du hast Anna vor mir kennengelernt?«

»*Du hast sie vor mir kennengelernt* …«, macht sie mich nach und wackelt mit dem Kopf. »Dafür wusste ich das mit dem Urlaub der beiden nicht. Wo fahren sie hin?«

»Nach Kroatien«, antworte ich ein bisschen beleidigt, aber ich spiele es mehr, als dass ich wirklich gekränkt bin. Zett ist Lous verrückte Tante, mit ihr kann man bestimmt besser reden als mit mir. Ihr kann man Anna vorstellen, ohne dass gleich ein Persönlichkeits-Check daraus wird. Ich kenne mich.

»Ich muss nach Hause«, sagt Zett. »Da ist einiges liegen geblieben in letzter Zeit.«

»Ich komme mit«, sage ich, und jetzt bin ich es, die grinst.

Sie schüttelt den Kopf. »Nö, ich habe zu viel zu tun.«

Ich setze mein schlimmstes Gouvernantengesicht auf und fixiere sie. »Zett!«, sage ich, so streng ich kann. »Warum darf ich nicht mehr in deine Wohnung? Hältst du da irgendwen gefangen oder so?«

Sie lacht etwas gequält. Spitzt wieder die Lippen. Das hat sie sich von ihrem Doktor abgeschaut. »Kann doch sein«, sagt sie. Irgendetwas stimmt da nicht. Ich werde es herausfinden und in Ordnung bringen. Schluss mit der Geheimnistuerei zwischen uns, das habe ich mir vorgenommen.

»Warum darf ich nicht mehr mit zu dir? Ich will den Garten mal wiedersehen.«

»Mach doch gleich eine Hausdurchsuchung.«

»Im Ernst. Was ist da los in deiner Wohnung?«

»Ich habe nur lange nicht aufgeräumt. Das ist alles, Frau Kommissarin. Keinerlei Straftaten außer Nichtaufräumen.« Sie marschiert los und geht vor mir über den Marktplatz.

»Darf ich dir helfen? Beim Aufräumen?«

Sie dreht sich zu mir um. »Warte, das muss ich mir überlegen.« Sie macht ein betont nachdenkliches Gesicht und sagt dann: »Nein.«

»Bitte. Ich helfe dir. Und dann sitzen wir im Garten wie früher.«

Sie schlendert in Richtung U-Bahn. Sie musste den Dienstwagen abgeben, solange sie krankgeschrieben ist.

»Bitte!«

»Weißt du, was?«, sagt sie. »Wenn wir wirklich fliegen, also wirklich, dann darfst du mir helfen. Wenn es wirklich, wirklich klappt. Wenn nichts mehr dazwischenkommen kann. Dann hilfst du mir beim Aufräumen.«

»Okay.« Ich halte ihr die Hand hin, und sie schlägt ein. Wir schütteln uns die Hände wie Staatsmänner, die einen Pakt geschlossen haben.

»Also tschüss«, sagt sie, ein Bein schon auf der Treppe zur U-Bahn. Sie lächelt ein seltsames Lächeln, halb fröhlich und halb traurig. Dann geht sie runter.

»Es wird nichts dazwischenkommen!«, rufe ich ihr hinterher. Ich sehe nur noch ihren Kopf. Dann eine Hand, sie hebt sie hoch und winkt mit den Fingern, ohne sich noch einmal umzudrehen.

KAPITEL 38

Zett

Ich hätte es ihr nie erlauben dürfen. Aber in drei Tagen fliegen wir, und wie es aussieht, wird wohl nichts mehr schiefgehen, außer eine von uns ist so blöd, sich ein Bein zu brechen (oder *Fred, der Gute* taucht doch noch aus der Versenkung auf). Also muss ich Paula in meine Wohnung lassen. Ich schäme mich normalerweise nie für etwas (warum auch???), aber solche Dinge sollten privat bleiben. So etwas sollte irgendwann wie von selbst in Ordnung kommen.

»Versprochen ist versprochen und wird auch nicht gebrochen«, hat Paula nur gesagt.

Und jetzt ist sie schon vom Garten schockiert. Meine Güte, ich habe bloß eine Zeit lang nicht gemäht und die Rosen nicht gegossen. Ich hatte schließlich anderes zu tun.

»Los, sperr auf!«, sagt sie an der Wohnungstür, nickt und strahlt mich an, als würde ich auf dem Zehner stehen und müsste herunterspringen. Es ist demütigend. Schließlich war sie es, die immer da oben stand und sich nie getraut hat. Ich bin immer gesprungen. Ich wollte von wo aus auch immer einfach zurück ins Wasser, weil das mein eigentliches Element ist. Mein Lebensraum. Wasser mit viel Chlor, das in einem Becken blau schimmert. Nicht irgendeine Wohnung, drei Zimmer, Küche, Bad.

Ich drehe den Schlüssel um. Der Flur ist einigermaßen okay, das habe ich noch allein hinbekommen. Das Wohnzimmer, na ja, ich habe eben nicht alles geschafft. Niemand schafft das, glaube ich. Es ist einfach schon zu lange so. Es ist mir erst richtig aufgefallen, als ich wusste, dass Paula hier hereinkommen würde. Und jetzt sehe ich mein Wohnzimmer mit ihren Augen. Überall liegen Klamotten verstreut, Socken und Unterhosen inklusive (getragen). Es stehen Teller herum, Gläser, Unmengen leerer und halb leerer Flaschen, eine verschlossene Thermoskanne, in die ich schon sehr lange keinen Blick mehr geworfen habe. Und dann der Papierkram. Eine Flut, die in den Raum eingedrungen ist, Zettel über Zettel, zerrissene Briefkuverts, auf dem Boden, auf dem Tisch wahllos verteilt, ganze Stapel unsortierter Briefe, irgendwohin gelegt, wo gerade Platz war. Außerdem der Staub, all die Flusen und Wollmäuse, die wie kleine Tiere über den Boden huschen. Dazu die Sonnenstrahlen, die munter durch die ungeputzten Fenster scheinen, ein Effekt, als wäre ein Flutlicht eingeschaltet, das extra auf die in der Luft tanzenden Staubpartikel gerichtet ist. Schau nur genau hin, Zett, wollen sie mir sagen, das ist alles *dein Dreck*!

»So schlimm ist es auch nicht«, sagt Paula und lässt ihren kalten, analytischen Blick schweifen. »Keine Kakerlaken oder so was.«

Diese Paula, die ihr Leben mit einem Kind hinbekommt, als Alleinerziehende! Und ich? Bei ihr ist immer alles geputzt und abgespült und aufgeräumt. Sie ist einfach der bessere Mensch. Sie bekommt einfach ihr Leben auf die Reihe. Wenn sie nur endlich verstehen würde, wie toll sie in Wirklichkeit ist und dass ich sie bewundere. Dass alle sie bewundern sollten für das, was sie schafft.

»Meine Putzfrau hat gekündigt«, sage ich, um irgendwas zu sagen. Es ist sogar die Wahrheit. Paula antwortet nicht. Wir stehen eine Weile da, starren in mein Wohnzimmer und lassen die Staubpartikel tanzen.

»Ich bin eine Schlampe, stimmt's?«, frage ich irgendwann.

Paula schaut mich nur an und lächelt. Sie hat anscheinend beschlossen, sich nicht allzu viel anmerken zu lassen. Cool zu bleiben. Sie spielt das ganz gut. (Aber ich durchschaue dich, mein Schatz.)

»Wo hast du deine CDs?«, fragt sie.

Ich deute auf meinen CD-Ständer. Ein wahnsinnig teurer, schicker Turm, den ich lange nicht angefasst habe. Ich höre nur noch wenige CDs, und die liegen auf dem Boden in der Nähe der Anlage herum.

»Meinen Rucksack bitte«, sagt Paula.

»Jawoll, meine Führerin.« Ich gebe ihr den Rucksack.

Sie holt lauter Lappen heraus, große und kleine, in verschiedenen Farben. Wie kann man sich mit Lappen auskennen? Sie entscheidet sich für einen hellblauen. Dann zieht sie eine CD nach der anderen heraus, sieht sich das Cover an, staubt sie ausgesprochen sorgfältig ab, so sorgfältig, dass es mich ein bisschen nervt, wischt auch den Turm an der frei gewordenen Stelle ab und steckt dann die CD wieder hinein. Auf die Weise wird sie hier wochenlang beschäftigt sein. Dann findet sie offenbar, was sie gesucht hat. Sie wedelt mit der CD und geht damit zur Anlage. Sie steigt dabei auf den Zetteln herum, es scheint sie nicht zu stören. Man kann dabei ausrutschen, ich habe meine Erfahrungen.

Ich erkenne das Lied sofort. Erst Klavier, dann diese schöne Stimme. *Gestern Nacht war ich noch Sieger, gestern Nacht war ich noch schön …* Paula nimmt meine Hände und lächelt. Sie wiegt sich mit mir im Takt. Wir fangen an, gemeinsam mit den Staubpartikeln herumzutanzen. Dann singen wir mit: *Die Schlampen sind müde, sie waren viel zu lange wach. Die Schlampen sind müde, wenn auch erst am nächsten Tag* ... Wir drehen uns, wir lachen, der Staub macht uns nichts aus, die Unterhosen, die Zettel, die Flaschen, wir kicken sie einfach zur Seite, und schließlich grölen wir richtig los: *Doch wenn du meinst, nur weil ich wein, wird mein Leben anders sein, ich sag dir NEIN!*

Ich lasse mich aufs Sofa fallen. Da liegt nichts herum außer ein paar Kissen und meine Decke. Das war mein Platz die letzten Monate, fast schon Jahre. Das Sofa mit der Decke. Etwas überschaubar kommt mir dieser Platz jetzt vor. Geradezu winzig. Was war nur los mit mir? *Die Schlampen sind müde, sie waren viel zu lange wach.* Paula singt immer noch mit und wirft übertrieben ihre Haare herum, sie lacht, und wie sie da albern herumwirbelt, ich kann nicht wegschauen. Wenn ich nicht aufpasse, kommen mir in diesem Augenblick die Tränen. Einfach so. Obwohl ich stocknüchtern bin. Daran sieht man, wie weich ich geworden bin. Schrecklich. Ich bin nicht mehr die Alte, wie sehr ich mich auch bemühe.

»Fangen wir an?«, fragt Paula, als der Song zu Ende ist.

»Meinst du?«

Sie kommt und umarmt mich. Mein Hals tut ein bisschen weh vom Tränenverdrücken. Ich muss wahnsinnig laut schlucken. Paula klopft mir auf den Rücken. Sie hat zum Glück nichts gemerkt. Oder sie tut nur so, mir zuliebe. Ich räuspere mich.

»Die Klamotten sind dein Part«, sagt sie. »Funktioniert die Waschmaschine?«

»Klar.«

»Dann sammle erst mal alles ein und bring es ins Bad. Wir waschen später.«

»Jawoll.«

Ich tue wie mir befohlen, und das Zimmer sieht ohne Klamotten gleich viel besser aus. Paula ist am Staubwischen und -saugen. Ich habe einen sehr teuren Staubsauger, wir müssen nur den Beutel ausleeren, einen neuen besitze ich nicht, aber es geht auch so. Wir arbeiten uns zusammen Stück für Stück vor, hören die ganze Zeit Rosenstolz und singen mit, wenn wir den Text können, was meistens der Fall ist. Es macht sogar ein bisschen Spaß. Warum haben wir das nicht schon viel früher gemacht?

»Was ist mit dem Gästezimmer?«, fragt Paula.

Ich schüttle nur den Kopf. Das Gästezimmer kommt nicht infrage. Paula streckt die Hand aus und sagt: »Schlüssel.«

Schieß mich jetzt ab, nimm dir die Scherben … und gib mich zum Abschuss frei!

»Na gut, du hast es so gewollt.« Ich hole den Schlüssel aus der Schublade in der Küche. Wir stehen im Flur. Paula hat alle Schuhe ins Schuhregal geräumt. Dafür ist ein Schuhregal ja auch eigentlich da. Wir holen beide tief Luft, was man jetzt wieder kann, ohne einen Hustenanfall zu kriegen, dann öffne ich die Tür zum Gästezimmer.

Paula macht »Oh.«

Das Zimmer ist ungefähr kniehoch voll mit Flaschen. Sie kullern und fallen uns entgegen. Hauptsächlich der Rieslingsekt. Sehr lecker. Ich habe ziemlich viel davon getrunken. Es sind auch Martiniflaschen dabei, Bier- und ein paar Kaffeelikörflaschen.

»Du bist eine Alkoholikerin«, sagt Paula.

»Halt die Fresse.«

Sie schaut mich verdutzt an. Sie überlegt, ob sie mich zurechtweisen, ob sie beleidigt sein soll, entschließt sich aber dagegen und schnauft nur tief ein. (Dieses Kind braucht Nachsicht, gell, Paula? Aber wie lange noch? Wann holst du den Rohrstock raus?)

»Okay«, sagt sie. »Hast du ein paar Einkaufskörbe oder Taschen oder so was?«

Ich schüttle den Kopf. Wenn ich einkaufen gehe, kaufe ich immer eine Tüte, und wo die ganzen Tüten hin sind, weiß ich nicht.

»Ich fahre kurz heim und hole Taschen und Kartons, okay?«

Ich nicke. Ich frage mich, ob man Alkoholikerin sein kann, wenn man keine Entzugserscheinungen hat. Ich glaube nicht. Ich muss nur in Zukunft ein bisschen aufpassen. Und das Gästezimmer offen lassen. Gäste darin schlafen lassen, Paula zum Beispiel. Dann passiert das nicht mehr.

Als sie wiederkommt, legen wir los. Paula redet zum Glück kein Wort. Wir stapeln den ganzen Nachmittag lang Flaschen in Taschen und Kartons und fahren sie zum Altglascontainer. Er ist in null Komma nichts voll, und wir müssen zum nächsten fahren. Was mein Körper alles so umgesetzt hat in den letzten Jahren, echt beeindruckend. Wahrscheinlich hat mein Gehirn inzwischen die Konsistenz von diesem Kaffeelikör.

Die Bierflaschen werden erst einmal zur Seite gestellt, Paula will allen Ernstes das Pfand kassieren. Wo kann man bitte zig Bierflaschen abgeben, ohne sich unmöglich zu machen? Ohne abgestempelt zu werden? Sollen wir den Leuten sagen, Hallo, wir machen das für jemand anderen? Für jemanden, mit dem wir nicht verwandt und nicht verschwägert sind, den wir nicht mal kennen? Doch Paula scheint das nichts auszumachen. So eine Chuzpe hätte ich ihr gar nicht zugetraut. Sie geht erhobenen Hauptes in den Supermarkt, ich latsche hinter ihr her, und wir beide tragen Bierflaschen zur Abgabe, die für zwei bis drei Riesenfeten gereicht hätten. Die Angestellte, die sie uns abnimmt, verzieht keine Miene.

Zu Hause widmen wir uns dem Schrank aus Holz, der am anderen Ende des Gästezimmers zum Vorschein gekommen ist. Ich habe ihn mal bei einem Antiquitätenhändler gekauft. Ich weiß nur noch ungefähr, was drin ist. Unterlagen zum Kauf der Wohnung. Wahrscheinlich meine Geburtsurkunde. Auf jeden Fall Sachen, die ich schon ewig nicht mehr gebraucht habe. Paula staubt ihn sorgfältig ab, wedelt das Staubtuch immer wieder zum Fenster heraus und sagt schließlich: »Staubsauger.«

»Jawoll.« Ich hole das Ding und sauge den Boden. Ein Teppichboden aus uralten Zeiten taucht auf, rot, das fand ich mal schick, die Flaschen haben jede Menge große und kleine Flecken darauf hinterlassen.

»Darf ich?«, fragt Paula schließlich, die Hände schon an den antiken Türgriffen vom Holzschrank.

»Nett, dass du fragst.«

Sie öffnet zwei Türen auf einmal. Alles sieht ordentlich aus. Ich war mal eine Frau, die Sachen ordentlich in einen Schrank räumt. Da stehen Ordner mit Beschriftungen wie *Wohnung* oder *Rente*. Paula zieht einen Schuhkarton heraus. Er ist mit Ausschnitten von Zeitschriften beklebt, eine Frau mit Lockenfrisur, ein Strand mit Palmen, der Sänger von Depeche Mode. Paula hat den Karton mal für mich gebastelt und sogar Buchstaben ausgeschnitten und damit einen Spruch auf den Karton geklebt: *Glück besteht nur aus Augenblicken. Du musst sie dir verschaffen.*

»Den hast du mir mal zum Geburtstag geschenkt«, sage ich. »Es war mein sechzehnter.«

Sie öffnet den Schuhkarton. Und da ist alles drin. Unser ganzes Leben. Paula reißt die Augen weit auf. »Schau mal!«, sagt sie und nimmt die zwei Tickets vom Depeche-Mode-Konzert heraus. »Unser allererstes Konzert! Wir haben noch die Unterschriften unserer Eltern gebraucht. Weißt du noch?«

»Ich habe die von meinem Vater damals gefälscht.«

»Was? Warum hast du mir das nicht erzählt?«

»Das habe ich doch dauernd gemacht. Ich wollte nicht, dass

sie sich wegen mir in die Haare kriegten. Ich war ein verlogenes kleines Biest.«

Paula geht einfach raus und kramt im Wohnzimmer herum. Ich stehe da mit den Depeche-Mode-Tickets in der Hand. Der Schuhkarton liegt auf dem roten Boden.

»Hast du nichts von Pink?«, ruft Paula.

»Eine CD? Nö! Was brauchst du denn?«

»Hast du was oder nicht?«

»Ich hab was auf dem iPod.«

»Was? Du hast einen iPod?«

»Klar!«

»Zeig mir das Ding!«

Ich gehe rüber und zeige ihr meinen iPod. Den finde ich immer. Der ist auch immer aufgeladen. Paula ist total begeistert.

»Was kostet so was?«

»Sage ich nicht.«

Sie seufzt nur. »Was hast du von Pink?«, fragt sie.

Ich stöbere in den Dateien. Dann zeige ich ihr die Liste. Sie sucht einen Song aus. »Nicht schauen!« Sie steckt mir einen der Kopfhörer ins Ohr und sich den anderen. »Drück auf Play«, sagt sie, und ich drücke auf Play. Und dann legt Pink los.

Mama please stop crying, I can't stand the sound …

Paula umarmt mich. Drückt mich fest, zu fest für meine Begriffe. Sie lässt mich gar nicht mehr los. Sie soll aufhören. Ich winde mich heraus.

Daddy please stop yelling, I can't stand the sound …

»Verstehst du es, Zett? Verstehst du es endlich?«

Ich verstehe gar nichts und zucke mit den Schultern.

»Versteh es doch bitte!« Sie rüttelt an meinen Schultern.

It ain't easy growing up in World War III …

Nicht schon wieder Tränen. Paula mit ihrer Musik. Das ist ja furchtbar. Habe ich nicht immer die Musik rausgesucht? Und jetzt kommt sie mit diesen Songs um die Ecke, die genau passen und mein Herz erreichen? Ich will meine harte Schale und meinen harten Kern wiederhaben.

»Du warst nie ein verlogenes Biest. Du bist der ehrlichste Mensch, den ich kenne.«

»Du hast mir was versprochen, Paula. Erinnerst du dich? Nie wieder darüber zu sprechen. Nie.«

»Worüber spreche ich denn?« Sie schaut mich gespielt ahnungslos an. »Versprochen ist versprochen und wird auch nicht gebrochen!«

»Genau. Nicht darüber sprechen. Nie. Es reicht schon, dass ich dem Neumann davon erzählt habe.«

»Wirklich?«

»Man muss sich öffnen, aber davon hast du keine Ahnung.«

Sie drückt mir ihren Zeigefinger gegen die Stirn. »Merk es dir trotzdem«, sagt sie. »Die waren schlimm, nicht du.«

»Jawoll! Gemerkt!« Ich salutiere mit der flachen Hand an der Stirn. Ich habe wahnsinnig Lust auf ein Glas Rieslingsekt, aber ich habe leider nichts mehr im Haus. Paula hat alles weggebracht.

KAPITEL 39

Paula

Das Dorf empfängt uns still, heiß und fast menschenleer. Nur ein paar Männer helfen den Matrosen auf der Fähre mit den Tauen. Und noch immer kommen die Frauen, um ihre Zimmer zu vermieten, doch es sind weniger geworden.

»No, sorry, we have a reservation«, sage ich.

Denn wir wissen,wohin. Wir rollen unsere Koffer die Hafenmauer entlang, das Pflaster wurde neu gemacht. Wir kommen an Niko's Bar vorbei, sie heißt jetzt Paradise, aber die Dachterrasse sieht von unten noch genauso aus wie damals. Später werden Henk und Joep wohl dort auf uns warten. Sie sind immer noch jung und schön. Und auch wir, Zett und ich, wir sind noch ganz jung. Nichts ist passiert, nichts liegt hinter uns. Hier im gleißenden Mittagslicht sind unsere Leben noch ganz heil, ganz verschont. Unsere Gesichter glänzen vor Schweiß.

Eine Frau kommt uns entgegen und winkt. »Yassas! Paula?«

»Ja, das bin ich, I am Paula!«

»Welcome, Paula!« Sie packt meine Hand mit zwei kräftigen Händen, lacht erst mich, dann Zett an, und Zett sagt: »Yassas, ich bin Zoë.«

Ich habe noch nie gehört, dass sie sich so nennt. Noch kein einziges Mal.

»Welcome, Zoë!« Die Frau hält noch immer meine Hand.

Ich möchte so stehen bleiben. In irgendeiner Küche wird etwas gehackt, es riecht nach Kräutern und angebratenen Zwiebeln.

»I am Maria, daughter of Eleni«, sagt die Frau.

Wir stehen alle drei da und strahlen. Wir freuen uns einfach. Es kommt mir nur komisch vor, wie alt Maria ist. Eine alte Frau. Sie hat graues Haar. Ich habe mir Elenis Tochter immer jung vorgestellt. Sie muss sich anstrengen, die Treppen zu unserem Zimmer hochzusteigen. Sie zeigt uns stolz das renovierte Bad und gibt uns zwei Plastikflaschen, eine mit Wasser gefüllt, eine mit Wein. Dann öffnet sie die Läden zum Balkon, und wir treten hinaus.

Als wir ausgepackt haben, sitzen wir auf den neuen Balkonstühlen. Alles sieht wie früher aus. Vor allem blau. Segelschiffe schaukeln weiter draußen, sie sind ein bisschen größer, scheint mir, und ein paar mehr geworden. Wir sitzen und stellen fest, dass sich hier nichts verändert. Hier bleibt alles wie immer. Ich kann jederzeit wiederkommen, und es wird alles wieder da sein. Eine Insel, im Sommer karg, ein Dorf, zur Mittagszeit menschenleer, ein Hafen, die Fähren legen pünktlich ab, außer ein Sturm zieht auf.

Und doch hat sich etwas verändert, auf dem Tisch steht nur das Wasser, nicht der Wein. Zett schneidet Orangen, die sie noch in Piräus gekauft hat. Zett und Obst? Die Orangenstücke schmecken süß und zart.

Maria kommt in den Garten und winkt zu uns hoch, wir winken zurück. Ein leichter Wind kommt auf. Das Dorf erwacht langsam zum Leben. Die Männer versammeln sich im Kafenion, Mädchen flanieren über die Promenade, sie haben sich schick gemacht und tragen ihr Haar offen. Zwei Frauen, deutsche vielleicht, schleppen ihre Rucksäcke und wissen nicht recht, wohin. Sie sehen erschöpft aus. Ich möchte ihnen sagen, dass sie das Wildcampen lieber bleiben lassen sollten. Dass sie am schönsten Ort der Welt gelandet sind.

»Zett?«

»Nein. Wenn du schon so anfängst …« Sie verdreht die Augen.

Aber es liegt mir schon so lange am Herzen.

»Du hattest recht«, sage ich. »In deinem Brief. Ich habe wirklich immer nur an mich gedacht. Ich habe dich nie gefragt, wie es dir eigentlich geht. Ich war eine schlechte Freundin.«

»Jetzt übertreib mal nicht.«

»Doch. Schon als wir Kinder waren. Ich dachte immer, du hast es gut. Ich dachte, ich brauche dich, aber nicht umgekehrt. Ich war nie für dich da.«

»Du verfällst mittlerweile in das andere Extrem, mein Schatz.«

»Ich muss doch auf dich aufpassen.«

»Nein.«

Wir sitzen da und schauen aufs Meer. Es bilden sich kleine Schaumkronen auf den Wellen, der Wind hat zugelegt. Vielleicht haben wir Glück, und es kommt Sturm auf, der niemals endet. Die Fähre kann nie mehr auslaufen. Wir müssen für immer hierbleiben.

»Ich hatte es gut, wenn ich bei dir war«, sagt Zett irgendwann. »Ich konnte oft bei dir rumhängen. Auch wenn mich deine Mutter gehasst hat!«

»Das war mir egal.«

»Siehst du? Deswegen warst du eine gute Freundin.«

Sie nimmt sich das letzte Stück Orange. Vom Garten strömt mit dem Wind ein intensiver Geruch zu uns hoch, Rosmarin, glaube ich, aber auch etwas Süßes, es muss einen Feigenbaum in der Nähe geben.

»Das mit Lou war gemein«, sagt sie. »In meinem Brief.«

»Ja, das war sehr gemein.«

»Ich weiß. Und? Hast du mit ihr geredet? Hat sie es dir gesagt?«

»Natürlich.«

»Siehst du?« Sie grinst mich an. Und steht dann unvermittelt auf, geht ins Zimmer und kommt mit dem Wein zurück.

»Den trinken wir nicht!«, rufe ich sofort.

»Ach ja? Das kannst du dir wieder abgewöhnen, du kleine Kommandantin, der Prozess ist nämlich vorbei. Ich bin ein freier Mensch.«

»Auf Bewährung!«

Sie öffnet die Plastikflasche und riecht demonstrativ am Deckel. »Mhm!« Sie schenkt zwei Gläser ein. »Komm, stoß mit mir an, anstatt mich zu nerven. Hast du gedacht, ich werde Abstinenzlerin?«

»Ja schon. Du hast einen Mann mit einem Baby bedroht. Mit einem Messer!«

»Mein Balisong. Erinnere mich nicht daran. Sie haben es konfisziert.«

»Zum Glück!«

»Zum Glück gibt es im Dorf den Laden noch. Wir sind vorhin dran vorbeigelaufen.«

»Welchen Laden?« Ich ahne schon, welchen sie meint, aber ich will es noch nicht glauben.

»Den Messerladen«, antwortet Zett ungerührt.

Ich habe ihn auch gesehen. Er hat zur Straße ein kleines Schaufenster, dort liegen Angelruten und Haken ausgestellt, aber auch Jagd- und Fischermesser mit kunstvollen Griffen. Ich hoffe, es ist wertloser Touristenkram, auch wenn es nicht so aussieht. Ich hoffe, Zett wird nicht finden, was sie sucht.

»Bist du übergeschnappt? Wenn sie dich am Zoll erwischen? Willst du doch noch ins Gefängnis, ja?«

Sie lacht nur. »Eine Frau braucht eine Waffe, Punkt!«

Wie soll ich sie jemals im Zaum halten? Wie soll ich jemals dieses wilde Tier in ihr bändigen?

»Auf uns, Paula«, sagt sie fröhlich und hält mir ihr Glas hin, ich lasse meins jedoch stehen. »Es wird nicht mehr so schlimm, okay?« Sie schaut mich an und macht eine Schnute. »Ehrenwort. Jetzt passt du ja wieder auf mich auf.« Sie legt den Kopf schief. Lächelt mich an.

Ich kann ihr nicht widerstehen. Ich kann sie auch nicht ändern. Ich kann nur weiter ihre Freundin sein, und sie hängt einfach oft bei mir herum. Mehr nicht. »Auf uns, Zett«, sage ich, allerdings ohne Begeisterung, und wir stoßen an. Der erste Schluck Wein steigt mir sofort zu Kopf. Wenn ich ehrlich bin, habe ich es vermisst, mit Zett zu trinken. Ich bin eine schlechte Freundin.

Nach dem zweiten Glas holt Zett ihren iPod, sie hat sich einen neuen gekauft, es passt noch mehr Musik darauf. Sie hat praktisch jede Musik dabei, die wir kennen.

»Was willst du hören?«, fragt sie.

»Ich weiß nicht. Was hast du denn?«

»Alles.«

»Dann möchte ich Depeche Mode hören.«

Sie kramt einen Lautsprecher hervor, auch neu. Man kann ihn mit einem Kabel mit dem iPod verbinden. Sie trinkt vom Wein und sagt plötzlich nebenbei, während sie das Kabel entwirrt, eine Zigarette im Mundwinkel: »Ich liebe dich, Paula.«

Ich weiß nicht, was ich sagen soll. Sie kommt mir komisch vor. »Das ist schön«, sage ich schließlich.

»Na ja. Geht so«, antwortet sie und zieht an ihrer Zigarette. Sie hat das Kabel entwirrt, stellt den Lautsprecher vor uns auf den Boden und drückt auf ihrem iPod auf Play.

Es ist nicht Depeche Mode. Es ist Barbra Streisand, sie summt. Dann beginnt sie, ganz zart zu singen: *Memories light the corners of my mind …* Wir haben das Lied zum letzten Mal vor ewigen Zeiten gehört. Ich glaube, wir waren siebzehn oder so. Wir hatten uns den Film *Yentl* angeschaut und waren eine Zeit lang Streisand-Fans gewesen, aber das hat sich schnell wieder gelegt. Zett legt ihren Kopf an meine Schulter. Ich streichle ihre Haare. Sie sind wieder ganz weich. Zett färbt sie dunkelrot, damit man die ersten grauen Strähnen nicht sieht. Sie riechen gut. Und Streisand singt.

Memories
may be beautiful and yet,
what's too painful to remember
we simply choose to forget.
So it's the laughter
we will remember,
whenever we remember
the way we were,
the way we were.

DANK

Ich danke Mimi Wulz von der Agentur Elisabeth Ruge für all ihre Zeit, die Gespräche, die Arbeit am Text und ihren unerschütterlichen Glauben an diese Geschichte. Ich danke Bettina Steinhage, Nicole Geismann und ganz besonders Kathrin Wolf und René Stein für die wertvollen Anregungen, die Bestätigung und das feine Lektorat.

Ich danke all den Frauen, die mich als Freundinnen in meinem Leben begleitet haben, die ich geliebt und verehrt, manchmal gerettet und leider auch genervt, enttäuscht oder verlassen habe und umgekehrt. Ich danke euch für die gemeinsame Zeit und den Riesenspaß, den wir hatten. Und ich danke allen, die noch da sind, meinen Freundinnen, was wäre das Leben ohne euch.